U0657287

国民必知
文学历程读本

向天/主编

中国书籍出版社
China Book Press

图书在版编目（CIP）数据

国民必知文学历程读本 / 向天主编. —北京：中国书籍
出版社，2010.1

ISBN 978-7-5068-2039-4

Ⅰ．①国… Ⅱ．①向… Ⅲ．①文学史—世界—通俗读物
Ⅳ．① I109—49

中国版本图书馆 CIP 数据核字（2010）第 237830 号

国民必知文学历程读本

向天　主编

责任编辑	金　硕　武建宇　安玉霞
责任印制	孙马飞　马　芝
出版发行	中国书籍出版社
地　　址	北京市丰台区三路居路 97 号（邮编：100073）
电　　话	（010）52257143（总编室）　　　（010）52257140（发行部）
电子邮箱	chinabp@vip.sina.com
经　　销	全国新华书店
印　　刷	三河市华东印刷有限公司
开　　本	710 毫米 × 1000 毫米　1/16
字　　数	346 千字
印　　张	21.25
版　　次	2010 年 10 月第 1 版　2019 年 5 月第 3 次印刷
书　　号	ISBN 978-7-5068-2039-4
定　　价	36.00 元

版权所有　翻印必究

目 录
CONTENTS

目

录

第一章 西方的曙光
——古希腊文学的智慧与辐射

这是一个悲剧和抒情诗的伟大时代。

古希腊是欧洲最古老的国家，是欧洲文明的精神家园。古希腊的地域大致相当于现在的希腊，但它的政治、经济、文化却影响到东至中亚、小亚细亚，西至意大利半岛和西西里岛等地。其繁荣从公元前 12 世纪到公元前 2 世纪中叶，约有一千年。古希腊文学大致可分为从氏族社会向奴隶社会过渡时期、古典时期、希腊化时期三个阶段。在这三个阶段，既有让人回味不尽的充满神话色彩的荷马史诗——《伊利亚特》和《奥德赛》，又有劝导人性的诗人赫西俄德；既有被后人尊为典范的"三大悲剧作家"埃斯库罗斯、索福克勒斯、欧里庇得斯，还有"喜剧大师"阿里斯托芬；既有充满机智、幽默的伊索寓言，还有"第十位文艺女神"萨福的轻盈诗篇。古希腊文学像一道曙光，照亮了欧洲大地。

说不完道不尽的古希腊神话

古希腊神话是古希腊人通过幻想、虚拟的方式解释世界成因和社会产生的口头文学，可以分为众神故事和英雄传说两个部分。所谓众神故事是指以宙斯为首按照父权氏族方式形成的"奥林匹斯神统"，主要描述创世的哲学观念：它们认为世界始于卡奥斯（混沌），然后出现盖亚（大地）和埃罗斯（爱）。由卡奥斯生出黑暗，由黑暗生出白昼。盖亚生出乌拉诺斯（天空），乌拉诺斯与盖亚结合生出克罗诺斯等男女众神，成为统治世界的主宰。克罗诺斯又推翻乌拉诺斯的统治,与其妹瑞亚结合而生出宙斯等男女众神。结果,宙斯又推翻克罗诺斯,成为主宰世界大地的神祇并形成奥林匹斯神统。该神统除众神之王、雷电神宙斯外,还包括神后赫拉、兄弟海神波塞冬和冥神哈得斯、子女太阳神阿波罗、智慧神雅典娜、美神阿佛洛狄忒、火神赫淮斯托斯、战神阿瑞斯、月神阿耳忒弥斯、农神得墨忒耳和神使赫尔墨斯等几位大神。所谓英雄传说,旨在描述远古时代英雄们征服自然、造福天下的业绩。它有许多系统,分别以不同家族英雄和事件为中心,主要包括宙斯之子赫拉克勒斯的十二大功、伊阿宋取金羊毛、忒修斯为民除害等。在希腊神话中,希腊的神都是人格化了的形象,和人不同的地方在于:他们被看成是永生的,在各自的领域内往往具有无与伦比的魅力,他们的好恶对人有决定性的影响。但是神的某些特点表明,在他们被人格化之前,人们曾经走过了从拜物教到万物有灵论的漫长历程。鹰被看做宙斯的圣鸟,天后被称作"牛眼的赫拉",阿波罗的修饰语往往是"月桂树"的派生词或包含它的复合词,可见这些神都曾与图腾崇拜有联系。英雄传说中有神话化了的历史事件,也有讲述远古社会人与自然斗争的故事。传说里的英雄多是神和人所生的后代,每个英雄都是特定的人们争论的焦点,也是希腊部落(后来是城邦)崇拜的对象。主要的英雄有赫拉克勒斯、忒修斯、伊阿宋、俄狄浦斯、阿喀琉斯、俄底修斯等。以不同的英雄或事件为中心,形成了几个传说系列,如关于赫拉克勒斯的传说,关于忒修斯的传说,关于忒拜的传说,关于特洛伊战争的传说等等。克里特、特洛伊、迈锡尼等地的考古发掘证明,有关这些地方的传说是

阿波罗

美神阿佛洛狄忒

以一定的历史为依据的，某些传说中的人物很可能有真实的历史人物作基础。总起来看，上述两个部分表明古希腊神话与古希腊人崇拜神灵的宗教信仰相关，当然也是用生动的艺术想象虚构的精神图腾。那些被渲染的众神和英雄形象既是超越人世的万物之主，又有普通凡人的性情欲望，这些英雄形象是古希腊人认识自然、寻求命运等历史事件的真实隐喻。由此而来，那些已经被烙上深刻的文化印痕的宗教节日——膜拜宙斯的奥林匹亚节、崇奉狄奥尼索斯的酒神节等，都明显地呈现出流传后世的文学精神和思想。因此，从古希腊神话里，我们一方面可以发现史前巴尔干半岛和爱琴海地区的居民多次民族迁徙之后趋向稳定统一的社会组织的特征，另一方面可以感悟到这片被马克思称为"艺术武库"与"土壤"的精神世界本身就是古希腊艺术宝库的代表，从而成为西方文学获取创作素材的精神源地。有些古希腊神话还成为人们习用的典故。从文艺复兴时期开始，古希腊神话在欧洲引起广泛的注意和浓厚的兴趣。莎士比亚用古希腊神话作题材写了《特洛伊罗斯与克瑞西达》、《维纳斯与阿多尼斯》，歌德和席勒在不少作品中利用了希腊神话的材料。美术方面，意大利的达·芬奇和提香，都有取材于希腊神话的绘画。

《荷马史诗》的永恒魅力

荷马（约公元前 9 世纪—公元前 8 世纪），相传为《伊利亚特》（又称《伊利昂记》）和《奥德赛》（又称《奥德修记》）两部著名史诗的作者。据学者考证，"荷马"为"人质"或"组合"之义，故推断荷马身为俘虏，两部史诗则是他根据已有材料编订而成。又有一说，荷马是一位行吟盲艺人，大体生活在爱琴海东边的希俄斯岛或小亚细亚一带。

荷马史诗的题材与公元前 12 世纪末希腊联军攻打小亚细亚的特洛伊人的王都伊利亚特城有关，战争起因于特洛伊王子掳走希腊绝代美女海伦。《伊利亚特》全诗分为 24 卷，有 15693 行，它集中描写希腊军远征特洛伊第 10 年中 51 天的战争，主要叙写阿喀琉斯之怒。主帅阿伽门农强夺主将阿喀琉斯的女俘，激起阿喀琉斯心中的怒火，拒绝出征，致使希腊联军陷于险境。但是因好友帕特洛克罗斯阵亡，阿喀琉斯愤怒复仇，杀死敌方主帅赫克托耳并把尸体拖在战车后绕城而走。特洛伊王普里阿摩斯到希腊军中请阿喀琉斯交还儿子的尸体，带回加以安葬。

《奥德赛》分 24 卷，有 12160 行。写的是希腊英雄俄底修斯在特洛伊战后返乡的惊险经历：俄底修斯在海上漂泊十年，饱尝苦难，终于重返故里，并且战胜了企图霸占其妻和夺取王权的挑衅者。

总起来看，两部史诗歌颂的是氏族贵族的英雄主义，属于"英雄史诗"，既反映了战争给人们的生存命运带来的变化，又反映了人与自然抗争的英勇气魄，无怪乎恩格斯高度赞誉

荷马

《伊利亚特》是"一切时代最宏伟的英雄史诗"。两部史诗气势恢宏、格调悲壮、情景交融、笔触细腻、形象鲜明，因此，但丁称荷马为"诗人之王"。马克思指出："它们（指希腊艺术和史诗）仍然能够给我们以艺术享受，而且就某些方面来说，还是一种规范和高不可及的范本。"这是对包括荷马史诗在内的古希腊艺术的高度评价。

荷马史诗的重要历史价值，是与其艺术价值分不开的，其中与史诗塑造的三大英雄人物形象有密切关系。表现了希腊早年的民族精神的阿喀琉斯是《伊利亚特》的中心形象，他是希腊联军的大将，在这个形象中充分体现了古希腊人对强壮有力的英雄全力歌颂的情感。史诗刻画了集优点与缺点于一身的性格复杂的古代英雄形象。阿喀琉斯突出的特点是骁勇善战，他体魄矫健，除了脚踵，浑身刀枪不入。他力大无穷、作战英勇，特洛伊城无敌的将领赫克托耳就死在他的手下。阿喀琉斯重友情、好义气，帕特洛克罗斯向他借甲胄，他慨然应允。好友战死，他立刻捐弃前嫌，参加战斗。阿喀琉斯不畏权势，阿伽门农抢夺了他的女俘虏，他则与统帅对抗。就是阿伽门农赔礼谢罪，他也拒绝和解。同时，阿喀琉斯狂暴、凶残、任性，既带有原始人的野性，又有当时出现的自私刚愎、贪财好色的作风，这是氏族中骄横贵族的化身，与早期传说中赫拉克勒斯等为民造福的英雄大不相同。赫克托耳是《伊利亚特》中的另一重要形象。古代民间作者对特洛伊方面的英雄同样加以歌颂。

在赫克托耳身上，除去勇敢善战的一面，还有不畏艰难、为国为民、富有高度责任感的一面。他是成熟的首领，虽面对注定要国破家亡、妻离子散的局面，他克制哀恸，在城池被困的艰难时刻，身先士卒，奋勇战斗，以免特洛伊男女沦为俘虏。大敌当前，他明知打不过阿喀琉斯，也不顾父母劝阻，而忠于义务、不负战士的光荣，就是牺牲也在所不惜。在家庭关系上，他是慈祥的父亲、热情的丈夫、严格的兄长。他从特洛伊的利益出发，能用光荣、正义和乐观鼓舞妻子，严责弟弟。赫克托耳这个形象，体现了古代人民的荣誉感，以及以部族光荣、安全为个人行为准则的优秀品质。俄底修斯是希腊联军方面足智多谋的将领，在《伊利亚特》中他是举足轻重的人物，在《奥德赛》中他则是主人公。这个形象体现了古代人民的智慧。在克服重重困难的过程中，他表现了勇往直前的精神。俄底修斯机智而聪敏，他刺瞎巨人的眼睛，制服巫喀耳刻，回到家装成乞丐探听妻子的行为与生活，都显出他富于智慧的特点。同时，这种机智中还有狡猾诡诈的一面，他常用欺骗来对付磨难与对手，俄底修斯在死亡、困难面前不低头，受到仙女的款待与恩爱也不安于闲逸而迷惑，冲破一切艰难险阻，一直要回到故乡去，不达目的誓不罢休，这种精神是十分可贵的。俄底修斯作为奴隶主也有残忍的一面，他杀死所有纠缠他妻子的求婚者，而且吊起女奴们，用刀割去奴隶墨兰托斯的鼻子、耳朵，剖出内脏喂狗。智慧、狡猾与残忍合而为一，使俄底修斯成为生动丰满的艺术形象。荷马史诗中其他形象如阿伽门农、涅斯托耳、安德洛玛克、海伦、忒勒马科斯等人物以及宙斯、雅典娜、阿弗洛狄忒等神话形象，也都是活灵活现的。荷马史诗的创作，除了有神话传说的土壤，在艺术上并无前鉴，它的成就是开创性的。两部史诗把神话与现实、荒诞与真实、历史与家庭、战争与和平、行为与心理、主干情节与插曲故事等等作了综合描写。史诗在体裁上固然有中心人物与中心事件，但他更善写历史事件中的民族命运、群体活动。在剪裁上，史诗虽是历史演义，但不是顺序的历史记录，而是描写一个完整的行动（战争或历险），故《伊利亚特》截取十年战争为数几天的场面，《奥德赛》由第十年倒叙出往事来。在结构上，史诗创造了人类叙事文学两大结构形式：《伊利亚特》交替写战斗双方，形成网状结构；《奥德赛》则是线状的浪游式结构。

"第十位文艺女神"：萨福与情诗

萨福（约公元前612—?）古希腊女诗人。公元前8至前6世纪，由于氏族社会瓦解，集体不能再成为个人的依靠。随着个人遭遇所引发的种种情感的产生，抒情诗日益发展起来。萨福就是这个时期最著名的抒情诗人，其独唱琴歌尤为突出，被柏拉图誉为"第十位文艺女神"（在古希腊神话中，司文艺的女神共有九位，总称缪斯）。

据传萨福出生于累斯博斯岛的贵族阶层，她的父亲斯卡曼德罗民摩斯在与雅典的一次战争中牺牲。诗人幼年时由于当地僭主的迫害，曾逃亡到西西里岛。她的兄弟卡拉克索斯爱上一个名叫多里卡或罗多庇斯的女妓，曾花费许多钱为她赎身，遭到萨福的谴责。传说，萨福嫁给安德罗斯岛一个名为凯科拉斯的富翁，并与其他贵族一起被放逐。她曾创办音乐学校，教授少女们写诗、奏乐和唱歌。关于萨福的私生活也有不同说法，一说她是一群少女的领袖，搞同性恋；一说诗人阿尔凯奥斯曾向她表示爱慕之情，被她拒绝；又说她爱上一个年轻男子法翁，失意后在海边跳崖自杀，但这些都无从考证。

萨福写过颂歌、哀歌、婚歌共九卷，其中多半是抒发个人情感的，如《情歌》、《婚歌》等爱情诗，但保留下来的很少，因为在中古时代，基督教会认为这些抒发个人情感的诗歌有伤风化，被当作禁书毁掉，只保存下来一些断句残章。萨福的情诗，感情真挚，文笔优美，对古代诗人如罗马的卡图卢斯颇有影响。在公元前1世纪相传为朗吉弩斯所写的重要的文学批评著作《论崇高》中，曾引用了萨福的一首诗，认为它是一个楷模。在近代欧洲有不少诗人曾模仿她用过的一种诗歌体裁，并称之为"萨福体"。英国诗人拜伦在他的长诗《唐璜》中曾咏叹希腊光荣的历史，一开始就提到"如火焰一般炽热的萨福"。

被人推下悬崖而摔死的伊索

《伊索寓言》是一部具有世界性影响的经典名著，影响之大是难以想象的。本身伊索之死就是一个谜——为什么他被人推下悬崖呢？

伊索生活在约公元前6世纪，是古希腊寓言家，疑为弗里基亚人。根据"历史学之父"希罗多德《历史》一书记载，伊索原为萨摩斯岛雅德蒙的家奴，因其才华横溢，始获自由，游历希腊。他在撒狄得到吕底亚国王克洛伊斯的赏识，料理国务。有一次，伊索作为国王特使出访德尔斐，因为分发钱币，与居民争吵，被控渎神，遭到杀害，据说是被人推下悬崖摔死的。但有人认为这种说法并不可靠，而是与另一件纷争有关。但这件纷争是什么尚在研究。另有传说，在庇

《伊索寓言》开玩笑的牧人

士特拉妥统治时期，伊索出访雅典，讲过《请求派王的青蛙》等寓言，劝谏雅典人尊重庇士特拉妥的王位。但是，有些学者认为并无伊索其人。整理古希腊民间寓言的工作最早始于雅典哲学家得墨特里奥斯编汇的《伊索寓言集》，后来失传。公元1世纪初，一个获得自由的希腊奴隶维德鲁斯用拉丁韵文写成寓言5卷，大抵取材于《伊索寓言集》。现在流传的《伊索寓言》是根据14世纪拜占庭僧侣普拉努得斯整理而成，但均托名于伊索。

《伊索寓言》多为动物寓言，是以散文体写成的带有劝喻性与讽刺性的短小故事，主要反映与古希腊抒情诗不同的平民阶层的思想感情以及社会矛盾，从而使深刻的生活哲理、道德教育寓于生动鲜明的艺术形象和言简意赅的情节描述之中。例如《狼与山羊》、《狮子与野驴》隐喻专横残暴、残害弱小的人间权贵；《欠债的雅典人》揭露了利欲熏心、贪婪自私的富人；《农夫和蛇》、《狐狸和山羊》说明性恶难移、莫要轻信的生活道理；《乌龟和兔子》、《牧人与野山羊》教给人们认清自我、不骄不躁的生活方法；《肚胀的狐狸》、《农夫的孩子们》教

《伊索寓言》狼和小羊

导人们相互依存的哲学观念。总之，《伊索寓言》主要是通过借物喻人的手法，把动物世界拟人化，说明人性，揭示矛盾，表达美好愿望，正因为这种文学形式具有这些精妙之处，《伊索寓言》为欧洲文学史上寓言体裁奠定了基础。法国拉封丹、德国莱辛、俄国克雷洛夫等深受其影响，创作了许多经典寓言。

古希腊"悲剧之父"：埃斯库罗斯

古希腊的悲剧艺术相当发达，出现了"三大悲剧作家"，其中埃斯库罗斯被称为"悲剧之父"。

埃斯库罗斯（约公元前525—公元前456）生活在雅典奴隶主民主制初期，出生于贵族家庭。公元前470年左右，他赴西西里，在叙拉古的僭主希埃龙的宫中作客，在那里写过一个悲剧，叫《埃特纳女人》，庆祝埃特纳城的建立。传说他写过90部悲剧和"萨提洛斯剧"（即笑剧），只传下7部，约获17次大奖。在代表作《被缚的普罗米修斯》中，他描写普罗米修斯冒险把幸福和光明带给人类，被宙斯锁在高加索山崖上。他忍受极大苦痛，拒绝宙斯

埃斯库罗斯

引诱，坚决不说出宙斯将被谁推翻的秘密，以致最后被打入地狱。剧本塑造了普罗米修斯这个不屈不挠地反抗专制暴政的英雄形象，被马克思誉为"哲学日历中最高尚的圣者和殉道者。"另一悲剧《俄瑞斯忒斯三部曲》以一系列复仇故事反映父权制代替母权制时期的社会现实及伦理道德的变化。在埃斯库罗斯的悲剧中歌队占中心地位。按照当时赛会规定，每一个参加悲剧竞赛的诗人要演出三部悲剧和一部"羊人剧"，后者是用扮成半人半羊的歌队演出的插科打诨戏。埃斯库罗斯的三部曲，故事一般都是连贯的，他不重视戏剧结构和人物描写，主要是表现个人行为与天神意志之间的矛盾冲突。埃斯库罗斯的诗句庄严、雄浑，带有夸张色彩。他的戏剧语言优美、词汇丰富、

比喻奇特。这种风格是与他的悲剧中严肃而激烈的斗争和英雄人物的强烈感情相适应的。埃斯库罗斯是古希腊悲剧的奠基者，被称为"悲剧之父"，首创"三部曲"的形式。

公元前458年以后不久，埃斯库罗斯重归西西里，后来死于该岛南边的杰拉城。其墓志铭是：

> 雅典人埃斯库罗斯，欧福里翁之子，
> 躺在这里，周围荡漾着阵阵麦浪。
> 马拉松圣地称赞他作战英勇无比，
> 长头发的波斯人听了，心里最明白。

埃斯库罗斯死后，他的声名很快就衰落了，50年后，喜剧家阿里斯托芬在《蛙》里对他推崇备至。

"戏剧界的荷马"：索福克勒斯

索福克勒斯（约公元前496—公元前406），主要生活在雅典民主制由极盛而转衰的时期，是雅典奴隶主民主制"黄金时代"的诗人，被罗马演说家西赛罗称为"戏剧界的荷马"。因为他在参加雅典的戏剧比赛中，屡次荣获一、二等奖，故又被称为"不败的诗人"。

索福克勒斯生在雅典西北郊科洛诺斯乡，父亲是兵器制造厂厂主。索福克勒斯在年轻时曾显露出音乐方面的才能，他曾当过合唱队队长，在抗击波斯人的萨拉弥斯海战胜利后，领导歌队唱凯旋歌。他还在伯里克利麾下当过将军。公元前468年，他在演剧比赛中胜过埃斯库罗斯，首次获奖。在公元前413年，他被选为"十大委员"之一，审查提交公民大会的提案，处理雅典在西西里战败后的危机。诗人死

索福克勒斯

时，雅典和斯巴达正在进行战争。斯巴达将军听说他去世，特别下令停战，让他的遗体归葬故乡，他的坟头上立着一个善于唱歌的人头鸟的雕像。

索福克勒斯的创作盛年是雅典民主制度的全盛时期。后来雅典与斯巴达爆发战争，民主制度逐渐被削弱，但他反映的是民主制度繁荣时期的思想意识。他属于温和的民主派，拥护民主制度，对专制国王与借民众力量获得政权的僭主深恶痛绝。他曾拒绝马其顿国王和西西里僭主的邀请，说："谁要是进入君主的宫廷，谁就会成为奴隶，不管去时多么自由。"索福克勒斯的宗教观是保守的，他维护传统的宗教信仰，始终信神。

他一生写过 123 个剧本（流传下来 7 部），得过 24 次奖，是比赛得奖最多的悲剧诗人。他的代表作是《俄狄浦斯王》，悲剧借用一个惊心动魄的古老传说来反映当时的现实。忒拜王拉伊奥斯预知自己的儿子会杀父娶母，因此俄狄浦斯一出生，他便叫一个牧人把他抛弃。这婴儿被科林斯王收为养子。俄狄浦斯成人后，得知他可怕的命运。忒拜城发生瘟疫，神说要找出杀害前王的凶手，瘟疫才会停止。预言者指出凶手就是俄狄浦斯本人。俄狄浦斯疑心妻舅克瑞翁收买预言者来陷害他。王后出来劝解，她告诉俄狄浦斯，她的前夫是在一个三岔路口被一群强盗杀死的。俄狄浦斯听后起了疑心。后来，那个牧人承认婴儿是王后交给他的，于是真相大白。悲剧歌颂了俄狄浦斯对国家的责任感，对命运的合理性提出了怀疑与否定，它标志着希腊悲剧艺术的成熟。索福克勒斯善于把人物放在矛盾冲突的中心进行刻画，使悲剧的主人公动作性强，性格更突出。亚里士多德认为《俄狄浦斯王》是古希腊悲剧的典范。另外，《安提戈涅》也是索福克勒斯的代表作品，悲剧写的是两兄弟波吕涅克斯与埃忒奥克斯为争夺父王留下的王位，自相残杀的故事。新王克瑞翁下令禁止埋葬波吕涅克斯的尸体，因为他会回来烧毁祖先的神殿，吸饮族人的血。这个禁令违背古希腊人的宗教信仰——死者如果不予埋葬，他的灵魂便不能进入冥土。其妹妹安提戈涅既不能违反法律，又必须尊重"神律"，形成无法解决的矛盾。她遵守神的律条，埋葬其兄，因此被囚禁在墓室里，最后自杀。安提戈涅的未婚夫海蒙恨父入骨，也殉葬而死。《安提戈涅》中的爱情主题，在古希腊文学中是绝无仅有的。据说由于《安提戈涅》这部悲剧上演成功，索福克勒斯被任命为雅典的将军。

雅典第一个拥有大量藏书的人：欧里庇得斯

欧里庇得斯（约公元前485—公元前406）是希腊奴隶制民主国家危机时代的诗人。他学习过绘画，是第一个拥有大量藏书的雅典人。他学过哲学，与苏格拉底等有交往，被称为"剧场里的哲学家"。公元前408年，他应邀到马其顿王阿尔克拉奥斯的宫廷，后来死在那里。雅典人去取他的遗骸，被阿尔克拉奥斯拒绝，他们只好在雅典郊外立了一个纪念碑，上面刻着：

> 全希腊世界是欧里庇得斯的纪念碑，
> 诗人的骸骨在客死之地马其顿永埋，
> 诗人的故乡是雅典——希腊的雅典，
> 这里万人称赞他，欣赏他的诗才。

他写过92个剧本，获奖5次，流传下来18个剧本（其中一部"羊人剧"，其余为悲剧），主要包括《阿尔克提斯》、《美狄亚》等。《美狄亚》是欧里庇得斯的代表作，也是他最感人的悲剧作品之一。剧中的美狄亚是一个异国女子，她帮助取金羊毛的英雄伊阿宋取回了金羊毛，并为此背叛了自己的家庭，同伊阿宋一起前往希腊的伊奥尔科斯。她在那里为伊阿宋报了杀父之仇，但伊阿宋未能恢复王权，又带着妻子和两个儿子流亡到科林斯。悲

欧里庇得斯

剧开场时，伊阿宋要另娶科林斯国王的女儿科托斯公主。美狄亚被抛弃，愤怒至极，而国王打算把美狄亚驱逐出境。美狄亚起初和伊阿宋争吵，后来假意同他和解，用计毒死了公主和国王，然后杀死自己的两个儿子，乘坐龙车逃回雅典。她的反抗反映了当时妇女不满家庭奴隶地位的现实。美狄亚是一个受侮辱的妇女形象，其反抗是残忍而疯狂的。她控诉道："在一切有呼吸、

· 11 ·

有理智的人里面，我们妇女最为不幸。首先，我们聚集了许多金钱去买一个丈夫，然后把我们放在他们的奴役之下。更可悲的是，不管我们的丈夫是好是坏，我们都得终生忍受，因为离婚对于妇女是没有荣誉的，而且女的根本不能提出和男子离婚。"美狄亚的遭遇是当时妇女的共同遭遇，诗人细致地刻画了美狄亚对儿女的疼爱，对其杀子时的痛苦心理寄予了无限同情。

欧里庇得斯的悲剧风格华美，语言流利，对话中多采用口语，比较随和，但有时也夹有冗长的说理和辩论。亚里士多德在《诗学》中对欧里庇得斯有诸多指责，但也称赞他"最能产生悲剧的效果"。

"喜剧之父"：阿里斯托芬

古希腊喜剧则由秋季祭祀酒神的狂欢歌舞和滑稽表演发展而成，它取材于现实生活，针砭时政，属于政治和社会讽刺剧。阿里斯托芬（约公元前446—公元前385）是最重要的喜剧作家。阿里斯托芬认为喜剧诗人首先要以严肃、正确的政治目的为创作前提。所以创作过程中，他始终坚持以教育人民、拯救城邦、坚持真理为己任，因而他的作品充满了斗争的情绪。正因为如此，恩格斯称阿里斯托芬为"有强烈倾向的诗人"。在阿里斯托芬的整个写作生涯中，总共写了44部喜剧，曾得过七次奖。流传到今天的旧喜剧只有11部，著名的有《云》、《鸟》、《骑士》、《马蜂》等，代表作是《阿卡奈人》。《阿卡奈人》（公元前425年）的

阿里斯托芬

背景是古希腊两大城邦斯巴达和雅典之间的战争，作者在剧中表达了反对希腊民族内讧，主张和平团结的进步思想，剧本场面夸张，并在剧中指名谴责雅典当局和统治者。这出喜剧在笑闹中表现了严肃的政治主题。在《骑士》中，诗人对克勒翁进行了严厉的抨击，因为他欺骗人民，私吞公款，敲诈盟邦，拒绝和谈。当克勒翁得意洋洋地从战场上胜利归来时，诗人却把他称为人民的奴隶，并且这个奴隶愚弄主人，欺压朋友。后来朋友们找来了一个腊肠商人，这人利用献媚取宠的方式夺取了管家的地位。腊肠商人取得胜利以

后，一改往日的邪恶，使德谟斯重返青春，这也正是暗示以往以民主制度来抗击波斯人的爱国主义精神。这是一部政治讽刺剧，深刻揭露了当时雅典政治上的腐败，是阿里斯托芬最具有讽刺意味的一部剧作。

另外，《鸟》是现存旧喜剧中唯一以神话为题材的剧作。它以复杂的情节、严谨的结构向人们展示了阿里斯托芬高超的写作手法，同时这部剧中充满了抒情的气息，构成了特有的艺术风格。这部喜剧写两个年老的雅典人，他们因为厌烦了城市中的喧嚣和当时社会中的不良风气，就升到天空中去建立了一个"云中鹁鸪国"，断绝了天与地之间的通道。天上的神由于抵制不住饥饿的诱惑，纷纷向鹁鸪国投降，最后决定把统治权移交给没有剥削、没有等级之分，只有劳动才能生存的鸟国。这部剧作主要体现了诗人试图建立理想城邦、恢复往日自然经济的思想，是阿里斯托芬一部杰出的作品。

阿里斯托芬的喜剧涉及当时一些重大的政治和社会问题，反映雅典奴隶主民主制危机时期的思想意识，长于嘲讽戏谑，具有闹剧式的荒诞风格，曾在文艺复兴时期引起人们的广泛重视，对欧洲文学产生过深刻的影响。海涅曾自称是阿里斯托芬的继承人，法国作家拉辛模仿他的《马蜂》，写了著名的《爱打官司的人》，歌德还曾改编过《鸟》。

诗人死后，柏拉图为他写了两行墓志铭：

美乐女神寻找一所不朽的殿堂，
终于她们发现了阿里斯托芬的灵府。

第二章　一个“黄金时代”

——古罗马文学的奇迹与代表

这个时代延续古希腊文学的精神。

古罗马文学是古希腊文学的延续，它是亚平宁半岛文明的标志之一。尽管它没有古希腊文学那样耀眼，但是依然有自己的特色，诞生了像普劳图斯这样的新喜剧作家，还有给古罗马文学带来荣耀的三大诗人——维吉尔、贺拉斯和奥维德，在他们身上，我们看到了屋大维统治（公元前27—公元14）时期铸造的一个艺术的“黄金时代”。

新喜剧大师：普劳图斯

普劳图斯（约公元前254—公元前184）是古罗马模仿希腊“新喜剧”最有成就的作家。他生于意大利，后来到罗马，成为职业戏剧工作者。他经常扮演意大利民间戏剧阿特拉笑剧中愚蠢的饕餮这一类角色，因而起名叫Maccius。他在剧团工作，攒了一些钱，转而经商，折本后又回到罗马，为生活所迫，受雇于一家磨坊，同时写作剧本。相传他写了130部喜剧，现存20部。它们可能写成于公元前3世纪末至公元前184年之间，多利用希腊新喜剧的题材反映罗马生活。在普劳图斯的喜剧中，《安菲特律翁》是唯一幸存的以神话为题材的喜剧，其余则是各种类型的人情喜剧。《一坛黄金》描写一个贫穷而吝啬的老人发现一坛黄金后，整日惶惶不安，疑神疑鬼，最后把金子送人，才摆脱坐卧不宁状态。后来莫里哀取其题材而写出《悭吝人》。《俘虏》描写奴隶冒险救主人，最后共免于难，这是普劳图斯喜剧中最严肃的一部。另一篇喜剧《吹牛军人》以奴隶为主要角色写一个奴隶怎样使青年主人重新得到被军官霸占的情人。《孪生兄弟》写一对相貌相同、自幼失散的兄弟被人错认，最后真相大白的故事，在此过程中反映了上层社会的生活和精神面貌，该题材后来为莎士比亚在《错误的喜剧》中模仿。一般认为，《一坛黄金》和《孪生兄弟》是普劳图斯的代表作。

普劳图斯的喜剧以滑稽和巧妙的情节揭露上层阶级道德的丑恶，同情争取婚姻自主的青年男女，反映了罗马下层劳动人民的思想感情，反映社会中的贫富不均、妇女地位卑贱、社会风气败坏等问题。他塑造了一系列生动的人物形象，如愚蠢好色的老头、卑鄙无耻的老鸨、贪婪狡诈的妓女、吹牛的军人等有个性又有共性的人物。他笔下的奴隶形象可分为两类：一种是机智、能干、乐于助人的奴隶，比主人聪明，在剧中非常活跃，往往是剧情发展的关键；另一种比较懦弱温顺，忠于主人。相比较而言，作者更着力刻画前者。

普劳图斯的喜剧生动活泼，对话充满戏谑成分。古罗马作家马克罗比乌斯（公元4至5世纪）认为他诙谐的喜剧语言堪与西塞罗媲美。普劳图斯编剧注重喜剧效果，而忽视剧情结构。

普劳图斯是古罗马文学史上第一位有作品传世的作家，其喜剧对法国古典时期的喜剧以及16、17世纪意大利假面剧和西班牙喜剧都产生了一定的影响。

开创欧洲"文人史诗"的第一人：维吉尔

维吉尔（公元前70—公元前19），是三大诗人之首，被认为是最重要的罗马诗人。他出生于农村，阿尔卑斯山南高卢的曼亚图附近的山水养育了这位古罗马最伟大的诗人。这个地方农业兴旺，文化发达，著名文人卡图卢斯、科尔涅利乌斯和奈波斯等都出生于此。维吉尔的先世务农，但家境比较富裕。他幼年曾去克雷莫纳、罗马和意大利学习修辞和哲学，受到良好的教育。因为诗人天生多愁善感，体弱多病，内战期间未服兵役，专心写作。公元前42年，屋大维为给复员兵士分配土地，曾没收维吉尔父亲的家园，迫使他们搬到意大利南部，不久由于朋友的帮助，屋大维又把土地归还他家。维吉尔也在政治上依附于屋大维，成了屋大维最尊敬的诗人。

维吉尔早期最重要的作品是《牧歌》十章。十章为十首短歌，包括爱情诗、酬友诗、哀诗、哲理诗等。涉及政治的诗句，多是对屋大维统治下"黄金时代"的歌颂，但有些诗句怀疑黄金时代能否真正实现，对现实流露出某些厌恶情绪。令人注意的是，《牧歌》第四章引起后世很大争论，诗人庄严宣告了一个新时代的开始，歌颂一个婴儿的诞生带来一个黄金时代。从公元前4世纪起，基督徒不断认为这是指耶稣基督的诞生，是对未来天国的预言。

维吉尔第二部重要作品是公元前29年发表的4卷《农事诗》，全诗共2188行，每卷500余行，用37年的时间才写成。这部诗集是应麦凯纳斯之约，直接为屋大维的农业政策服务而写农事的：第一卷谈种庄稼；第二卷谈种葡萄和橄榄树；第三卷谈牧牛马；第四卷谈养蜂。诗中歌颂了"劳动战胜了一切"的主题，类似赫西俄德的《工作与时日》。

维吉尔从公元前29年至公元前19年著有12卷长篇史诗《伊尼德》（一译《埃涅阿斯》）。这部长诗仿荷马史诗，写罗马祖先埃涅阿斯由特洛伊逃出，在海上漂流7年，与北非迦太基女王狄多结婚后又离去，到拉丁姆打败情敌、建立罗马国家的故事，歌颂了罗马的光荣。诗人临终前嘱咐将诗稿焚毁，因屋大维下令而得以保存。

从《伊尼德》开始，欧洲文学史上第一次出现了爱情与责任冲突而责任战胜爱情的主题。史诗具有鲜明的倾向性，故事性强，没有口头文学的特点，是欧洲"文人史诗"的开端。因此，维吉尔被公认为荷马以后最重要的史诗诗人。罗马基督教会从公元4世纪起以之为预言家和圣人，因此他在中古时代声誉显赫。但丁在《神曲》中把维吉尔称为自己的老师和带路人。文艺复兴后，塔索、卡蒙斯、弥尔顿等都以维吉尔的史诗为楷模。

一部神话辞典：奥维德与《变形记》

奥维德于公元前43年出生在罗马附近的小城苏尔莫。由于家境富裕，奥维德从小就受过良好的教育，主要学习修辞和演说。后来他又去雅典继续他的学习，在这期间奥维德游历了西西里和小亚细亚一带当时文化比较发达的

地区。尽管奥维德年轻的时候曾担任过一些职位较低的官吏，但他真正感兴趣的不是仕途上的得意，而是诗歌上的发展。奥维德18岁时开始写诗，他的诗明显具有亚历山大里亚风格。后来由于他娶了一位出身名门并与奥古斯都家庭有密切关系的妻子，使得他过了很长一段时间悠闲的生活。据他自述，公元8年，由于他写了一首诗而被奥古斯都流放到黑海东岸的托弥（今罗马尼亚的康斯坦察），在流放期间奥维德始终期待着奥古斯都的原谅，但最终未能如愿，客死他乡。

奥维德的创作可分为三个时期。《恋歌》是他最早的作品，发表于公元前18年左右。其余的早期作品还有《列女志》、《爱的艺术》、《论容饰》、《爱的医疗》等。在这些作品中，奥维德主张整顿社会风尚，恢复古老道德。

《变形记》是奥维德具有代表性的一部诗体著作，共15卷，是古希腊罗马神话的集大成者。长诗包括以描写爱情为主的250多个故事，主要取材于古希腊罗马神话。诗人用古希腊哲学家毕达多拉斯的"灵魂轮回"这一理论作为线索贯穿全书，并按时间顺序，根据神话传说的某些联系，把它们串联起来。《变形记》充分体现了诗人在写作成熟期的精彩的叙述手法以及成功的人物心理描写，通过人、神、物之间的变形，揭露了现实生活，为后世展示了丰富的神话故事材料，故有"神话辞典"之称。《岁时记》是诗人在这一时期的另一部成功的作品。内容主要涉及罗马宗教节日及其有关的历史事件、传说，祭祀仪式和民间习俗等，遗憾的是诗人只写了前6卷就因流放而被迫中断。这一时期作品的主要特点是诗人明显的靠向官方思想意识倾向，他竭力赞扬罗马的伟大和奥古斯都的统治。

奥维德写作的第三个时期是流放以后。这一时期的作品主要反映作者被禁锢异地时孤独、痛苦的心境及对罗马的怀恋之情，主要有《哀歌》和《黑海零简》等。

奥维德的诗在当时比较受欢迎，尽管在内容上有时不免有取媚宫廷的倾向，而且一些有关爱情的诗内容也过于轻浮，但总的来说富于想象力、描述精彩、技巧娴熟、语言优美，颇受人喜爱，这一点从但丁、莎士比亚、歌德的作品中都可以找到印证。

第三章　精神的升起

——中国先秦两汉文学的底蕴

散文、辞赋是这个时期的主流。

有人说，除长江、黄河、长城和龙是中国的四大象征外，剩下的就是唐诗宋词。可见，中国文学的魅力是多么诱人！追溯源头，先秦文学让人歌之，两汉文学让人叹之，它们都表现出特有的气势与底蕴——一种民族精神的展示。在这里，我们能读到那些家喻户晓的上古神话——"女娲补天"、"后羿射日"等，也能深深体味到第一部诗歌总集《诗经》中讲述的故事。儒道两家的经典作品《论语》和《道德经》、《孟子》和《庄子》都给我们以深广的生活启示。除这些诸子散文外，还有《左传》、《战国策》等历史散文给我们带来春秋战国风云的图景。另外，"与日月争光"的屈原的文章、"发愤著书"的司马迁的文章和感人肺腑的汉乐府等，都是值得我们反复解读的作品。在这些文学历史的记忆中，我们能够感受到满足和骄傲！

中国上古神话的魅力

神话观念往往作为一个民族的"集体无意识"潜在于精神世界之中。华夏民族的神话是远古时代人民对其所接触的自然现象、社会现象，幻想出来的具有艺术解释特性的集体口头创作。在原始时代，生产力的低下限制了人们对强大自然界的认识，因而很多自然现象就被归之于某种神秘力量的主宰，于是自然力就被先民的想象形象化、人格化了；同时，他们又在生产劳动中依照自己的英雄人物形象，创造了许多神的故事。《尚书·虞书》提出"神人以和"的文化观念，可以视为先民创造上古神话的精神观念。中国的上古神话大多见于《山海经》，因而从某种意义上来说，《山海经》是中国上古神话的总集；其次，散见于《左传》、《国语》、《楚辞》、《吕氏春秋》、《吴越春秋》、《搜神记》、《述异记》等典籍。在这些记载中，呈现出英雄神、始祖神、创造神以及自然神、统治神、反抗神等丰富多彩的神话人物形象，构想了一个通过彼在世界反映此在世界的富于奇思异想的语言世界，从而成为原始歌谣之后一种真正意义上的文学。略举如下。

女娲补天：见于《淮南子·览冥训》，女娲是中国古代神话中造人和创世的女神。传说天地开辟之际，未有人民，女娲用黄土造人，于是便有了人类；又传说女娲炼五色石补天，折断鳌足支撑四极，杀死黑龙，治平洪水，拯救了天下人民。所以女娲不但是世界的创造者，而且还是人类万物的始祖。这篇神话以奇妙幻想曲折地反映了原始人类同自然灾害的斗争，艺术地塑造了女娲的生动形象。

精卫填海：见于《山海经·北山经》，神话中的精卫鸟"其状如鸟，文首，白喙，赤足"，本是炎帝的小女儿，因溺死于东海，便化为鸟，衔西山之木石以填东海。这反映的是原始人类填海造田的场景和坚定的信念。这则神话具有浓厚的悲剧色彩却依然给人以鼓舞和力量。神话中对精卫鸟的白描手法十分生动洗练，用"文首、白喙、赤足"六个字便栩栩如生地勾勒出精卫鸟的神态和外形。

刑天舞干戚：见于《山海经·海外西经》，刑天是上古神话中的一个失败的英雄，因与天帝争权，失败后被砍头。刑天不甘屈服，以两乳为目，以脐为口，手持盾牌与板斧，搏战不息。神话赞颂了刑天至死不屈，敢于向最高权威的天帝挑战的反抗精神，这让我们联想起弥尔顿在《失乐园》中所塑造的撒旦的光辉形象。陶渊明曾写诗歌咏道："精卫衔微木，将以填沧海，刑天舞干戚，猛志固长在。"（《读山海经》）

此外，《山海经》还记载了"大禹治水"、"黄帝战蚩尤"等神话；《淮南子》记载了"共工怒触不周之山"、"后羿射日"等神话。这些神话都有一个共同的特点：通过神话解释世界、认识世界和改造世界。另外上古神话成

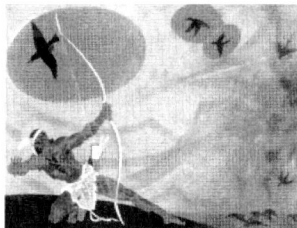

后羿

为后世故事的源泉，例如屈原的楚辞、庄子的散文、陶渊明、李白、李贺的诗歌，《柳毅传》、《张生煮海》、《西游记》、《封神演义》等都在此找到了情节的原形或变形，因此，上古神话是中国浪漫主义艺术精神的体现。

中国最早的诗歌总集——《诗经》

"关关雎鸠，在河之洲，窈窕淑女，君子好逑"出自于《诗经》，清新自然，感情真挚，广为人知。

《诗经》也是世界上最早的诗歌总集，是我国春秋时代记录史前口头创作的诗集。它收集了自西周初年至春秋中叶大约500多年间的305篇诗歌。它在先秦典籍中，只称为"诗"或"诗三百"，因汉代以后儒家将其奉为经典，才被称为《诗经》。全集各篇都是可以合乐歌唱的，根据音乐的不同又分为"风"、"雅"、"颂"三部分。"风"即十五国风，有诗160篇，是15个地方的土风歌谣；"雅"分"大雅"和"小雅"，有诗105篇，是周王朝统治地区的音乐；"颂"分"周颂"、"鲁颂"和"商颂"，有诗40篇，是宗庙祭祀用的舞曲。"国风"和"小雅"中的部分诗歌，今人认为系周王朝在诸侯国的协助下采集并命乐师整理、编纂而成的；雅诗和颂诗大都可能是公卿列士所献。

《国风》保存了不少劳动人民的口头创作，具有浓厚的民歌特色，它不但表达了劳动人民的思想感情和他们对社会生活的认识，而且显示了他们卓绝的艺术创造才能。它以鲜明的画面，反映了劳动人民的生活处境，表达了他们对剥削压迫的不满和反抗以及追求美好生活的信念。有的讽刺统治阶级的荒淫无耻，充分体现劳动人民对剥削者的鄙弃和愤慨；有的描写兵役、徭役给人民带来的苦难，以及由此引起的征夫与闺妇间的怀念；大量的是恋爱婚姻的主题，感情真挚，有笑有泪，写得真切大胆。《国风》是《诗经》中的精华，是我国古代文化宝库中一块晶莹的珠宝，是我国最早的现实主义诗篇。《大雅》大致是记述周族历史、歌颂祖先功德的作品，但在客观上提供了周的兴起及周初的经济制度和生产情况的若干历史资料。《小雅》内容除一部分宴会乐歌外，其余多系政治讽刺之作，不少篇章对周王朝统治的危机还作了深刻的揭露，反映了西周王室对东方各族诸侯国被征服人民的严重榨取，揭示了统治阶级上下层之间的劳逸不均和尖锐对立，批评了社会政治的黑暗与混乱。《颂》诗大多是贵族统治者祭祀时用的乐歌舞曲，多为歌功颂德、鼓吹"天命"、"神权"思想的作品，但也保存了比较重要的古代社会经济史料。

《诗经》的形式以四言为主，但也有二言、三言、五言、六言、七言、八言的句子；多数为隔句用韵，押韵灵活多变；多用反复重叠的方式，富有音乐性和节奏感。在表现手法上，普遍运用赋（直接陈述铺叙）、比（譬喻）、兴（托物起兴）的方法。语言准确、朴素、优美、富于形象性，音节自然和谐，多用双声、叠韵、叠字词语，具有很强的艺术表现力。

《诗经》是我国文学光辉的起点，它的出现以及它的思想性和艺术成就，是我国文学繁荣很早的标志，在我国乃至世界文化史上都占有极高的地位。它对中国两千多年来文学的发展产生了深广的影响，特别是其中民歌部分所表现的"饥者歌其食，劳者歌其事"的现实主义精神，对后世文学影响最大，它推动了不少诗人、作家去关心国家的命运和人民的疾苦，而不再视文学为流连光景、消遣闲情的东西。它不仅奠定了我国古典诗歌现实主义的基础，成为我国现实主义诗歌乃至整个现实主义文学创作的源头，而且是世界文学宝库中极为珍贵的古代史料，在世界文学史上永远闪烁着不灭的光辉。

道家鼻祖老子与《道德经》

老子（约公元前580—公元前500），姓李名耳，字聃，楚国苦县历乡曲仁里（今河南鹿邑县东）人，是道家学派的创始人。他生活于春秋后期，曾任周守藏室之史。孔子曾到周向他问礼。后因周衰，老子归隐，莫知所终。关于老子其人两说：一说是与孔子同时的楚人老莱子，二说是晚于孔子百余年的周太史儋。其传见《史记》卷六十三。著有《老子》，又名《道德经》。1973 年在湖南长沙马王堆三号汉墓出土《老子》帛书两种，今本《老子》分上篇《道经》、下篇《德经》，共八十一章，约五千言。

老子

西汉帛书《老子》

老子以"道"建立起来的文学观念与儒家相对立，认为"五色令人目盲，五音令人耳聋。"他强调"道"是宇宙本源，是有与无、有限与无限、有形与无形的统一，要求作者能够体悟大道，达到"致虚极，守静笃"（十六章）、"涤除玄览"（十章）的审美心境，从而创作出"大音希声"（四十一章）、"大象无形"（四十一章）、"大巧若拙"（四十五章）的艺术作品。这些文学创作观念与其"无为而无不为"的哲学主张均产生了深远的影响。

另外，《道德经》属于语录体韵文，语文精熟、音节铿锵、文法多样、说理深刻，多为后世文士所取。

儒圣孔子与《论语》

　　孔子（公元前551—公元前479），字仲尼，春秋鲁国陬邑（今山东曲阜）人，是儒家学派的创始人，其事见《史记·孔子世家》。他先后删定《诗》、《书》、《礼》、《乐》、《易》，并编修《春秋》等儒家经典。传说其弟子三千，其中有七十二人最为出名，后学辑有记录孔子言行的《论语》一书，现有20篇。

　　孔子从"仁"的政治哲学出发，主要阐述了以下文艺观点：第一，重视诗歌的功用，认为"不学诗，无以言"（《季氏》）、"兴于诗，立于礼，成于乐"（《泰伯》）、"诗可以兴，可以观，可以群，可以怨"（《阳货》），这些观点把诗与日常言行、个人修养、社会作用联系起来加以考察，全面阐释了诗的教育作用、认识作用、审美作用和现实作用；第二，重视中和之美，认为"乐而不淫，哀而不伤"（《八佾》），即要求诗歌适度地传达悲喜之情，以求平和；第三重视文质兼备，认为"质胜文则野，文胜质则史。文质彬彬，然后君子"（《雍

孔子

也》），即强调诗歌内容和形式的统一；第四，重视美善并举，认为"尽美矣，又尽善矣"才是最好的诗歌作品；第五，重视以物比德，认为"智者乐水，仁者乐山"（《雍也》），强调人性品格和自然山水的对应、同构关系。上述文艺观点，广播后世，形成了儒家文艺思想发展的脉络。

　　另外，就《论语》本身的艺术特点而言，多三言两语为一章，言简意赅，引人深思。语言畅达、活泼生动、讲究排比、运用对偶，颇有情意。有些篇章，如"季氏将伐颛臾"章（《季氏》）、"子路等侍坐"章（《先进》）等，略有情节，可以视为魏晋轶事小说的滥觞。《论语》是语录体散文的典范，标志着中国古代文学语言的成熟。

追求精神超脱的庄子

庄子（约公元前369—公元前286）名周，宋国蒙（今河南商丘县东北）人，战国时代著名的思想家，散文家，曾任漆园吏，不久归隐。楚王曾用千金聘他为相，他表示"宁游戏污渎之中自快，无为有国者所羁"。终生不仕，一生穷困，表现出敝屣富贵、出世脱俗的傲世态度。他继承和发展了老子的思想，和老子同是道家学派的代表人物，世称"老庄"。其生平行事略见于《史记·老庄申韩列传》。

庄子

《庄子》为道家经典之一。据《汉书·艺文志》著录，《庄子》52篇。今存33篇，分内7篇，外15篇，杂11篇。内篇的思想、结构、文风都比较一致，一般认为是庄周自著，外、杂篇则兼有其后学之作。但从全书总体说，唯心主义的本体论、相对主义的循环论、认识上的不可知论、无为的政治主张、虚无的人生哲学，构成了庄子学派的基本倾向。同时，书中也有不少辩证的因素，尤其对社会黑暗的揭露、批判，不遗余力，十分深刻。书中对于儒墨显学，多用诋訾，并表现了愤世嫉俗的精神。

《庄子》的文学成就在先秦文学中首屈一指。鲁迅说它："汪洋辟阖，仪态万方，晚周诸子之作，莫能先也。"（《汉文学史纲要》）它的文章想象奇幻，构思巧妙，描绘传神，善于比喻，文辞华赡，语汇丰富，机趣横生，挥洒自如，形成一种富有浪漫主义色彩的独特风格。总之，《庄子》一书，特别是内篇，有时像风行水上、自然成文；有时像万斛源泉，随地涌出，汪洋恣肆、妙趣横生，具有浪漫主义的艺术风格。他不仅在先秦的理论文中，即在后世的古典散文中亦罕有伦比。

《庄子》中的文章大都由寓言组成，构成了它又一特色。其中一些著名的寓言故事，如"鲲鹏展翅"、"庖丁解牛"、"井底之蛙"、"东施效颦"等等，皆含义深刻，流传久远，至今仍被广泛引用。

胸中有浩然之气的孟子

孟子（公元前 322—公元前 289），邹（今山东邹县）人，是孔子之孙子思的再传弟子。战国时，各诸侯国互相攻伐兼并，孟子标榜唐虞三代之德，提倡"仁政"、"王道"，不能为世所用。他曾往见齐宣王，宣王不能用。又到魏，见梁惠王，惠王认为他的主张迂阔不合时宜。晚年，与弟子万章、公孙丑等退而著书，述仲尼之意，作《孟子》七篇，另有《外书》四篇，已佚。孟子以孔子学说的继承者与捍卫者自居，故后世常"孔孟"并称，元文宗时封他为"亚圣"。

孟子注疏

《孟子》在后世被列为儒家经典。基本上为语录对话体，主要反映孟子的思想。孟子学说的核心是主张"仁政"，实行"王道"，这虽然和孔子的"仁爱"思想一脉相承，但有较多的人民性和进步性。他重视民心的向背，提出"保民而王"，"民为贵，社稷次之，君为轻"的观点。他敢于揭露暴虐的统治，对残暴的殷纣王，他不称之为"君"，而称之为"独夫"。他还主张"制民恒产"，即让农民有规定数目的田可耕。他在人性问题上提出"性善"论，反对兼并战争。从精神哲学的角度讲，孟子所谓"我善养吾浩然之气"正是重视自我人格境界培养的说明。清刘熙载《艺概·文概》评曰："集义养气，是孟子本领。不从事于此，而学孟子之文，得无象之然乎？"

《孟子》的文学特点是善于雄辩，气势充沛，感情强烈，词锋犀利。他的文章常分析对方心理，然后因势利导，步步深入地迫使对方接受自己的观点。如《梁惠王》上篇的"齐桓晋文之事"一章，一开始就占据主动，层层近逼，使对王道本无兴趣的齐宣王最终接受了他的"王道"主张。此外，《孟子》善于用准确、生动的比喻和寓言说理，有时三言两语，有时是寓言式的故事，其中如"揠苗助长"、"齐人有一妻一妾"等尤为生动，为历来的读者所传诵。《孟子》的语言也很流畅，简练形象，刻画人物细致传神。因此，

《孟子》在文学史上的影响超过《论语》，唐宋古文家如韩愈、柳宗元、苏轼父子等都深受其文风的熏陶。

中国第一部叙事详明的编年史——《左传》

国民必知

文学历程

读本

《左传》是中国第一部叙事详明的编年史，又称《春秋左氏传》《左氏春秋》，是配合《春秋》的编年史，记事至鲁哀公二十七年，比《春秋》多十三年。《春秋》仅仅是最简括的历史大事记，《左传》则详载其本末及有关逸闻琐事。相传作者是鲁国史官左丘明，但近人多认为非一人一时之作。

《左传》是一部内容丰富、规模宏大的历史著作，比较详细地记载了春秋时代周天子及诸侯各国间的政治、军事、文化活动，反映了当时王室衰微、诸侯争霸、卿士专权的社会现实，生动地展现了奴隶社会崩溃时期礼崩乐坏的图景，这是一种"不隐恶"的叙事手法。《左传》实践了孔子的见解，继承了《春秋》"尽而不汗"、"惩恶劝善"的精神，写出了当时社会的现实，但又抛弃了《春秋》"微而显"、"志而晦"中"微"与"晦"的色彩，鲜明地表示了作者的态度，特别是对昏君暴吏，加以尽情地揭露，而对于优秀人物，则加以热情赞扬。这就是司马迁在《史记·十二诸侯年表序》中所阐发的"刺讥褒讳挹损"的精神。

韩愈说："《春秋》谨严，《左传》浮夸。"（《进学解》）所谓"浮夸"，表明《左传》文采斑斓，这是历史散文的进步。《左传》以《春秋》所记大事为纲，具体地记叙了春秋时代二百五十多年的历史事件。它尤其善于描写战争，把头绪纷繁、错综复杂的大小战役表现得变化多端，脉络连贯，条理井然。在叙事中又着重写人，让人物在历史的矛盾冲突中呈现不同的性格，通过故事性、戏剧性的细节描写，揭示人物的面貌。同时又从人物的一系列活动去展现历史的变化发展过程。它尽管受到编年体的限制，还是写下了许多精美的篇章，刻画了一批有血有肉的历史人物形象。

《左传》在艺术方面的成就表现在叙事、写人和记言三个方面。《左传》叙事，不限于通过概述来总括史实、罗列数字、交代事件因果，而时常详细完整地叙述故事，这就突破了《春秋》提要式的格局。《左传》注意刻画人物，把人物置于矛盾冲突当中，通过人物的言行显示其个性特征，其行文辞令之美，是历来被人称道的。《左传》对叙事散文的发展，起到了引导作用。《左传》"不隐恶"的叙事手法，对后世史学家的影响巨大。

富有雄辩色彩的《战国策》

《战国策》是战国时期一部以记言为主、记事为辅的国别史和历史散文集。最初由战国末年或秦汉间人汇集各国史料编纂而成。书名原不统一，有《国策》、《国事》、《短长》、《事语》、《长书》、《修书》等名称。作者已不可考，最初只是战国时代各国史官和一些游说之士记录下来的文稿、史料，后经汉代刘向汇集整理而成。分东周、西周、秦、齐、楚、赵、魏、韩、燕、宋、卫、中山十二国策，共 33 篇。它的记事年代起于战国初，下至秦并六国后（约公元前 460—公元前 220），共约二百四十年。

比起《左传》、《国语》来，《战国策》的叙述更连贯、更集中、更富有情节性，作者往往摄取人物的主要特征，用漫画式夸张手法进行勾勒，个别地方甚至虚构情节，使人物的精神面貌更加鲜明、更富有个性，如张仪、苏秦、鲁仲连、触龙、唐雎等，都写得神采奕奕、栩栩如生。

《战国策》长于记事，善于辩论，语言铺张扬厉，富于文采，气势横生；论事说理，细致深刻；运用大量寓言、比喻和典故，增强文章的说服力。"画蛇添足"、"狐假虎威"、"南辕北辙"、"鹬蚌相争"等故事，至今仍为人所称引。所刻画的历史人物，形象生动、个性鲜明，并能揭示人物的内心活动。章学诚在《文史通义·诗教》中说："至战国而抵掌揣摩腾说以取富贵，其辞敷张而扬厉，变其本而加恢奇焉，不可谓非行人辞命之极也。"这是对《战国策》长于铺陈、流畅恣肆、气势激昂的雄辩夸饰之风的准确概括。

与日月同辉的"三闾大夫"——屈原

屈原（约公元前 349—公元前 278）是中国最早的伟大诗人。名平，字

原，又字灵均，战国时楚国人。屈原出生于和楚王同宗的没落贵族家庭，因其"博闻强志，明于治乱，娴于辞令"，曾被楚怀王任为左徒，"入则与王图议国事，以出号令；出则接遇宾客，应对诸侯"。面对当时秦楚争雄的局面，他颇具政治远见地提出联齐抗秦的主张，并着手推行"美政"；举贤授能，修明法度，使国家独立富强，进而统一长期分裂的中国，达到古人理想中的所谓唐虞三代的政治局面。然而屈原的这些主张触犯了楚国旧贵族的利益，遭到了他们的一致反对。怀王听信上官大夫等人的谗言疏远了屈原，并于公元前304年将屈原流放至汉北。怀王客死秦国，顷襄王立，以令尹子兰为首的上层集团仍排挤屈原，并于公元前286年再次将屈原流放至洞庭湖一带。此后，楚国国力日衰，公元前278年秦将白起攻下郢都，屈原的强国希望彻底破灭。面对国破人亡的惨痛现实，屈原自沉于汨罗江。

湖南汨罗屈子祠

屈原一生写下许多杰出的诗篇，揭露邪恶势力和对国家现实的不满，表现出热爱祖国、同情人民、疾恶如仇的精神和对美好理想的不懈追求。他的诗运用浪漫主义的创作方法，以丰富的想象创造出绚丽多彩的艺术画面，并吸收神话传说和民歌等形式，大胆运用象征、比喻等手段，语言优美生动，感染力强。他以自己的作品创出"骚体"这一新的文学形式，为中国文人诗歌的发展打下了坚实基础，对后世影响很大。屈原的作品，《汉书·艺文志》记载著有赋诗25篇，主要代表作为长诗《离骚》，还有《天问》、《九章》、《九歌》、《国殇》等。

司马迁称"其文约，其辞微，其志洁，其行廉，其称文小，而其指极大，举类迩而见义远。……推其志也，虽与日月争光可也。"（《史记·屈原贾生列传》）屈原受到历代文人的景慕。汉初贾谊被贬，渡湘水时，写下《吊屈原赋》，抒发对屈原的敬仰之情；唐代大诗人李白用"屈平词赋悬日月，楚王台榭空山丘"（《江上吟》）的诗句颂扬屈原的不朽；杜甫有"窃攀屈宋宜方驾，恐与齐梁作后尘"（《戏为六绝句》）的诗句，表示愿以屈原为楷模。屈原作品亦为世界人民所赞赏，1953 年，屈原被列为世界文化名人，受到各国人民的隆重纪念。

史家的绝唱：司马迁与《史记》

司马迁（约公元前 145—公元前 87）西汉伟大史学家、文学家。字子长，夏阳龙门（今陕西韩城县北）人。太史令司马谈之子。幼年在家乡耕牧、读书，十岁随父到长安，曾受业于经学大师董仲舒、孔安国。二十岁开始漫游，南游江、淮、上会稽、探禹穴，窥九嶷，浮沅、湘，北涉汶、泗，讲业齐鲁之都，观孔子之遗风，乡射邹、峄，厄困鄱、薛、彭城，过梁、楚而归，初任郎中，又奉使西南，侍从武帝巡狩，足迹几遍全国，到

司马迁

处探访古迹，采集传说，考察风土人情，积累了丰富的史料。元封三年（前108 年）继任太史令，博览国家藏书。太初元年（前 104 年）与唐都、落下闳等共订"太初历"，后即继承父志，编著史书。天汉二年（前 99 年），李陵抗击匈奴，兵败投降。司马迁为之辩解，得罪下狱，受腐刑。出狱后，任中书令，发愤著书，约于太史四年（前 93 年）撰成中国第一部通史，时称《太史公书》，东汉末年以后专名《史记》。全书包括十二本纪、十表、八书、三十世家，七十列传，凡一百三十篇，五十二万六千五百字。记述了从黄帝到汉武帝太初元年（前 104 年）约三千年的历史，是中国古代历史的伟大总结。它开创了纪传体史书的范例，故"百代以下，史官不能易其法，学者不能舍

其书"。

《史记》不仅是史学著作，而且是史传文学的典范，被鲁迅先生称为"史家之绝唱，无韵之《离骚》"。（《汉文学史纲要》）它展示了广阔的社会生活画面，善于将主要事件与细节描写有机地结合起来，并运用符合人物身份的口语表现人物的性格特征，在人物塑造上取得了极高的成就。如叱咤风云的项羽，完璧归赵的蔺相如，礼贤下士的信陵君，苦战不怠的"飞将军"李广，凶残酷虐的张汤等，都写得栩栩如生，跃然纸上。语言生动精炼，明白晓畅并大量吸取民间口语、谚语和歌谣，使之丰富多彩，对后世文学的影响巨大而深远，不仅是两千年来散文的典范，小说、戏曲也深受其益。旧注有刘宋裴骃《史记集解》、唐司马贞《史记索隐》、张守节《史记正义》，北宋时始将三家注合为一篇。

司马迁祠

司马迁的著作除《史记》外，《汉书·艺文志》著录有赋八篇，《隋书·经籍志》著录有文集一卷，多佚。今存《悲士不遇赋》一篇，为汉武帝时期众多赋作中有个性、有社会意义的一篇。《报任安书》不仅是研究司马迁生平思想的重要资料，而且由于作者真诚坦率的自我剖白，对自己不幸遭遇的充满感情的叙述，使之具有强烈的感染力，成为古代散文中不朽的名篇。

标志汉乐府最高成就的长篇叙事诗：《孔雀东南飞》

《孔雀东南飞》属"杂曲歌辞"，是中国古代民间叙事诗中最伟大的诗篇，它代表汉代乐府民歌发展的最高成就。这首诗最先见于南朝陈徐陵所编

国民必知 文学历程 读本

的《玉台新咏》，题为《古诗为焦仲卿妻作》，作者不可考。《乐府诗集·杂曲谣辞》收录此诗，简称《焦仲卿妻》，并称为"古辞"。因为诗的第一句是"孔雀东南飞"，后人又称做《孔雀东南飞》。

此诗作于汉末建安中，原为民间创作，在长期的流传过程中可能经过文人的修饰润色。共350余句，1700多字。此诗序言说："汉末建安中，庐江府小吏焦仲卿妻刘氏，为仲卿母所遣，自誓不嫁。其家逼之，乃投水而死。仲卿闻之，亦自缢于庭树。时人伤之，为诗云尔。"

孔雀东南飞

《孔雀东南飞》通过焦仲卿、刘兰芝的婚姻悲剧有力地揭露了封建礼教、封建家长制的罪恶，同时热烈地歌颂了焦、刘二人为了爱情、婚姻的自主，宁死不屈的斗争精神。"枝枝相覆盖，叶叶相交通。中有双飞鸟，自名为鸳鸯。仰头相向鸣，夜夜达五更"。作者通过这富有浪漫主义色彩的想象，表达了他们争取婚姻自由的必胜信念。《孔雀东南飞》剪裁得当，成功地运用人物的对话和行动，进行叙述和塑造人物形象；其间又加以景物描写，环境气氛的烘托，铺张排比的手法，诗人抒情性的插话以及富有浪漫主义色彩的结尾，使全诗结构完整、层次清晰，增强了文章的艺术感染力，达到了汉乐府民歌的最高峰，是一首光辉灿烂的民间经典，被誉为"长诗之圣"。（王世贞《艺苑卮言》）它流传了一千七百多年，在五四反封建运动中还被用为反对吃人礼教的武器，今天仍然为广大人民所喜爱。

第四章　魏晋南北朝

——英雄与山水田园诗的时代

大自然被赋予人情味。

汉末，军阀割据，风云变幻。整个大地躁动不安，仿佛黑云压城。但是对文学而言，这又是一个自觉的时代，出现了许多歌咏豪情、吐露胸怀、寄情自然的优秀作品。曹操是一个英雄般的诗人，他的诗篇或激情澎湃，或感伤生命；更为可喜的是，出现了两位山水田园诗的代表——谢灵运和陶渊明，在他们的诗篇中，我们可以读出自然的美丽和心情的通脱。还有能够代表北朝民歌的《木兰诗》，它像一个传奇故事，扣人心弦。

壮心不已、老骥伏枥的曹操

曹操（155—220）字孟德，小字阿瞒。沛国谯（今安徽亳县）人。东汉末年著名政治家、军事家，建安时期的代表诗人之一。出生于宦官家庭，其父曹嵩为桓帝时大宦官曹腾的养子。曹操二十岁时被乡里举孝廉为郎，曾参加镇压黄巾农民起义军和讨伐董卓叛乱。初平三年（192年）任兖州牧，收编败降的农民军三十万，号称"青州兵"，增强了他以后称霸中原的政治军事实力。以后逐步打败北方军阀，并挟持汉献帝发号施令，实际为北方最高统治者。建安十三年（208年）为丞相，同年赤壁之战中受挫，从而形成了与刘备、孙权鼎足对峙的局面。此后，虽然致力于全国统一，但曹操至死也未实现，死后被尊为魏武帝。

曹操的文学作品现存乐府诗二十余首，较完整的散文四十多篇，其诗继承了《诗经》、楚辞和汉乐府民歌的优良传统，内容深刻，气魄宏伟，慷慨悲壮，苍劲雄浑，代表了建安风骨的特色，推动了五言诗的发展。《蒿里行》、《苦寒行》、《薤露行》等，反映了汉末的战乱和人民的苦难，被誉为"汉末实录，真诗史也"（钟惺《古诗归》卷七）。"白骨露于野，千里无鸡鸣，生民百遗一，念之断人肠"等名句，更表现了他对人民的同情。《短歌行》中的《对酒当歌》和《步出夏门行》中的《观沧海》、《龟虽寿》，抒写其统一天下的雄心壮志和思贤若渴的情怀。"老骥伏枥，志在千里。烈士暮年，壮心不已"，洋溢着昂扬进取的豪迈精神，有"吞吐宇宙之气象"（沈德潜《古诗源》卷五），至今传诵不绝。他的散文别具一格，善于以质朴刚健的语言直抒胸臆。文风清俊通脱，个性鲜明，鲁迅称他为"改造文章的祖师"。

步出夏门行

自有活法："竹林七贤"

竹林七贤是指三国魏末的七位名士文人，他们是正始文学的代表作家，包括嵇康、阮籍、山涛、向秀、阮咸、王戎和刘伶，他们曾聚集于河内山阳县（今河南焦作市东）。晋孙盛《魏氏春秋》称他们"游于竹林，号为七贤"。

魏末是一个政治黑暗、社会恐怖的时代。代表豪门地主势力的司马氏集团逐步掌握了中央政权，大肆诛杀曹氏宗室和异己文士。在这样的形势下，玄学兴起，老庄思想盛行，于是竹林七贤出现了。"七贤"往往不拘礼法，蔑视权贵，以老、庄哲学表达对现实的不满。然其中山涛、王戎后来却攀附司马氏集团，官至司徒、尚书令，为人所轻。

"七贤"中以阮籍和嵇康的文学成就为最大。

阮籍（210—263），字嗣宗，陈留尉氏（今河南开封市）人。父阮瑀为建安七子之一。籍少博览群书，尤好老庄，爱酒任性，鄙弃礼法。后为尚书郎、曹爽参军，遂以疾辞。司马氏掌权时历任从事中郎、散骑常侍，封关内侯。后求为步兵校尉，故世称阮步兵。魏元帝景元四年（263年）卒。明人辑有《阮步兵集》。阮籍的代表作是八十二首《咏怀诗》。这些诗非一时所作，内容主要是抒发自己忧谗惧祸的心理和苦闷孤寂的感情，有些诗也揭露了曹魏集团的腐朽和司马氏集团的虚伪残暴。其中一些诗也流露了诗人饮酒求仙等消极出世的情绪。这些诗艺术上继承《诗经·小雅》和《古诗十九首》的传统，多用比兴、象征手法，隐晦曲折地表达自己的思想感情。故钟嵘《诗品》评其诗为"厥旨渊放，归趣难求"。阮籍五言诗的发展起到了很大的推动作用。另外，他的散文《大人先生传》也很有名。

嵇康（224—263），字叔夜，谯国铚（今安徽宿县）人。早孤，有奇才。天质自然而好老庄，恬静寡欲。与曹魏宗室有姻亲关系，拜中散大夫，故世称嵇中散。司马氏掌权后，即隐居不仕，好友山涛曾举荐他去代自己为选曹郎，被拒绝。为文提倡任自然而反对名教，得罪司马氏集团。后因友人吕安事而下狱，终被杀。明人辑有《嵇中散集》。嵇康的诗多为四言诗，如《赠兄秀才入军》，抒发了诗人隐居不仕、向往自然的志趣，同时也表达了兄弟的惜别之情。《幽愤诗》则尽情抒吐怨愤，表达了不与司马氏合作的决心。嵇康的诗往往直抒胸臆，表现出一种清峻的风格。嵇康的文学成就主要在散文。鲁迅说："嵇康的论文，比阮籍更好，思想新颖，往往与古时旧说反对。"（《魏晋风度及文章与药及酒之关系》）《与山巨源绝交书》是其代表作。这篇文章在拒绝山涛举荐的同时，用大量的篇幅陈述自己生性疏懒、不堪礼法约束的性情，从而对司马氏集团的黑暗政治作了无情的讽刺。全文嬉笑怒骂，语言犀利，表现了作者刚直嫉恶的性格。

田园诗人陶渊明与《桃花源记》

"采菊东篱下，悠然见南山"是东晋大文学家陶渊明的名句，它反映了一种尚清淡之趣、超脱之境的人生态度。细细品味这两句，真是"此中有真意，欲辨已忘言"。

陶渊明（365—427）名潜，字元亮，别号五柳先生。浔阳柴桑（今江西九江市西南）人。陶渊明出生于一个没落的仕宦家庭。曾祖陶侃是东晋开国元勋，封长沙郡公，陶渊明的祖父做过太守，父亲早死，母亲是东晋名士孟嘉的女儿。

陶渊明生平分为三个时期：早年为居家、读书时期。他从小深受家庭和儒家思想的熏陶，怀有"大济苍生"的壮志，同时也读了《老子》、《庄子》等著作，受了道家思想的影响。中年为时仕时隐时期。他二十九岁因亲老家贫，做了州祭酒，但"不堪吏职，少日自解归"（萧统《陶渊明传》），闲居五六年后，又做了荆州刺史桓玄的属吏，不久因母丧辞归。桓玄篡晋，改国号为楚，他在家闭门高吟。刘

东篱赏菊图

裕联合刘毅，起兵讨伐桓玄，他又离家东下，入刘裕幕府，任镇军参军，后转任建威将军、江州刺史刘敬宣的参军。晋安帝义熙元年（405年）出任彭泽县令，在官八十余日，便辞官归家。晚年为隐居田园时期，他从四十一岁（405年）开始走上坚决归隐田园的道路，此时生活贫困，虽不废躬耕，但也不免饥寒。曾与周续之、刘遗民往来，被称为"浔阳三隐"。后有出仕机会，均被他拒绝。终因贫病交加而卒，私谥靖节。

陶渊明的诗、文、赋成就很高。现存诗歌126首，内容丰富。如《赠羊长史》、《饮酒》、《拟古》、《述古》等，对当时黑暗政治有一定揭露。《癸卯岁十二月中作与从弟敬远》、《归园田居》等，表现了对污浊现实的否定，对淳朴田园生活的赞美以及坚决不与世俗同流合污的高尚情操。《杂诗》、《读山海经》、《咏荆轲》等，表现了归隐之后对世事的关怀和"有志不获骋"的愤慨，以及愤世嫉俗、反抗强暴的精神。

陶诗感情真挚深切，善用白描手法，语言朴素凝练，意境深远，具有平

淡、自然、省净、淳厚的独特风格。钟嵘《诗品》说："（陶诗）文体省净，殆无长语。笃意真古，辞兴婉惬。"苏轼说："渊明诗初看若散缓，熟看有奇趣，……大率才高意远，则所寓得其妙，造语精到之至，遂能如此，如大匠运斤，不见斧凿之痕"（《冷斋夜话》），又说："质而实绮，癯而实腴。"（《东坡续集》）。

陶渊明散文现存九篇，如《五柳先生传》、《与子俨等疏》等，思想感情真实，文笔朴素简洁，风格清新隽永。著名的《桃花源记》描绘了一个没有君主、不纳赋税、人人劳动、自食其力、风俗淳厚的理想社会，曲折地表现了对现实社会的不满和否定，想象丰富，情节新奇，具有浪漫主义色彩。现有辞赋三篇，《归去来兮辞》是历代传诵的名篇。辞中着力描写了他辞官归田的喜悦以及对田园生活的热爱，表现了高洁的志趣。感情真挚，风格清新隽逸。宋代欧阳修说："晋无文章，唯陶渊明《归去来兮辞》而已。"

陶渊明在中国文学史上占有重要地位，其作品艺术成就很高，对后世影响十分深广。南朝的鲍照、江淹开始学习陶体诗歌。唐代诗人王维、孟浩然、李白、杜甫、白居易、储光羲、韦应物、柳宗元等，宋代的苏轼、陆游、辛弃疾一直到近代的龚自珍、黄遵宪、谭嗣同等，对陶诗都给予高度评价。

《桃花源记》是陶渊明的名篇，原系《桃花源诗》前的小记。一般认为是作者晚年作品。文中虚构一武陵渔人无意中进入奇丽动人的桃花林，穷究其源，发现一个世外绝境，其间"土地平旷，屋舍俨然，有良田美池桑竹之属。阡陌交通，鸡犬相闻"；"黄发垂髫，并怡然自乐"。源中人淳朴、真挚，见渔人"问所从来"，并"设酒杀鸡"款待。自谓先世因避秦末战乱，来此桃花源，与世隔绝，"不知有汉，无论魏晋"。临别嘱渔人"不足为外人道也"。后再寻桃花源，已不可复得。作者笔下的桃花源，是一个没有君臣、战乱、徭役和王税，没有改朝换代，没有压迫剥削、人人平等的理想社会，"春蚕收长丝，秋熟靡王税"，人们过着富裕、宁静、安定的生活。这是一种古人心目中的"乌托邦"！全文仅三百二十余字，但构思精巧，富有诗的想象力，以叙事为主，有曲折新奇的故事情节，有优美如画的景物环境，有人物、有对话。全文从桃花源形成的历史来写，以歌咏桃源的生存方式为主，旨在抒情言志。语言平淡，风格浑朴。清张荫嘉《古诗赏析》说："记先述境，后寓乱世避之旨；诗却倒转，亦是善于谋局处。"这篇文章对后世产生了很大的影响，以"桃源"为题的诗作颇多。

山水诗的开创者：谢灵运

你知道"池塘生春草，园柳变鸣禽"是中国古代哪位诗人的名句吗？这位诗人就是谢灵运。

谢灵运（385—433）祖籍陈郡阳夏（今河南太康县），世居会稽（今浙江绍兴）。晋宋之际著名诗人。出身江南大族，祖父谢玄为东晋名将。十八岁袭封康乐公，世称谢康乐；小名客儿，故又称谢客。东晋末年，历任琅琊王大司马行参军，抚军将军刘毅记室参军，相国从事中郎等职，入宋，在帝室与世家的斗争中失势，降爵康乐侯，任散骑常侍。"自谓才能宜参权要"，而刘宋王朝却"唯以文义处之"，因此，"常怀愤愤"。公元423年，宋少帝即位，出任永嘉太守，肆游山水，不理政事，后归会稽始宁隐居。公元424年，宋文帝即位，征为

谢灵运抒啸图

秘书监，便整理秘阁图书，撰《晋书》未成，公元428年免官，晚年任临川内史，"在郡游牧，不异永嘉"。后因谋反罪，被放广州，后处死。

谢灵运的主要创作活动在刘宋时代，主要成就在于山水诗。由他开始，山水诗成为中国文学史上的一个流派。谢诗具有鲜丽清新的特点。鲍照说："谢五言如初发芙蓉，自然可爱"。（《南史·颜延之传》）汤惠休说："谢诗如芙蓉出水。"对山水形象捕捉得准确。"春晚绿野秀"（《入彭蠡湖口》），"青翠杳深沉"（《晚出西射堂》），同样是绿色，却是两幅不同的画面，前者为暮春，后者为深秋。《过白岸亭》中"近涧涓密石，远山映疏木。空翠强难名，渔钓易为曲"等句，把老庄的哲学化入山水景色之中，由景涉理，进而引起荣悴劳通的感慨。《登池上楼》中的名句"池塘生春草，园柳变鸣禽"，写得鲜活通透，生动有趣，表现出十足的自然情趣。谢灵运诗的缺点在于缺乏社

会内容，仍有不少谈玄说理的诗句，有的甚至晦涩难懂，且结构单调，因此，名句虽不少，佳篇却不多。他与颜延之、鲍照并称"元嘉三大家"。对后代尤其是齐梁以后的新体诗和唐代山水诗影响较大。

北朝民歌的杰作：《木兰诗》

北朝民歌以《乐府诗集》所载"梁鼓角横吹曲"为主。所谓横吹曲，是当时北方民族一种在马上演奏的军乐，因为乐器有鼓有角，所以也叫做"鼓角横吹曲"。《木兰诗》则是北朝民歌的杰作。

《木兰诗》是一篇歌颂女英雄木兰乔装代父从军的叙事诗，也可以说是一出喜剧，它和《孔雀东南飞》是中国诗歌史上的"双璧"，异曲同工，相互辉映。明胡应麟《诗薮》说："五言之赡，极于焦仲卿妻；杂言之赡，极于木兰。"这提法和评价是很恰当的。北朝战争频繁，好勇尚武，这首诗正反映了这一特定的社会风貌。

木兰的英雄形象出现在文学史上具有不平凡的意义。她是一个勤劳织布的普通姑娘，但当战争到来的时候，竟勇敢地承担起一般妇女所不能承担的代父从军的任务，买了"骏马"、"长鞭"，经历黄河黑水，北到燕山朔野，万里长征，十年转战。胜利凯旋后，功成不受赏，气概又表现得如此的磊落轩昂。回到家里，在爷娘姊弟一片热烈欢迎的气氛中，她"脱我战时袍，着我旧时裳"，同行的伙伴才惊讶地认出这个转战十年、功勋卓越的"壮士"，竟是一个"女郎"。扑朔迷离的传奇色彩，更使这个勇敢、坚毅、纯洁的姑娘显出了天真活泼、机智的本来面目。

木兰巡营

《木兰诗》采用问答的方法叙事，有夸张、有铺叙、有繁富、有简洁，结构谨严，生动感人。明谢榛《四溟诗话》说："若一言了问答，一市买鞍马，则简而无味，殆非乐府家数。"总之，《木兰诗》的语言，丰富多彩，有朴素自然的口语，也有精妙绝伦的律句，但它们在生动活泼的基调上取得统一和协调。此外，句型的或整或散、长短错综，排句的反复咏叹，譬喻的新奇幽默等也都加强了诗的音乐性和表现力，有助于人物形象的塑造。

第五章　向往文学的顶峰

——唐诗的天下

国民·知文学历程读本

唐诗是一座庞大的精神殿堂！

到了七世纪以后，中国文学进入了一个具有"历史纪念碑"意义的时代，唐诗成为主潮，代表了这个时代的最高水平，是中国文学的顶峰。假如我们带着好奇的欲望，进入唐诗的世界，就会发现到处琳琅满目，美不胜收。有开唐诗新风的陈子昂，有怡情自然的孟浩然，有边塞诗人王之涣、高适、岑参，还有"诗佛"王维、"诗仙"李白、"诗圣"杜甫、"诗豪"刘禹锡、"诗鬼"李贺，有"通俗诗人"白居易，有"无题诗人"李商隐，有古文运动的领袖韩愈、柳宗元等人，他们的作品，可以尽收眼底，饱览不尽。我们时常怀疑艺术的力量有多大，可在唐诗的世界中，会觉得怀疑等于浅薄。的确，唐代是一个疆域辽阔的帝国，而唐诗也是一个思想澎湃的帝国。

开唐诗新风的人——陈子昂

继"四杰"之后，以更坚决的态度起来反对齐梁诗风的统治，在理论和创作实践上都表现了鲜明的创造革新精神的诗人是陈子昂。韩愈称赞他："国朝盛文章，子昂始高蹈。"

陈子昂（661—702），字伯玉，梓州射洪（今属四川）人。初唐诗人，诗歌革新的倡导者。出身富豪之家，性情侠义。21岁入京，24岁中进士。武后时，曾上《大周受命颂》，为武后赏识，擢为麟台正字，后迁右拾遗，故人称"陈拾遗"。他反对穷兵黩武，主张"王政之贵，莫大于安人"，且敢于直谏，但屡遭打击，最终下狱。遇赦后随武攸宜出征契丹，受主将排挤辞官，后为权臣武三思所害，死于狱中。陈子昂是初唐诗歌革新的倡导者。初唐诗坛经"初唐四杰"的倡导开始逐渐摆脱梁陈宫体诗颓靡诗风的影响，陈子昂是继"四杰"之后又一位高举诗歌革新大旗的文学家。其文学主张主要见于《与东方左史虬修竹篇序》。在文中他痛斥齐梁诗"彩丽竞繁，而兴寄都绝"的诗风，切中初唐诗坛的弊端。他认为："文章道弊，五百年矣；汉魏风骨，晋宋莫传。"针对这一现象，他提倡"风雅兴寄"和"汉魏风骨"，要求恢复风雅和建安诗歌的传统。"风骨"的实质是要求诗歌有高尚充沛的思想感情，有充实的内容，"兴寄"的实质是要求用诗歌反映现实，寄托远大理想，抒发思想情怀，达到"骨气端翔，抑扬顿挫，光英朗练，有金石声"的理想境界。这篇序文标志着唐代诗风的转变，对端正唐诗发展方向具有重大意义。陈子昂以自己的诗歌创作实践了自己的理论，其代表作《感遇诗》38首，或讽刺时政，慨叹现实，或感怀身世，抒写理想，或写边塞生活，都突破了泛拟古题的倾向，借古喻今，抒发了作者的思想和抱负。

陈子昂的诗直承汉魏，发扬了建安"慷慨以任气"和阮籍比兴咏怀的传统，语言质朴雄浑，意境苍凉悲壮，风格刚劲有力，将唐诗的发展引向对广阔的社会与人生的关注上，进一步完成了唐诗革新的历史任务，为后代的文学改革奠定了基础，有《陈拾遗集》。《登幽州台歌》是陈子昂最有名的诗作，"前不见古人，后不见来者。念天地之悠悠，独怆然而涕下。"境界阔大、感情深沉，一扫宫体诗的脂粉气，用自然的音调、自由的格式表现出对宇宙无穷、人生短促的感叹，抒发出对政治抱负不能实现的苦闷，意境开阔，情调悲壮，不愧为齐梁以来两百多年中没有听到过的洪钟巨响。

开唐代山水田园诗派的先河：孟浩然

在我们介绍孟浩然之前，先读一首家喻户晓的名篇《春晓》：

> 春眠不觉晓，处处闻啼鸟。
>
> 夜来风雨声，花落知多少。

这是一首清新自然，洋溢生活乐趣的优美诗篇，久传不衰。

唐开元、天宝年间是所谓盛唐时期。以孟浩然和王维为代表的山水田园诗派风格独特，开拓了魏晋以来山水田园诗的新境界。

孟浩然（689—740），襄州襄阳（今湖北襄樊）人。唐代田园诗派的代表人物。与王维齐名，并称"王孟"。40岁以前，隐居鹿门山，闭门苦读，灌蔬艺竹。年四十入京，科考不中，遂漫游吴越。后隐居故里，布衣终身。孟浩然的生活经历较为单纯，除求仕到过长安和漫游吴越外，他一直在家乡过着隐居生活，所以其诗主要描写在家乡的隐居生活及漫游旅程中所见的景物。描写漫游历程中山水景物的诗篇多表现游子漂泊之感，含蓄地表达出欲出仕而不得的惆怅心情，隐含身世落拓之感。《宿建德江》一诗以远近结合的手法将江上月夜的景色描绘得生动别致，以景衬情，清峭的月色衬托出诗人羁旅生活中的乡愁。孟浩然的田园诗情感真挚，具有深厚的生活气息，通过常见的生活场景描写表现隐居的情趣。《过故人庄》描绘了青山、绿树、村舍、场圃、桑麻等一系列田园景物，构成一幅完整的田园风俗画，表现了诗人对田园生活的向往。这首诗语言冲淡平和，毫无夸张和渲染，用寻常的语言抒发寻常的情感却收到了不寻常的艺术效果，整首诗韵味隽永，意境美好怡人。孟浩然以冲淡平和的诗风著称，闻一多评孟诗"淡到看不见诗"（《唐诗杂论》）。他擅长以白描手法描写景物，将平凡的景物与闲适的心情结合，以清澈明净的语言表达自然而高远的情调。孟浩然是唐代第一个大量写作山水田园的诗人，开唐代山水田园诗派的先河，给盛唐诗坛带来一股清新的气息，显示出唐诗从初唐到盛唐过渡的痕迹。杜甫称赞曰："复忆襄阳孟浩然，清诗句句尽堪传。"孟浩然长于五古和五律，诗风深受陶渊明的影响，但由于他缺乏生活阅历，诗歌内容和境界都不如陶诗，苏轼批评他"韵高而才短，如造内法酒手，而无材料"。（《后山诗话》引）孟浩然在盛唐诗人中，年辈较高，比李白、王维大十二岁。他诗集里还残留着从初唐到盛唐过渡的痕迹。

落霞·孤鹜·秋水·长天：
王勃与《滕王阁序》

王勃（650—675），字子安，绛州龙门（今山西河津）人，"初唐四杰"

中成就最高的一位。早年即有文名，十四岁应举及第，授朝散郎，后任沛王府修撰，因写檄文被高宗逐出王府，此后到巴蜀游历，补虢州参军，又因罪革职。上元二年（675年），渡海省亲，溺水而死。王勃专工五言律诗，其诗内容充实，感情真挚，语言朴实。以《送杜少府之任蜀州》最为著名。这首诗没有一般送别诗的伤感，而以唐人特有的廓大心境来重新认识离别，"海内存知己，天涯若比邻"两句使全诗意境开阔，具有唐代开朗豁达的时代特征，

王勃

成为千古传诵的名句，全诗结构严谨，以朴素的语言直抒胸臆，是一篇五律佳作。王勃的文多于诗，以《滕王阁序》最为著名。

滕王阁故址在今江西南昌，为唐高祖之子滕王李元婴于贞观年间任洪州都督时所建。高宗时，洪州都督阎伯屿重加整修，并于上元二年（675年）的重阳日大宴宾客。王勃往交趾省父，路过洪州，参加了这次盛会，便写下这篇序文。据《新唐书·王勃传》载：阎伯屿有意夸耀其婿的文才，事先写成序文，准备出示宾客；又故意虚邀宾客撰写，座客无人敢应命，至勃，竟不辞让，阎不悦，专令人伺其下

滕王阁

笔，逐句禀告。初犹不屑，后文章愈写愈妙，至"落霞与孤鹜齐飞，秋水共长天一色"时，不禁矍然而起，曰："此真天才，当垂不朽矣！"

文章先写滕王阁所在地——洪州形胜、物产、人杰逐渐转入叙述盛会的正面文字。盛会的首席大概是阎都督，宇文新州之傅。写盛会，他依次写到滕王阁的风光、建筑之美，登阁临眺所见洪州一带的深秋景色。娱游既竟，乐极生悲。他从眼前的盛会联想到宇宙之无穷，盛衰之无常和自己的飘零无寄，产生了去国离乡的客子之感，然后又从羁旅的景况转到历史人物和自己穷途末路的相同命运，因而感慨万端，不能自已，文章最后从自叙自然回到饯别作序上来，虽然有"胜地不常、盛筵难再"的悲感，但不能掩盖全篇的

积极色彩。全文对仗谨严、文采华丽、风格雄浑。韩愈《新修滕王阁记》谓："江南多临观之美，而滕王阁独为第一。……太原王公（仲舒）为御史中丞，以书命愈记之，窃喜载名其上，词列三王（指王勃的序，王绪的赋，王仲舒的修阁记）之次，有荣耀焉。"可见，韩愈对《滕王阁序》倍加赞赏，该文"当垂不朽矣"！

浪漫的张若虚与《春江花月夜》

国民必知

文学历程

读本

"春江潮水连海平，海上明月共潮生"是唐代诗人张若虚《春江花月夜》中的名句，清新优美，形象地勾勒出了海上升明月的生动画面。

张若虚（660—720），扬州人。盛唐诗人。曾为兖州兵曹。与贺知章等齐名，为"吴中四士"之一。《全唐诗》仅存其诗二首。其中《代答闺梦还》是一首五古，几乎通篇对仗，平仄合律。写春闺梦思，雕琢铺排，无多新意。另一首《春江花月夜》却是千古传诵的名

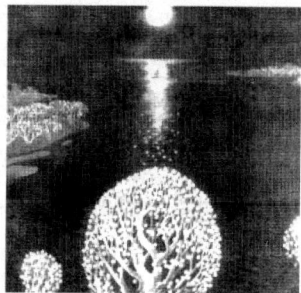

春江花月夜

篇，被誉为"以孤篇压倒全唐"。诗用乐府标题，属《清商曲·吴声歌》。此曲本为陈后主作，又与伶人唱和，今不传。张若虚所作虽沿袭游子思归的传统主题，但境界开拓邈远，光景生新。它用自然流转的笔调把月下春江瑰丽、朦胧的如诗一般的美景都淋漓尽致地描绘出来，令人赞叹不已。而月下征人思归的彼此相思惆怅之情，又唤起读者对美好爱情的追求。至于"江畔何人初见月，江月何年初照人"、"人生代代无穷已，江月年年只相似。不知江月待何人，但见长江送流水"，虽也流露了茫然怅惘之情，然而也是对宇宙人生奥秘的轻声的惊叹。诗人把相思的内容放在春江月夜的背景之下，使得这种相思充满了诗意的美。因而这篇作品以其高超的艺术成就赢得了人们的称赞，张若虚本人也因此在文学史上占有一席之地。

"诗佛" 王维

空山新雨后，天气晚来秋。

明月松间照，清泉石上流。

竹喧归浣女，莲动下渔舟。

随意春芳歇，王孙自可留。

这首诗题名《山居秋暝》，是被称为"诗佛"的王维的代表作。这里空山雨后的秋凉，松间明月的清光，石上清泉的声音，浣纱归来的女孩子们在竹林里的笑声，小渔船缓缓地穿过荷花的动态，和谐完美地融合在一起，给人一种丰富新鲜的感受。它好像一首恬静优美的抒情乐曲，又像一幅清新秀丽的山水画，透示出空谷足音的感觉。

王维（701—761），字摩诘，太原祁（今山西祁县）人，后徙家于蒲（今山西永济西），唐代山水诗派创始人之一。少时即有才名，多

维摩诘

才多艺，通音乐，善绘画，工诗歌。开元九年（721年）中进士，授大乐丞，由此开始仕途生活。其思想以天宝为界分为两期。前期有"济人然后拂衣去"的进取精神，热衷于政治，希望依附贤相张九龄能够有所作为。后期由于生活和政治上的一系列挫折，思想由积极转为奉佛。又逢张九龄罢相，他便过着一种亦官亦隐的生活。先后在终南别业、辋川别墅隐居，后官至尚书右丞，世称"王右丞"。王维笃信佛法，其名字便来自梵语"维摩诘"，为净名之义。到了晚年，其崇佛思想日益严重，以维摩居士自况。王维的创作以诗歌为主，随思想变化分为前后两期。前期诗歌内容积极，风格豪放，具有盛唐诗歌共有的特点，多以游侠、边塞为题材，情调昂扬，表达了建功立业的英雄气度和保国戍边的爱国热情。其笔下的边塞景物也充满了豪情，如《使至

塞上》中名句"大漠孤烟直，长河落日圆"，被王国维赞为"千古壮语"。其前期作品中也有表达政治主张的诗，具有一定的社会意义。后期在政治上逐渐妥协，寄情山水，创作了大量山水田园诗。这些诗多写隐居时的闲情，与现实生活有一定距离，但在艺术上却是最令人称道的。这些诗无论是写雄浑壮美的景色，还是写清幽孤寂的景色，都具有画面鲜明、意境浑融、观察细致、刻画传神的特点。王维将自己在绘画、音乐、书法等领域的领悟都融入诗歌创作中，又融合了陶诗的意境浑融和谢诗的精工刻画的特点，创出了自己的风格——"诗中有画"。王维善于概括，依据主观感受在总体中捕捉突出的形象，再撷取景物最传神的刹那，加以精工刻画，利用色彩、音响、动态、明暗等方面的对比，烘托出意境。其山水田园诗多以高度凝练的语言、生动简约的笔墨达到情景交融、寓情于景的艺术境界；力求勾勒一幅画面，表现一种意境，给人浑然一体的印象，在表现山水田园诗之美的同时也表现出诗

王维诗意图

人的性格。苏轼评其诗画曰："味摩诘之诗，诗中有画；观摩诘之画，画中有诗。"与孟浩然并称"王孟"，同为盛唐山水田园诗派的代表人物。王维诗书画兼具，使得他在诗歌里成为一个全面的人才。他代表了整个盛唐诗歌的特点：深入浅出，爽朗不尽，融汇着历代诗歌的精华。代表诗作有《山居秋暝》、《渭川田家》、《汉江临泛》、《送元二使安西》、《相思》等。

边塞诗人王之涣

黄河远上白云间，一片孤城万仞山。

羌笛何须怨杨柳，春风不度玉门关。

　　这是盛唐边塞诗人中年辈较老的王之涣的名作《凉州词》。诗中通过塞外荒寒壮阔的背景和羌笛吹奏的《折杨柳》乐曲，透露出征人久戍思家的哀怨，表现出对戍卒的深厚同情。"羌笛何须怨杨柳，春风不度玉门关"两句，含蓄双关，婉转深刻。这首名作"传乎乐章，布在人口"。

　　王之涣（668—742），字季陵，并州（今山西太原）人，后徙居绛郡（今山西新绛）。幼时聪敏博学。曾为冀州衡水主簿，因受人诬告，弃官返乡。家居15年，游历黄河南北。晚年仕文安县尉，卒于任所。王之涣为盛唐著名边塞诗人之一。性格豪放，为官清白，与王昌龄、高适等都有唱和。唐薛用弱《集异记》中

唐代边塞风光

有王之涣与高适、王昌龄"旗亭画壁"的故事。王之涣留传至今的诗篇极少，《全唐诗》仅录存六首。除了上面所提及的名作之外，另一名篇五绝《登鹳雀楼》："白日依山尽，黄河入海流。欲穷千里目，更上一层楼。"全诗仅有20字，却境界阔大，情景交融，诗思高远，传诵不衰。

豪情四射的高适

汉家烟尘在东北，汉将辞家破残贼。男儿本自重横行，天子非常赐颜色。
拟金伐鼓下榆关，旌旗逶迤碣石间。校尉羽书飞瀚海，单于猎火照狼山。
山川萧条极边土，胡骑凭陵杂风雨。战士军前半死生，美人帐下犹歌舞。
大漠穷秋塞草衰，孤城落日斗兵稀。身当恩遇常轻敌，力尽关山未解围。

铁衣远戍辛勤久，玉箸应啼别离后。少妇城南欲断肠，征人蓟北空回首。边风飘飘那可度，绝域苍茫更何有？杀气三日作阵云，寒声一夜传刁斗。相看白刃血纷纷，死节从来岂顾勋。君不见沙场征战苦，至今犹忆李将军。

这是盛唐边塞诗派的代表人物高适的代表作《燕歌行》。在这首诗中，他用乐府古题来写边塞烽火连天的现实，将士卒与将帅的生活加以对照，揭露了唐朝军政的黑暗。诗中对征人思归的描写更反映出连年征战给百姓带来的痛苦，结尾点题，使诗歌具有更深刻的现实批判性。全诗风格悲壮苍凉，错综交织的诗笔，把荒凉绝漠的自然环境，如火如荼的战争气氛，士兵在战斗中复杂变化的内心活动融合在一起，形成了雄厚深广、悲壮淋漓的艺术风格，不愧为唐代边塞诗中的现实主义杰作。

高适（702—765），字达夫，一字仲武，渤海（今河北景县）人。盛唐边塞诗派的代表人物之一。家境贫寒，少年放浪，喜交游。开元中，曾入长安求仕，未果，于是北游燕赵。后客居宋中，曾与李白、杜甫漫游梁宋。天宝八年（749年）经张九皋推荐，中有道科，授封丘县尉。天宝十二年，弃官赴河西哥舒翰幕府，为掌书记。安史乱起，他曾助哥舒翰守潼关。后因讨伐永王有功，得肃宗赏识，累官至左散骑常侍，封渤海县侯，世称"高常侍"。

高适的诗歌题材广泛，内容丰富，具有较强的现实性。《自淇涉黄河途中作十三首》等诗篇，反映民生疾苦，深刻揭示社会矛盾，具有进步意义。《古歌行》、《行路难二首》等讽时伤乱，指摘时政，批判统治者。高适成就最高的是他的边塞诗，多创作于北上漫游时期。他的边塞诗或反映戍边生活的艰苦，揭露边防将帅的骄横荒淫；或刻画沙场勇士的豪情，表达盛唐时代奋发昂扬的斗志，歌颂旺盛的生命力。他的边塞诗语言爽朗质朴，气势雄健昂扬，多慷慨悲壮之音，尤其是七言歌行，语言粗犷，声情顿挫，诗风沉雄。殷璠《河岳英灵集》说："适诗多胸臆语，兼有骨气，故朝野通赏其文。"杜甫说他的诗"方驾曹刘不啻过"，并且赞美他的诗才如"骅骝开道路，鹰隼出风尘"，可见高适诗歌艺术个性之独特。

高适与岑参并称，同为盛唐边塞诗派的代表人物。

笔力雄厚的岑参

北风卷地白草折，胡天八月即飞雪。忽如一夜春风来，千树万树梨花开。
散入珠帘湿罗幕，狐裘不暖锦衾薄。将军角弓不得控，都护铁衣冷难着。
瀚海阑干百丈冰，愁云惨淡万里凝。中军置酒饮归客，胡琴琵琶与羌笛。
纷纷暮雪下辕门，风掣红旗冻不翻。轮台东门送君去，去时雪满天山路。
山回路转不见君，雪上空留马行处。

这是唐代边塞诗人岑参的代表作《白雪歌送武判官归京》。在这首诗里，写的是军幕中的和平生活，一开始写塞外八月飞雪的奇景，出人意料地用千树万树梨花作比喻，就给人蓬勃浓郁的无边春意的感觉。以下写军营奇寒，写冰天雪地的背景，写饯别宴会上的急管繁弦，处处都在刻画异乡的浪漫气氛，也显示出客中送别的复杂心情。最后写归骑在雪满天山的路上渐行渐远留下蹄印，更交织着诗人惜别和思乡的心情，把依依送别的诗写得这样奇丽豪放，正是岑参浪漫乐观的本色。岑参的边塞诗被《唐才子传》称为"唐兴罕见此作"。

岑参（715—770），南阳（今属河南）人。盛唐边塞诗派代表人物之一。出身官宦人家，曾祖父、伯祖父、伯父皆官至宰相。其父两任州刺史，但过早去世，家道衰落。自幼从兄受书，遍读经史，后移居颍阳，20岁始至长安，献书阙下，然求仕无成，失意东归，奔走京洛，漫游河朔，天宝三年（744年）登进士第，曾官右内率府兵曹参军。天宝八年充安西四镇节度使高仙芝幕府书记。天宝十三年，作安西北庭节度使封常清的判官，再度出塞。安史之乱后回朝，由杜甫等推荐任右补阙，后转起居舍人等职。大历元年（766年）官嘉州刺史。罢官后客死成都旅舍，世称"岑嘉州"。岑参的诗题材广泛，出塞前写的山水诗，意境新奇，诗风接近谢朓、何逊。其中"长风吹白茅，野火烧枯桑"（《至大梁却寄匡城主人》）等句，尤为殷璠赞赏，称其为"语奇体峻，意亦造奇"。岑参曾三次出塞，对边塞生活有丰富的感受。他的边塞诗数量最多，内容丰富广阔，风格雄奇瑰丽。他用浓重的色调描绘西北边疆的奇异景色，以及将士英勇报国不畏艰苦的精神（如《走马川行奉送出师西征》、《白雪歌送武判官归京》）；他以悲壮有力的笔触描绘战争场面（如《轮台歌》）；他以真切朴素的语言表达思乡怀友之情（如《逢入京使》、《碛中作》）。岑参的边塞诗还融汇了山水、游侠、赠答等类诗歌的艺术特色，感情强烈，气势磅礴，想象丰富，充满奇伟瑰丽的浪漫主义色彩。他长于七言歌行，形式富于变化，音调悲壮宏亮，极得杜确、杜甫、陆游的赞赏。杜确《岑嘉州诗集序》说他的诗"每一篇绝笔，则人人传写，虽闾里士庶，戎夷蛮貊，莫不讽诵吟习焉"。可见他的诗当时流传之广，不仅雅俗共赏，而且还为各族人民所喜爱。殷璠赞誉岑参多诗意造奇之句、杜甫以"好奇"概括岑参的诗歌体裁，都说明岑参诗歌的新意所在。陆游更说他的诗"笔力追李杜"（《夜读岑嘉州诗集》）。评价虽过当，岑诗感人之深却可以由此想见。

国民必知
文学历程
读本

❧ "诗仙" 李白 ❧

床前明月光，疑是地上霜。
举头望明月，低头思故乡。

这是唐代大诗人李白久传不衰、妇孺皆知的《静夜思》，这首小诗即景抒情，表明霜月之夜的乡思，自然动人，含蓄有致，无意于工而自工，是脍炙人口的名篇。如沈德潜语："只眼前景，口头语，而有弦外音，味外味，使人神远。"

李白一千多年来被人称为"谪仙"、"诗仙"，作为一个浪漫主义诗人，是盛唐诗坛的大家。他的诗风是"兴酣落笔摇五岳，诗成啸傲凌沧州"。杜甫称赞他的诗说："笔落惊风雨，诗成泣鬼神。"因此，了解李白，对理解唐诗是一个绝好的切入点。

李白

李白（701—762），字太白，号青莲居士。祖籍陇西成纪（今甘肃秦安东），生于碎叶（今巴尔喀什湖以南的楚河流域），幼年随父迁居绵州彰明（今四川江油）。唐代伟大的浪漫主义诗人。他的一生大致可分为五个阶段。

第一阶段为蜀中生活时期。李白自幼博览群书，学剑游仙，陶冶心灵，在诗中有"五岁诵六甲，十岁观百家"，"十五观奇书，作赋凌相如"的诗句，显示出过人的才气。同时受到儒、道、释等多家思想的熏陶，为后来豪放不羁、纵恣奔腾诗风的形成打下了基础。第二阶段是去蜀漫游阶段。他胸怀济苍生、安社稷的壮志遍游大江南北，与高适、孟浩然等人交往密切，写下了《渡荆门送别》、《长干行》等作品，声名远播。第三阶段李白经吴筠引荐，受诏入朝授翰林供奉，受玄宗宠爱，终因蔑视权贵，不久即被赐金放还。此间，李白创作了名篇《蜀道难》、《行路难》、《古风》等。《蜀道难》凭想象入笔，描绘了由秦入蜀途中惊险而壮丽的山川，表达了诗人对祖国的热爱和对现实的忧虑。第四阶段李白出京漫游，在饱览名山大川的秀丽景色时也对现实的黑暗有所识别，产生了归隐的想法。这个阶段的代表作有《将进酒》、《梦游天姥吟留别》。在《梦游天姥吟留别》中，诗人通过对梦境的描写，与现实的污浊形成鲜明对比，表现了蔑视权贵、不与现实妥协的精神。全诗围绕梦境结构，在想象夸张的基础上穿插神话传说，使全诗呈现飘然出尘、奇幻瑰丽的浪漫主义色彩。第五阶段李白因永王兵败被流放夜郎，途中遇赦，后病卒于当涂县，时年62岁。

李白的一生是复杂的。作为一个天才诗人，他还兼有游侠、刺客、隐士、道人、策士、酒徒等类人的气质或行径。这和他思想的复杂性是分不开的。一方面他接受了儒家"兼善天下"的思想，要求"济苍生"、"安黎元"，并且认为"苟无济代心，独善亦何益？"但是，另一方面他又接受了道家特别是庄子那种遗世独立的思想，追求绝对的自由，蔑视世间一切，有时他甚至把庄子抬高到屈原之上："投汨笑古人，临濠得天和。"与此同时，他还深受游侠思想的影响，"以武犯禁"、"不爱其躯"、"羞伐其德"这种游侠精神，在李白身上也是存在的，所以他又敢于蔑视封建秩序，敢于打破传统偶像，轻尧舜，笑孔丘，平交诸侯，长揖万乘。儒家思想和道家、游侠本不相容，陈子昂就曾经慨叹于"儒道两相妨"，但李白却把这三者结合起来。这就是他在诗文中的再三重复的"功成身退"，也是支配他一生的主导思想。所以他非常钦慕范蠡、鲁仲连、张良等历史人物，主观上的结合并不等于事实，在黑暗的现实面前，李白这种人生理想始终未能实现。但他又始终有追求，矛盾、冲突以及遭受打击后的愤懑、狂放等便都产生了。龚自珍说："庄、屈实二，不可以并，并之以为心，自白始；儒、仙、侠实三，不可以合，合之以为气，又自白始也。"

李白一生创作丰富，众体兼备，写下了大量优美的作品，想象奇特，感情真切，意境壮阔，文辞华美，善于夸张，比喻新颖，形成了"神"、"奇"、"逸"、"横"等艺术风格。并且善于从民间和神话传说中汲取营养，题材广阔，手法巧妙，以自己的创作实践，把中国浪漫主义诗歌推向新高峰，在文学史上享有盛名。

"清水出芙蓉，天然去雕饰。"李白这两句诗是他诗歌语言最生动的形容和概括。李白的诗歌，继承了前代浪漫主义创作的成就，以他叛逆的思想，豪放的风格，反映了盛唐时代乐观向上的创造精神以及不满社会秩序的潜在力量，扩大了浪漫主义的表现领域，丰富了浪漫主义的手法，并在一定程度上体现了浪漫主义和现实主义的结合。这些成就，使他的诗成为屈原以后浪漫主义诗歌的新高峰。李白对唐代诗歌的革新也有杰出的贡献，他继承了陈子昂诗歌革新的主张，在理论和实践上使诗歌革新取得了最后的成功。他在《古风》第一首中，回顾了整个诗歌发展的历史，指出"自从建安来，绮丽不足珍"，并以自豪的精神肯定了唐诗力挽颓风，恢复风雅传统的正确道路。在《古风》第三十五首中，又批评了当时残余的讲求模拟雕琢、忽视思想内容的形式主义诗风，"一曲斐然子，雕虫丧天真。"他这些努力对诗歌革新任务的完成起了巨大作用。李阳冰在他死后为他编的诗集《草堂集》序中说："卢黄门云：'陈拾遗横制颓波，天下质文，翕然一变。'至今朝诗体，尚有梁陈宫掖之风，至公大变，扫地以尽。"这是对他革新诗歌功绩的正确评价。李白是继屈原之后浪漫主义的又一座高峰，浪漫主义诗歌在他身上发展到了极致。晚唐皮日休在《七爱诗》中这样描述李白的精神世界："口吐天上言，迹作人间客。"说得准确、生动。

"诗圣"杜甫

提到杜甫，我们都非常熟悉，为他感怀百姓疾苦、国家兴亡的现实主义精神而敬佩，对他"诗史"般的作品更赞叹不已。杜甫（712—770），字子美，号少陵野老。原籍襄阳（今湖北襄樊），生于河南巩县。唐代伟大的现实主义诗人。初唐诗人杜审言之孙。唐肃宗时，官左拾遗。后入蜀，友人严武推荐他做剑南节度府参谋，加检校工部员外郎，世称"杜拾遗"、"杜工部"、"杜少陵"。有《杜工部集》传世，存诗一千四百余首。他的一生可分为四个时期：一、读书与漫游时期。他出身官宦之家，深受"奉儒守官"、"立功立言"的家风和传统文化的熏陶，

杜甫

希望通过科举实现其"致君尧舜上，再使风俗淳"的抱负。早年出入翰墨场，曾南游吴越，东游齐鲁。在与李白的交游中诗境豁然开朗。这时期的创作处于盛唐浪漫主义的影响下，高唱自己的壮志理想（如《望岳》）。二、困守长安时期。投诗干谒权贵，向玄宗献赋，均无结果。生活日益穷困潦倒。直到天宝十四年才得到右卫率府兵曹参军的职位。逐步打破对盛世的幻想，预见到社会的危机，开始反映人民疾苦，揭露社会问题。天宝十一年（752年）作的《兵车行》标志这一重要进展。天宝十四年作《自京赴奉先县咏怀五百字》，记载着诗人思想的转变和成熟，是他思想和创作的一大飞跃。三、陷贼与为官时期。安史之乱爆发，诗人携家逃难。寄家鄜州，只身投奔肃宗。中途被俘获，押入长安，作有《春望》等诗。后冒险逃至凤翔，任左拾遗。因营救房琯，触怒肃宗，放还省家，作有《羌村》三首、《北征》。后出为华州司功参军，作有"三吏"、"三别"。诗人此时看到朝政黑暗腐朽，人民苦难深重，愤而弃官经秦州入蜀。这个时期诗人作品的现实主义精神达到新的高度。四、漂泊西南时期。入蜀后靠朋友资助在成都建草堂定居，作有《茅屋为秋风所破歌》、《闻官军收河南河北》等诗。为避战乱曾至梓州、阆州等地，后又居夔州两年，作有《秋兴八首》等。大历三年（768年），携家北还。沿途漂流转徙，病逝于湘水舟中。这时期创作精力旺盛，忧国忧民的情感深沉，反映现实的深度又有提高。杜甫恪守儒家正统思想，以民本主义为先导，始终奉守"仁政爱民"、"匡时济世"的进步思想，这就使他不可能脱离社会时代进行创作。他生活在唐帝国由盛转衰的转折期，经历了开元盛世、安史之乱，亲身体验了时代的变幻，也亲身经历了战乱带来的痛苦，这一切使他的

诗歌具有强烈的现实性和人民性。由于杜甫的诗歌贴近现实，具体反映出安史之乱前后的唐朝历史，所以被称为"诗史"，诗人穷困潦倒的一生，忧国忧民的思想特征，多灾多难的社会现实，与他高超的艺术技巧结合起来，形成"沉郁顿挫"的诗风。杜诗的语言凝练概括，苍劲老成，"语不惊人死不休"是对他创作的最好写照。在文学理论上，他强调"亲风雅"、"近风骚"，要求诗歌有益于国家和人民。他批判六朝形式主义诗风，反对因袭，主张创新，这些理论散见于《戏为六绝句》、《偶题》等诗中。杜甫总结和发扬了中国诗歌的现实主义传统，并把它推向高峰，因而被尊为"诗圣"。其中，杜甫把个人理想与国家命运融为一体的现实主义精神令人感叹不已，正如他自己所说"向来忧国泪，寂寞洒衣巾"。杜诗对后世的影响巨大而深远，是历代诗人学习的典范。与李白合称"李杜"。最后，让我们诵读杜甫的名诗《春望》，以便感受这位伟大诗人的情怀：

国破山河在，城春草木深。
感时花溅泪，恨别鸟惊心。
烽火连三月，家书抵万金。
白头搔更短，浑欲不胜簪。

苦吟诗人：郊寒岛瘦

中唐是一个苦吟的时代，也产生了一批苦吟的诗人。他们反复推敲字句，大有"吟安一个字，捻断数茎须"的样子。真正算得上苦吟诗人的，还是孟郊与贾岛。

孟郊（751—814），字东野，湖州武康（今浙江德清）人。中唐诗人。早年生活困顿，曾漫游湖北、湖南、广西等地，屡试不第。46岁始中进士，曾任溧阳尉、协律郎等。郑余庆为东都留守，表荐他为水陆转运判官，后又表荐其为参谋，未至而卒。孟郊一生潦倒，仕途失意，性格耿介，不肯逐于流俗。他在《赠郑夫子鲂》中写道："天地入胸臆，吁嗟生风雷。文章得其微，

国民必知 文学历程 读本

物象由我裁。”这充分表现出他的创作思想。其诗以五言古体见长，不蹈袭陈言，不滥用典故辞藻，擅长白描手法而又不显浅薄平庸，一扫大历以来的靡弱诗风。其代表作有反映时代现实的《征妇怨》、《感怀》、《伤春》等，表现民生疾苦的《织妇辞》、《寒地百姓吟》等；表现人伦之情、骨肉之爱的《游子吟》、《杏殇》等；描绘自然景色的《与王十二员外涯游枋口柳溪》、《石淙》等。虽然角度不同，却都思深意远，造语新奇，体现了孟郊诗的特色。其诗为“元和体”一种，唐人李肇《唐国史补》有“学矫激于孟郊”说。宋代江西诗派瘦硬生新的风格便受其影响。

贾岛（779—843），字阆仙，范阳（今北京附近）人。中唐诗人。早年出家为僧，法名无本。元和五年（810年）东至长安，见张籍。次年春至洛阳谒韩愈，以诗深得赏识。武宗会昌三年（843年）在普州去世。贾岛善写五言律诗，以苦吟著称，自谓“一日不作诗，心源如废井”（《戏赠友人》）、“二句三年得，一吟双泪流”（《题诗后》）。传说他就“鸟宿池边树，僧敲月下门”一句炼“推”、“敲”二字不决，冲撞了京兆尹韩愈车骑，韩为之定“敲”字。这种惨淡经营的创作精神，形成了贾岛诗奇僻清峭的独特风格，常写荒寒冷落之景，以抒愁苦幽独之情。《送无可上人》中“独行潭底影，数息树边身”；《暮过山村》中“怪禽啼旷野，落日恐行人”等句，都是这种心态的表现。其诗中也有雄浑豪健之作，如“十年磨一剑，霜刃未曾试。今日把示君，谁有不平事？”把剑客的豪侠意气写得相当动人。贾诗多写景咏物、送别怀旧。形式上多用五律，少用典，以锻字炼句取胜，风格“清奇僻苦”。虽然“孤绝之句，记在人口”，（苏绛《贾公墓志铭》）但贾诗的缺点是“诚有警句，视其全篇，意思殊馁”（司空图《与李生论诗书》）。贾岛与孟郊齐名，世称“郊寒岛瘦”，均为苦吟诗派的代表。为晚唐李洞、五代孙晟等及宋代四灵派和江湖派诗人所推崇。

“文起八代之衰”的大师：韩愈

韩愈（768—824），字退之，河南河阳（今河南孟县）人，因昌黎是韩家郡望，故又称“韩昌黎”，是“唐代八大家”之首。韩愈3岁丧父，自幼好

学，25 岁中进士，却久不得官。后任四门博
士、监察御史等官，因指斥朝廷被贬为阳山
令。元和十二年（81 年），韩愈随裴度平定淮
西藩镇作乱有功，被升为吏部侍郎。又因谏迎
佛骨触怒宪宗，几乎被杀，幸得裴度等力谏，
贬为潮州刺史。穆宗时期，历任兵部侍郎、吏
部侍郎，故人称"韩吏部"，谥号"文"，世人
尊称他"韩文公"。

韩愈

　　韩愈是中唐古文运动的倡导者之一，主张
"文以载道"、"文道合一"，他对古文创作的要求是，"必出入于仁义"、"词
必己出"、"文从字顺各识职"（《南阳樊绍述墓志铭》）、"唯陈言之务去"
（《答李翊书》）、"帅其意不师其辞"。（《答刘正夫书》）他在《送孟东野序》
中，提出了"大凡物不得其平则鸣"的艺术观点，认为文学作品应该是作家
自身真情实感的流露，这是对古代散文创作理论的进步认识，使散文创作更
具现实性和斗争性，对推动古文运动的复兴起了重要作用。

　　韩愈的古文创作内容丰富，成就显赫。《原道》、《进学解》、《送李愿归
盘谷序》、《送孟东野序》、《杂说》、《祭十二郎文》、《张中丞传后叙》等都
是优秀作品。

　　韩愈的政论、祭文、墓志铭等，具有雄健浑厚、文气充沛、语言精练等
特点。宋代散文家苏洵说韩文"如长江大河，浑浩流转"，概括了韩文纵横恣
肆、气势磅礴的特点。后人评论韩愈"文起八代之衰"，是"文章巨公"，这
与他出色的创作实践是分不开的。在诗歌方面，他推崇陈子昂、李白和杜甫，
是韩孟诗派的代表人物之一。他的诗，或反映时事，或写中下层文士的政治
失意和个人遭遇，都很有特色，如《汴州乱》、《八月十五夜赠张功曹》、《山
石》、《左迁至蓝关示侄孙湘》、《次潼关先寄张十二阁老使群》、《早春呈水部
张十八员外》等，诗风雄浑，气势纵横，才气洋溢，形成"以文为诗"的特
色。但是，韩诗有搜集险怪，过分散文化的倾向，有损于诗味。

新乐府运动领袖：白居易

　　白居易（772—846），字乐天，晚号香山居士，原籍太原（今山西太原），后迁下邽（今陕西渭南西北）。白居易家境贫困，少时避乱江南，广泛接触社会现实。贞元十六年进士及第，历官秘书省校书郎、周至县尉、翰林学士、左拾遗、东宫赞善大夫等职。元和十年宰相武元衡遭藩镇刺客暗杀，白居易上书请求严缉凶手，因而得罪当道，被诬为"越职言事"，贬官江州司马，渐趋于消极，先后在忠州、杭州、苏州等地任刺史。在任期间，他为百姓做了不少实事，但面对党争激烈、言不见纳的现实，他深感仕途险恶。晚年闲居洛阳，崇尚佛教。会昌六年八月，病死洛阳，葬洛阳龙门山。

白居易

　　白居易的创作以被贬江州司马分为前后两个阶段。前一阶段，他积极推行新乐府运动，创作了大量具有人民性、现实性的诗篇，以著名的《新乐府》50首、《秦中吟》10首为代表，这些都属于"讽喻诗"，如他所说："仆志在兼济，行在独善，奉而始终之则为道，言而发明之则为诗。谓之讽喻诗，兼济之志也。"后一阶段，是他"独善其身"的时候，写出了《琵琶行》这首千古传诵的名篇，大量的"闲适诗"、"感伤诗"代替了前期的"讽喻诗"。白居易作为新乐府运动的领袖，提出了一整套诗歌创作理论，这些主张见于《与元九书》、《新乐府序》、《读张籍古乐府》、《策林》、《策问》等一系列文章中，主张"文章合为时而著，歌诗合为事而作"，要求诗歌起到"补察时政、泄导人情"的作用，即针砭政治弊端，表达民生疾苦，而不应"为文而作"，从而肯定了由《诗经》开创的现实主义传统。另外他形象地提出诗歌中情、言、声、义四个要素，对唐代诗歌健康发展有着积极作用。白居易是唐代诗人中创作最多的一个，他曾将自己五十一岁以前写的一千三百多首诗编为四类：一讽喻、二闲适、三感伤、四杂律，其诗平易通俗，深入浅出，相传老妪能懂。现实主义创作传统经他发扬，由晚唐皮日休，宋代王禹偁、梅尧臣，至晚清黄遵宪，一脉相承，不断创新，以至于形成了通俗诗派。白诗在当时流传极广，并远播异域，为新罗、日本等国人民喜爱，声誉极高。

《长恨歌》是白居易三十五岁时所作的长篇叙事诗，作者把它编入"感伤诗"一类。据陈鸿《长恨传》记载，元和元年十二月，白居易为周至县尉，与王质夫、陈鸿注重于游仙诗，因话及昔年玄宗与杨妃爱情悲剧，相与感叹，并请白居易作歌以传其事。白居易应命写了《长恨歌》，全诗百二十句，八百四十字。

诗的前半大胆讽刺了唐明皇的荒淫误国，劈头第一句就是"汉皇重色思倾国"，接着是"春宵苦短日高起，从此君王不早朝"，"姊妹兄弟皆列土，可怜光彩生门户，遂令天下父母心，不重生男重生女"，讽意是极其明显的。从全诗来看，前半是长恨之因。诗的后半，作者用充满同情的笔触写唐明皇的入骨相思，从而使诗的主题思想由批判转为对他们坚贞专一爱情的歌颂，是全诗的正文。但在歌颂和同情中仍暗含讽意，如诗的前两句便暗示了正是明皇自己的重色轻国造成了这个无可挽回的终身恨事。但是我们也应该承认，诗的客观效果是同情远远超过了讽刺，读者往往深爱其"风情"，而忘记了"戒鉴"。这不仅是因为作者对明皇的看法存在着矛盾，而且和作者在刻画明皇相思之情上着力更多也很有关系。《长恨歌》的艺术成就很高，前半写实，后半则运用了浪漫主义的幻想手法。没有丰富的想象和虚构，便不可能有"归来池苑皆依旧"一段传神写照，特别是海上仙山的奇境。但虚构中仍有现实主义的精确描绘。人物形象生动、语言和声调优美，抒情写景和叙事融合无间，也是《长恨歌》的艺术特色。林庚在《中国文学简史》里评价说："白居易在写这首诗的时候也许还含有讽刺的意味，然而他的感情深处，却是把这样一个恋爱的故事作为一个典型而歌唱着。他所感染于读者的，也正在于这个对于专一爱情的向往上"。

性格刚硬的"诗豪"：刘禹锡

刘禹锡（772—842），字梦得，河南洛阳人。中唐诗人，出生于官僚家庭，贞元九年（793 年）进士。参加"永贞革新"失败后，被贬为朗州司马，是"八司马事件"中的一位。十年后召入京师，因讥讽新贵，复出为播州、连州、夔州、和州等地刺史，官终检校礼部尚书兼太子宾客，故世称刘宾客。那首导致再度遭贬事件的《戏赠看花诸君子》诗云："玄都观里桃千树，尽是刘郎去后栽。"以桃树影射新贵。十四年后回到京都又写了《再游玄都观》，讽刺说："种桃道士归何处？前度刘郎今又来。"态度更倔强。刘禹锡的诗或抒发自己的身世遭遇，对现实政治进行讽刺，笔锋犀利；或怀古伤今，表达感慨，沉郁苍凉；或借鉴民歌的形式，描述百姓生活及地方风物，清新活泼。他的政治讽刺诗立意

刘禹锡

深刻，胡震亨曾说他的诗"以意为主"。他多运用比兴、象征、讽喻的手法，借物咏怀，具有强烈的讽刺意味。他的名篇《乌衣巷》以野草、闲花、夕阳、恋旧的燕子等种种意象写出了显赫一时的王谢世族的没落，在平淡的叙述中借历史的变迁写出自己半世漂泊的感慨，格调深沉浑厚。此外，刘禹锡的诗还具有深沉的哲理韵味，在他的诗中，通过生动的诗歌形象反映出诗人对社会人生的思考，如"沉舟侧畔千帆过，病树前头万木春"，以沉舟、病树喻过去，用比兴手法表达了诗人对未来的向往，揭示了事物新陈代谢的客观规律，使全诗充满理趣。世事的变迁，仕宦的升沉，在他看来似乎是自然规律。虽有惆怅，却显得达观。他的《石头城》曾使白居易"掉头苦吟，叹赏良久"，认为"后之诗人不复措词矣"。谪居巴楚时，他注意学习民歌，写出《竹枝词》、《杨柳枝词》、《浪淘沙》等优秀诗篇，格调清新爽朗，节奏响亮和谐，辞藻华美。"东边日出西边雨，道是无晴却有晴"、"花红易衰似郎意，水流无限似侬愁"等，皆脍炙人口。明胡震亨《唐音癸签》说："其诗气骇今古，词总华实，运用似无甚过人，却有惬人意，语语可歌。"总体来讲，刘禹锡的诗学观念与韩柳古文运动的理论相一致，其诗风"开朗流畅，含思宛转"（胡震亨《唐音癸签》），被人称之为"诗豪"（白居易《刘白唱和集解》）。

唐代古文运动的先驱者：柳宗元

千山鸟飞绝，万径人踪灭。

孤舟蓑笠翁，独钓寒江雪。

国民必知
文学历程
读本

这首五言绝句，题名《江雪》，作者是中唐文学家柳宗元。全诗境界幽冷，清峻高洁。在茫茫大雪中突出地写一个寒江独钓的老翁，隐然见出诗人高怀绝世的人格风貌，历来传诵，柳宗元的诗名也随之流传不衰。

柳宗元（773—819），字子厚，河东（今山西永济）人，世称"柳河东"。贞元九年，他与刘禹锡同榜登进士第。贞元十四年中博学宏词科。初授集贤殿正字，后调蓝田尉，又入朝为监察御史。参与王叔文革新集团，为礼部

柳宗元

员外郎，是中坚人物之一。革新失败，贬为永州司马。又贬柳州刺史，政绩卓著，人称柳柳州。唐代著名思想家，又为唐代古文运动主要倡导者之一，主张"文者以明道"，"不苟为炫炫，务采色夸声音而以为能也"。（《答韦中立论师道书》）

柳宗元的创作可分为传记、论文、山水游记、寓言4种，以山水游记和寓言的艺术成就为高。他的游记代表作《永州八记》在描述山水的同时也寄寓了自己被贬后孤独忧郁的心情，体现了柳宗元游记寓情于景、情景交融的特点。他的寓言短小精悍，含意深远，对黑暗政治与腐败官僚讽刺深刻，代表作有《三戒》、《蝂蝜传》、《罴说》等。还多为下层人民立传，如《种树郭橐驼传》、《梓人传》、《童区寄传》等，笔端充满赞扬与同情。此外，《捕蛇者说》揭露"苛政猛于虎"，尤为传世名作。

柳宗元在诗歌上的成就主要体现在山水诗的创作上，这类诗不同于盛唐山水田园诗派的隐逸闲适，而是充满了对现实社会的不满、愤懑，如《登柳

州城楼寄漳汀封连四州》一诗，便充满了对当权者的不满和对自身不幸的慨叹。另如《南涧中题》、《渔翁》等诗也都写得精致深沉委婉，描绘细致简洁，艺术成就很高。柳宗元的山水诗往往透露出峻洁之气，流露出被贬远荒的幽愤，所以沈德潜说："柳诗长于哀怨，得骚人之余。"

《永州八记》是柳宗元山水游记的代表作，文笔清新秀美，富有诗情画意。它是《始得西山宴游记》、《钴鉧潭记》、《钴鉧潭西小丘记》、《至小丘西小石潭记》、《袁家渴记》、《石渠记》、《石涧记》、《小石城山记》等八篇的合称。柳宗元于永贞元年（805年）被贬永州（今湖南零陵），当时永州地方荒僻，作者谪居十年，自放于山水间，在永州城外西山，剪除榛芜，搜奇选胜，写下这组既各自成篇，又前后连贯，互相映衬，蔚为一体的游记。作者将自己对自然景色的敏锐观察和深入体会，一一诉之于简洁精确的语言，刻画细致而又生动传神。在描写山水木石、鸟兽虫鱼声色动静的同时，将自己坎坷经历透露出来。

《钴鉧潭记》，作者以生动而简洁的语言，描绘了钴鉧潭的位置和形状、潭水来源和流动的状态以及悬泉的声音、周围的景物等等；同时也反映了"官租私券"对人民严重的剥削，以及他在贬谪生活中不能忘怀"故土"的抑郁心情。整个作品，把写景和抒情融合为一。在《钴鉧潭西小丘记》里，他把一个普通的小丘，描绘得异常生动，"那些无知的奇石，一经作者这样的勾画，仿佛个个都具有血肉灵魂。他生动地写出了小丘优美的景色，同时也借"农夫渔父过而陋之"，即小丘的被弃，感叹自己的不幸遭遇。他对小丘之美的被发现表示欣慰，是寄寓了他的难言之隐的，正如清人何焯所说："兹丘犹有遭，逐客所以羡而贺也，言表殊不自得耳。"（《义门读书记》）《至小丘西小石潭记》纯以写景取胜，他写水、写树木、写岩石、写游鱼，无论写动态或静态，都生动细致，精美异常。对潭水和游鱼的描写，尤为精彩，使作品更增加了神韵色泽。

《永州八记》的主题是叹吟"寂寥无人，凄神寒骨，悄怆幽邃"（《至小丘西小石潭记》）的生命感伤，由此可以发现柳宗元山水游记的语言，恰如他在《愚溪诗序》所说，"清莹秀澈，锵鸣金石"。他描绘山水，能写出水的特征，文笔简练而又生动。他的山水游记继承《水经注》的成就而又有所发展，为游记散文奠定了稳固的基础。

"诗鬼"：李贺

李贺（790—816），字长吉，福昌昌谷（今河南宜阳）人，故又称"李昌谷"。族望陇西，为唐皇宗室早已衰落的一支。其父早死，家境清贫。七岁即能赋诗，为韩愈、皇甫湜所知赏。文名早著，但因其父名晋肃，为避家讳（晋、进同音）而被迫不得应进士第。仅官奉礼郎，三年后借病辞官。年二十七岁便早夭。他写诗的方式很特别，常骑驴出郊野，小奴从之，背一古破锦囊，遇有所得，即书之，投囊中，回家后，再作修改。诗多呕心沥血、惨淡经营而成。社会的黑暗、身世的凄凉、心情的郁郁寡欢，给他的诗歌带来悲哀感伤色彩。有《李长吉歌诗》，共二百多首。杜牧为它写序，李商隐还给李贺写了小传。《全唐诗》编其诗五卷。李贺有用世的怀抱但奈何命运多舛，而且他的生活圈子与人民相距甚远，加之简单的阅历和短暂的生命使他视野狭窄，所以李贺虽憎恨现实却又难以顽强地与现实抗争，更不用说去改变现实了。他的这种悲愤、苦闷、虚无、幻灭在现实中找不到出路，只能寄托于远离现实的幻想世界，因而形成了他怨愤激越、瑰丽凄恻的诗风。从诗歌内容上看，李贺的诗或揭露统治者的荒淫，如《秦宫诗》；或抨击宦官弄权，如《吕将军歌》；或影射藩镇割据，如《猛虎行》；或反映劳动人民的悲惨生活，如《老夫采玉歌》；或借助历史，抒发兴亡之感、抑郁之情，如《金铜仙

李贺

李贺《李凭箜篌引》

人辞汉歌》；有的还涉及恋情、相思、宫怨等，可以说涉及面十分广。但诗的中心内容仍是对怀才不遇的悲愤及对现实的不满、厌弃之情。在艺术上，李贺将"哀愤孤激之思"以浪漫的手法表现出来，受楚辞、古乐府、齐梁宫体和李白诗风等的影响，形成了独特的奇崛幽峭、秾丽凄清的诗风，因此后人称其为"诗鬼"。他的诗喜欢描写超现实的境界和神奇怪诞的幻象，写法上又极尽想象、雕琢和夸张。他继承《楚辞》、汉魏六朝乐府的传统，又加以创新，使描绘的景象、事物皆出人意表。杜牧为他写的序说："世皆曰：使贺且未死，少加以理，奴仆命《骚》可也。"给他很高的评价。李贺是一位天才诗人，他的诗以其独特的想象、奇特的构思、秾丽的语言和奇幻诡异的诗风在诗坛上独树一帜，被后人称为"长吉体"。但奇句险字、形象零碎为其诗弊。晚唐的杜牧、李商隐、温庭筠的诗，都或在意境、或在手法、或在语言上受过他的影响。

"小杜"的才华：杜牧诗风

清明时节雨纷纷，路上行人欲断魂。

借问酒家何处有？牧童遥指杏花村。

这首题名为《清明》的诗是晚唐诗人杜牧的代表作，生动地描写了清明节的场景，充满了生活气息，历来为人传诵。

杜牧（803—852），字牧之，京兆万年（今陕西西安）人。他是宰相杜佑之孙。太和二年（828年）进士及第，制策登科，授弘文馆校书郎。不久离开长安，在江西、淮南等地幕府中任职。开成四年（839年）回长安，历任左补阙、膳部员外郎。会昌二年（842年）以后，相继出任黄州、池州、睦州刺史。回朝任司勋员外郎、史馆修撰，人称"杜司勋"，复出为湖州刺史，不久又内调为考功郎中，知制诰。官终中书舍人。此间居长安城南樊川别墅，后世称"杜紫微"、"杜樊川"。素怀大志，尝注曹操所定《孙子兵法》十三篇。

杜牧才华横溢，诗、赋、文均佳，主张"凡为文以意为主，以气为辅，以辞采章句为之兵卫"(《答庄充书》),并能兼收并蓄,博采众长,以形成自己的风格。杜牧的文章在晚唐自成一家,如《罪言》、《原十六卫》、《战论》、《守论》、《上李太尉论北边事启》、《上司徒李公论用兵书》等文,论兵议政,切中时务,深为宋代古文家欧阳修等人赞许。《阿房宫赋》、《与刘司徒书》等,对现实有感而发,具有充实的社会意义。在晚唐四六骈文风行的情况下,他把散文的句法引进赋体,对后来赋体的变化产生了影响。

杜牧的文学创作主要是诗歌,他很推崇李杜,说"李杜泛浩浩","杜诗韩笔愁来读,似倩麻姑痒处搔"。他的《李贺歌诗集序》一方面肯定李贺歌

杜牧像

诗是"骚之苗裔",同时也指出他缺乏《离骚》那种"言及君臣理乱"、"有以激发人意"的思想。他说自己的创作是"苦心为诗,本求高绝,不务奇丽,不涉习俗,不今不古,处于中间"(《献诗启》)。这些话,可以看出他在诗歌理论上的主张和创作上的积极追求。他的诗清新开朗,以七绝独树一帜。

他与李商隐齐名,世称"小李杜",号为"小杜",以别于杜甫。推崇李白、杜甫、韩愈、李贺、柳宗元等诗人,又独辟蹊径,力求高绝,正如蔡百衲《诗评》云:"杜牧之诗,风调高华,片言不俗"。

🌸 "无题诗人":李商隐 🌸

李商隐(813—858),字义山,号玉溪生,又号樊南生。怀州河内(今河南沁阳)人。晚唐诗人。出生于没落的小官僚家庭。在词采华艳这一点上,与温庭筠接近,后世又称"温李"。初为牛党令狐楚赏识,被表为巡官。开城二年,因令狐楚子令狐绹举荐,中进士。调弘农尉。李党王茂元镇河阳,爱其才,表为掌书记。后商隐与王女结婚。这行为被牛党视为"背主忘恩"。从此他一生处在牛李党争的漩涡里,无法摆脱,郁郁不得志。开始,李商隐虽遭打击,但还有热情,反对宦官和藩镇势力,想有所作为。及李德裕为相,

朝政有些起色，他也比较积极。后来牛党上台，政治上倒行逆施，他再次受到排挤，到桂州、徐州、梓州等地做幕僚，最后在郑州抑郁而死。

李商隐的诗歌在艺术上有高度成就。他对杜甫、韩愈诸家诗人进行继承，进而形成独有的深细婉曲、典丽精工的特色。他的诗，深于寄托，工于比兴，意境含蕴，尤其是无题诗，达到了托意空灵、兴寄深微的独特境界。语言则典丽而清新，同时不乏沉郁凝重之气。用典上，他掌握杜甫用典自然的技巧，借助恰当的历史对比，使意思畅达；而他的爱情诗善于化用神怪故事，深得李贺称赞。王安石则称"唐人知学老杜而得其藩篱者唯义山一人"。李商隐现存诗 600 多首，其中有很多篇章关心政治、同情民生疾苦。以《无题》诗为代表的爱情诗艺术成就尤高，有近 20 首之多，对后世产生巨大的影响，如"昨夜星辰昨夜风"、"相见时难别亦难"、"飒飒东风细雨来"都是千古传诵的名篇。许多取篇中或篇首两字为题的诗，如《锦瑟》等，也属无题诗一类。无题诗向来以难解著称，一部分实写男女之情，也有一部分有寄托，或介于两者之间。但大都以悲剧性的相思为主题，交织着爱情的希望、失望以至绝望的种种复杂感情，这是因为晚唐时代的悲剧气氛和个人悲剧命运在诗作中烙下了深深的印记。这些无题诗深情绵邈、绮丽典雅、对仗工整、音律和谐、意蕴丰富，具有独特的艺术风格。

下面，我们看一下李商隐的代表作《相见时难别亦难》：

> 相见时难别亦难，东风无力百花残。
> 春蚕到死丝方尽，蜡炬成灰泪始干。
> 晓镜但愁云鬓改，夜吟应觉月光寒。
> 蓬山此去无多路，青鸟殷勤为探看。

这首诗意义多解。清代诗论家曾就此诗各抒己见：纪昀认为是感叹人生遇合的艰辛；何焯以为系叹老嗟卑之作；而冯浩、张采田则认为是作者希望得到旧日知己令狐绹的援引，表达其忠贞不贰之情。但就诗论诗，实为优美的爱情诗。诗写东风无力，百花凋残的暮春，诗人不可不与难得相见的心上人分手，以及别后无穷的思念。其中"春蚕到死丝方尽，蜡炬成灰泪始干"二句，刻画恋人缠绵的情思与对爱情生死不渝的执著追求，比喻生动，含义深长，为后人传诵。诗的后半部想象意中人别后的心理活动和清苦生活，以及借神话传说寄托自己的缱绻，亦使作品富于变化，具有浪漫色彩。

多情才子亡国君：李煜

五代时期有几个跟花间词人同时而稍晚的词家，集中在当时南唐的首都金陵，这就是一般文学史家所称的南唐词人。重要作家有冯延巳、李璟和李煜，以李煜的成就为较高。

李煜（937—978），字重光，徐州（今属江苏）人，一说湖州（今属浙江）人。五代词人、南唐后主。南唐中主李璟第六子，建隆二年（961年）即位，史称后主，在位15年。政事不修，偏安一隅，征歌逐酒为乐。南唐为宋所灭，李煜被俘至汴京，后被宋太宗毒死。李煜虽然在政治上庸懦无能，但却多才多艺。他工书法，善绘画，精通音律，诗、文均有一定造诣，而词的成就尤为突出。他的词作可分为前后两期，前期词主要写宫廷享乐生活，风格柔靡，如《浣溪沙》（红日已高三丈透）、《一斛珠》（晚妆初过）等；也有写男女情爱的，如《菩萨蛮》（花明月暗飞轻雾）等。后期词主要写亡国之君的悲愤感伤，和对囚徒生活的哀叹，意境深沉，如《破阵子》（四十年来家国），应为被俘北去时作，表现了"一旦归为臣虏，沈腰潘鬓消磨"的身世变化。《虞美人》（春花秋月何时了）、《浪淘沙》（帘外雨潺潺）、《乌夜啼》（林花谢了春红）等词，则追念"故国"、"往事"，反映了"日夕以泪洗面"的深哀巨痛。李煜突破了晚唐五代"词为艳科"的藩篱，开拓了词的表现领域，把直抒胸臆、寄托情思的真切感受融于词中，使词的艺术形式进入了一个更高的发展时期。正如王国维评曰："词至李后主而始大。"李煜的词往往通过具体可感的个性形象来反映现实生活中具有一般意义的某种境界，如"小楼昨夜又东风，故国不堪回首月明中"、"流水落花春去也，天上人间"等等，深刻表达出人世间悲欢离合的感情，动人心肺。语言自然，感情率真，摆脱了花间词人镂金刻翠之风。胡应麟《诗薮》评李煜"是当行作家，清便婉转，词家王孟"。《虞美人》（春花秋月何时了）：

春花秋月何时了，往事知多少？

小楼昨夜又东风，故国不堪回首月明中！

雕栏玉砌应犹在，只是朱颜改。

问君能有许多愁？恰似一江春水向东流。

　　南唐亡国后，李煜成为囚徒，他不能不从前期醉生梦死的生活中清醒过来，面对残酷的现实，只能表现出对往日的留恋和回忆，并且在这种留恋和回忆中表现出深深的故国之情，以及对生命的感伤。首二句说："春花秋月何时了，往事知多少！"本来春花秋月是良辰美景，使人心醉的，但它却容易勾起作者对往日帝王生活的追忆，对比眼前的囚徒身份，会倍感凄凉，因而他怕见春花秋月。这是一种变态心理。但大自然的运动规律却不依他的无限伤心事，使他难过。"小楼昨夜又东风，故国不堪回首月明中"。词的下片就推想故国今日是什么景象："雕栏玉砌应犹在"，不过，它的主人变了，"只是朱颜改"。这是他最伤心的事。所以最后用春水的无穷无尽来形容自己愁苦之多："问君能有几多愁？恰似一江春水向东流！"

第六章　真切的坦白

——宋词的神韵

每首词都成为精致的音乐。

当赵匡胤"陈桥兵变"建立大宋王朝后，在这个政治王朝的背后又建立了一个文学的王朝，可以称为宋词王朝。这是公元 10 世纪的事。宋有北、南之别，词有婉约与豪放之分。欧阳修、苏轼、陆游、黄庭坚等文坛中坚的作品洋溢出情感的力量，范仲淹、岳飞、辛弃疾等人的作品充满正气，"一代词人"李清照的作品则凄凄惨惨、感伤不已，凡此等等，不足以细说。宋词是词人的心灵与情感，是词人的寄托与安慰，此为其神韵也。

"先天下之忧而忧"：范仲淹

范仲淹（989—1052），字希文，苏州吴县（今江苏苏州）人。北宋政治家、文学家。大中祥符八年（1015 年）登进士第。庆历元年（1041 年）以龙图阁直学士与韩琦并任陕西经略安抚使，率兵拒西夏，采取"屯田久守"方针，名重当时。庆历三年任参知政事，曾历知邠、邓、杭、青等州，后于赴颍州途中病死。谥文正，世称"范文正公"。范仲淹不仅是政治家，还是优秀的文学家。他是北宋诗文革新运动的先行者之一，在文风靡弱的宋初，他反对西昆派，反对骈体文，主张

范仲淹

用质朴的、有实际社会内容的作品来矫正文弊。著名的《岳阳楼记》，抒写了自己"先天下之忧而忧，后天下之乐而乐"的胸怀和抱负，为历代所传诵。他的诗多反映民间疾苦，表现对劳动人民的同情。词作仅存5首，其中《渔家傲》（塞下秋来风景异）以去雁、边声、千嶂、长烟、落日、孤城等编织成一幅迥异于

岳阳楼

中原乡土的边塞秋光，雄浑苍茫。下片直抒胸臆，"浊酒一杯家万里，燕然未勒归无计"两句，真切地抒发了作者复杂而矛盾的思乡忧国之情。结句"将军白发征夫泪"，沉雄悲壮，表达了作者壮志难酬的深沉感慨和对士卒的真诚同情。清代《金粟词话》谓此词"苍凉悲壮，慷慨生哀"。近人王国维《人间词话》也盛赞此词的气象。

温润秀洁的晏殊词风

"一曲新词酒一杯，去年天气旧亭台，夕阳西下几时回？无可奈何花落去，似曾相识燕归来，小园香径独徘徊。"

这是北宋婉丽词风的代表者晏殊的名作《浣溪沙》，全词在亭台如旧、香径依然的情境之中，流露春归花落、好景不长的轻愁。词句也轻清婉转，玉润珠圆，为人称道。

晏殊（991—1055），字同叔，抚州临川（今江西临川）人。北宋文学家，政治家。7岁能文，14岁赐同进士出身。从此登上仕途，一帆风顺，历任太常寺奉礼郎、户部员外郎、知制诰、翰林学士、礼部侍郎、御史承等职。庆历初，拜集贤殿大学士、同中书门下平章事兼枢密使。后出知永兴军，徙河南，以疾回京师。谥元献，世称"晏元献"。晏殊在北宋文坛上地位很高，范仲淹、欧阳修皆出其门下。他的诗、文、词继承晚唐文化的传统，多为宾娱遣兴之作，如其词多写四季景物、男女恋情、诗酒优游、离愁别绪，反映闲适的生活，风格与南唐冯延巳相近。但写富贵不流于庸俗，写恋情不流于恻艳，善于捕捉刹那间情景，以工巧清丽的笔触，勾勒出动人的画面，情致含

蓄娴雅。与晏几道并称"大小晏"或"词家二晏"。王灼《碧鸡漫志》云："晏元献公长短句，风流蕴藉，一时莫及。而温润秀洁，亦其无比。"此语比较准确地概括了晏词造语工巧，意境清新，情致娴雅的特点。

北宋诗文革新运动领袖：欧阳修

欧阳修（1007—1072），字永叔，号醉翁，晚年又号六一居士。庐陵（今江西吉安）人。北宋政治家、文学家。四岁丧父，家境贫寒，母亲以荻杆画地教他识字。宋仁宗天圣八年（1030 年）中进士，先后在中央和地方任职，历任知制诰、翰林学士、参知政事、刑部尚书、兵部尚书等。但多次被贬，又多次起用。神宗熙宁四年（1071 年），以太子少师的身份辞职，归于颍州（今安徽阜阳）。次年卒，谥文忠。

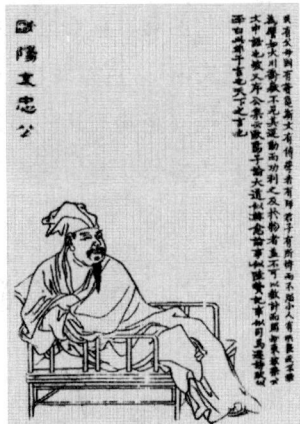

欧阳修

欧阳修是北宋诗文革新运动的领袖，继承中唐古文运动的传统，并吸收了北宋初期诗文革新的成果，把诗文革新运动推向了高潮。反对"弃百事不关于心"（《答吴充秀才书》），主张文以致用，反对"舍近取远"（《与张秀才第二书》），强调文道结合，二者并重，提倡平易自然的文风，反对浮艳华靡的文风。论诗也主张用平易舒畅的风格来矫西昆体流弊。还积极培养、提拔人才，苏洵、苏轼、苏辙、曾巩、王安石等皆出其门下，被列为"唐宋八大家"之一。

欧阳修一生写了 500 余篇散文，成果斐然。苏轼评论他的作品说："论大道似韩愈，论事似李贽，记事似司马迁，诗赋似李白。"（《宋史·欧阳修传》）。名作有《朋党论》、《五代史伶官传序》、《泷冈阡表》、《醉翁亭记》、《秋声赋》等，叙述从容，笔调多样，摇曳生姿。散文创作各体皆佳，如苏洵《上欧阳内翰书》评曰："纡余委备，往复百折，而条达疏畅，无所间断"；其诗流传下来的共有 800 多首，名作有《食糟民》、《边户》、《明妃曲和王介甫》、《再和明妃曲》、《画眉鸟》、《晚泊岳阳》等，或斥责官僚、或咏物写景、或述怀言志，表现出清新自然、平易流畅的风格。

欧阳修的词大约有 200 多首，多表现了襟怀豪逸的洒脱情怀和自我宽慰的情绪，向清疏峻洁的方向发展，一洗晚唐、五代的绮靡习气和富贵氛围。这说明作者已开始突破词的传统题材和表现手法，冯煦说他"疏隽开子瞻，深婉开少游"（《宋六十一家词选例言》），概括了欧阳修在宋词发展中的地位。最后值得一提的是，他还首创了"诗话"这一新的论诗形式，有《六一诗话》，影响很大。

《醉翁亭记》是欧阳修写于庆历六年（1046 年）的散文名篇。庆历五年（1045 年），作者因为为革新派范仲淹辩诬，被贬为滁州（今属安徽）知州，放情于山水之间，消遣身心，自号醉翁，在琅琊山筑亭，称醉翁亭。

文章描绘了滁州山间朝暮变化、四时不同的景色和当地百姓和平宁静的生活以及作者山中游赏宴饮的乐趣，婉转表明了自己的为政成绩，也抒发了虽遭贬谪而仍能"与民同乐"的旷达情怀。文章以"太守"为中心，围绕"太守"展开人、物、景的描写，又用"乐"字贯穿全篇，前后照应，结构严谨完整。全文都用说明句式，二十一个"也"字造成一种纡徐舒缓、婉转跌宕的语调，有一唱三叹的风韵，与作者的闲适情味极为和谐。写景、写山水之乐，都是由远及近，由概括到具体，层层深入，层次鲜明。语言上骈散兼行，长短错落，自然流畅，音节和谐。文章典雅优美，别具一格，是作者情思细致的一篇佳作。朱熹说："欧公文亦多是修改到妙处，有人买得他《醉翁亭记》稿，初说'滁州四面有山'，凡数十字。末后改定，只曰'环滁皆山也'五字而已。"（《朱子语类》）

总之，全文以对琅琊山风景的描绘和游赏之乐，表现了士大夫娱情山水、悠闲自适的情调，也透露出以民之乐为乐的理想。文中描写山景的朝暮明晦，状貌各异，极为细致。语言骈散兼行，音调和谐。文中"醉翁之意不在酒"一句，几乎成了人们日常习用的熟语。

"十一世纪的改革家"：王安石

王安石（1021—1086），字介甫，号半山，抚州临川（今江西临川）人。

庆历二年举进士第。曾官鄞县知县，政绩显著，又转舒州通判、常州刺史等。神宗即位，召为翰林学士，不久拜相，主持变法，推行均输、免役、青苗等多项新政。领导并参加《三经新义》的编写工作。后因保守派激烈反对，变法派内部分裂，罢相知江宁府。次年复相位，后又罢相，退居江宁。晚年封为荆国公，后世称王荆公，谥文。王安石曾被列宁称之为"中国十一世纪的改革家"。

王安石

王安石是欧阳修倡导的北宋诗文革新运动的参加者，是唐宋八大家之一。他反对西昆派，认为"文者务为有补于世用而已矣"；"所谓辞者，犹器之刻镂、绘画也"，"要之以适用为本"（《上人书》），因此王安石的诗文充满了政治格调。他的散文创作以论说文的成就最高，如《上仁宗皇帝言事书》，洋洋万言，雄健峭拔；针砭时政的杂文如《原过》、《使医》则短小精悍，巧于用比；论人评史的文章如《子贡》、《读〈江南录〉》等，见解独到，发人深省。他的记叙文语言朴实，逻辑清晰；墓志碑文言辞简洁，亲切感人；游记散文情志高深，风格鲜明。王安石的诗歌前期作品反应社会现实多，思想性强，而艺术上较为逊色；一些咏物抒怀、酬答

唐京半山园王安石故居

赠别的近体诗及晚年抒情写景的小诗，风格独特，艺术上臻于成熟，如《南浦》、《染云》、《书湖阴先生壁》等，均是名篇。另外，最为人称道的是《明妃曲二首》，一扫历代诗人写王昭君留恋君恩、怨而不怒的传统见解，有极大的独创性。这首诗引起当时诗坛的震动，欧阳修、梅尧臣等都有和篇：

> 明妃初出汉宫时，泪湿春风鬓脚垂。低徊顾影无颜色，尚得君王不自持。归来却怪丹青手，入眼平生未曾有。意态由来画不成，当时枉杀毛延寿。一去心知更不归，可怜著尽汉宫衣。寄声欲问塞南事，只有年年鸿雁飞。家人万里传消息，好在毡城莫相忆。君不见，咫尺长门闭阿娇，人生失意无南北。

北宋中期的文坛领袖：苏轼

　　苏轼（1037—1101），字子瞻，一字和仲，号东坡居士，眉州眉山（今四川眉山）人。北宋文学家、书画家。嘉祐二年（1057年）进士。曾任河南府福昌县主簿、凤翔府签判，入朝任监官告院，兼判尚书祠部，因政见与王安石不合，出为杭州通判。后知密州、徐州。元丰二年（1079年），被政敌诬陷而治罪，这就是著名的"乌台诗案"。案后被贬为黄州团练副使。元祐元年（1086年），苏轼被召回京，官至起居舍人、翰林学士等职。这时，由于他对旧党不计得失、尽废新法有所不满，便请外调，先后做过杭州、颍州、扬州、定州知州。其间曾两度还朝，任吏、兵、礼部尚书及端明殿学士兼翰林侍读学士。绍圣元年（1094年），新党再度上台，又被贬到惠州、琼州。直到建中靖国元年（1101年）徽宗即位，才因遇赦北归，病死于常州。

苏轼

　　苏轼是北宋中期的文坛领袖、文学巨匠、唐宋八大家之一，散文、诗、词、书、画都有很高的造诣和成就。在文学思想上，他重视文学的社会功能，反对贵华而贱实的文风。在他不同形式的文学创作中，充分体现了"辞达"的文艺观点。他的文学创作以诗歌为最多，有2700多首。

　　其诗内容丰富，题材广泛，各体皆佳，尤长于七言。艺术上想象丰富，善用比喻、夸张，风格自由奔放。《游金山寺》、《大风留金山两日》、《题西林壁》、《和子由渑池怀旧》、《六月二十日夜渡海》等都是名篇佳作。赵翼《瓯北诗话》说："以文为诗，自昌黎始，至东坡益大放厥词，别开生面，成一代之大观。……尤其不可及者，天生健笔一枝，爽如哀梨，快如并剪，有必达之隐，无难显之情，此所以继李杜后为一大家也，而其不如李杜处亦在此。"但苏诗有矜才炫学、堆砌典故之病。

苏轼的词有更大的艺术创造性，它进一步冲破了晚唐五代以来专写男女恋情、离愁别绪的旧框子，扩大词的题材，提高词的意境，把诗文革新运动扩展到词的领域里去。举凡怀古、感旧、记游、说理等向来诗人所惯用的题材，他都可以用词来表达，这就是使词摆脱了仅仅作为乐曲的歌词而存在的状态，成为可以独立发展的新诗体，开豪放词派之风。如《江城子》（密州出猎）、《水调歌头》（明月几时有）、《念奴娇》（赤壁怀古）等都涌动着豪迈奔放的感情，坦率开朗的胸怀，表现了苏词的浪漫主义格调。

苏轼为"唐宋八大家"之一，议论文明晰流畅，雄辩滔滔，杂记、游记变化自如、笔态横生。《策略》、《策别》、《答谢民师书》、《上韩太尉书》、《平王论》、《留侯论》都是名震文坛的佳作，乃至于北宋中叶以来，一直成为应举士子的敲门砖，流传着"苏文熟，吃羊肉；苏文生，吃菜羹"（陆游《老学庵笔记》）的口头禅。

苏轼的书法长于行楷，熔李邕、徐浩、颜真卿、柳公权、杨凝式诸家特色于一炉，为宋四大书法家之首。画以枯木竹石为主，有较强的表现力。画竹学文同，运思清拔。亦精画理，提倡神似。认为诗画相通："诗画本一律，天工与清新。"对中国文人画的发展有深远影响。

《水调歌头》（明月几时有）是苏轼作于熙宁九年（1076年）的词篇。当时词人在密州（今山东诸城）知州任内。前有短序云："丙辰中秋，欢饮达旦，大醉，作此篇兼怀子由。"子由为诗人之弟苏辙的字。万里离愁，中秋良夜，把酒对月，情绪万端。上片望月忽发奇想，劈头便问，"明月几时有？"句出李白诗"青天有月来几时？我今停杯一问之"（《把酒问月》），与李诗同有屈原《天问》遗意。接着以谪仙自寓，幻想"欲乘风归去"，但"唯恐琼楼玉宇，高处不胜寒"，还是在人间起舞玩影为好。下片因月的阴晴圆缺慨叹人生的悲欢离合，又以"但愿人长久，千里共婵娟"作结，表现出词人旷达的胸怀。全词基调积极，境界澄澈，即景抒情，想象奇特，富于浪漫主义气息。词中句句写月，又处处寄情抒怀，挥洒如意，既有美丽的想象，又有细致的刻画，既有豪放的情绪，又有深沉的哲理，互相交织，情味深厚，语言婉转流畅，具有感人至深的艺术魅力，历来为人传诵。胡仔《苕溪渔隐丛话》说："中秋词，自东坡《水调歌头》一出，余词尽废。"

国民必知

文学历程

读本

"江西诗派"的领袖：黄庭坚

黄庭坚（1045—1105），字鲁直，号山谷，又号涪翁。洪州分宁（今江西修水）人。北宋诗人、书法家。治平四年（1067年）登进士第，曾为叶县尉知太和县令。元祐时进京编修《神宗实录》，后迁起居舍人。绍圣元年（1094年）哲宗亲政，贬官涪州别驾、黔州安置，后死于宜州贬所。黄庭坚为"苏门四学士"之首，并称"苏黄"，被后人奉为"江西诗派"的"三宗"之首，所谓"三宗"，即宋末方回在《瀛奎律髓》中所说诗有"一祖三宗"，祖者杜甫，三宗者黄庭坚、陈师道、陈与义。其散文、辞赋学习西汉，法度严谨，尤以诗歌著称。作为"江西诗派"的领袖

黄庭坚

人物，黄庭坚作诗取法杜甫，在《答洪驹父书》中说："老杜作诗，退之作文，无一字无来处；盖后人读书少，故谓韩、杜自作此语耳。古之能为文章者，真能陶冶万物，虽取古人之陈言入于翰墨，如灵丹一粒，点铁成金也。"代表作有《登快阁》、《雨中登岳阳楼望君山》、《清明》等等，思致幽远，情趣深浓，历来为人称道。刘克庄《江西诗派》说他"荟萃百家句律之长，穷究历代体制之变，搜猎奇书，穿穴异闻，作为古律，自成一家。"黄庭坚词作亦工，早年接近柳永，缠绵婉约，晚年接近苏轼，深于感慨，多笔力雄健之作。但是黄庭坚为了同西昆诗人立异，他还有意造拗句、押险韵、作硬语，失之一端。黄庭坚的书法亦成就卓著，为"宋四家"之一。

"一代词人"：李清照

李清照（1084—1155），号易安居士，济南（今属山东）人。宋代女词人，著名学者李格非之女。早年随父住在汴京、洛阳，受到很好的文化熏陶。

她工书、能文、兼通音律，少时便有诗名。建中靖国元年（1101 年）与太学生赵明诚结婚。两人志趣相谐，雅好辞章，常相唱和，又嗜爱古器书画，共同从事金石研究，生活得非常美满。太观元年（1107 年）赵明诚的父亲因被指控"力庇元和奸党"，落职病故，他们回到青州（今山东益都）居住。靖康之变后，举家南逃，开始了颠沛流离的生活。不久赵明诚病死，建康形势危急，李清照再度流亡在浙江、福建之间，孤独一身，漂泊无定，境况极为悲惨，最后在孤苦中度过了晚年。

李清照

李清照是中国文学史上颇负盛名的"一代词人"（郭沫若语），《词论》是她的理论著作，认为"词别是一家"。其词现存七十多首，前期词作真实反映了闺情思绪，表现出对大自然的热爱和对爱情的追求，词风明快妍丽，如《如梦令》（昨夜雨疏风骤）、《点绛唇》（蹴罢秋千）、《醉花吟》（薄雾浓云愁永昼）、《一剪梅》（红藕香残玉簟秋）、《凤凰台上忆吹箫》（香冷金猊）都表现对爱情的向往和对自然景物的喜爱，韵调优美，清俊疏朗，格调感伤；南渡以后，她的作品发生了明显的变化，表现出一定的爱国热情和忧国怀乡的情绪，如《武陵春》（风住尘香花已尽）、《菩萨蛮》（风柔日薄春犹早）、《念奴娇》（萧条庭院）、《永遇乐》（落日熔金）等。著名的《声声慢》（寻寻觅觅）连用七个叠字，准确自然、深刻细致地表达了惨遭国破家亡后的孤寂凄苦的情怀。其词善用白描手法，状物抒情，细腻精巧，曲折尽意，格律和谐，富有音乐美，人称"易安体"，把婉约词推向了高峰。明代杨慎说："宋人中填词李易安亦称冠绝。使在衣冠，当与秦七、黄九争雄，不独雄于闺阁也。"（《词品》）王士禛在《花草蒙拾》中云："婉约以易安为宗。"读李清照的词，时刻感到在孤寂生活中深深的哀愁，细腻的感情、敏锐的观察和丰富的体验，使得她的词似乎始终充满了"寻寻觅觅，冷冷清清，凄凄惨惨戚戚"的感伤情绪。另外《金石录后序》是其散文名篇。

民族英雄岳飞

岳飞（1101—1141），字鹏举。相州汤阴（今河南汤阴县）人。南宋抗金名将，民族英雄。身经百战，屡败金国，功勋卓著，后被投降派秦桧等人以"莫须有"罪名诬害而死。孝宗时谥武穆，宁宗时追封鄂王，理宗时改谥忠武。遗著有《岳武穆集》，其词仅二首。代表作《满江红》大气磅礴，壮怀激烈，表现了对抗金必胜的信心和奋发自强的豪情。上片抒发个人豪情，面对强敌的侵犯，词人壮怀激烈、怒发冲冠，生怕"等闲白了少年头"。报国杀敌之情，跃然纸上。"怒发冲冠，凭阑处，潇潇雨歇。抬望眼，仰天长啸，壮怀激烈。三十功名尘与土，八千里路云和月。莫等闲白了少年头，空悲切！"

岳飞《满江红》

下片感慨国事，"靖康"之耻，至今未雪。词人决心收拾旧山河。"壮志饥餐胡虏肉，笑谈渴饮匈奴血"二句情见乎词，词人与敌势不两立之志，呼之欲出。"靖康耻，犹未雪；臣子恨，何时灭？驾长车踏破贺兰山缺。壮志饥餐胡虏肉，笑谈渴饮匈奴血。待从头收拾旧山河，朝天阙。"全词风格豪壮，音调激越，是一首千古传诵的名篇。陈廷焯《白雨斋词话》说："千载后读之，凛凛有生气焉。"

自立门户：杨万里与"诚斋体"

杨万里（1127—1206），字廷秀，号诚斋，吉州吉水（今江西吉水）人。南宋诗人。绍兴二十四年进士，历任太常博士、宝谟阁学士、秘书监等职。

他生活在南渡后不久，正是南宋王朝执行投降政策、丧权辱国无以复加的时代。他性情刚直，不逢迎权贵，当时奸相韩侂胄当政，想网罗他为羽翼，请他为其新筑的南园作记，他以"官可弃，记不可作"的话断然拒绝，晚年家居十五年不出，后因韩当权误国，盲目用兵而忧愤成疾、抱恨辞世。

杨万里是"中兴四大诗人"之一，最初学习江西派，继学晚唐诗和王安石的诗，最后终有所悟，自辟蹊径，自创"诚斋体"。所谓"诚斋体"即指反对摹拟前人，拒绝刻意雕琢，主张师法自然，要求立意新颖，语言诙谐幽默，表达活泼流畅，这种诗体要求写作时信手拈来，任性所为。他大量描写的是自然景物，山光水色、阴晴雨雪，甚至自然界的一草一木、一虫一石，都被他当作诗材，由于他观察细致入微，领会深刻，所以他的诗写来意境新颖，描绘逼真，具有形象突出而词意明显的特点。原有诗二万多首，今尚存四千多首。其诗内容充实，写过不少有爱国激情和民族意识的作品，也有一些对劳动人民表示同情、关注和赞颂的诗歌，但对社会现实的揭露和批判尚缺乏深度。

南宋伟大的爱国诗人：陆游

陆游（1125—1210），字务观，号放翁。越州山阴（今浙江绍兴）人。生于北宋灭亡之际，少年时代即深受爱国思想熏陶。绍兴年间就试礼部，因触怒秦桧被黜。后历任枢密院编修官、隆兴府通判等职，因力说张浚用兵免职。乾道年间参佐四川宣抚使王炎幕府，投身军旅生活，积极参与策划北伐。以后历任福建、江西提举常平茶盐公事、严州知州、礼部郎中等职，曾屡次被劾罢官。虽一直受投降派势力压制，累遭打击，但主张北伐、杀敌报国的雄心与热情终生不渝。嘉定二年（1210年），诗人抱着"但悲不见九州同"的遗恨，与世长辞。

陆游是南宋初期著名的诗人、词人、散文家。诗歌成就尤为显著，存诗约9300余首。他与尤袤、杨万里、范成大并称为"中兴四大诗人"，但其他三人的成就远逊于陆游。陆游的作品充满了爱国忧民思想和积极浪漫主义精神，其诗歌始终贯串的主题即"言征伐事"。陆游爱国诗篇中充满了英雄气概和牺牲精神。他早年所写《夜读兵书》中表现了视死如归的决心，82岁时写的《老马行》还发出了"一闻战鼓意气生，犹能为国平燕赵"的豪语。陆游还以同情之笔写了沦陷地区人民对于"征伐恢复"的渴望，喊出了热望统一的痛苦呼声。《秋夜将晓，出篱门迎凉有感》、《昔日》诸诗传达出了这种心情。陆游在《感愤》、《醉歌》、《陇头水》、《追感往事》中对投降派进行了尖锐讽刺，并在《纵笑》等诗中指出侵略者是自己势不两立的敌人。《醉歌》、《关山月》则借历史上的"和亲"批判了投降派，诗句中隐含着无穷的忧思。陆游还写了许多感时抒愤的诗表达报国理想被现实扼杀的愤

陆游

懑，《书愤》中的"早岁那知世事艰"最具代表性。陆诗中还有大量同情劳动人民疾苦、描绘山河美好的诗篇，韵致翩跹，风采流荡。前人评陆诗"意在笔先，力透纸背"（清赵翼《瓯北诗话》）。其语言"清空一气，明白如话"，精炼自然。陆诗在体裁方面无体不备，七律尤为人所推重，绝句亦情致盎然。陆诗具有浓厚的浪漫主义色彩，但其创作基本特征是现实主义，故有"诗史"和"小太白"的雅称。

陆游《秋波媚》

"留取丹心照汗青"——文天祥

文天祥（1236—1283），字履善，一字宋瑞，号文山，吉州庐陵（今江西吉安）人。南宋政治家，二十岁中状元。累官湖南提刑、赣州知府。德祐元年（1275年），元兵南侵，恭帝诏天下勤王，文天祥在江西募义军北上抗击，入卫宋都临安，为右丞相兼枢密使。翌年，元兵进逼临安，文天祥奉命赴元营议和，慷慨陈词，被元兵扣留，被迫北上，乘间得脱，历尽坎坷，到达福州，继续组织兵力抗击元军。祥兴元年（1278年）在海丰兵败被俘，押往大都（今北京），囚禁三年，坚贞不屈，至元十九年（1283年）十二月初九从容就义。作为民族英雄的文天祥，也是一位文学家，其诗词文均佳。尤其值得关注的是文天祥的文学创作是和自己的斗争经历紧密相关的，抒发了"忠肝义胆"，表现了坚决反抗民族压迫的斗争精神。他最有名的诗是《正气歌》，

文天祥

这是他被俘后在元都燕京的一个土室中写成的。当时他经受着多种迫害，他以"浩然正气"顽强地坦然活下去，决不屈服，直到被杀害。就义前作《正气歌》，并从容对吏卒道："吾事毕矣！"南向拜而死。元世祖叹为"真男子"。

文天祥前期诗歌受江湖派影响较深，多为咏物、应酬之作，佳篇不多。后期诗歌多反映宋灭亡以前动乱的社会面貌，表现坚定的民族气节和昂扬的斗争意志，慷慨激昂，沉郁悲壮。如《过零丁洋》、《正气歌》、《金陵驿》等。其"臣心一片磁针石，不指南方不肯休。"（《扬子江》）"人生自古谁无死，留取丹心照汗青。"（《过零丁洋》）"若使无人折狂虏，东南那个是男儿。"（《纪事》）等诗句，广为人们传诵。其散文《指南录后序》记录了他作

为宋使到元营谈判被拘，以及逃归的过程，情辞哀苦，意气激昂。

南宋杰出的爱国词人：辛弃疾

辛弃疾（1140—1207），字幼安，号稼轩。历城（今山东济南）人。二十二岁时起兵抗金，尝深入敌营活捉叛徒投宋。入宋后献《美芹十论》、《九议》，纵论复国大计，但不被重视。乾道八年任滁州知州，救济灾民，恢复生产，政绩卓著。淳熙七年于湖南训练飞虎军，雄镇一方，为金兵所畏惧。次年调任隆兴知府兼江西安抚使，后被弹劾去职闲居带湖、瓢泉达十余年。晚年又被起用为浙东安抚使、镇江知府等职。正当他为北伐作准备时，又被韩侂胄等诬劾罢免。开禧二年（1206

辛弃疾

年），韩侂胄北伐，结果大败。辛弃疾最终在他退居的铅山含恨死去，终年68岁。

辛弃疾是南宋杰出的爱国词人，其爱国思想是建立在"穷则独善其身，达则兼济天下"（《孟子·尽心上》）的儒家思想基础之上，他一生反对投降而又处境孤危，这就形成了辛弃疾雄奇而沉郁、豪壮而苍凉的风格。辛弃疾的词，现存600余首，今传《稼轩词》四卷本和《稼轩长短句》十二卷本，是宋人词集中最丰富的一家。

辛弃疾继承和发扬了苏轼开创的豪放派传统，又加以创造性的发展，进一步把词意和词境推向了新的层次。辛词善于抒发爱国热情，风格豪放雄健而又深沉悲壮，想象丰富而奇特，大量运用夸张、拟人等艺术手法和通俗化口语，构成鲜明的艺术个性。亦有不少清新、优美的农村田园题材词作，富于生活气息。词风以豪放为主，亦不乏或纤秾、或轻巧、或缠绵的佳作，表现出多方面的艺术才能。其成就在宋代词人中首屈一指。例如《水龙吟》（渡江天马南来）、《水调歌头》（千里渥洼种）、《满江红》（鹏翼垂空）等，表现了恢复祖国统一的豪情壮志。《贺新郎》（细把君诗说）、《菩萨蛮》（郁孤台下清江水)、《破阵子》（醉里挑灯看剑）等，表现对北方地区的怀念和对抗金斗争的赞扬。《水龙吟》（楚天千里清秋）、《摸鱼儿》（更能消几番几雨）、《贺新郎》（老大那堪说）、《鹧鸪天》（壮岁旌旗拥万夫）、《永遇乐》（千古江山）等，表现对南宋朝廷屈辱苟安的不满和壮志难酬的忧愤。这些作品大都基调昂扬，热情奔放。此外，其描写农村景物和反映农家生活的作品，如《清平乐》（茅檐低小）、《西江月》（明月别枝惊鹊）、《玉楼春》（三三两两谁家女）等，都富有生活气息，给人以清新之感。其抒情小词，如《丑奴儿》（少年不识愁滋味）、《青玉案》（东风夜放花千树）等，写得含蓄蕴藉，言短意长。《四库

辛弃疾《太常引》

全书总目提要》说："其词慷慨纵横，有不可一世之概，于倚声家为变调，而异军突起，能于剪红刻翠之外，屹然别立一宗。"吴衡照《莲子居词话》说："辛稼轩别开天地，横绝古今，论、孟、诗小序、左氏春秋、南华、离骚、史、汉、世说、选学、李、杜诗，拉杂运用，弥见其笔力之峭。"

辛弃疾将典故诗文、雅言俗语，熔为一炉，浑然天成，大多悲壮激昂，但又兼有飘逸、清丽的风格。辛弃疾在艺术上取得的杰出成就，使其词形成了独特的面貌，产生了"稼轩体"，在他的影响下，产生了"辛派词人"。他和爱国诗人陆游并立于世，标志着宋代爱国主义诗词创作发展到了新的高峰。

第七章　十字架、玫瑰与长矛

——中世纪文学的天堂何在？

这个时期宗教压制文学的发展。

公元476年，日耳曼人摧毁了西罗马帝国的家园，西方便进入漫长的中世纪社会。除了宗教统治文学外，剩下的只能是文学为宗教服务。显然，文学在倒退。但是仍然有反倒退的文学作品存在着，例如那些闪烁民族灵魂的英雄史诗——《罗兰之歌》、《尼伯龙根之歌》、《伊戈尔远征记》，讽刺叙事诗《列那狐的故事》、长篇叙事《玫瑰传奇》等，都是这样的。更值得关注的是站在两个时代之间的意大利诗人但丁的《神曲》，有地狱、炼狱、天堂之分，想象奇谲、气势磅礴，从中可以看见人类的苦难历程。

讽刺叙事诗：《列那狐的故事》

《列那狐的故事》是中世纪法国民间长篇故事诗。全诗长达25，000行。这些诗篇是民间流传的集体之作，大部分作者已无从考证，现在确知的只有三人：里沙尔·德·利松、皮埃尔·德·圣克鲁和拉克鲁瓦昂布利的一位神父。开始的时候，这些诗各自独立，后来经法国现代学者吕西安·富莱将它们按情节顺序编为27个分支，才有了完整的体系，它包括1175年至1250年间在法国产生的许多以列那狐为主人公的八音节的法文诗篇。

《列那狐的故事》的基本情节出自《伊桑格里漠斯》（为佛兰芒的教士尼瓦尔于1152年用拉丁文所写）、《教士戒律》（为法国中世纪女诗人玛丽·德·法兰西的寓言以及犹太人佩得罗·阿尔丰斯于12世纪初写的东方故事集）两本书。

列那狐的故事

《列那狐的故事》以列那狐和伊桑格兰狼的斗争为主要线索，生动地反映了法国封建社会内部的矛盾和斗争情况。在作品里，作者用列那狐代表新兴市民阶层，因为在当时的封建社会，新兴市民阶级，即最初的资产阶级刚刚起步，一方面要进行资本的原始积累，因而就需要欺凌和残害平民百姓，另一方面为了夺取政治上的特权，不得不与当权的封建主展开斗争。在当时，封建势力远比新兴资产阶级的力量强大，但新兴的资产阶级为了发展壮大自己，仍敢于向比自己强大许多的封建势力发起挑战，这也正如诗中所写的那样：代表新兴资产阶级的列那狐，一方面欺凌并残害比自己弱小的代表平民百姓的雄鸡尚牧克雷等小动物，一方面与代表豪门权贵的雄狼伊桑格兰等强大的动物进行斗争，列那狐为了达到自己的目的甚至不惜向代表封建最高统治者——狮王诺勃勒发起挑战。诗中歌颂了市民的机智，对封建统治者进行讽刺和嘲弄。列那狐对小动物的欺侮，则反映了市民内部上下层之间的矛盾，许多故事谴责了列那狐的丑行，肯定了小动物的胜利。《列那狐的故事》以出色的喜剧手法，对封建阶级进行了无情的揭露和批判。当时在法国，以动物为"人物"的叙事诗十分盛行，这些诗假托写动物世界的故事，实际上是为了反映当时的社会现实。《列那狐的故事》是其中成就最高、影响最大的作品，它充分体现了法国中世纪市民文学的独特风格，是法国古代文学中的珍品。

典雅的爱情之作：《玫瑰传奇》

《玫瑰传奇》（Remande La Rose）是一部长篇叙事诗，写成于中世纪，作者是法国的吉约姆·德·洛里斯和让·克洛皮内尔。它是一部中世纪关于贵族"典雅"爱情的骑士文学的代表作。

全诗分为两部分：第一部分为古约姆·德·洛里斯所写，共 4300 行，主要描写"骑士"追求"玫瑰"而不得的故事。在诗中"玫瑰"代表少女，作者用隐喻手法使原本内容缺乏新奇的长诗增添了一层浪漫与神秘的色彩，从而为后一部的写作打下了良好的基础，这种写作手法是其一大艺术贡献。

玫瑰传奇

诗的第二部分为让·克洛皮内尔所著，长达 17，000 多行，主要描写骑士竭尽全力，费尽苦心去争取"玫瑰"的欢心，其中包括以"财富"为手段，当然，功夫不负有心人，"骑士"最终得到少女的芳心。这一部分着重强调"理性"的地位，具体表现在诗中人物经常发表议论，揭露教会的贪婪，抨击特权阶层，讽刺唯利是图的上层市民等等。在这一部分中新增添了"自然"与"伪善"两个角色，这在第一部分是没有的。从影响力的角度上来说，第二部分远远超过第一部分，这也许与写诗的作者有关：古约姆·德·洛里斯是一个教士，他的思想不免受到宗教教义及生活环境的束缚，因此诗的第一部分究其本质来说仍未摆脱传统的骑士文学"典雅"爱情的套路，所反映的社会现实不及第二部分深广；而让·克洛皮内尔是一个市民，他可以清楚地了解下层人民的心理与疾苦，所以在描写的深度上是洛里斯所无法企及的。文学史上所指的《玫瑰传奇》是第二部分。

《玫瑰传奇》在中世纪法国文学中的地位很高，仅次于《列那狐的故事》，影响广泛，其寓意笔法为人称道。

"意大利第一位民族诗人"：但丁

在欧洲中古文学中，意大利伟大诗人但丁（1265—1321）占有突出的地位。恩格斯在《共产党宣言》1893年意大利文版序言中说："封建的中世纪的终结和现代资本主义纪元的开端，是以一位大人物为标志的。这位人物就是意大利的诗人但丁，他是中世纪最后一位诗人，同时又是新时代的最初一位诗人。"但丁既是意大利中世纪文学的伟大代表，又是意大利文艺复兴的先驱，因此，有人认为但丁是"意大利第一位民族诗人"。

但丁出生于意大利北部最大的手工业中心城市佛罗伦萨的一个没落的贵族家庭，从小热爱诗歌，熟读古罗马诗人维吉尔、贺拉斯、奥维德的作品，他还拜著名的学者拉蒂尼为师，学习修辞学。他聪明好学，知识广博，为以后的创作打下了坚实的基础，他对罗马大诗人维吉尔极为崇拜，称之为导师。但丁对其他文化领域如绘画、音乐、哲学等，也颇有造诣。他是当时最博学的人之一。但丁的创作道路是从用意大利语写诗开始的，属于"温柔的新体"

但丁

诗派。但丁少年时曾对邻人少女贝雅特丽齐产生爱情，这是一种精神之爱，带有神秘色彩。1290年但丁把写给贝雅特丽齐的诗，用散文连缀起来，取名《新生》（1290—1293），以纪念自己所爱的女子。但丁在《新生》中写道："自从最美的淑女去世以后，都市也变得凋寒不堪，它所有的光辉也好像一朝消失殆尽。仍然独留在寂寞的城中流泪啜泣的我，便把这种情景写成文字传达于世间的人们。"《新生》没有触及重大的社会问题，并且带有中世纪文学的神秘色彩，但其中对纯洁爱情的歌颂，反映了摆脱禁欲主义束缚的愿望，具有自然清新的风格。这是西欧文学史上第一部向读者剖露作者最隐秘思想感情的自传性作品。

但丁在青年时代就参加了贵尔夫党，积极投入反对封建贵族的斗争，参加了粉碎基白林党的坎帕尔诺之战。贵尔夫党得胜后，但丁被选为佛罗伦萨的行政官。在贵尔夫党分裂为黑白两党后，但丁属于白党，反对教皇干涉佛罗伦萨内政。1302年，黑党在教皇包尼法西八世和法国军队的支持下掌握了政权，但丁全部家产被没收，并被判处终身流放。政治活动和流放生活，对但丁的思想和创作产生了极大的影响。他走出了狭隘的个人生活圈子，接触到现实的重要问题。流亡中他看到祖国的壮丽山河，也看到城邦之间内争的危害，更增加了他对祖国统一的渴望。在流放期间，但丁写了《飨宴》、《论俗语》、《帝制论》和《告意大利各王公和人民书》等论著。《飨宴》是用意大利文写的带有百科全书性质的学术著作。诗人借对自己诗歌的解释，向读者介绍多方面的科学文化知识，作为给群众的精神食粮，所以书名叫做《飨宴》。在《论俗语》中，作者旗帜鲜明地提出写作应该用民族语言，为意大利民族语言的发展奠定了基础，对促进意大利统一和使文学语言接近人民都有重大的意义。在《帝制论》中，但丁阐述了政教分离、教皇不得干涉政治的主张，表现了作者反教会的思想。但与此同时，他又美化了皇帝，对帝制存有幻想。但丁肯定现世幸福，并以此为出发点，说明政教分离之必要，证明教皇无权干涉政治，表达了他爱国的进步思想，在漫长的流亡生活中，但丁一直同教皇作斗争。1321年但丁客死于他乡，所幸，但丁在死前完成了他最伟大的作品《神曲》，成为不朽的诗人。

《神曲》（1307—1321）是世界文学史上不朽的名著，也是诗人一生心血的结晶。作者给它取名为喜剧，因为它的结局是幸福圆满的，后人为了表示对这部作品的崇敬，加上了"神圣"一词，于是书名成为《神圣的喜剧》，中文译为《神曲》。作品分《地狱》、《炼狱》、《天堂》三部，每部三十三曲，加上前面的序曲，总共一百曲。全诗共14233行，采用三行连环韵诗体写成，结构非常严谨。由于《神曲》内容精深，在形式方面也表现了作者卓越的艺术技巧，故被誉为"中世纪的史诗"。但丁借幻游三界的形式，向人类指出从黑暗走向光明的道路。作品的主题思想是：在精神道德方面陷入迷惘和错误中的人类要经过重重苦难和严峻的考验，才能达到道德完善的至善境界。

诗人采用梦幻和象征手法表现《神曲》的主题思想。他叙述自己35岁时在一片黑暗的森林中迷了方向。当他爬过一座小山想走出森林时，忽然看到迎面来了三只野兽：一豹、一狮、一狼，象征淫欲、野心和贪婪。由于猛兽挡住了去路，吓得但丁高声呼救。在这危急关头，出现了古罗马诗人维吉尔，他受圣女贝雅特丽齐之托前来救他。在维吉尔的引导下，但丁参观了地狱和炼狱。地狱共分九层，如漏斗形，越往下越小。有些层又分若干圈。罪人的灵魂依照生前罪刑惩罚，罪行愈大者愈居于下层。但丁按照基督教的观点，把生前贪色、贪吃、易怒和邪教徒的亡灵放在地狱中受苦，但他更把那些社会上各种作恶的人放在地狱的下层。如受罪的是淫媒和诱奸者、阿谀者、伪君子、盗贼、诱人作恶者，挑拨离间者、诬告者、害人者，伪造者以及罗马教皇。在第九层受罪的则是叛国卖主的人，被冻在冰湖里，他们是但丁最痛恨的人，冰湖是地狱之底，越过地球的中心，来到炼狱底下。

炼狱又译净界，实乃大海上的一座孤山。炼狱外部是山脚。由海滨经过山脚，通过山门，才能进入炼狱。炼狱的主体部分是七层，加上炼狱外部的山脚和山顶上的乐园，总共也是七层。炼狱内，分别住着犯有骄、妒、怒、惰、贪、食、色七种罪恶的亡魂。这是中世纪经院哲学根据亚里士多德的伦理学提出的七恶。他们虽然犯有罪过，但程度较轻，而且已经悔悟，得到上帝的宽恕，在这里忏悔洗过。他们在完全洗净罪恶之后，便可升天。但丁游炼狱时，也像那些洗涤罪孽者一样，一层一层地上升，最后来到地上乐园。在这里，维吉尔突然消失不见，天空中祥云缭绕，花雨缤纷之中，贝雅特丽齐出现在但丁面前。但丁喝了忘川水，忘了过去的过失，获得新生。贝雅特丽齐引导但丁游历了天堂。

天堂分为九重，有月球天、水星天、金星天、太阳天、火星天、木星天、土星天、恒星天、水星天，生前为善、有德行的人在这里享福。这里既有虔诚的教士，为基督教信仰而殉难的人，也有圣明的主和学界的贤哲，基督和天使们也都住在这里。这里境界庄严，光辉四射，充满欢乐和爱，是但丁理想中的天堂。

九重天之上是上帝所在的天府。到天府以后，贝雅特丽齐回到自己的位置。这里比天堂更加美丽光明，上帝之光笼罩一切。但丁见到上帝，但只如电光之一闪，迅速消失。最后，但丁瞻仰了上帝三位一体的光环，其意志、情感、欲望与神情合而为一。

但丁创作《神曲》，目的是为了给人类指出一条从黑暗走向光明的途径。对迷路、游地狱、炼狱和天堂的描写，象征着人类经过迷惘和错误，经过苦难和考验走向光明与至善的历程。书中很多有寓意的形象都是由作品的基本思想所决定的。黑暗的森林象征着意大利的现实，三头野兽象征着阻碍人们走向光明的邪恶势力。维吉尔象征理性，他引导但丁游历地狱和炼狱，象征人类在理性指引下认识罪恶与错误从而醒悟、获得新生的过程。贝雅特丽齐象征信仰，她引导忠于信仰的人达到思想的至善境界。从表面上看，但丁似乎提出了一个通过净化道德以达到永生的基督教神学问题。但实际上，但丁所探讨的乃是人类的光明未来，首先是意大利光明未来的问题。作为一个伟大的诗人，他既为祖国的命运忧虑，设法为它探索出一条政治上和道德上新生和复兴的道路，同时也关心基督教世界以至整个人类的前途。

作品广泛运用象征与梦幻手法，描绘神秘离奇的地狱、炼狱与天堂，展现在读者面前的是幻想的境界。但是长诗也间接描写了现实生活中的种种黑暗现象，充满了瑰丽神奇的想象，读来令人感到扑朔迷离。虽然但丁提倡理性，但是未能寻找到一条真正的通往天堂之路，甚至怀疑人类理性的力量。正如他所说："希望用我们微弱的理性，识破天堂之路。"甚至怀疑人类理性的力量，他说："希望用我们微弱的理性，识破无穷的玄妙，真是非愚即狂。人类呀！在'为什么'三个字之前住脚吧！"但丁在《神曲》中告诉我们何以信仰真理。无怪乎别林斯基称赞这部作品是"中世纪真正的《伊利亚特》"。

第八章　中国戏剧的高峰

——元人三杰

元曲的最大特征是淋漓酣畅！

继唐诗宋词后，到了元代，一种新的文学体裁——元曲开始兴盛。它通俗浅显、酣畅淋漓，堪与唐诗宋词媲美。与之相应，元杂剧也被蓬蓬勃勃地发展起来，出现了像关汉卿、马致远、王实甫这样的大家，他们的许多作品——如《窦娥冤》、《汉宫秋》、《西厢记》久盛不衰。他们把中国戏剧推向了高峰，从而使得元曲和戏剧成为中国艺术的瑰宝！

中国最伟大的戏剧家：关汉卿

关汉卿（生卒年不详），号已斋叟，大都（今北京市）人，也有人说是祁州（今河北安国）人，是元代最伟大的杂剧作家，曾任太医院尹。他一生到过许多地方，元灭南宋后，到过杭州这个元杂剧后期创作中心。他的戏剧创作年代较早，明朱权《太和正音谱》说他"初为杂剧之始"。关汉卿与曲家杨显之、费君祥、王和卿及艺人珠帘秀等交好。他不屑仕途，长期活动于瓦肆勾栏之中，对民间语言和民间艺术非常熟悉。他会围棋、蹴鞠、打围、歌舞、吹弹、吟诗、双陆，有杰出的艺术才能。他创作了大量戏曲作品，又有着

关汉卿

"躬践排场，面数粉墨"（明臧懋循《元曲选·序》）的舞台经验。关汉卿一

生创作丰富。贾仲明在［凌波仙］吊词中说他"驱梨园领袖，总编修师首，捻杂剧班头"，肯定了关汉卿在元杂剧创作中的地位。

关汉卿著有杂剧67部，现仅存18部，即《关大王单刀会》、《关张双赴西蜀梦》、《闺怨佳人拜月亭》、《诈妮子调风月》、《感天动地窦娥冤》、《杜蕊娘智赏金线池》、《望江亭中秋切鲙旦》、《赵盼儿风月救风尘》、《王闺香夜月四春园》、《钱大尹智宠谢天香》、《包待制三勘蝴蝶梦》、《包待制智斩鲁斋郎》、《状元堂陈母教子》、《刘夫人庆赏王侯宴》、《邓夫人苦痛哭存孝》、《山神庙裴度还带》、《温太真玉镜台》、《尉迟恭单鞭夺槊》。《窦娥冤》、《单刀会》、《望江亭》、《调风月》、《拜月亭》、《救风尘》分别代表其杂剧在不同方面的成就，或揭露社会黑暗与统治者的残暴，或描写历史上的英雄人物，或表现青年妇女的苦难遭遇和勇敢、机智，塑造了窦娥、关羽、谭记儿、王瑞兰、赵盼儿等著名人物形象。剧本结构紧凑，矛盾冲突集中，性格鲜明，语言个体化，具有强烈的艺术力量。关汉卿与马致远、白朴、郑光祖并称"元曲四大家"。另外，他兼长散曲，代表作是《南吕一枝花》（不伏老）。现存小令五十多首，套曲十余个，多表现其滑稽多智、蕴藉风流的性格，成就不如其杂剧。

总起来讲，作为元代最伟大的戏剧家，关汉卿的剧作语言自然、通俗浅显、不事雕琢、充满生气，具有本色的特点。前人对关剧在这方面的成就十分推崇，王国维说："关汉卿一空倚傍，自铸伟词，而其言曲尽人情，字字本色，故当为元人第一。"（《宋元戏曲史》）

《窦娥冤》是关汉卿的代表作品。全剧受东海孝妇、邹衍下狱故事的启发，在体制上完全符合杂剧体制，由四折加一楔子组成。《窦娥冤》塑造了一位具有反抗精神的妇女形象——窦娥。她的命运极其不幸，3岁丧母，8岁为童养媳，婚后不久即守寡，其后又被诬冤杀，可以说她集封建社会妇女悲惨命运于一身。窦娥的悲剧在于她是被塑造她的社会吞噬的，在她身上具有符合封建道德要求的特点，丈夫死后，她立志守节，孝顺婆婆，是个温顺善良的好媳妇，但是出于守节抗侮的行为给她带来的是杀身之祸。她严格按照封建礼教的要求生活，却最终被逼反抗，这正体现出那个社会的吃人本质。窦娥的性格发展经历了忍受、抗争、觉醒3个阶段，在剧本中她的性格的成熟阶段是第3折"法场"一段，在［端正好］、［滚绣球］两支曲子中窦娥向封建君权的象征——天地发出了强烈的控诉,这是她反抗行为的顶峰,也是全剧的高潮所在。全剧结构严谨,情节错综,集中了窦天章与蔡婆、蔡婆与赛卢医、窦娥与张驴儿父子、张驴儿与赛卢医等的矛盾,高度概括地反映了元代的社会现实。剧作语言很有特色,充分表达出了人物的思想感情,具有很强的艺术表现力。《窦娥冤》是元杂剧中最出色的悲剧,王国维在《宋元戏曲史》中称其为"即列之于世界大悲剧中,亦无愧色也"。

"曲状元":马致远

马致远(约1250—1321以后),号东篱,大都(今北京)人。元代戏曲家。他少年时追求功名,但一直不得志。曾参加元贞书会,与李时中等合写杂剧《黄粱梦》,做过江浙行省务官。晚年退隐田园,以诗酒自娱。马致远的杂剧在元代极受推崇。元代周德清将马致远、关汉卿、白朴、郑光祖并称为元曲四大家;贾仲名的吊词称他为"曲状元";朱权在《太和正音谱》中更称他"宜列群英之上",将他列于元曲家187人之首。马致远共有杂剧15种,现存7种,即《破幽梦孤雁汉宫秋》、《江州司马青衫泪》、《半夜雷轰荐福碑》、《西华山陈抟高卧》、《吕洞宾三醉岳阳楼》、《马丹阳三度任风子》、《开坛阐教黄粱梦》、残存《晋刘阮误入桃源》。他可能写过南戏《苏武持节北海牧羊记》等剧本,但作品没有流传下来。代表作《汉宫秋》,构思大胆合理,曲词优美贴切,为元杂剧作品之一。马致远亦长散曲,现存小令百余,套数十七,有辑本《东篱乐府》一卷。《双调夜行船·秋思》是其"叹世"名作。《天净沙·秋思》写景,被誉为"秋思之祖":

> 枯藤老树昏鸦,小桥流水人家,古道西风瘦马。夕阳西下,断肠人在天涯。

该曲把十一种景物精巧地组合成一幅动态的秋思图,真切地表现了旅途飘泊者孤寂凄楚的情怀,历来被人们公认为散曲中的杰作、秋思主题的绝唱。近人王国维在《人间词话》中称赞此曲说:"寥寥数语,深得唐人绝句妙境。

有元一代词家皆不能办此也。"

"《西厢记》天下夺魁"：王实甫

王实甫（约1260—1336），元代杂剧作家。有关王实甫的生平资料很少。据《录鬼簿》和《续录鬼簿》，知道他名德信，大都人、约与关汉卿同时。王实甫是一位熟悉官妓生活的落魄文人，长期生活于城市的"勾栏"、"瓦舍"之中，贾仲明［凌波仙］吊词说："风月营，蜜匝匝列旌旗。莺花寨，明彪彪排剑戟、翠红乡，雄赳赳施谋智，作词章，风韵美，士林中等辈伏低。"他的散曲《商调·集贤宾》［退隐］说："有微资堪赡赒，有园林堪纵游。"这表明他做过官，后来辞官退隐。《西厢记》是其代表作，在中国古典戏曲史上占有重要地位，对后世戏曲小说影响很大，被贾仲名称为"新杂剧，旧传奇，《西厢记》天下夺魁"，他与关汉卿《拜月亭》、白朴《墙头马上》、郑光祖《倩女离魂》并称元杂剧中四大爱情剧。

王实甫杂剧的代表作是《西厢记》。它共5本20折，是中国文学史上进步的现实主义杰作之一，作品通过莺莺和张生的斗争，谴责了封建婚姻制度的不合理，表达了"愿天下有情人终成眷属"的美好愿望。总的来说，王实甫的杂剧主要取材于封建时代上层社会的生活，着重人物内心的刻画，有浓郁的抒情气氛，语言华丽有文采，朱权《太和正音谱》论曲，说："实甫之词，如花间美人。"这种风格在当时产生了很大影响。王实甫与白朴、马致远及后来的郑光祖、乔吉等一起，形成了不同于本色派

西厢记

的另一杂剧流派——文采派。《西厢记》中对莺莺有细致的刻画，展现了她从一个谨遵礼教的大家闺秀成为封建礼教叛逆者的历程。莺莺与张生一见钟情，但她毕竟处于礼教束缚严重的时代，官宦之家千金小姐的地位，要她完全冲破封建礼教的束缚是不可能的，于是她的思想矛盾成为戏剧的主要冲突，她

心中情与理的矛盾直接影响着她与张生的爱情走向，所以她"酬简"后又翻脸"赖简"，使剧情发展急转直下。她的否认、拒绝都成为她内心情感的反映，正因为她爱张生才使她对待张生的态度有如此的反复。相比而言，张生对待爱情要坚定得多，他从一开始就对莺莺一往情深并主动展开追求，"情真"是他的性格特点，也显示了他对于爱情的态度。红娘的形象在《西厢记》中得到了充分的展现。她俏皮、机智，她在崔、张爱情进程中起着不容忽视的推动作用。如果没有她的穿针引线，崔、张的爱情发展也不会如此迅速；如果没有她的据理力争，崔、张的爱情结果必然会出现更大的波折。老夫人的形象是封建礼教的代表，她的刻画也较以前的作品更深入。这些主要人物都具有典型意义，显示出作者高超的写人技巧。在情节安排上，《西厢记》删除了《西厢记诸宫调》中某些多余的情节，注意详略，使情节安排波澜起伏、跌宕生姿，具有强烈的节奏感。老夫人许婚又赖婚，莺莺酬简又赖简，造成张生从希望到失望、再希望又失落、后又狂喜的情感波动，使读者和观众的心随着剧情变化而起落，与剧中主人公同悲同喜，取得了极好的艺术效果。在写作手法上，《西厢记》将写景、叙事、抒情有机地结合在一起，"长亭送别"一段是历来为人称道的。在语言上，《西厢记》的语言注重文采，富有个性又不失华美，"碧云天，黄花地，西风紧，北雁南飞，晓来谁染霜林醉，总是离人泪"用典型的秋景烘托出离人的愁绪，使人如同身临其境。《西厢记》问世以来受到了高度的赞扬，连曹雪芹也在《红楼梦》中借林黛玉之口赞它"词句警人，余音满目"，可见其艺术成就之高。

第九章　璀璨明珠

——东方古代文学的魔力

神秘的文字营造神秘的精神大陆。

东方文学与西方文学存在明显的差别，有自已独特的魔力。古埃及的《亡灵书》、古巴比伦的《吉尔伽美什》、古希伯来的《圣经》、古印度的《沙恭达罗》，阿拉伯文学的绝唱《一千零一夜》、日本的两大名著《源氏物语》、《枕草子》等，都是影响甚远的大作，重在生命起源和生活命题的探讨，价值极大。自然，它们也是人们喜爱的作品。

"千古绝唱"：迦梨陀娑与《沙恭达罗》

迦梨陀娑（约生活于公元350—472年印度芨多王朝时期），据传他共有作品三十部，但一般认为真正出自他之手的仅七部，即叙事诗《罗怙系谱》、《鸠摩罗出世》，抒情诗《时令之环》，长诗《云使》，剧本《优里婆湿》、《摩罗维迦与火友王》、《沙恭达罗》。剧本《沙恭达罗》和抒情长诗《云使》是其代表作，早在一千年前已流传。《沙恭达罗》取材于史诗《摩诃婆罗多》。全剧分七幕，主要情节围绕修道者的养女沙恭达罗和国王豆扇陀之间的爱情展开。作为下层人民的沙恭达罗追求的是真正的爱情，而国王豆扇陀追求的则是纵欲享乐，因此造成爱情悲剧。由于沙恭达罗不慎丢失订婚戒指，使国王豆扇陀失去了对沙恭达罗的记忆，不再认她为妻。后来，戒指失而复得，使国王豆扇陀恢复了记忆，陷入了对沙恭达罗母子的思念中。最后豆扇陀和沙恭达罗母子在仙界团圆。剧本善于刻画人物心理，富于生活气息和民族风格，为梵文古典作品的杰作。德国诗人歌德称《沙恭达罗》为"千古绝唱"，我国很早就有《沙恭达罗》的藏文和汉文译本。

扑朔迷离的《一千零一夜》

《一千零一夜》，一译《天方夜谭》，是中古时期阿拉伯民间故事集。一般认为，源于波斯故事集《赫左尔·艾夫萨乃》（意即"一千个故事"），在五百年的流传中充实和提炼，相继汇入了埃及、印度、希腊和伊拉克等国的一些故事，16 世纪才定型成书。内容包括童话、传说、恋爱故事、冒险奇遇、宫廷趣闻、名人轶事等。其中《阿拉丁和神灯》、《阿里巴巴和四十大盗》、《辛巴达航海旅行记》等篇最为著名。这些故事以丰富的想象、曲折的情节，生动地描绘了中世纪阿拉伯世界的社会生活和风土人情，是阿拉伯古典文

一千零一夜

学繁荣时期最优秀的作品之一，对世界各国的文学艺术产生了很大的影响。《一千零一夜》作为民间口头文学"最壮丽的纪念碑"（高尔基），集中体现了民间文艺创作的艺术特征。

"波斯诗歌之父"：鲁达基

鲁达基（约860—941）波斯诗人，史称"波斯诗歌之父"。生于波斯撒马尔罕附近的鲁达克镇。自幼接受民间口头文学的熏陶，在民间以能诗善琴著名。传说他生下就双目失明（一说是晚年回到家乡后双目失明），但受过良好的经院教育，精通阿拉伯语。在布哈拉统治者萨曼王朝第三代国王纳萨尔时期被召入宫，领导一大批宫廷诗人达40余年，赢得极大声誉。死前不久被逐，回到家乡，死于贫困中。

鲁达基的作品繁富，但多已散失，残存下来的只有一千多首两行诗和叙事长诗《卡里来和笛木乃》的一些片断。颂诗、抒情诗、四行诗等诗歌形式在他手里定型，被称为"波斯诗歌之父"。他的诗形象生动，寓意深刻，形式完美，韵律严谨。他对人类的智慧、理性和生活经验的力量充满信心，号召人们追求知识和美德善行。诗人认为自己主要的功绩是"以诗歌软化了直到那时坚硬似铁砧的心"（《老年怨》）。他是风行到11世纪末的波斯语文学霍拉桑（旧译霍腊散）诗歌风格的奠基人，其创作对后世诗人影响极大。他的作品对后来的许多作家、诗人，如菲尔多西（940—约1020）、内扎米（1141—1209）、哈菲兹（1320—1389）等影响很大。现今在撒马尔罕附近的鲁达克（他的故乡）建立了鲁达基陵园。

天才诗人菲尔多西与《王书》

菲尔多西（940—约1020）生于波斯霍拉桑省图斯城郊塔巴朗地区一个没落贵族家庭。早年大量阅读古代历史著作和民族史诗，熟悉古代文化遗产和民间传说。公元975年，开始创作史诗《王书》（一译《列王记》），于1010年完成。这部长达五万行（双行）的巨著借古喻今，抨击了当权统治者的穷兵黩武，触怒当时的国王穆罕默德·伽色尼。为免遭迫害，他流落他乡，多年后才返回故地。《王书》以波斯历代帝王的生平事迹和民间流传的神话、传说为题材，讲述了二十五代王朝、五十多个帝王的故事，为后人提供了丰富的历史材料和文学创作素材。它分为神话、英雄故事和历史故事三部分，其中对民间传说中的著名英雄鲁斯坦姆身世的描述尤为出色。当时阿拉伯文流行，作者却仍采用波斯语，使这部作品具有鲜明的民族传统风情，文字优美通俗，艺术感染力强，其传播远远超出伊朗国境。菲尔多西是誉满中、西亚的天才诗人。1934年伊朗全国为诗人诞生一千周年举行盛大纪念活动，并将他的墓址改建为菲尔多西城。史诗《王书》不仅在伊朗，而且在伊拉克、阿富汗、巴基斯坦、印度等国一直广泛流传，还被译成几乎是欧洲所有的主要语言。在我国，菲尔多西和他的不朽《王书》（旧译《列王记》）也有介绍。

土耳其的"阿凡提"：纳斯列丁·霍加

纳斯列丁·霍加（1208—1284），土耳其民间口头文学家，也是中东、中亚细亚和中国新疆流传的民间口头文学中著名的人物。他出生在锡夫里希萨尔城附近的霍尔托村。曾当过村里清真寺的领拜人，后成为伊斯兰教神学家、苏菲派学者。30岁时离开故乡去阿克谢希尔城定居，直至去世。他讲过许多笑话，这些笑话在民间流传的过程中不断丰富发展。16世纪土耳其作家拉米伊曾把其中一部分收入他所编辑的笑话集中。18世纪时，霍加的笑话和轶事被编纂成书。现在最流行的是土耳其学者维列达·伊兹布达克于1909年所编的本子，收入霍加的笑话392则，前97则被称为"基本的传统笑话"。关于他的故事反映了土耳其人民的聪明才智和幽默乐观的性格，表达了他们的爱憎和对美好生活的向往，揭露和嘲笑了愚蠢伪善的封建统治者。现在阿克谢希尔城还保持着邀请霍加的亡魂参加婚礼的风俗，每年还举行一次纳斯列丁·霍加联欢节。因此，纳斯列丁·霍加不愧为土耳其的笑话大师。

纳斯列丁·霍加的笑话和轶事长期以来在土耳其、阿拉伯、巴尔干半岛、高加索、中亚细亚和中国新疆（被称之为"纳斯列丁·阿凡提"）以及欧美等地广泛流传，因此纳斯列丁·霍加（即阿凡提）也成为各国民间文学中的一个"世界性的形象"。

描写人生世态的长幅画卷：
紫式部《源氏物语》

紫式部（约978—约1016），日本平安时代中期女作家、歌人。本姓藤原，紫式部出生于中等贵族家庭。因爷兄弟均官任式部丞，时人便称她为藤式部。其后，小说《源氏物语》中女主角若紫传诵一时，故又得名紫式部。读中国史书《史记》和《白氏文》（中国白居易诗文集），并通典籍和音律，才华过人。后与比她长20余岁的藤原宣孝结婚，生一女名贤子。婚后约两年丧夫，之后过着无限凄凉的孀居生活，约宽弘3年（1006年）入为天皇皇后藤原彰子的侍从女官。《源氏物语》一书，执笔于她孀居期间，成书于女官时代。此外尚著有《紫式部日记》和《紫式部家集》。

源氏物语

《源氏物语》全书3部54卷，于1008年完成。作品第一部写皇子光源氏的遭遇，以及他同藤壶妃、夕颜、空蝉等女子的爱情纠葛。第二部写光源氏的晚年情况。第三部以远离京都的宇治僧庵为背景，描写了光源氏之子薰大将等的爱情故事。

《源氏物语》通过一个才貌双全、风流倜傥的贵公子光源氏在爱情上的纠葛，政治上的沉浮，反映了贵族社会的重重矛盾及没落式生活。故事经历四代天皇，长达七十多年人物多至四百三十余人，其中光源氏绚丽多彩、荣华富贵的一生，是作品的主要部分，共占四十卷。小说从他父母写起。叙述宫中一位出身微末的贵人因受桐壶帝的恩宠，即遭到其他妃宠的忌恨，生子后不出三年，便郁闷而死。皇子长得聪明盖世，容光照人，世人称为光君。当时帝位虚弱，外戚擅权，桐壶帝念光君无外戚可导，难容于宫廷，遂将其降为臣子，赐姓源氏。光源氏成人后，娶左大臣之女葵上，但葵上性情冷漠，举止矜持，不如源氏之意，便移情于其他女性，并同父亲的爱妃藤壶发生恋情，二人生有一子；桐壶帝不知内情，拟将此子立为东宫，即日后的冷泉帝。源氏为了慰藉自己对藤壶的渴慕，收养了与藤壶容貌相似的若紫，作为终身的伴侣。然而好景不长，桐壶帝让位后病逝，东宫太子登位，其外祖右大臣掌握朝政。于是左大臣退隐，源氏失势，并因与右大臣之女偷情被斥，远离京城。两年多后，右大臣骤然死去，新帝因病让位于冷泉帝，源氏被召回京，辅佐皇上，最后官至太政大臣。虽然他位极人臣，却又担心权力的易失，感到老之将至的悲哀，尤其葵上故世后，他钟爱的藤壶和若紫等人也相继死去。

后妻又与人私通，生下薰君后便出家为尼。源氏感到人生无常，看破红尘，终于遁入空门。以上是前四十卷的梗概，第四十一卷《云隐》，只有主角薰君，写他消极的出世思想和情场上的失意。

《源氏物语》塑造了许多栩栩如生的人物形象，真实地展示了日本平安时代的社会现实，揭露了封建统治阶级内部和权贵之间的尖锐斗争，鞭挞了统治者骄奢淫逸的腐朽生活及丑恶灵魂，揭示了普通劳动人民，尤其是广大妇女的苦难生活。《源氏物语》决不单纯是部爱情小说，它不同于同时代的其他作品，既非重新改编的民间故事，亦非信笔写来的传奇小说，它由于紫式部高度的文学修养，实际的生活阅历，在她笔下所展现的贵族社会的习俗风貌，朝臣外戚的争权夺利，既真实又具体，可说是平安时代人生世态的长幅画卷。作者把人物和情节放在一定的环境中，小说一方面富于浪漫主义情调，同时也具有某些现实主义倾向。

在艺术上，突出特点是人物形象鲜明，全书写了四百四十多人，至少有十几个主要人物写得性格突出，读后给人留下深刻印象，至今不失为一部具有广泛影响的世界文学名著，也是世界上最早的长篇小说，它为后人提供了一部认识古代日本贵族生活的历史画卷。

第十章　历史的辉煌

——明清文学的万千气象

"四大名著"仅是一个缩影!

明清文学的主流是小说,像人所共知的"四大名著"——《三国演义》、《水浒传》、《西游记》、《红楼梦》,都是这个时期最重要的文学经典。它们给中国乃至于世界都带来了一个个曲折复杂的故事,也带来了种种心理情感的体验。另外,通俗小说进一步得到发展,有反映市井生活的"三言"、"二拍"和中国第一部以家庭生活为题材的小说《金瓶梅》;蒲松龄的《聊斋志异》、洪昇的《长生殿》、孔尚任的《桃花扇》、吴敬梓的《儒林外史》,更是流传后世的杰作。在戏剧方面,徐渭《四声猿》、汤显祖《牡丹亭》,都是力作;在诗文方面,"公安三袁"和"桐城派"各有主张,各有特色。因此,明清时期小说、戏曲、诗文都有较大收获!

古今多少事,都付笑谈中: 罗贯中与《三国演义》

罗贯中(约1330—1400),名本,字贯中。杭州人,祖籍太原。元末明初小说家。他写过乐府隐语和戏曲,但以小说成就为主。《西湖游览志馀》称他"编撰小说数十种",又相传他写过《十七史演义》。今存署名罗贯中的作品,除《三国志通俗演义》外,还有《隋唐志传》、《残唐五代史演义传》和《三遂平妖传》。这些作品中《三国志通俗演义》的成就最高。除小说外,他还作有杂剧《赵太祖龙虎风云会》等。

《三国演义》描写了东汉灵帝中平元年(184年)到西晋武帝太康元年

（280年）将近一个世纪的军事斗争和政治斗争的复杂情况。《三国演义》形象地再现了魏、蜀、吴三国鼎立局面的形成过程。在整部作品中，作者表现了"拥刘反曹"的强烈倾向性，认为曹操托名汉相，其实汉贼；刘备是汉朝宗室，是汉王朝的合法继承人。这鲜明地表现了作者的正统观念。《三国演义》以大量的篇幅，生动地描写了统治阶级之间的军事斗争，突出战争的主观指导作用，强调战略战术的运用，每场战争各有特色，是中国古典文学中描写战争的最好的作品之一。作者在描写复杂的矛盾斗争和军事冲突中，提供了许多生活斗争的经验和策略，启示人们军事斗争与政治斗争的互

三国演义

相联系和斗智斗力的互相结合，往往是取得胜利的关键。诸葛亮是全书的中心人物，他具有杰出的智慧和卓越的军事指挥才能，他料事如神，掌握斗争的规律，深谋远虑，预见事态发展的前景。这个形象是作者倾力讴歌的对象，在读者心中成为智慧的化身。《三国演义》在艺术上的成就是巨大的。作品记述了近一百年的历史，描写了四百多个人物，头绪纷繁，主次分明，布局严谨，记事简洁明快，一些主要人物形象都性格鲜明，栩栩如生，有"三绝"之说：曹操"奸"绝，诸葛亮"智"绝，关羽"义"绝。《三国演义》的出现，标志着中国古典历史小说的最高成就。《三国演义》现存最早刊本为嘉靖本，最为流行的是清代康熙年间毛纶、毛宗岗父子修改过的120回本。

中国第一部描写农民起义的小说：《水浒传》

元末明初长篇小说。作者施耐庵，元末明初人，生平不详。据研究，他可能就是英雄传奇小说《水浒传》的最后加工者，其生活年代在罗贯中之后。也有人认为他可能是演为繁本者的托名。有关他的生平事迹及其他著作，可靠记载绝少，传说亦多参差。有说他是钱塘人的，也有说他是兴化人的，相

传他还参加过元末张士诚领导的农民起义，可惜尚无确证。但不管怎样，这都不会妨碍千百年来人们把他的名字和《水浒传》紧密联系在一起。《水浒传》是中国文学史上第一部以农民起义为题的小说。

施耐庵

《水浒传》以北宋末年宋江起义为故事框架，融合了南宋以来的水浒故事，在元代《大宋宣和遗事话本》的基础上，借鉴了元杂剧《李逵负荆》、《黑旋风双献功》等情节，最终写成。施耐庵将长达数百年间流传下来的水浒故事整理出来，将原来简单、粗糙的初级原始文学素材加工成一部不朽的文学巨著，在前代艺人、戏剧家的基础上，将一部口头相传的民间文学作品变为案头供人阅读之作，塑造了一批性格鲜明的形象，在主题、结构、语言诸多方面进行了再创作，使梁山好汉一百零八将的故事深入人心，取得了杰出的艺术成就。《水浒传》传世的版本主要有三种：一是百回本，可以见到的最早刻本是明代嘉靖、万历年间百回本；二是120回本，它在百回本的基础上，增加了征田虎、王庆内容；三是金圣叹"腰斩"的70回本。

水浒传

《水浒传》以精湛的笔墨，描写了宋江领导的农民起义发生、发展、直至失败的全过程，揭示了官逼民反这一封建时代农民起义的社会根源，并塑造了一组起义英雄的群像，对起义失败的原因也作了具体的分析。小说主人公宋江是一位具有反抗性和妥协性双重性格的农民起义军领袖。他出生于地主家庭，原是"刀笔小吏"，有着浓厚的正统观念和忠君思想，几经曲折才登上梁山。他的口号是"替天行道"，主张暂聚梁山，最后接受朝廷招安。这种思想代表了义军内部占统治地位的一种倾向。招安之后，宋江等人征辽，平田虎、王庆，征方腊，或亡命战场，或为朝廷所害。《水浒传》将人物的不同刻画最终归结为集体悲剧人格，他们对现实清醒程度不一，最后魂聚蓼儿洼的结局却又惊人一致，这种罕见的悲剧性人格，实际是农民革命的不彻底性、软弱性所致。李贽《忠义水浒传叙》就称《水浒传》为"泄愤"之作。《水浒传》全书贯串着"忠"、"义"思想。这种思想有其现实狭隘性，却又有历史生活的依据。《水浒传》故事从民间传说到写定成书的宋元时代，民族矛盾占首要地位，社会上普遍要求联合抗击侵略，反对投降；统治者也广泛使用忠义为名的各种政策，来缓和内忧外患的危机，《水浒传》宣传"忠义"，自然合理。《水浒传》继承并发展了现实主义和浪漫主义的优秀传统，塑造了为数众多的典型形象，成为中国文学史上有巨大影响的作品。《水浒传》紧扣人物的现实环境和生活经历来描写人物性格。林冲与鲁智深的环境和经历不同，性格就迥然不同。林冲是家有娇妻的八十万禁军教头，形成了安于现状、逆来顺受的性格特点；鲁智深则是主动走上反抗的道路，这与他了无牵挂的身世、好打抱不平的性格是分不开的。《水浒传》还通过人物的对比来突出性格，如宋江与李逵的鲜明对比。总的说：《水浒传》中的人物塑造由《三国演义》的类型化转为个性化的写法，是《水浒传》的一大进步，它标志着传统的写实手法在小说上的重大发展，即采用传奇手法描写人物英雄性格，达到现实与理想的结合。《水浒传》在结构上采取分段发展，环境紧扣的方法来刻画人物和描写情节，使情节完整而又有发展，习惯上称之为"链式结构"，即人物与情节安排主要单线发展。这种独特的艺术结构主要是为表现农民起义由个别到集体，形成明快洗练、准确通俗的特点。它能用寥寥几笔，传达出事物的神韵。《水浒传》中也有艺术上的败笔，如战争场面的单调繁琐以及英雄上山之后形象的苍白等等。《水浒传》对后世有深远的影响。它出现不久，就受到普遍重视。李贽曾评点《水浒传》，金圣叹甚至把《水浒传》与《史记》并称。

中国古代神话小说的高峰：吴承恩与《西游记》

吴承恩（约1500—约1582），字汝忠，号射阳居士，淮安山阳（今江苏淮安）人，明代小说家。少年聪颖，髫龄即以文名扬于淮。诗文俱工，善谐剧，所著杂剧几种，名震一时。但科场失意，中秀才后，屡试不第，直至嘉靖二十三年（1544年）前后，四十三岁左右始为岁贡生，又过数年，才至京候选，为长兴（今属浙江）县丞，卑微小职，因耻折腰，不久拂袖而归。又曾至南京、入荆王府任纪善之职。晚年回乡，放浪嗜酒，贫老以终。吴承恩的诗文多散

江苏淮安吴承恩故居

佚，有后人辑集的《射阳先生存稿》四卷存世。除此之外，吴承恩为后世留下了一部杰出的长篇神魔小说——《西游记》。

吴承恩自幼就喜欢读野言稗史，熟悉古代神话和民间传说。成年后长期卖文自给的清苦生活使他屡遭别人的嘲讽，但却激起他"迂疏漫浪，不比数于时人"的愤慨、狂傲。科场的失意、生活的困顿，使他加深了对封建科举制度、黑暗社会现实的认识，促使他运用志怪小说的形式来表达内心的不满和愤懑。这种创作态度见于他早年创作的一本志怪小说《禹鼎志》序言中："虽然吾书名为志怪，盖不专明

西游记

鬼，时纪人间变异，亦微有鉴戒寓焉。"这种创作精神无疑也贯穿在他后来的小说创作中。长篇神魔小说《西游记》以唐代玄奘和尚赴天竺取经的经历为蓝本，在《大唐西域记》、《大唐慈恩寺三藏法师传》、《大唐三藏取经诗话》等作品的基础上，经过整理，构思最终写定。小说反映了作者幻想借助神话人物抒发对现实不满和改变不合理现状的愿望，折射出作者渴望建立"君贤臣明"的王道之国的政治理想。作者借助取经路上唐僧师徒经历的81难展现了天上地下、仙界人间的种种情况，折射出人间现实社会，以浪漫主义手法塑造了一位上天入地、无所不能的神话英雄形象孙悟空。整部小说中洋溢着浪漫主义色彩，充满各种大胆新奇的想象，流沙河、火焰山、金箍棒、芭蕉扇等种种构想具有无穷的艺术魅力。在人物塑造上，吴承恩采取人、神、兽三位一体的塑造法，特别体现在对孙悟空、猪八戒的形象塑造上，使人觉得亲切、新奇、有趣。全书组织严密，繁而不乱，语言活泼生动且夹杂方言俗

语，使全书呈现出一种乐观向上的情调。《西游记》想象丰富，故事奇妙，结构宏伟，为中国古代神话小说的高峰。

放荡不羁的徐渭与"四声猿"

徐渭（1521—1593），字文清，一字文长，号天池山人、青藤道士、田水月等。浙江山阴（今绍兴）人。明代文学家，诗书画文皆绝。他曾自称"吾书第一，诗二，文三，画四"。幼年就有文名，但他只考上一名秀才，以后屡试不第。徐渭懂兵法，善奇计，曾为浙闽军务总督胡宗宪幕客，参加抗倭斗争。后胡宗宪被逮下狱，他受到牵连，忧愤成狂，自杀未遂，又因杀害继室，获罪当死，为人力救得免。晚年归卧乡里，卖文糊口，抑郁而终。

徐渭

徐渭的代表作是"四声猿"，即《狂鼓史》、《玉禅师》、《雌木兰》和《女状元》的总称。《狂鼓史》，后称《阴骂曹》，写祢衡击鼓骂曹操的故事。《玉禅师》以和尚妓女两种不同人物相互对照，表示了对传统宗教思想的反抗。《雌木兰》、《女状元》都以著名的妇女形象为主角，歌颂了在封建礼教束缚下的妇女的智慧和可贵品质。这些剧作构思奇巧，结构严密，词曲高爽，富于幻想。其门人王骥德《曲律》说："吾师徐天池先生所为'四声猿'，高华爽俊，秾丽奇伟，无所不有，称词人极则，追蹑元人"。汤显祖称赞"四声猿"是"词场飞将"。在明代短剧创作中，徐渭是一位代表作家。另外，徐渭的《南词叙录》是现存最早的研究南戏的专著。

浙江绍兴徐渭故居

明代戏剧大师汤显祖与"临川四梦"

汤显祖（1550—1616），字义仍，号若士、海若，别号清远道人，江西临川人，明代戏曲作家。出身于书香门第，13岁从师于泰州学派创立人王艮的三传弟子罗汝芳，14岁进学，21岁中举。从隆庆五年（1571年）起，他连续4次赴京城参加进士考试。其间他连续刊印了诗集《红泉逸草》（1575年）、《雍藻》（1576年，已佚）、诗赋汇编《问棘邮草》，引起文坛瞩目。汤显祖生活在明中叶政治极其腐朽的时期，他为人正直，因谢绝首相张居正的延揽，至万历十一年（1583年）才考中进士，后历任南京太常寺博士、詹事府主簿、南京礼部祭司主事等职。在

汤显祖

任期间，他与早期东林党人顾宪成、高攀龙等来往密切，卷入了新旧两派朝臣的斗争之中。万历十五年（1587年）江南饥荒，汤显祖因上《论辅臣科臣疏》被贬为广东徐闻县典史，后任浙江遂昌知县。在任期间，他实行了一些深得民心的开明措施，但遭到地方势力的反对和上级官吏的批判。万历二十六年（1598年），汤显祖赴京述职后回乡。3年后被统治者以"浮躁"之名正式罢职。此后汤显祖家居18年，主要过着读书著作的生活。

汤显祖的创作重视灵性，崇尚真情，反对模拟，体现在戏曲创作上，他主张重才情，不拘音律。他是临川派的重要代表人物。他说："凡文以意趣神色为主，四者到时，或有丽词俊音可用，尔时能一一顾九宫四声否？"（《答吕姜山》）他一直说："余意所至，不妨拗折天下人嗓子。"（王骥德《曲律》引）针锋相对地与吴江派作家争论。对于戏曲语言，汤显祖主张文辞华美，他的《牡丹亭》语言艳丽，其中《步步娇》一段更是脍炙人口。

汤显祖在戏曲创作上取得了巨大成就。他一生共创作了5种传奇：《紫箫记》（未完）、《紫钗记》（1587年）、《牡丹亭》（1598年）、《南柯记》（1600

年）、《邯郸记》（1601 年）。其中后 4 种传奇都是通过神灵感梦来展开故事情节的，故合称为"临川四梦"或"玉茗堂四梦"（玉茗堂为汤显祖书斋名）。

《紫钗记》取材于唐人蒋防传奇《霍小玉传》。《霍小玉传》写的是霍小玉和李益相爱，后来由于李益的负心，霍小玉抑郁而死，死后鬼魂对李益一家进行了报复。《紫钗记》中，少女霍小玉丢失了玉钗为书生李益拾得，二人结为夫妇。李益中状元后，因拒绝与权要卢太尉之女成婚而被软禁。小玉误信李益重婚的谣言，悲伤成疾，后得黄衫客相救，二人团圆。戏曲改变了小说原来的主题。小说抨击了负心行为和门第观念，戏曲转为歌颂小玉的痴情和黄衫客的侠义，并批判了权贵的专横。艺术上，《紫钗记》语言绮丽但关目平板。《南柯记》与《邯郸记》都借贪图功名富贵的士子宦海浮沉的故事，揭露统治阶级生活的糜烂和社会政治的黑暗，从而否定仕途经济的传统道路。《南柯记》取材于唐代传奇李公佐的《南柯太守传》，叙写东平人淳于棼梦梦与槐安国公主成亲，出任南柯太守，政绩卓著。晋升丞相之后，虚荣淫乐，被右相以"星变之惊"的理由谪官。梦醒之后，得和尚点破因缘，终于成佛。《邯郸记》对现实的批判深刻而广泛。《邯郸记》本事源于唐代沈既济的传奇《枕中记》，写卢生热衷功名而闷闷不乐，一天在吕洞宾所授瓷枕上入梦。梦中他与富家女结婚并中状元，历尽宦海浮沉，享尽荣华富贵，因极欲丧命。醒后方知是一梦，从而悟道出家。皇帝昏庸、官宦专权、同僚倾轧、百姓受苦，这种依托梦境的描写是明代中叶以后社会政治的缩影。

汤显祖最成功的剧作还是《牡丹亭》，正如他所说："一生四梦，得意处唯在牡丹。"《牡丹亭》，又称《还魂记》、《牡丹亭梦》。这部传奇以话本《杜丽娘慕色还魂记》为蓝本，铺叙了一个具有浪漫主义色彩的爱情故事：南安太守杜宝的女儿生活单调、枯燥，萌生了对爱情的渴望。她私游后花园，并在游园之后与梦中持柳的书生相会。醒后为现实的毫无希望郁郁而死。杜丽娘死后，灵魂在人间飘荡，终于和柳梦梅相见。柳梦梅掘墓开棺，与丽娘结为夫妇。后赴临安应试，杜宝拒不认婿，最后由皇帝发布圣旨，承认了杜、柳的生死姻缘。这部作品热烈歌颂了反对封建礼教、追求爱情幸福和个性解放的精神。《牡丹亭》情节离奇，具有浓郁的浪漫主义色彩，人物心理刻画细腻又极具层次性，语言凝练优美，是汤显祖戏曲的代表作。

国民义知 文学历程 读本

追求独特性灵的"公安三袁"

万历间猛烈反对前后七子拟古主义的有"公安三袁"。《明史·文苑·袁宏道传》："袁宏道,字中郎,公安人,与兄宗道、弟中道,并有才名,时称'三袁'。"

袁宗道(1560—1600),字伯修,著有《白苏斋集》。袁宏道(1575—1630),字中郎,著有《袁中郎集》。袁中道(1575—1630),字小修,著有《珂雪斋集》。"三袁"的成就主要在文学方面。他们反对前后七子的拟古风气,提出了和复古派针锋相对的文学主张。在文学发展观上,他们认为"文之不能不古而今也,时使之也"(《雪涛阁集序》)。也就是说,文学是随着时代发展的,各时代都有自己的特点,不应该贵古贱今。在创作观上,反对摹拟古人,主张"独抒性灵,不拘格套"(《小修诗叙》),认为"今之诗立不传矣,其万一传者,或今闾阎妇人孺子所唱擘破玉、打草竿之类,犹是无闻无识,真人所作,故多真声……任性而发,尚能通于人之喜怒哀乐嗜好情欲,是可喜也"(《论文下》),提倡有趣之文。"三袁"中袁宏道的成就最高,也最著名。代表作品有《山居斗鸡记》、《满井游记》、《虎丘》、《徐文长传》、《晚游六桥待月记》等,清新活泼,含有深意。

"公安派"的理论对打破拟古主义的陈腐格局是有力量的。他们的创作成就主要在散文。打破传统古文的陈规定局,自然地流露个性,语言不事雕琢,流利洁净,是他们作品的特点。

描写市民生活的小说:"三言"、"二拍"

"三言"与"二拍"并称,可谓家喻户晓。它们分别出自于明代冯梦龙和凌濛初之手。

冯梦龙(1574—1646),字犹龙,别署龙子犹,又号墨憨斋主人。江苏长洲(今江苏吴县)人。明代戏曲家、通俗文学家。他少时就有才气,和兄冯梦桂、弟冯梦熊并称为"吴下三冯"。冯梦龙一生在科举上不得意，57 岁才补了一名贡生，61 岁被选任福建寿宁知县。冯梦龙还是一位爱国者，在崇祯年间任寿宁知县时，曾上疏陈述国家衰败之因。清兵南下，他进行抗清宣传，刊行《中举伟略》诸书。清顺治三年（1646 年）春忧愤而死，一说被清兵所杀。

冯梦龙将主要精力贡献给搜集、整理通俗文学的事业上。在小说方面他完成了"三言"——《喻世明言》（旧题《古今小说》）、《警世通言》、《醒世恒言》的编选工作，还增补了长篇小说《平妖传》，改作了《新列国志》，编辑过《古今谭概》、《情史》等笔记故事，鉴定了《有商志传》、《有夏志传》、《盘古至唐虞传》等；民歌方面，他搜集、整理过《挂枝儿》、《山歌》两种民歌集；戏曲方面，他改定《精忠旗》、《酒家佣》等曲本，编纂散曲集《太霞新奏》，并且创作了《双雄记》和《万事足》两部剧本。他是中国文学史上在通俗文学的各个方面均作出了重大贡献的作家。"三言"代表了明代拟话本的成就，是中国古代白话短篇小说的宝库。

这三部小说集相继辑成并刊刻于明代天启年间。"三言"各 40 篇，共 120 篇，约三分之一是宋元话本，三分之二是明代拟话本。"三言"中较多地涉及市民阶层的经济活动，表现了小生产者之间的友谊；也有一些宣扬封建伦理纲常、神仙道化的作品；其中表现恋爱婚姻的占很大比例，《杜十娘怒沉百宝箱》是其中最优秀的一篇，也是明代拟话本的代表作。总之，明代拟话本较多反映了市民阶层的感情意识和道德观念，具有市民文学色彩。它表现了资本主义萌芽时期的社会风貌，具有鲜明的时代特色。艺术上，"三言"比宋元话本有了很大进步。它与宋元话本一样，具有情节曲折的特点，但它的篇幅加长了，主题思想更集中，人情世态的描绘更丰富，内心刻画上也更细腻。

凌濛初（1580—1644），字玄房，号初成，乌程（今浙江吴兴）人。明末小说家。崇祯初以岁贡生，任上海县丞、徐州通判等职。敌视李自成领导的农民起义，曾献《剿寇十策》，在房村镇压农民起义时，为起义军包围，呕血而死。著作极多，诗文集有《国门集》、《言诗翼》、《诗逆》、《诗经人物考》等；戏曲理论著作有《谭曲杂札》、《曲律》等，并编曲选《南音三籁》四卷；杂剧九种，仅存《虬髯翁》（也名《扶余国》）、《宋公明闹元宵》两种；传奇今知两种，仅存一《乔合衫襟记》残篇；另撰散曲若干。其代表作，是仿照话本拟作的短篇小说集《初刻拍案惊奇》和《二刻拍案惊奇》，世称"二拍"。

　　"二拍"共收拟话本小说78篇。其中绝大部分是凌濛初"取古今来杂碎事，可新听睹、佐谈谐者，演而畅之"的创作，同时寓有劝惩之意。小说的取材十分广泛，有相当数量的作品描写了明代市民阶级的生活和他们的思想意识，还有许多作品揭露了封建社会官场的腐败、黑暗，比较深刻地反映了明代晚期的社会现实。但是，"二拍"当中也有许多篇章充斥着色情描写、因果报应和封建说教。

中国第一部以家庭生活为题材的小说：《金瓶梅》

　　《金瓶梅》是以《水浒传》中"武松杀嫂"一段故事为引子而写成的一部共100回、长达百万余言的巨著，是中国第一部以家庭生活为题材的小说。《金瓶梅》的作者及成书时间，学术界意见不一，一般认为作者是山东人"兰陵笑笑生"，成书大约在明万历年间。《金瓶梅》主要有两种版本：一是有"东吴弄珠客"序的《金瓶梅词话》，初刊于万历丁巳年间（1617年）；一是《原本金瓶梅》，刊印于天启年间（1621—1627）。小说主人公是西门庆，书名《金瓶梅》即从潘金莲、李瓶儿、春梅三人名字中各取一字拼凑而成。《金瓶梅》的酝酿和成书是在嘉靖、隆庆、万历年间，当时帝王荒淫腐朽，朝中奸臣专权，官场贿赂公行，正如第30回所说："风俗颓败，赃官贪吏，遍满天下。"因此，《金瓶梅》以北宋为时代背景，但它体现的社会面貌却有鲜明的晚明时代特征，作者用指宋骂明的方法，其真意却是暴露明代社会政治及生活中的腐败现象。小说的主人公西门庆是一个暴发户式的人物，是明代新兴市民阶层中的显赫一员。他依赖金钱的力量，勾结朝中权贵和地方官府，并获得地方官职，"热结十兄弟"，从而在清河县称霸一方。小说中写蔡太师过生日，西门庆两次奉上寿礼，两次升官，深刻暴露了明代社会贿赂公行的现实。另一方面，西门庆恣意妄为、追求享乐，尤其在男女之欲方面的追逐永无满足：迎娶潘金莲，再收李瓶儿，又曾收用潘金莲的贴身丫环春梅，而在此之间又有一妻四妾。然而，正当他在攀附权贵和增值财富两方面都顺利发展的时候，却因纵欲过度一病而亡。西门庆以一种邪恶而又生气勃勃的姿态，侵蚀着明末的封建社会肌体，使之走向灭亡；但其肆滥宣泄的生命力，也代表了这种新兴社会力量难以健康成长的现实，从而使小说以空前的写实力量，描绘了这一时代活生生的社会状态。可见，抹杀这部作品的社会意义和认识价值，片面地称其为"淫书"，是不符合客观实际的。当然，书中大量的色情描写，不宜过分渲染。《金瓶梅》在中国小说史上具有开创性的意义，是中国第一部以家庭生活为题材的小说，具有承前启后作用。在此之前，《三国演义》、《水浒传》、《西游记》等长篇小说重故事情节，人物形象单薄；而《金瓶梅》则描写普通细微的生活琐事，从而广泛描绘社会，塑造一大批活生生的艺术形象，把注重传奇性的中国古典小说引入到注重写实性的新境界，为之开辟了一个新的方向。《金瓶梅》对后世小说影响很大，《儒林外史》《红楼梦》都对它有所借鉴。

中国文言短篇小说的高峰：
蒲松龄与《聊斋志异》

蒲松龄（1640—1715），字留仙，别号柳泉居士，淄川（今山东淄博）人。清初著名小说家。他出身书香门第，高祖、曾祖都是秀才。其父连个秀才也未考取，不得已弃儒经商。在家庭和社会风气的影响下，他自幼热衷功名，十九岁就中了秀才，名震乡里，以后却屡试不第，直到七十一岁才被取为贡生。蒲松龄一生穷困潦倒，三十一岁时，因"家贫不足自给"，应朋友孙蕙之请，到江苏宝应等县充任幕宾，这次远游使他亲身体验了官场的生活，也收集了不少写作素材。

蒲松龄

可是"无端而代人歌哭，胡然而自为笑啼"的幕宾生活使他十分厌倦，只一年便告辞还乡。此后曾到同县乡宦毕际有家坐馆，在毕家不仅得以浏览丰富的藏书，还结识了当时主持文坛的领袖王士祯等人，受到王的赏识。以后几十年他一直在穷乡僻壤授徒为业，七十岁始撤帐归家。

蒲松龄的《聊斋志异》继承了文言小说的传统，既反映了丰富的社会生活，又有很高的艺术造诣，把中国文言小说推到更高的阶段。

《聊斋志异》共491篇，其故事来源广泛，部分出自亲见亲闻，也有的是对旧有题材的继承和发展，但绝大多数采自民间和下层文士中间的故事。作者采用狐鬼故事，以避免清代严酷的文网，同时能更自由地寄托情感、表达理想。《聊斋自志》说："集腋成裘，妄续幽冥之录；浮白载笔，仅成孤愤之书。"这正说明《聊斋志异》是有寄托的。

《聊斋志异》中记载了许多有社会意义的动人故事，主要有三类：爱情故事、揭露官场腐败和社会黑暗、抨击科举制度弊端。描写爱情的作品占相当比重。在这类作品中，表现出了强烈的反对封建礼教精神，在婚姻与爱情上提出了新的观点。《婴宁》、《莲香》、《小谢》等作品表现了作者理想中的爱情，尤其是《小谢》，写了自由发展爱情的故事，表达了青年男女对自主婚姻的憧憬和渴望。《鸦头》、《连城》、《细侯》等则揭露了封建社会对青年男女爱情的百般阻碍，表现了他们的反抗性。《鸦头》中的鸦头敢于反抗家长淫威而随爱人私奔；《细侯》中的细侯坚决摆脱富商的羁绊而追求自己的爱情；《连城》中的乔生以连城为知己，但史父却以乔生家贫为由不许成婚。连城病死，乔生一恸而绝，后双双还魂。揭露封建统治的黑暗，是《聊斋志异》的另一重要内容。这类作品反映了封建社会的阶级压迫与斗争，有很高的思想价值。《席方平》揭露了官府的污浊。席方平代父申冤，可是上自冥王，下自郡司、城隍都受贿而虐待百姓。作品虽写幽冥，实则影射人世。《促织》更是指出了"天子偶用一物"造成千万人的悲剧，揭露了统治阶级对人民的压榨。此外，《梅女》、《梦狼》、《红玉》等篇揭露了贪官劣绅压迫人民的暴行。抨击科举制度的腐朽也是《聊斋志异》重要内容之一。清沿明制，八股取士，士子热衷科举，而考官却胸无实学。《聊斋志异》深刻揭露了科举制度埋没人才的罪恶。如《司文郎》中的余杭生文章低劣却能高中；《叶生》揭露由于取文不公，导致有才之士抱恨终生；《素秋》、《考弊司》揭露了科

聊斋志异·促织

举考试的贿赂公行。《聊斋志异》对科举制度下读书人的卑琐心态也有所认识和批判。《王子安》中举子醉卧的描写，是对科举摧残人的心灵的揭露；《续黄粱》中的曾孝廉高捷南宫之后，梦中做了宰相，变成权奸，这也是科举对人毒害的体现。作者对科举制提出了怀疑，却找不到出路。《罗刹海市》中叹道："显荣富贵，当于蜃楼海市中求之耳！"《贾奉雉》中"才名冠一时"的贾奉雉遁迹丘山也说明了这一点。《聊斋志异》把志怪小说的创作推进到一个新的高峰。鲁迅《中国小说史略》称它"用传奇法，而以志怪"。这基本上概括了《聊斋志异》的艺术特色。《聊斋志异》中人间和幻域往往连成一体，使人物活动领域更广，人物能具有超现实力量，从而善人有美好的结果，恶人必遭惩罚。另外，小说重视人物个性特征及生活细节描写，塑造了众多成功的艺术形象。例如《婴宁》中婴宁的天真烂漫与《青凤》中青凤的行动谨慎绝不相同。《聊斋志异》的成就是多方面的，其他如情节的曲折离奇、因人写事的传记体结构、语言的多样化等等。这诸多艺术特色，将它推向了文言短篇小说的高峰。

中国古典讽刺小说的奠基之作：吴敬梓与《儒林外史》

吴敬梓（1701—1754），字敏轩，号粒民，自号文木老人，又号秦淮寓客。安徽全椒人。清代小说家、诗人。敬梓自幼聪颖，善忆诵，精通《文选》，诗赋提笔立成，二十岁中秀才，过了一段无忧无虑的富贵生活。二十三岁父亲去世，因族人侵夺和本人"性耽挥霍"，不到十年，将家业耗尽，开始处于穷困之中。敬梓生于豪门，沦为穷儒，家境的升沉变化，使其体会到了世态的炎凉，人情的反复，为他创作《儒林外史》打下了基础。《儒林外史》大约成书于吴敬梓四十九岁前后，是其代表作。

《儒林外史》奠定了中国古典讽刺小说的

吴敬梓

基础，"于是这部中乃始有足称讽刺之书"（鲁迅《中国小说史略》）。全书共55回，今存最早的是卧闲草堂刻本。清代文网严密，同时也实行怀柔政策，通过科举制度笼络知识分子，使他们成为朝廷的奴才和顺民。作品正是以反对科举制度和功名富贵为中心，旁及官僚制度和整个社会风气的。《儒林外史》表面上写明代生活，实际上是清代社会的写实。对科举制度腐蚀人的心灵进行抨击，是《儒林外史》的重要内容。这主要是通过周进、范进中举前后的悲喜剧揭示的。周进考到60多岁，还是一个老童生，受到别人歧视，当他一见贡院号板，竟一头撞去，哭得死去活来。范进也是个连考20余次不取的童生，作品除描写他的前后遭遇外，还刻画了他周围的人。周进、范进或哭或笑、神魂颠倒的模样以及周围人物的态度转变，说明了科举制度对人的毒害是如何深入骨髓。小说还写到科举观念已成为一种普通意识。作品中的马二先生醉心科举，在他的影响下，匡超人这个本来品性不坏的青年也成了个不务正业的冒牌名士；鲁编修的女儿因为丈夫八股"不甚长进"就愁眉泪眼，把希望寄托在4岁的儿子身上。作品还通过考取科名的读书人的罪行，进一步揭示科举制度的毒，并反映政治的腐败，这也是《儒林外史》的一个重要内容。王惠是"戥子声、算盘声、板子声"的三声太守，乡绅张静斋和恶霸严贡生横行乡里，具有代表意义。在科举制度的影响下，那些科名蹭蹬的读书人则以名流名士自居，他们写斗方、摆酒宴、刻诗集，以取得和科举出身相类的声名。这种封建文士的生活状态，也是腐朽的科举制度在士人生存状态上的一种反映。《儒林外史》在抨击科举制度、揭示士人精神生存状态的同时，也塑造了一些正面人物形象。杜少卿、虞育德、庄绍光就是作品中有真才实学、品性好而轻视举业的知识分子；小说中的鲍文卿、牛老爹、卜老爹是儒林群丑的明显对照；小说末尾写到的4个市井细民，会写字的季遐年、卖火纸筒的王太、开茶馆的盖宽、裁缝荆元也是作者歌颂的。小说中这些下层人物或绝意科举者的出现，扩展了小说的社会意义。当然，作为一部讽刺小说，正如鲁迅所说的，"机锋所向，尤在士林"（《中国小说史略》），《儒林外史》的思想成就主要还在于对科举制度统治下士人群相的塑造，以及对腐败世态的生动描绘。

　　《儒林外史》的艺术成就是多方面的：作者将诙谐的讽刺与严肃的写实高度统一，讽刺的分寸掌握适当，并能将矛头指向社会制度和现象。《儒林外

吴敬梓幼年读书楼

史》的语言准确简练而生动形象，只消三言两语，就使人物"穷形尽相"。《儒林外史》没有起讫完整的故事情节和贯穿全书的人物，结构上"虽云长篇，颇同短制"（鲁迅《中国小说史略》）。《儒林外史》奠定了中国古典讽刺小说的基础，为以后讽刺小说开辟了道路。清末的"四大谴责"小说《官场现形记》等是它的余脉。

"字字看来皆是血，十年辛苦不寻常"：曹雪芹与《红楼梦》

曹雪芹（约1715—1763左右），字梦阮，号雪芹，又号芹圃、芹溪，祖籍辽阳。先世本为汉人，后为满洲正白旗"包衣"。曹家是显赫一时的贵族世家。曾祖曹玺、祖父曹寅及父辈曹颙、曹頫三代世袭江宁织造。康熙六下江南，其中五次以曹家的江宁织造署为行宫，可见当时曹家权势的显赫。到了雍正年间，曹頫因事被株连，以"行为不端"、"亏空"等罪名落取，家产抄没，次年全家返回北京，曹家从此日渐衰微。

曹雪芹

曹雪芹恰好经历了曹家盛极而衰的过程。他从小受到良好教育，幼年度过一段富贵荣华的生活。13 岁移居北京后，在京城度过一段潦倒落魄的岁月，晚年移居西山，"蓬牖茅椽，绳床瓦灶"、"举家食粥"，生活困顿，《红楼梦》即写于此时。后因幼子夭亡，悲痛过度，卧床不起，终因贫病无医逝世。这时他还不到 50 岁，这部作品曾"披阅十载，增删五次"，"字字看来皆是血，十年辛苦不寻常"，可惜尚未完稿。未完稿题名《石头记》，基本定稿仅 80 回，80 回后的稿子因未来得及整理而"迷失"。今传《红楼梦》后 40 回一般认为是高鹗所续。《红楼梦》把中国古典小说推向了最高峰，成为世界文学史中一部伟大的现实主义杰作。

后世《红楼梦》的版本很多，但大致可分为两大系统：一种是 80 回的抄本系统，一种是 120 回本系统。80 回的抄本题名《石头记》，多附有脂砚斋评语。现存版本完整的很少，"脂砚斋甲戌本"（1754 年）、"己卯本"（1759 年）、"庚辰本"（1760 年）都是残本。此外重要的脂本还有：甲辰本（1784）、乙酉本（1789 年）、"戚蓼生序本"。乾隆五十六年（1791 年），程伟元、高鹗以活字排印《红楼梦》，是"程甲本"，次年再度排印，是为"程乙本"，合称"程高本"。程伟元、高鹗第一次以活字牌排印出版《红楼梦》，书名由《石头记》改为《红楼梦》，已是 120 回，后 40 回一般认为系高鹗续。续书把宝、黛爱情以悲剧收尾，使《红楼梦》成为首尾齐全的巨著，产生了巨大影响。

《红楼梦》把中国古典现实主义文学推向了最高峰。它继承《金瓶梅》的传统，在社会日常生活内部发掘题材。《红楼梦》写的是贾宝玉、林黛玉、薛宝钗之间的爱情悲剧，并以宝、黛爱情为中心，真实再现了封建末世的生活面貌和时代动向，展示出其渐趋崩溃的现实。同时小说还通过对贵族叛逆者的歌颂，反映了个性解放和人权平等的新民主思想。

首先，《红楼梦》通过对贾宝玉、林黛玉、薛宝钗等人物的刻画，展示了一出爱情悲剧。贾宝玉出身于钟鸣鼎食之家，生活在锦衣玉食

红楼梦图咏·黛玉

之中，家庭为他安排下一条功名富贵的道路，但他却背离了士大夫的传统道

路，在人生道路和爱情婚姻上，都有一种叛逆性的新的追求。他看不起科举仕宦，视应酬文字为沽名钓誉，而和出身寒微的人结成生死之交；他不相信"金玉婚缘"，而倾心于与他志同道合的表妹林黛玉；他把理想寄托在被侮辱、被损害的女子身上，对"男尊女卑"的传统观念大胆挑战。他的这些思想和行为，自然不容于贾府和整个社会，他和黛玉的爱情也必然遭到扼杀。宝、黛爱情有鲜明的叛逆性质，而贾府的家长们从家族利益出发，认为宝钗是他们合适的人选，这就决定了宝、黛之间的恋爱只能以悲剧结束。宝玉以其叛逆性，否定了封建社会秩序，却因生活经历无法否定封建统治：他坚持叛逆思想，要求真挚的爱情和自由生活，却提不出更明确的理想。他在现实中找不到出路，最终只能遁入虚无。林黛玉是一个诗人气质的女性，更具悲剧色彩。她从小受父母钟爱、天真纯洁，但父母早丧，只能寄居贾府。环境的险恶、势利，使她"自矜心重，小心戒备"，"孤高自许，目下无尘"，用率直和锋芒去免遭轻贱。这位冰清玉洁、多愁善感的贵族小姐，唯一的追求是觅取同心伴侣，但封建环境的压力使她的爱情充满了痛苦和忧郁，埋香冢、泣残红等，都表现了她这种感伤的情绪。林黛玉爱情与生命的被毁灭，显示了封建社会的不合理性。薛宝钗是书中与林黛玉对立的形象，是一个较复杂的典型人物。她出身于皇商家庭，聪明能干而端庄稳重，"好风凭借力，送我上青云"，说明宝钗孜孜以求的是现实的荣华富贵。看到了宝玉的人品、才情，对宝玉并非没有感情。她一方面在贾母、王夫人身上下工夫以达到与宝玉结婚的目的，另一方面看到了宝玉离经叛道的危险劝他留心功名仕途以得到真正的爱情，这也是一种悲剧。但是，薛宝钗的才情美貌及识大局、顾大体的修养，一再获得众人赞赏。只是封建制度塑造了贵族淑女式的薛宝钗，却也毁掉了她。这是一种深刻的社会人生悲剧。

其次《红楼梦》在爱情展开的同时，揭露了贾、王、史、薛四大家族的罪恶性腐朽，写出了一个封建贵族家庭的衰败史，而且体现了奴仆与主子的矛盾、家族内部的矛盾及家族的经济危机、家族后继无人的危机。贾府是最具有代表意义的贵族家庭。贾家这个赫赫有名的"诗书簪缨之族"，到了贾珍、贾琏一代，已经面临着大厦将倾后继无人的危机。但是，"百足之虫死而不僵"，贾、王、史、薛四大家族结成"联络有亲"的巨大关系网，欺官压民，穷奢极侈，一桌小小的"螃蟹宴"就够"庄稼人过一年了"；乌进孝的交租单，体现了他们对农民残酷的剥削；贾赦为了几把扇子而不惜坑害人命。《红楼梦》又真实地揭示出这个封建大家庭大厦将倾的趋势，内囊的空虚加上政治的险恶，使其颓势加剧。《红楼梦》中处理的社会的重大问题，由于作者所处时代的历史局限性，导致了作品某些方面的不足：作品体现出社会黑暗势力的罪恶，却找不到出路；对贵族叛逆者歌颂，却因缺乏明确的理想而产生"色空"观念。这些都给《红楼梦》蒙上了令人惋惜的色彩。

  《红楼梦》的艺术成就是多方面的。它继承了民族文化传统，又在此基础上进行创新，在艺术结构、人物塑造、语言心理描写等方面取得了杰出成就，达到了中国古典小说艺术的高峰。因此鲁迅先生在《中国小说的历史的变迁》中说："自有《红楼梦》出来以后，传统的思想和写法都被打破了。"《红楼梦》在艺术上总的特色在于，它根据"半世亲见亲闻来创作"，又对生活进行高度的提炼，从而达到了艺术真实，表现了现实主义的高度成就。《红楼梦》有着宏伟而且精密的艺术结构。它打破了才子佳人小说陈旧的格局，以神话、幻境穿插其间，起到统摄全局、提纲挈领的作用。全书以宝黛爱情和贾府的由盛而衰为线索把众多人物、事件连接起来，展示了社会生活的各个方面，从而突破了以往的长篇小说单线结构的形式，创造了网状结构的形式。《红楼梦》中的人物可称作典型形象的，有百人之多。它注重人物的出场艺术，着意于刻画人物的多面性和复杂性，突破了以往人物性格化、脸谱化的表现手法，是现实主义的典型形象。它还通过强烈对比、相互映衬以表现人物性格，它的心理描写也极为细腻、生动。《红楼梦》的杰出成就还表现在日常生活的描写上。全书写家庭日常生活自然贴切，无人工雕饰之嫌，在日常生活中显现人物风貌，并掀起波澜，推动情节的发展。这显然受到《金瓶梅》的影响，但又比《金瓶梅》有了巨大提高。《红楼梦》的语言生动洗练而又蕴含深厚。无论写景写貌，都能在纯净的文字中现出神采，人物的语言也无不闪耀着个性。

  《红楼梦》问世不久，就受到社会的广泛重视。演说《红楼梦》的民间戏曲、弹词，使观众感叹欷歔声泪俱下。为《红楼梦》写的续书很多，有《后红楼》、《红楼补》、《红楼复梦》、《红楼圆梦》等等。《红楼梦》杰出的现实主义创作成就，为以后的文学创作提供了丰富的经验，以《红楼梦》题材创作的诗、词、戏曲、小说、电影更是不胜枚举。对《红楼梦》的研究肇端于脂砚斋等人的批注。随着研究的不断深入，产生了"红学"。

"桐城派"的集大成者：姚鼐

　　姚鼐（1732—1815），字姬传，一字梦谷，室名惜抱轩，世称"惜抱先生"，桐城（今属安徽）人。清代文学家。乾隆二十八年（1763 年）进士，官刑部郎中、记名御史。乾隆二十七年任四库馆纂修。44 岁辞官回乡，历主江南紫阳、钟山各书院 40 余年。嘉庆二十年（1815 年）于南京病逝。

　　姚鼐早年从伯父姚范学经，又随刘大櫆学古文，成为桐城派的主要作家。治学以经为主，兼及史学、诗文。论文在方苞义法的基础上提出"考据"、"词章"、"义理"三结合，前者为手段，后者为目的；强调"辞"要足以述"志"，方谓"君子之文"；并以阳刚、阴柔区别文章的风格；学文之法主张多读多做，摹拟而能自我脱化，发展了刘大櫆的拟古主张。作品多为书序、碑传之类，大都阐发程朱理学，无甚意义。但山水小品清新俊逸，确实达到了明润无暇的意境，如《登泰山记》、《游媚笔泉记》、《游灵岩记》，晓畅简洁，很能表现"桐城"古文的艺术风格。

国民义知
文学历程
读本

第十一章　用文学呼唤人性

——文艺复兴精神的震撼力

呼唤人性是最鲜明的主题。

文艺复兴是 14 至 16 世纪在欧洲许多国家先后发生的思想、文化革命运动，是西方文明史上中世纪与近代文明的分界。以"人"为本的"人文主义"是文艺复兴中形成的思想体系，也是文学发展的核心。"人文主义"者以"人权"反对神权，以"个性解放"反对禁欲主义，以"知识"、"理性"反对蒙昧主义，宣扬自由意志和平等仁爱，反对封建专制。他们提倡科学研究精神，提倡不再用拉丁文而用本民族语言写作。在文学方面，意大利产生了彼特拉克的十四行诗，薄伽丘的《十日谈》；法国出现了"七星诗社"和拉伯雷的《巨人传》；西班牙产生了塞万提斯的《堂吉诃德》；英国出现了莎士比亚这样伟大的作家。文艺复兴是一个巨人的时代，也是一个张扬人文主义精神的灿烂的文学时代，正如恩格斯所说："这是一次人类从来没有经历过的最伟大的、进步的变革，是一个需要巨人而且产生了巨人——在思维能力、热情和性格方面，在多才多艺和学识渊博方面的巨人的时代。"

"桂冠诗人"：彼特拉克

意大利是资本主义关系最早出现的地方，也是文艺复兴运动的发源地，因而人文主义的新文学出现也最早，彼特拉克正是这一时期的代表作家，他最早突破中世纪神学观念，运用人文主义观点对文学予以诠释和阐述，对意大利和欧洲文艺复兴运动产生了影响，成为文艺复兴运动的先驱。他 1304 年

3 月 28 日出生于意大利的阿雷佐城，1311 年，迁居法国，后曾在博洛尼亚学习法律，他当过神父，酷爱文学，搜集古希腊、罗马的抄本，研读并推广古典名著。他关心现实生活，希望对当时政治上的弊端进行改革。1374 年，罗马市民起义反对贵族暴政，他写信给起义领袖表示支持，并且打算亲自参加这场斗争。1374 年

彼特拉克

7 月 19 日逝世。他起初用拉丁文写作爱国的政治和叙事诗，如《阿非利加》、《名人传》和《备忘录》，后来他用意大利语写成了其抒情名作《歌集》。

《歌集》是彼特拉克最为著名的作品，收了三百多首诗。该集主要歌咏作者对劳拉的爱情，诗人以浓烈的笔调，勾勒出自己年轻时倾心的少女劳拉的美丽容颜，大胆袒露自己当时复杂的内心活动，表现出以现世幸福为中心的爱情观。其中也有些政治抒情诗，歌颂祖国，呼吁统一。他的抒情诗继承和发展了普罗旺斯和意大利"温柔的新作"诗派的风格，抛弃了中世纪的抽象、隐晦的手法，表现了人文主义精神。《歌集》以十四行诗为主，结构严谨，韵味隽永，语言精练，善于借景抒情。《歌集》中的诗篇达到了艺术上的高度成就，为后来欧洲近代抒情诗开辟了一条新的道路。

《歌集》中的一些诗篇和某些散文作品，如以诗人同中世纪的宗教作家圣奥古斯丁的对话录形式写成的《隐忧》，都反映了他细微的心绪与矛盾的心情。他热爱生活，追求爱情和幸福，但由于时代的局限，他又不能彻底摆脱中世纪神学思想和禁欲主义的精神枷锁，因而常常感到内心矛盾的痛苦。《歌集》中的政治诗，如《高贵的精神》、《我的意大利》，强烈谴责封建君主的败行劣迹，揭露教会的腐败，呼吁和平与统一，洋溢着热爱祖国的热情。他一方面写诗歌颂祖国与人民，但另一方面他又轻视和脱离群众。这是文艺复兴时期人文主义者矛盾心理的体现。

彼特拉克的叙事诗《阿非利加》使他获得"桂冠诗人"的称号。他的艺术实践使十四行诗达到完美的境界，成为近代西方诗歌的一个重要的里程碑。

打开禁欲之门：薄伽丘与《十日谈》

薄伽丘是与彼特拉克有密切交往和齐名的意大利早期人文主义文学的杰出代表，是第一个通晓希腊文的人文主义者。他于 1313 年出生在意大利的佛罗伦萨。也有人说他出生在巴黎，生长在佛罗伦萨。薄伽丘年轻时曾到过那不勒斯，并在那里学习法律和经商。他对文学很有兴趣，经常研读古代文化典籍。他反对贵族统治并站在共和派一边，但他不相信下层群众。薄伽丘的第一部著作《菲洛柯洛》，约成书于 1336 至 1338 年，最后一部著作传奇《大鸦》，写于 1365 年左右。他晚年主要从事钻研古典文学和诠释《神曲》的工作。他所著的《但丁传》是意大利研究但丁最早的学术著作之一。在书中，他猛烈批判教会对诗歌的压制与污蔑。同时，他认为诗歌应反映生活，但并不反对古希腊、罗马式的虚构和想象，他的创作范围非常广泛，包括传奇、史诗、叙事诗、十四行诗、短篇故事等，《十日谈》是其最杰出的作品。

《十日谈》是一部短篇故事集，作者开端写十个青年男女，为逃避黑死病在乡间住了十天，每人每天讲一个故事，十天共讲一百个故事，故名《十日谈》。其中很多故事取材于历史事件，中世纪传说和《一千零一夜》。在作品中，作者勇敢地向教会禁欲主义提出了挑战，真实地反映了意大利社会的现实，多以爱情为主题，大胆地揭露天主教僧侣和封建贵族的生活腐朽和道德败坏，赞美商人、手工业者的聪明、勇敢，热爱现实生活，反对禁欲主义。《十日谈》的重要内容之一是揭露教会僧侣。在第一天第二个故事中说，有个叫亚伯拉罕的人，经别人多次劝说都不愿做天主教徒，但他到罗马教廷亲身观察了一个时期后，毅然决定皈依天主教。不知底细的人以为他发现了天主教的伟大，哪知恰恰相反，他是因为发现了罗马教廷无恶不作，而如此腐败都没有垮台，可见有神扶助，因此才入教。故事很短，但构思巧妙、曲折，从反面描写入手表达主题，又如第一天第四个故事，意义深刻而含蓄。讲一个少年修士因诱奸农妇被院长发现，于是施用巧计，让院长也犯了同样的过失，因而逃脱惩罚。这对教会从院长到修士宣扬的禁欲主义和虚假道德是极大的讽刺。在第六天第十个故事中，讲一个惯于欺骗百姓的教士契波拉，在一个小镇上宣布某天将展览天使降临时掉下的羽毛，以便骗人去看，搜刮银钱。这个故事淋漓尽致地揭露了教士利欲熏心、欺骗百姓的伎俩。

《十日谈》还揭露封建贵族在爱情上对青年男女的迫害，歌颂爱情自由。如第四天第一个故事写萨莱诺亲王唐克烈，因发现自己的女儿绮思梦达与他的年轻侍从纪斯卡多恋爱幽会，立即暗中把纪斯卡多杀死，取出他的心脏，用金杯盛着送给女儿吃，导致她吞毒自尽。揭露了封建统治者的残酷，攻击等级门第制度。

《十日谈》文笔精练、语言丰富、描写传神，塑造了不同阶级，不同职业，具有鲜明性格特征的人物形象，其中多才多艺、和谐健美、全面发展的新兴资产阶级是薄伽丘的理想人物。

《十日谈》为意大利艺术散文奠定了基础，并开创了欧洲短篇小说这一独特的艺术形式，尽管在书中有一些故事过分渲染情欲和庸俗的趣味，反映出以个人主义为中心的资产阶级人生观；同时一些英雄故事贬低现世生活、宣扬宽容顺从，表现了人文主义思想对中世纪道德观念的让步。《十日谈》是欧洲文学史上第一部现实主义巨著，描绘出了意大利广阔的社会生活画面，这本书出版以后引起了欧洲社会的巨大反响。

"英国诗歌之父"：乔叟

乔叟（约1343—1400）是英国诗人，英国文艺复兴运动先驱，英国民族文学的奠基人，是英国人文主义文学最早的代表，被称作"英国诗歌之父"。他出身于伦敦一个富裕的酒商家庭，担任过宫廷和外省官职，出使过法国和意大利。

乔叟接触过但丁、彼特拉克和薄伽丘的作品，接受了人文主义思想。他懂得拉丁文，熟悉维吉尔和奥维德的作品。他站在新兴资产阶级立场反映现实生活，表达反封建、反教会的思想。他的主要作品有长诗《特罗伊勒斯与克丽西德》和寓意诗《声誉之堂》。在乔叟大量作品中最重要的作品是《坎特伯雷故事集》（1387—1400），可以说这部作品是他现实主义艺术的结晶，是他用自己生命的最后15年写成的。故事集的结构方式类似《十日谈》，由总引和 24 个故事组成，很大一部分是诗体。总引起着把全书串联在一起的作用，叙述一批香客到坎特伯雷地方去朝圣，途经伦敦一旅店，店主和作者也加入了朝圣行列，为排除旅途烦劳，提议大家在途中轮流讲故事，谁讲得好就在归来时由大家请他吃饭。这些香客中有武士、侍从、女尼、女修道院院长、教士、游乞僧、商人、学者、律师、农民、木匠、染工、水手、船夫、医生、厨师和贵妇人。他们所讲的故事有民间传说、骑士传奇、宗教故事、寓言等等，但反映的都是英国 14 世纪现实，都在不同程度上表达了作者人文主义思想。大部分故事是有关爱情婚姻方面的，作者写了各种不同的人对这一问题的态度。

乔叟

《坎特伯雷故事集》中出场的各阶层人物，成为英国中世纪社会后期的缩影。通过这些人物所讲的故事，反映了形形色色的社会生活，描绘了英国资本主义处于摇篮时期的各种人物的面貌，揭露了封建阶级特别是教会僧侣的腐败伪善，体现了反封建反教会的思想倾向，大胆地提出了爱情和妇女问题，但作者并不彻底否定宗教，有一些故事宣扬消极容忍的处世哲学和宗教劝善思想。总的来说这部著作在艺术上有很高成就，远远超过同时代和以前的作品，是英国人文主义文学的奠基之作。

坎特伯雷故事集

乔叟在英国文学史上的地位有些类似意大利文学中的但丁。他开创了英国文学的现实主义传统。莎士比亚和狄更斯在不同程度上都是乔叟的继承人和弟子。

民间文学大师：阿里奥斯托

阿里奥斯托于 1474 年 9 月 8 日出生在意大利艾米利亚雷焦的一个衰落的贵族家庭。尽管年少时，他的主要学业为法律，但他真正感兴趣的却是古典文学和人文主义。后来阿里奥斯托进入费拉拉的宫廷，在埃斯泰公爵手下供职，曾担任偏僻山区的行政长官，并多次受命出使罗马和其他城邦。这些为阿里奥斯托提供了广泛接触社会的机会，同时也使他目睹了意大利当时诸侯割据所造成的危害，加强了他写作的欲望。这一时期，即 15 世纪中叶以后，意大利出现前所未有的艺术繁荣，民间文学同其他文学形式一样得以发展和兴盛。而阿里奥斯托正是用民间文学的题材来表达人文主义思想的著名作家。传奇体长诗《疯狂的奥尔兰多》是他的代表作。

《疯狂的奥尔兰多》（1516—1532）叙述骑士奥尔兰多疯狂地爱上安杰丽加，走遍天涯海角历尽艰险去寻找她，后来知道她已同回教徒勇士梅多罗结了婚而发疯的故事。计 46 歌，4800 余行。长诗以意大利诗人博亚尔多的长诗《热恋的奥尔兰多》的结尾为开端。作者以中世纪流行的骑士传奇为体裁，他嘲讽离奇的骑士冒险，批判中世纪的宗教偏见和禁欲主义，谴责外国侵略者和封建君主给意大利带来的灾难。他歌颂爱情、忠贞、勇敢和牺牲的精神，呼吁意大利的自由与统一、和平与幸福，这些都体现他强烈的人文主义思想。作者巧妙地把各个故事编织在一起，把叙事和抒情，悲剧和喜剧的因素融为一体，这种写法对欧洲的叙事长诗产生了深远的影响。同时，作者以优美的笔触，满腔的爱国热忱向人们展示了意大利文艺复兴时期一部真实的社会生活的画卷。

除了《疯狂的奥尔兰多》这部长诗以外，阿里奥斯托早年还用拉丁语俗语写过一些爱情诗和哀歌，其中有七首《讽刺诗》比较有名，是用三韵句写成的，以书信的形式抒发作者不得志的境遇，同时对时政进行针砭。另外阿里奥斯托还是文艺复兴时期杰出的喜剧诗人。他的喜剧《列娜》、《巫术师》等都是当时的最早杰作。诗中借用古罗马喜剧中经常出现的爱情和家庭生活的题材，讥讽当时的统治阶级，对灾难深重的平民表示同情，为此，他被认

国民必知

文学历程

读本

为是意大利风俗喜剧的奠基人。

阿里奥斯托是意大利文艺复兴早期民间文学的代表人物，他的作品对欧洲文学产生了深远的影响。

摧毁骑士文学的大师：
塞万提斯与《堂吉诃德》

塞万提斯（1547—1616）是西班牙作家、戏剧家、诗人。是文艺复兴时期重要代表作家之一。他1547年10月9日生于马德里附近的阿尔卡拉——德埃纳雷斯镇。由于家境贫困，他只读过几年中学。1570年，在参加对土耳其的一次战争中负伤，左手残废。1575年回国途中，被海盗劫去，当了五年奴隶，1580年被亲友赎回。他后半生担任过军需官、税吏等职，曾数次被诬告犯贪污罪进过监狱，这使他对西班牙社会的黑暗和人民的苦

塞万提斯

难有较深的了解。他的重要作品有长诗《巴尔纳斯游记》、悲剧《奴曼西亚》、短篇小说《训诫小说》以及《喜剧和幕间短剧八种》等，具有世界文学意义的杰作则是《堂吉诃德》。《堂吉诃德》是他在狱中酝酿成熟的长篇小说，写作时他已50余岁。

《堂吉诃德》是塞万提斯的代表作，代表西班牙人文主义文学的最高成就。第一卷出版于1605年，全书描写的是堂吉诃德和其侍从桑丘游侠冒险的故事。首先叙述拉·曼却的穷乡绅吉哈达，因阅读骑士小说入迷，企图仿效古老的游侠骑士生活，于是改名堂吉诃德，拼凑一副破盔烂甲，骑上一匹瘦马，物色了一个挤奶的姑娘为意中人，决心终生为她效劳。他第一次单枪匹马外出，受伤而归。第二次找了邻居桑丘·潘沙作为侍从，一同出游，由于头脑中充满了骑士奇遇，不分青红皂白，乱砍乱杀，做了无数荒唐可笑的蠢事。但他仍然执迷不悟，直至几乎丧命，才被人救护回家。第二卷出版于1615年，叙述堂吉诃德和桑丘第三次出游。堂吉诃德的邻居参孙·加尔拉斯果学士，为了医治堂吉诃德的精神病，故意怂恿他再次外出，然后自己也扮

成骑士打败了他。根据事前商定的条件，他在一年内不许摸剑，不许外出，只可在家休养。堂吉诃德回到家中便病倒了，临终时才恍然大悟，痛斥骑士小说，并嘱咐外甥女不嫁骑士，否则将得不到遗产。

塞万提斯创作《堂吉诃德》的原则是，"描写的时候摹仿真实：摹仿得愈亲切，作品就愈好"；"凭空捏造越逼真越好，越有或然性和可能性，就越有趣味"。其目的是讽刺和反对中世纪封建骑士制度和骑士文学。塞万提斯写作《堂吉诃德》时，正逢西班牙的封建统治者为了称霸世界，便用骑士荣誉鼓励贵族积极执行对外扩张政策，因而适应这种政治需要的骑士文学风行一时。塞万提斯试图通过这部作品"去把那骑士文学的万恶地盘完全捣毁。"因此这部作品反映了十六、十七世纪之交西班牙的现实，揭露了封建贵族的骄奢淫逸、官僚衙门的贪污受贿，也反映了封建统治下人民的苦难。作品通过堂吉诃德带有浪漫意味的游侠冒险经历，再现了西班牙 16 世纪末至 17 世纪初五光十色的社会生活。堂吉诃德周游各地，接触了各色各样的人物，包括贵族、武士、商人、僧侣、牧羊人、富农、水手、强盗等共 600 多个人物。作者站在人文主义立场，愤怒地揭露了现实社会的罪恶，并且通过主人公堂吉诃德之口，诅咒这是一个"可恶的时代"。堂吉诃德是一个"不畏强暴，不恤丧身"、立志扫尽人间不平的人物形象。他的动机中充满着崇高的理想主义精神，但是，骑士道本是反映封建经济的观念形态，随着封建经济的解体和火枪在军事上的运用，它早已成为历史陈迹。可是，生活在资本主义兴起时期的堂吉诃德却认为，要扫除社会不平，"莫过于游侠骑士和骑士道的复活"。这就形成了堂吉诃德与客观现实之间的冲突，这一冲突既具有喜剧性又具有悲剧性。在小说第一部中，作者着重揭示了堂吉诃德性格中的悲剧因素。他带着幻想中的骑士狂热，把风车当成了巨人，把穷客店看成了豪华的城堡，把理发师的铜盆当做魔法师的头盔，把羊群当做军队，把苦役犯当作受害的骑士。他冲杀过去，不但没有帮助别人解除困难，反而给人们带来灾难，他善良的动机，得到的却是危害人的恶果。堂吉诃德就这样单枪匹马地向社会冲杀，他"挨够了打，走尽背运，他遍尝道途艰辛"。堂吉诃德反对封建贵族等级制度和门第观念，主张人与人之间平等互爱。认为"血统是从上代传袭的，美德是自己培养的；美德有本身的价值，血统只是借光。"他待仆人桑丘情同手足，从不摆主人架子，两人"同在一个盘里吃，一个杯子里喝"。他赞美自由，热爱自由，并提出了自己关于自由的见解："自由是天赐的无价之宝，地下和海底埋藏的一切财富都比不上。自由和体面一样，值得拿性命去拼。不得自由而受奴役是人生最苦的事。"他向往原始共产主义时代，他的学问渊博，通晓历史、文学、政治、法律、经济等方面的知识，对许多问题的看法具有真知灼见。虽然他改造社会的手段显得疯疯傻傻，荒谬透顶，但他一次次的惨败仍能引起人们的同情。这正是堂吉诃德身上的悲剧因素。正如鲁迅所说："堂吉诃德立志去打不平，是不能说他错误的……错误是在他的打法"。

桑丘与堂吉诃德彼此对立又互相补充。桑丘的特点是讲求实际，他给堂吉诃德当侍从不是为建立什么丰功伟绩，而是想摆脱贫困。他幻想当了总督发了财，驼背老婆就可以坐上金光闪闪的马车。他有封建制度下小生产者狭隘自私、眼光短浅的特点，又有劳动农民的机智、善良和乐观主义的品质。他随时随地都设法把主人从幻想世界领到现实人间世界中来。他告诉主人，风车不是巨人，"除非自己的头脑给风车转糊涂了"。他大骂骑士制度，说他主人"是个十足的疯子"。他跟着主人，没有得到一文钱酬劳，反而吃尽苦头，但他还是忠实地跟着主人，因为他"爱他爱得像自己的心肝儿一样，随他多么疯傻也舍不得和他分手"。主人的品德和打尽人间不平的理想吸引着他，他们既是主仆，又是亲密的友人。他去当总督时向堂吉诃德保证："好人我会保护，坏人决不宽容。"他执法无私，断案如神，改革弊政，"锄强扶弱"。堂吉诃德奋斗一生没有做到也不知如何才能做到的，桑丘却做到了。但桑丘做了十天总督就辞职不干，他说："各位先生，请让开一条路，让我回去过我逍遥自在的日子。我在这里是死路一条，得让我回去才活得了命。……请告诉公爵大人，'我光着身子出世，如今还是个光身，我没吃亏，也没占便宜'，换句话说，我上任没带来一文钱，卸任也没带走一文钱。这就和别处岛上的卸任总督远不相同了。"作者以桑丘的形象说明普通人民中有才能的人比封建官吏高明很多，但在罪恶的社会里却没有桑丘的地位。堂吉诃德和桑丘成为世界文学史上的著名人物形象，体现出了塞万提斯高超的艺术创造力。

作品出版之后，深受读者欢迎。西班牙广泛流行的骑士小说也从此消失。《堂吉诃德》是民族文学的里程碑，是"衰落的骑士制度的史诗"（马克思语），开欧洲长篇小说的先河，并在世界范围内为西班牙文学带来巨大声誉。

第十一章 用文学呼唤人性

最伟大的戏剧家：莎士比亚

在一个颠倒混乱的时代，要负起重整乾坤的责任，是英国伟大剧作家莎士比亚的文学梦想，在这样一个梦想里，我们看到的不是哈姆雷特的感伤，而是作家本人被称之为"莎士比亚化"的现实主义精神。莎士比亚1564年4月23日生于英国中部艾汶河上一个城镇斯特拉福镇，父亲是富裕市民。莎士比亚在1586年22岁时离家去伦敦，在一家剧院打杂当临时工，为看戏的士绅看管马匹。后

莎士比亚

来当了一名雇佣演员，然后才成为正式演员。他酷爱戏剧，1590年开始走上戏剧创作道路。他在剧院25年，1612年回到家乡，1616年4月23日，52岁去世，葬于镇上的"三一"教堂。

莎士比亚一生共写了37部戏剧，154首十四行诗，叙事长诗两部：写于1593年的《维纳斯与阿都尼》，写于1594年的《路克丽丝受辱记》。一般将莎士比亚的创作分为三个时期：

早期（1590—1600）：一般称为历史剧和喜剧时期，这时正是伊丽莎白统治极盛时期，王权与新兴资产阶级之间结成暂时联盟，王朝执行有利于资本主义工商业发展的政策，加上对外战争的胜利，特别是1588年击败了西班牙"无敌舰队"，国内爱国情绪高涨，社会上出现了一片繁荣景象。莎士比亚这时对社会的认识还较单纯，真诚相信人文主义理想可以实现，因而早期创作充满愉快乐观的浪漫色彩。

这一时期他写出《亨利四世》（上、下篇）等九部历史剧，《第十二夜》、《威尼斯商人》等十部喜剧和《罗密欧与朱丽叶》等三部悲剧。

莎士比亚的历史剧取材于13世纪初到15世纪末的英国史实，鲜明地表达了人文主义的政治历史观：反对封建诸侯割据，拥护中央集权的君主专制制度。莎士比亚通过不同类型的封建君主，一面揭露了约翰王、亨利六世等昏庸无道、残暴不仁的封建君主，另一面又在《亨利四世》和《亨利五世》

中，着重塑造了一个符合资产阶级要求的"理想"君主（亨利五世）形象，写他从当太子到登基后，内平诸侯叛乱，外胜强敌法国，法令严明，接近人民的事迹。

莎士比亚的十部喜剧，一部充满乐观主义气氛的悲剧《罗密欧与朱丽叶》，集中描写青年男女为争取自由恋爱权利的斗争，歌颂人文主义的爱情和生活理想对封建道德，特别是对禁欲主义的胜利。莎士比亚塑造了一系列体现时代精神的资产阶级女性形象，如《仲夏夜之梦》中的赫米娅，《第十二夜》中的薇奥拉，《威尼斯商人》中的鲍西娅，《罗密欧与朱丽叶》中的朱丽叶等等。在这里特别要提一下莎士比亚喜剧中最富于社会讽刺意义的一部剧作，即《威尼斯商人》。剧中包含两个平行的情节。主要情节是威尼斯商人安东尼奥和犹太人高利贷者夏洛克之间围绕割一磅肉的诉讼而展开的冲突；次要情节是富家小姐鲍西娅遵父命三匣选亲的故事。此外还穿插进夏洛克的女儿杰西卡同罗伦佐卷款私奔的故事。通过这些相互联系的情节冲突，莎士比亚肯定并赞美安东尼奥、鲍西娅等人以友谊、爱情为重的人文主义生活理想，否定并谴责以夏洛克为代表的唯利是图的生活态度。剧中成功地塑造出夏洛克这样一个鲜明生动而又复杂矛盾的典型形象。莎士比亚并没有把他写成一个简单的恶棍。夏洛克不仅是一个重利盘剥、损人利己的高利贷者，而且也是个在基督教社会里受欺负的犹太人。

中期（1601—1607）：一般称为悲剧时期，共写了《哈姆莱特》等七部悲剧和其他四部喜剧。

17 世纪初，是伊丽莎白女王统治的末期和詹姆士一世（1603—1625 在位，斯图亚特王朝始）统治初期，社会矛盾激化，资产阶级力量日益增长，资产阶级与王室之间的暂时联盟开始瓦解。同时随着对现实认识的加深，莎士比亚感到现实和自己人文主义理想的矛盾愈来愈大，因而这一时期作品中，揭露和批判的力量加强，剧作的风格情调也发生变化，带上悲愤沉郁色彩，思想和艺术上也更趋成熟。

历来将这一时期创作的《哈姆莱特》（1601 年）、《奥赛罗》（1604 年）、《李尔王》（1606 年）、《麦克佩斯》（1606 年）称为莎士比亚的四大悲剧。这一时期的《雅典的泰门》也颇著名，在这部悲剧里，通过一个慷慨好客的富豪，由于钱财散尽，亲友纷纷离去的情节，对资本主义社会中金钱的作用做了深刻的揭露。

后期（1608—1612）：也可称传奇剧时期，写了《暴风雨》第三部传奇剧和历史剧《亨利八世》。

这一时期詹姆士一世的统治进一步暴露其封建王朝专制的反动本质，它严重压制言论自由。同时，资产阶级更加强大，与王室冲突也更加尖锐。戏剧界出现屈于压力迎合宫廷趣味的贵族流派，其作品从只重情节及描写现实之间无法解决的矛盾，转而从事传奇剧创作，向往梦幻世界，用幻想和偶然原因及人性复归、道德感化等来解决矛盾。这一时期代表作是《暴风雨》，在这部剧作中描写米兰公爵普洛斯彼罗被他弟弟安东尼奥夺去爵位，流亡到了一座荒岛。后来，他凭借魔法，让恶人们受到教育，兄弟和解。莎士比亚在剧中肯定了纯朴的爱情，谴责了自私的阴谋，并通过普洛斯彼罗的形象，着重肯定了理性和智慧的力量，宣扬了人性善良、改恶从善的思想。

莎士比亚的创作标志着文艺复兴时期文学发展的高峰。他的作品广泛地反映了从中世纪向资本主义过渡时期英国的现实，他对世界文学，特别是戏剧发展产生了重要影响。应该说，莎翁的盛名来自他卓绝的理想和非凡的批判精神。他的历史剧贯穿着国家必须统一的思想；他的喜剧表述了对生活的精辟评价，更涉及新的爱情与婚姻关系；他的悲剧刻画了人的内在矛盾，表现了新时代人物多姿多彩的风貌。他的剧作是世界文库的瑰宝。

悲剧《哈姆莱特》（1601 年）是莎士比亚戏剧创作的最高成就，写的是丹麦王子哈姆莱特为父复仇的故事。这段情节取材于 12 世纪的一部丹麦史。1576 年一位法国作家把它改写成故事。16 世纪 80 年代，伦敦舞台上曾多次上演过莎士比亚同时代剧作家据此改编的戏。1601 年，莎士比亚又把它重新改编，把一段中世纪的封建复仇故事，改写成一部深刻反映时代面貌，具有强烈反封建意识的悲剧，哈姆莱特的形象也成为世界文学史上著名的艺术典型之一。

12 世纪的哈姆莱特实是 16 世纪英国人文主义的典型。哈姆莱特学识丰富，思想先进，在德国著名的人文主义堡垒——威登堡大学读过书。他用以人为中心的世界观来反对中世纪以神为中心的世界观。他强调，"人类是一件多么了不得的杰作！"是"宇宙的精华，万物之灵长！"肯定人的力量，歌颂人的理性和智慧，宣传新兴资产阶级崭新的思想体系。

哈姆莱特的文化教养、聪明才干和道德水平远远超过他人，被称为"朝臣的眼睛、学者的辩舌、军人的利剑、国家所瞩望的一朵娇花、时流的明镜、人伦的雅范"。他是人文主义者的优秀代表，是文艺复兴这个巨人时代的巨人。

哈姆莱特性格是不断发展的。登场前，他一切如意，生活非常幸福，父母疼爱，朋友友好，爱人美丽温柔。他的思想单纯、天真，感到人生无限美好，把现实理想化了。这是他"幼稚的和谐时期"。

从剧本第一幕起，哈姆莱特的性格发展进入了新阶段。这时国家风云突变，充满了阴森恐怖的气氛。他个人命运也发生了重大变化：敬爱的父王突然死去，本应由自己继承的王位竟被叔父夺去。更使他惊讶和痛苦的是，他的母亲在"送葬的时候所穿的那双鞋子还没有穿旧"，就"迫不及待地钻进了乱伦的衾被"，和他的叔父结了婚。这突然而来的沉重打击，使他坠入悲愤痛苦的深渊。他看到即位的国王克劳狄斯荒淫无耻，朝臣都是一群奉迎谄媚卑鄙无耻的利己主义者。国内每天制造铜炮，都城戒备森严，军民每夜不得安息，整个国家处于动荡不安之中。面对黑暗混乱的现实，哈姆莱特对人生的态度也变得悲观消极。他满脸愁云，忧郁成了他此时的性格特征。接着他父王的鬼魂在他面前揭露了克劳狄斯杀兄篡位的罪恶。这使哈姆莱特大为震惊。作为以天下为己任的人文主义者，他没有孤立地看待父亲的被害，而是将这桩谋杀案与现实社会的重重罪恶联系起来。他认为自己所面临的不仅是个人复仇的问题，而是要按人文主义理想去改造整个社会。他感到整个世界是一座令人窒息的牢狱，而丹麦是最坏的一间牢房。他单枪匹马，一个人面对强大的黑暗势力，力量对比太悬殊，因此他心情异常沉重地说："这是一个颠倒混乱的时代，唉，倒霉的我却要负起重整乾坤的责任！"

这时，他考虑到许多问题：对手是国家的最高统治者，强大而又阴险；鬼魂是真是假，他告诉的事也许是骗人的；又怕不小心，泄露心事，反遭敌人的毒手。哈姆莱特受到这可怕消息的打击，又加上这许多考虑，神经开始有些受不住，正好趁势装疯，既可以躲过对方的耳目，也可借此试探对方，还可疯言疯语，发泄对当前黑暗现实的不满。与此同时，老奸巨猾的克劳狄斯对他也开始了怀疑，特地把哈姆莱特的情人奥菲利娅来作为试探他的工具。哈姆莱特万万想不到，他的老同学，甚至他心爱的情人，也竟然变成了奸王的帮凶。他的人文主义理想在丑恶的现实面前完全破灭。他甚至考虑到"生存还是毁灭"的问题。尽管如此,他一刻也没有忘记复仇的任务,而是安排了"戏中戏",以便进一步证实奸王的罪行。等到罪行落实,他便立即行动。只是由于寻找正义的手段,他放过了在奸王祈祷时把他杀死的机会,接着又误杀了波洛涅斯,反为自己招来被放逐的命运。最后,他虽然逃了回来,在一场决斗中杀死了奸王,但自己也因中了毒计而牺牲,"重整乾坤的责任"终于未能完成。

哈姆莱特的时代是一个封建势力还很强大的时代,他的敌人又是一个无比奸诈、善于笼络臣下的国王;而作为一个人文主义者,他不相信暴力,不相信群众,只是孤军奋战,终于抱恨死去。他的悲剧是一个人文主义者的悲剧,也是时代的悲剧,因为他所处的时代还缺乏先进分子必然胜利的条件。

《哈姆莱特》不仅思想内容上具有强烈的反封建意义,它也是莎士比亚艺术上成熟的标志。莎士比亚很注意情节的安排,他的戏剧常常包含几条平行的或者交错的情节。《哈姆莱特》中三条复仇的情节交织在一起,而以哈姆莱特为父复仇为主线,以雷欧提斯和福丁而拉斯为副线,三条线相互联系,又彼此衬托。在复仇情节之外,剧中写了哈姆莱特和奥菲利娅之间不幸的爱情;写了哈姆莱特和霍拉旭之间真诚的友谊以及罗森格兰兹、吉尔登斯会对哈姆莱特友谊的背叛;还写了御前大臣波洛涅斯一家父子兄妹之间的关系。所有这些又都起着充实、推动主要情节的作用。其次,《哈姆莱特》情节的丰富性还表现在它描绘的生活面很广阔,从宫闱到家庭,从深闺到墓地,从军士守卫到民众造反等场面。莎士比亚常常突破古典戏剧的清规戒律,把喜剧因素和悲剧因素结合在一起,如在奥菲利娅落水淹死的悲惨场面之后,紧接着是掘坟墓者插科打诨的场面。这种"崇高和卑下、可怕和可笑、英雄和丑角的奇妙的混合",正是马克思和恩格斯所称道的莎士比亚悲剧的"特点之一"。

莎士比亚在塑造《哈姆莱特》这个人物形象时,注意利用"独白"这一传统手法,来揭示主人公的内心活动,使得他的性格更加深刻和丰富。剧中主人公的重要独白共有六次之多,有的戏剧性强,有的富于哲理,但都有助于揭示性格。比如,第三幕第三场临末了哈姆莱特有一段独白("他现在正在祈祷,我正好动手"),既说明了哈姆莱特当时放弃这一行动的原因,又达到推动剧情进一步发展的目的,具有高度的戏剧性,使得观众的情绪随之起伏。

又如第三幕第一场那段"生存还是毁灭"的著名独白，不仅本身是首富于揭露哲理性的好诗，也是理解主人公性格的一个重要的钥匙。通过这段独白，我们看到了他对人生的思索，他的烦恼和失望，苦闷和彷徨以及他对周围现实的深刻揭露和批判。哈姆莱特这个艺术形象具有丰富的内涵，有许多方面值得解读，真可谓"有一千个读者，就有一千个哈姆莱特"。

"伟大的笑匠"：拉伯雷

最能代表法国文艺复兴精神的有两个人：一是小说家拉伯雷，二是散文家蒙田。拉伯雷于1493或1494年出生于法国中部都兰省的被称作"法兰西花园"的希农城。拉伯雷有一个幸福的童年，父亲是当地有钱的法官，因此他从小就受到了良好的教会教育。他早年在僧院研读希腊文学和哲学。1530年，拉伯雷进蒙彼利埃大学医学院学习，翌年在里昂罗讷河圣母堂医院行医，同时写小说。拉伯雷坚信人性是善良的，人民大众是善良的。在他的理想社会中，人们只有一条行为法则："你爱做什么，便做什么。"拉伯雷作品的艺术特点，在于使读者愉快地笑，因此被誉为"伟大的笑匠"。

拉伯雷

拉伯雷一生追求真理，不惜一次次冒着作品被查禁、自身被处以严厉刑罚的危险，坚持写作，终于写成他的代表作《巨人传》。作者这种大无畏的求实精神以及不屈不挠的写作态度是值得后人借鉴和学习的。拉伯雷爱憎分明、立场坚定，并为思潮振臂高呼。此外，在行医方面，拉伯雷为了追求科学真理，也一样不顾触怒教会的危险，甚至用被绞死的犯人尸体做人体解剖。拉伯雷一生勤奋好学，精通天文、地理、哲学、医学、植物、音乐、古经文等多种学科，被恩格斯称为"多才多艺和学识渊博的巨人时代的巨人。"拉伯雷晚年曾获得管堂神父职务，1553年1月辞职后，4月初病逝于巴黎。

《巨人传》（1532—1564）是欧洲文艺复兴时期的一部杰作，法国长篇小说的发端。《巨人传》是作者根据民间流传故事《高大硕壮的巨人卡冈都亚大事记》写成，于 1532 到 1562 年陆续出版，被巴黎大学和法院宣布为禁书，拉伯雷也因此先后逃到英国和意大利避难。《巨人传》共 5 部：第一部的主人公是格郎古杰国王的儿子卡冈都亚，他生下来就会说话，要喝一万七千多匹母牛的奶，要用一万二千多尺布做一件衣服，这个巨人象征文艺复兴时代的巨人。卡冈都亚起初受经院教

拉伯雷《巨人传》

育，愈学愈傻，后来接受人文主义教育才聪明起来。他和约翰修士击退邻国的入侵，建立德廉美修道院酬劳约翰。第二部主人公是卡冈都亚的儿子庞大固埃，一开始就受人文主义教育，比上一代更聪明。第三部通过辩论巴汝奇的结婚问题讽刺宗教迷信。后来庞大固埃、约翰和巴汝奇一起出发去各地寻找神壶。第四、五两部写旅行中所遇到的奇闻逸事，对教会和封建法律加以尖锐的讽刺。最后他们找到神壶。神壶上的铭文教导他们畅饮知识，畅饮爱情，肯定享乐的人生观。巨人父子爱和平、爱人民，他们的国土受到邻人入侵时，首先想到的不是自己的王位，而是人民的利益。他们都受过全面发展的教育和锻炼，有广博的知识，反对宗教迷信，确信科学真理。小说中的巴汝奇是资产阶级的形象，他用狡猾的方法进行剥削，借钱不还。但因为他有聪明才智，在打倒恶魔时起了一定作用，作者同情他，说他是"世界上最好的好孩子"。它反映新兴资产阶级的思想意识。

拉伯雷的这部巨著，以神话般的人物形象，荒诞不经的故事情节，妙趣横生、有时不免流于油滑粗俗的独特风格，表现了反封建、反教会的严肃主题，歌颂了新兴资产阶级"巨人"般的力量，描绘了人文主义的乌托邦理想，具有鲜明的时代特点和丰富的思想内容。这是一部百科全书式的作品。与中世纪敌视科学、摧残学术的愚民政策和宗教偏见相对立，拉伯雷在小说中溶入了天文、地理、气象、航海、生物、人体生理、医药、法律、哲学、语言等大量自然科学和社会科学方面的知识，显示了作家学识的渊博，更体现了作品的思想——"使人的灵魂充满真理、知识和学问"。从开卷高康大降生时的喊声"喝啊，喝啊，喝啊！"到篇末"神瓶"发出的"喝"的喻示，首尾

呼应，强烈地表达了新兴资产阶级冲破精神奴役，追求新思想、新知识的热切愿望。

小说主人公、父子两代巨人高康大和庞大固埃都具有超乎寻常的体魄和力量，有公正善良的品德和乐观主义的天性，体现了人文主义者对"人"、"人性"和人的创造力的充分肯定。在他们身上，拉伯雷不仅表现了人的价值、人的伟大，更着重强调了人文主义的重要作用。在高康大给庞大固埃的"劝学信"中，作家进一步系统地阐明了他的教育思想，明确提出应当造就"十全十美、毫无缺陷的人，不管在品行、道德、才智方面，还是在丰富的实践知识方面"。这是对反理性、反科学的宗教蒙昧教育的全面挑战，具有巨大的进步意义，对后来教育思想的发展有很大影响。约翰修士在高康大支持下创建的德廉美修道院是人文主义的理想国，它集中反映了拉伯雷政治、社会、宗教和道德等各方面的理想原则。乐天、达观的"庞大固埃主义"是 16 世纪的法国资产阶级勇于进取、不畏险途、对本阶级的力量和未来充满自信的精神状态的反映。

《巨人传》的最大艺术特色是深深植根于民间文学的土壤中，借用传统的、为群众所喜闻乐见的民间故事，并加以运用和发展，来表现崭新的思想内容。拉伯雷在民间传说的基础上，依靠他深厚的生活功底和渊博的科学知识，驰骋丰富的想象力，使整部小说色彩斑驳，变幻无穷，以多棱镜的形式映出了 16 世纪上半叶法国社会的变化，传达了新时代的信息。

法国伟大的散文家蒙田与《随笔集》

蒙田于 1533 年 2 月 26 日出生于法国加斯科涅郡。他是当时著名的思想家、散文家。蒙田出身新贵族，祖先是波尔多的富商。蒙田性格中庸，喜欢平静的田园生活，所以在做了十五年的文官后，便辞官回乡，过着悠闲的隐士生活，他经常闭户读书思考。此外，蒙田还热衷于旅行，他曾去过欧洲许多国家。这些都为他后来的创作提供了条件。蒙田思想上的中庸决定了其政治上的保守性，他满足于现存的社会秩序和风俗习惯，不主张变革，但他却也并不反对主张改革的人。蒙田处于文艺复兴这个新旧时代接轨的特殊历史

阶段，这就决定了他思想上具有双重性，一方面他对一些问题持怀疑态度，例如当时的迷信、巫术、杀戮等，一方面他又认为人类无法认识绝对真理，只能认识部分真理。蒙田的作品不局限于书本知识，能结合自己的实践，融会贯通，另外在结构上，他并不要求文章的章节之间勉强统一，只求自然，这些都构成了蒙田自己独特的思想意境和艺术风格。《随笔集》正是蒙田写作风格的集中体现。

蒙田

《随笔集》主要是蒙田根据自己在欧洲旅行的所见、所想写成。第三卷是在蒙田担任两年波尔多市长以后写成的。《随笔集》共三卷，107 章，结构松散自然，各章长短不一，内容丰富多样。作品中蒙田谈了他的写作动机，人生哲学，评论他读过的书，歌颂他与朋友间的友情，剖析他的性格、习惯及人品，以及怎样工作、怎样读书与旅行等各种问题。在叙述这些问题时，作者反对拖沓冗长的说教式的议论，而且他不喜欢那种古板的严格规定篇幅长短的章节体写作方法。在《随笔集》中，各部分之间彼此独立成章，对整体的剖析也有深有浅，蒙田所用的语言平易流畅，形象生动，富有浓厚的人情味，他的作品时时都能让人有一种亲近的感觉，这正是蒙田的真性情。《随笔集》中的《为雷蒙德·塞朋德辩护》和《论儿童教育》是该作品最重要的两个章节。在前者作者主要表明了自己怀疑一切的态度，如他自己所说的一句名言："我知道什么？"在后者他主张让儿童全面发展，广泛地接触自然，培养他们敏锐的判断力。蒙田认为人是热爱生活的，热爱生活的标志就是尊重人类追求幸福与快乐的天性，但这种追求与享受是有节制、有选择的，不应是无度的和盲目的。

蒙田思想中的一些闪光点体现在作品中，对法国甚至英国文学的发展起到了积极的作用。同时作者崇尚理性与经验的思想对法国 18 世纪启蒙运动的产生和发展也起到了一定的指引作用。

第十二章　降临的理性

——从古典到启蒙主义文学

人的理性力量何在？

17、18 世纪，西方文学进入古典主义和启蒙主义文学时期。在这个时期，大师辈出，群星灿烂，是一个辉煌的文学时代，弥尔顿的《失乐园》、莫里哀的《伪君子》、拉封丹的寓言、笛福的《鲁滨逊飘流记》、歌德的《浮士德》，都是突出的代表。在这些伟大的作品中，我们能够看到理性的力量及其对于生活的引导作用。

追求乐园的弥尔顿

弥尔顿于 1608 年 12 月 9 日出生于伦敦，1674 年 11 月 8 日卒于伦敦。父亲是伦敦的公证人，收入颇丰，有文学修养、擅长音乐。弥尔顿从小受家庭影响，喜爱读书。他曾在圣保罗学校读书，后入剑桥大学，并于 1632 年取得硕士学位。1638 年弥尔顿到达意大利，受到当地文人的欢迎和赏识，并与伽利略会晤。翌年英国爆发战争，弥尔顿匆匆赶回英国并加入了这次战争，他站在清教徒的一边，主张取消主教制，并写了不少政论文鼓吹革命主张。1649 年共和国成立后，革命政府处死了国王，国内外敌人疯狂攻击英国人民的革命行为，弥尔顿积极参加了论战。在他担任共和国拉丁文秘书前后，写过《论国王与官吏的职权》、《偶像破坏者》、《为英国人民声辩》、《再为英国人民声辩》等文章，用庄重严谨的拉丁文，旁征博引，竭力为英国人民的正义行动辩护，与国内外敌人展开公开的笔战。为了捍卫祖国，他呕心沥血，日夜操劳，以至双目失明；王政复辟时期，弥尔顿遭到复辟政府的迫害，但是他对反动王朝抱着不妥协的态度。为了鼓吹革命，他克服种种困难，口授了两部长诗《失乐园》、《复乐园》和一部诗剧《力士参孙》，表现出对资产阶级革命的坚定信念。马克思称赞弥尔顿"行动光明磊落"，"出于春蚕吐丝一样的必要而创作《失乐园》"。恩格斯认为弥尔顿是"第一个为弑君辩护的人"，他启迪了后来的革命者，是18世纪法国启蒙学者的先辈。

《失乐园》（1667年）是弥尔顿最主要的作品。这部长诗共12卷，取材于《圣经》。写撒旦造反的故事和亚当、夏娃违反上帝禁令偷吃禁果而被赶出乐园的故事。诗中最动人的形象是叛神撒旦。他反抗上帝，不屈不挠，虽然处于失败的地位，被囚于地狱的火海中备受煎熬，但仍不气馁，鼓励同伙继续战斗。他说："战场虽失败，怕什么？这不可征服的意志——却都未丧失。"这是一位生龙活虎、坚强有力的资产阶级革命战士的形象。从这个形象身上，我们可以看到革命者当年的战斗精神和英雄气概，也可以看到他们在复辟时期坚持立场、继续战斗的崇高品德。另外，诗中描写的许多战争场面，可以使人联想到革命年代激烈战斗的情景。

《复乐园》（1671年）也取材于《圣经》，写耶稣拒诱的故事。弥尔顿把耶稣写成一个坚强的战士，他抵制住物质的和精神的诱惑，不怕武力的威吓，坚信胜利终会到来。

《力士参孙》（1671年）中的主人公很像是作者的自况。大力士参孙双目失明，在异族侵略者的奴役下从不屈服，一次，在敌人威逼他表演武艺时拉倒神庙的支柱，使大厦倾覆而与敌人同归于尽。这是一个坚贞不屈的斗士的光辉形象。

弥尔顿批判地继承了文艺复兴时期的人文主义思想，在创作上向古代学习，依照希腊罗马史诗的体例写作长诗，依照希腊悲剧的手法写作诗剧，但是并不受清规戒律的束缚。弥尔顿用激情充沛的诗句，在宏伟壮阔的背景上，表现资产阶级反封建斗争的历史，塑造资产阶级革命者的英雄形象。同时，又与英国革命本身具有以宗教为外衣的特点一样，弥尔顿的作品以《圣经》为题材，而且具有明显的清教徒思想；作品中的主人公表现出个人英雄主义的色彩。弥尔顿的诗风雄浑奇伟，堪称17世纪欧洲最主要的诗人，其创作对后来英国文学的发展产生了较大的影响。

寓言诗人：拉封丹

拉封丹于 1621 年 7 月 8 日出生在法国香槟。他的父亲是一个森林水泽管理人，因此拉封丹幼年时期是在农村度过，这使他对大自然产生了浓厚的兴趣，为以后的创作奠定了基础。拉封丹早年曾获得过最高法院律师的职称。拉封丹热爱写作，曾经为法国财政总督富凯写过剧本，并深受富凯的赏识与器重。1661 年，宫廷政变，富凯因斗争失败而被捕，拉封丹不得不离开巴黎。后来政治斗争逐渐平息，1663 年末，拉封丹在经历了两年多的逃亡生活后又重返巴黎，并开始了他真正的创作历程。

从文艺思想来讲，拉封丹是拥护古典主义的作家。他写过戏剧、散文、小说、故事诗、短诗，但以寓言诗著称于世。从 1668 年至 1694 年，他共发表寓言诗 12 卷，计 239 首。这些作品以动物世界隐喻人类社会，揭露封建王朝的黑暗，谴责贵族阶级的暴虐，也描写了劳动人民的苦难，极其广泛地反映了 17 世纪下半期法国封建社会的现实。诗中有性格化的形象、戏剧性的情节，有来自民间的语言，表现

拉封丹《磨坊主》

出作家的独特风格。拉封丹的作品对寓言诗这种体裁的发展作出了很大的贡献，在法国和欧洲都享有很高的声誉。很多家喻户晓的作品，如《患瘟疫的野兽》，写野兽们讨论牺牲罪大恶极者，借以制止瘟疫流行。虚伪的狮王和奸佞之臣狐狸等犯有滔天罪行，却强逼无辜的驴马作牺牲品。在《狼和羔羊》中讲述了一只羔羊在河边饮水，凶狠的灰狼硬说羔羊弄脏了他的泉水，最后把羔羊吃掉的故事。

《寓言诗》语言简练、通俗易懂，多是用浅显的故事讲述一个深刻的道理，拉封丹在这部作品中主要用十二音辙的亚历山大体，使文章的韵律和谐优美。

除了《寓言诗》外，拉封丹的作品还有《故事诗》（1664—1685）、韵文

小说《普叙赫和库比德的爱情》（1669 年）、科学诗《金鸡纳霜》（1682 年）等。

拉封丹晚年思想发生转变，他站在保守派一边，依附朝廷，拥护贵族统治，推崇文学中的复古思潮，这些导致了他的作品在思想倾向上的蜕化。

逝世在舞台上的戏剧家：莫里哀

莫里哀（1622—1673）是 17 世纪法国古典主义喜剧的代表作家。他原名让·巴蒂斯特·波克兰，莫里哀是他的艺名。父亲是宫廷装饰商。他从幼年时代就爱好戏剧，1642 年大学毕业以后走出家庭，开始了戏剧活动。从 1645 年到 1658 年，莫里哀参加老演员查理·杜弗莱尼领导的剧团，在法国各地流浪了 13 年。在流浪中，他了解了人民的生活和艺术趣味，熟悉了法国社会，从而确定了他对贵族和教会的批判态度。同时，他广泛接触到传统的法国民间闹剧和流行一时的意大利即兴喜剧，从中吸取了许多艺术创作的经验。这

莫里哀

些都为他日后的创作奠定了基础。从 1652 年起，莫里哀接替杜弗莱尼领导剧团，而且开始为自己的剧团写作剧本，他们的创作和演出在外省获得成功。1658 年，应召回巴黎在卢浮宫为国王表演，得到路易十四的赏识，从此莫里哀和他的剧团就在巴黎定居下来。

莫里哀在巴黎演出的第一个剧目《可笑的女才子》（1659 年）就把矛头指向贵族，通过两个青年向一对资产阶级出身又竭力摹仿巴黎贵族习气的外省女子求婚时发生的笑话，嘲讽贵族沙龙文学咬文嚼字、故作风雅的恶习。以后陆续演出了《斯卡纳赖尔》（1660 年）、《丈夫学校》（1661 年）、《〈妇人学堂〉的批评》（1663 年）、《凡尔赛即兴》（1663 年）等剧。这些剧本以家庭生活为主要题材，从资产阶级民主主义立场出发，讨论了爱情、婚姻、教育等社会问题。他继承了文艺复兴时期人文主义思想的传统，维护个性解

放，反对封建道德。在艺术方法上，逐渐接受了古典主义的规则。《〈妇人学堂〉的批评》和《凡尔赛即兴》是两部论战性的作品，莫里哀在剧中提出了自己的艺术见解。他认为戏剧应面向广大的"池座观众"，而不必迎合少数上层人物，剧本的好坏不在于是否符合固定的规则，而在能否打动观众，教育观众；他不赞成用刻板的创造规则来束缚作者、把文学体裁分成等级高下的偏见；他还大胆地提出，喜剧的责任在于表现"本世纪人们的缺点"，"侯爵成了今日喜剧的小丑"。这些见解说明莫里哀在接受古典主义原则的时候，并没有改变他的资产阶级民主主义立场。

从 1664 年开始，莫里哀的创作进入全盛时期。这一时期，莫里哀与路易十四的关系越来越密切。同时，莫里哀在经过了巴黎几年的生活和斗争，更坚定了他反封建、反教会的创作立场，他不但熟练地掌握了古典主义的创作规则，而且在作品中表现了更加深刻的社会内容和更加强烈的民主倾向，作品的思想性、战斗性和艺术性都达到莫里哀的最高水平。

《伪君子》揭露了宗教的伪善，是莫里哀这个时期最重要的作品。

《唐·璜》（1665 年）和《恨世者》（1666 年）是揭露贵族的作品。《唐·璜》借一个流行的西班牙传说揭露封建贵族的罪恶，是莫里哀戏剧中一部独具风格的作品。主人公唐·璜表面上文雅、潇洒，还有"自由思想"，实际上无恶不作，正如他的仆人所说，是"世界上从未有过的最大的恶棍"。剧中人物性格复杂，情节发生的地点多次转换。由于该剧对贵族的揭发尖锐有力，演出后立刻遭到反动势力的攻击，以致被迫停演。

《恨世者》不限于揭露一个贵族，而把整个贵族集团作为攻击对象。他们表面上讲文雅，讲礼貌，实际上自私自利，庸俗无聊，尔虞我诈，勾心斗角。主人公阿尔赛斯特看不惯这一切，却又爱上了一个专好诽谤别人的风骚贵妇，自己也成了一个可笑的人物。这一出经过莫里哀精雕细刻的喜剧，是他对贵族社会的一次有力抨击。

《悭吝人》（1668 年）和《乔治·党丹》（1668 年）是揭露资产阶级的作品。这两部作品中的主人公奥尔恭和乔治·党丹都是受害者，莫里哀通过这些形象对资产阶级发出警告，希望他们能迷途知返。

1669 年以后，莫里哀的创作发生了一些变化，剧本的思想内容继续发挥前一时期创作的主题，在艺术上他又重新运用了民间笑剧的艺术传统。1670

年的《醉心贵族小市民》发挥了《乔治·党丹》的主题，讽刺资产阶级的虚荣心。1672年的《女博士》发挥了《可笑的女才子》的主题，嘲笑贵族沙龙。1671年的《史嘉本的诡计》是他晚年最杰出的作品。剧中的主人公史嘉本是一个仆人，莫里哀写他在帮助年轻主人反对专制家长的斗争中所表现的聪明、机灵、乐观、勇敢，处处显示出他超过资产者。

1673年2月17日，莫里哀抱病主演他最后一个剧本《无病呻吟》，第四次演出后咯血倒地，不到三小时就去世了。由于他的民主立场和自由思想，教会不同意把他的遗体埋葬在教堂的坟地上。后来由于路易十四出面，才被允许埋在公墓的一角，和没有受洗的死孩子埋在一起，而且不许举行葬礼。但是，大批的巴黎人民不顾禁令前来送葬。

莫里哀一生写了30个剧本，其基本倾向是反封建、反教会的。在艺术上，他基本上遵守古典主义的创作法律，表现了更多的现实主义倾向。他的喜剧中的笑料不是出自表面的滑稽情节和俏皮话，而是来自对社会恶习的揭露和嘲讽。他的喜剧具有古典主义戏剧的优点，结构严谨，冲突集中，人物形象具有高度的概括性，莫里哀的创作把喜剧艺术真正提高到近代喜剧的水平，是古典主义喜剧的创建者。

英国启蒙主义的开拓者：笛福

笛福是英国启蒙主义时期第一个重要的长篇小说家，是英国现实主义的奠基人。他于1660年出生于伦敦，一生没有受过高等教育，信奉新教。早年曾做过商人，后又做过威廉政府的秘密情报员，在这期间他曾发表过一系列作品如《论开发》（1698年）、《真正英国人》（1701年）、《消灭不同教派的捷径》（1702年）。笛福59岁时开始写小说。他与21家杂志社有联系，难怪有人称他为"现代新闻报道之父"。他的作品，包括大量政论册子，共达250种，无一不是投合资产阶级的需要，写资产阶级感兴趣和关心的问题。笛福的鲁滨逊小说以第一部最受欢迎，被认为是他的代表作。《鲁滨逊飘流记》反映了资产阶级上升时期要求个性自由、发挥个人才智、勇于冒险、追求财富的进取精神，歌颂了资产阶级向外扩张的殖民主义政策。鲁滨逊为追求财富，

冒险出海，最后飘流到一个岛上。在那里他用
劳动战胜自然，用才智克服困难，用火炮和基
督教教义征服土人，成为荒岛的主人，俨然是
一个资产阶级的"英雄人物"。恩格斯称他为
"一个真正的'资产者'"。

《摩尔·弗兰德斯》是笛福的另一部重要
小说，描写了一个贵夫人的养女弗兰德斯在贵
族资产阶级社会的腐蚀和迫害下，堕落成为荡
妇和盗贼的故事。笛福对弗兰德斯的个人追求
和善良品质持欣赏态度，给她安排了一个幸福
的但不真实的结局，这表明笛福肯定现存社会制度。

笛福

笛福的小说继承了文艺复兴时期西班牙流浪汉小说的传统，他的主人公
往往是一个地位低下的人，靠自己的奋斗最终取得成功。但由于社会的缘故，
这个人又不得不做一些有损道德的事，然后忏悔，立誓不干坏事，但社会又
迫使主人公违背誓言。

笛福对他所描写的人物理解较深，善于使
其在恶劣的环境中克服困难。他的主人公有聪
明才智，充满活力，不信天命，相信"常识"。
他尤其擅长描写环境，经常能使人有一种亲临
其境的感觉，另外，在他的作品中，他经常使
用第一人称，采用自叙的手法，给人一种亲切
的感觉。他的小说除了《鲁滨逊飘流记》以
外，还有《鲁滨逊的沉思》（1720 年）、《辛格
尔顿船长》（1720 年）、《摩尔·弗兰德斯》
（1721 年）、《杰克上校》（1722 年）、《罗克萨
娜》（1724 年）。此外，他还写过传记、游记以及关于经商的书。

鲁滨逊飘流记

笛福的作品文笔细腻，想象力丰富，语言自然，不愧为英国 18 世纪最重
要的作家之一。

斯威夫特的长篇讽刺小说:《格列佛游记》

斯威夫特（1667—1754）是英国作家。1667 年 11 月 30 日出生在爱尔兰都柏林。1686 年，斯威夫特在都柏林三一学院取得学士学位。1692 年获牛津大学硕士学位，1701 年获三一学院神学博士学位。回英国后任过私人秘书，又加入英国教会成为教士，次年在贝尔法斯特附近任牧师。后定居英国摩尔帕克直至 1699 年。

邓波尔是斯威夫特的一个好友。1697 年斯威夫特写了《书战》一文，为邓波尔《论古代和现代学问》辩护，把迂腐的学究讽刺挖苦得淋漓尽致。1699 年，邓波尔逝世后，斯威夫特到爱尔兰，结识了执政的辉格党，1701 年著《关于雅典·罗马时期贵族与平民分歧、斗争的论述》一文，为辉格党人辩护。

斯威夫特

斯威夫特其他著作还有 1704 年的《一只澡盆的故事》、《圣灵的机械作用》、《圣战》等三篇讽刺文章，1707 年的叙事诗《鲍席斯和菲利蒙》，1727 年揭露英国统治下爱尔兰贫困状况的《爱尔兰状况浅见》一文，杂文有《对佣人们的指示》、《彬彬有礼的谈话》。他给爱尔兰女友艾斯特·约翰逊的信写得亲切自然，被人们辑合为《给斯特拉的信》这个小集子。1742 年 9 月，斯威夫特瘫痪，1745 年 4 月 19 日去世，葬于圣帕特里克大教堂。

《格利佛游记》是斯威夫特最著名的小说作品。属于寓言小说，以里梅尔格利佛船长的口气叙述各国的风景人情。这本书反映了 18 世纪前半期英国的社会矛盾，对宫廷、议会、司法、军警及殖民政策的黑暗，都给予了深刻的揭露与讽刺，同时也表达了作家的社会理想。

小说共分四卷，前两卷情节生动，结构完整，后两卷比较零乱松散。第一卷写格列佛在小人国的经历。小人国政策腐败，统治集团因穿高跟鞋低跟鞋之争分成两派，又因吃鸡蛋先打大头还是先打小头而争论不休，以致引起长期的国与国之间的战争。小人国的故事辛辣地讽刺了英国统治阶级的争权夺利和党派纠纷。第二卷写格列佛在大人国的经历。大人国国家法律简明，重视国计民生。大人国的故事寄托了作者对明君的理想。第三卷写游历"飞岛"。国王把飘浮在半空中的飞岛作为征服其他国家的工具，讽刺了英国的殖民政策。第四卷写"马国"的游历。马组成的国家治理得非常好，而被称作"耶胡"的人则丑恶不堪。作者在这里批判了人间的罪恶，认为如果欲望超越理性，人类就会沦为动物。但也流露出对人类失去信心的消极思想。

格列佛跨越小人国的军队

《格列佛游记》想象丰富，情节离奇，具有浓厚的浪漫主义色彩。作者善于把幻想的情节和具体逼真的细节描写结合起来揭露现实，既能收到强烈的讽刺效果，又使人感到亲切可信。

一代文豪：歌德

歌德于 1749 年 8 月 28 日出生于德国莱茵河畔的法兰克福，父亲是一个富裕的中产阶级，做过当地的参议员，他很注意对歌德的教育；母亲是市长的女儿，善于讲故事，从小就培养了歌德对文艺的兴趣。歌德通过观看法国随军剧团的演出，接触到了莫里哀、高乃依、拉辛的戏剧。1765 年，歌德遵照父亲的安排，到莱比锡大学学习法律，他不满学校的经院式教育，自己钻研自然科学和古希腊艺术，同时开始按照宫廷文学的风格写诗，摹仿莫里哀的作品写喜剧。1768 年因患重病回家休养。1770 年 4 月歌德到斯特拉斯堡继续学

暮年的歌德

习。在这里，他研究过17世纪荷兰哲学家斯宾诺莎的著作。斯宾诺莎的唯物论和泛神论思想对他的世界观的形成起了积极的作用。在这里，歌德还认识了许多年轻朋友，后来与狂飙突进运动的理论家赫尔德尔的认识，对他的思想和创作发生了很大的影响。赫尔德尔引导歌德阅读莎士比亚、荷马和英国启蒙运动文学的作品。歌德很快就接受了近代先进思潮和文学运动的影响，开始了文学创作活动，而且成为狂飙突进运动的积极参加者。1771年8月，歌德在斯特拉斯堡结束学业，回到家乡。一直到1775年，他大部分时间在这里，一方面做律师，一方面从事文学创作。他的作品充满了狂飙突进运动的反叛精神，在诗歌、戏剧、散文等方面都有较高的成就，主要作品有剧本《葛兹·冯·伯里欣根》（1773年）、中篇小说《少年维特的烦恼》（1774年）、未完的诗剧《普罗米修斯》和诗剧《浮士德》的雏形，此外还写了许多抒情诗和评论文章。

《葛兹·冯·伯里欣根》是德国第一部现实主义历史剧。葛兹原是16世纪德国的一支农民起义的领袖，后来态度变化，在他身上体现了骑士阶级对皇帝和封建主的悲剧性的反抗。但是在歌德笔下，葛兹是一个反对封建暴政，争取自由和统一的英雄，他深切同情人民的苦难，斥责争权夺利、祸国殃民的诸侯，因而受到人民的爱戴。不过，他参加人民起义的目的不是推翻封建制度，而是想把起义限制在合法的范围之内，拥戴皇帝来实现统一，最后只能以悲剧告终。这部作品是"向一个叛逆者表示哀悼和尊敬"。剧中对于当时黑暗社会的谴责，对于自由和统一的热烈向往，对于个人反抗的英雄的歌颂，都表现了狂飙突进的精神。在艺术上，剧本采用了莎士比亚戏剧创作的方法。

《少年维特的烦恼》是一部书信体小说。主人公维特是一个市民出身的青年，他向往自由、平等的生活，希望从事有益的实际工作，但是，社会却充满着等级的偏见和鄙陋的风气。保守腐败的官场、庸俗屈从的市民、势利傲慢的贵族使他和周围的现实不断地发生冲突，他自己又陷入毫无希望的爱情之中，最后走上了自杀的道路。维特与社会的冲突，具有反封建的意义。小说通过维特的悲剧，揭露和批判了当时德国社会许多不合理的现象，表达了觉醒的德意志青年一代的革命情绪，因此，它一发表就引起了强烈的反响，形成了一阵维特热，而且很快就流传到欧洲各国，成为第一部发生重大国际影响的德国文学作品。小说中维特的形象有消极的一面，他不想进行社会改

国民必知
文学历程
读本

革，只要求个性的自由抒发；他与封建社会格格不入，却只满足于孤独的伤感和愤慨，乃至最后绝望自杀。这些都反映狂飙突进运动本身的弱点，在当时，莱辛就曾指出维特的性格过于软弱。

这一时期，歌德还写过一部取材于古代希腊神话的诗剧《普罗米修斯》，表达了作者反封建的精神。此外还写了不少抒情诗，诗中表现了作者对大自然和人生的乐观态度和真情实感，成为德国近代抒情诗的创始人。

1775 年，歌德受到公爵卡尔·奥古斯都的邀请到了魏玛，结束了他的青年时代。在魏玛期间，歌德致力于社会改良，结果却失败了。

年轻的歌德与雷德

歌德怀着失望的心情离开了魏玛，隐姓埋名到了意大利，在意大利他获得了广泛接触群众的机会，他研究古代艺术的遗迹，研究自然科学，这些都使他的思想有了新的变化；自然科学研究使他的思想增添了唯物主义成分和辩证法因素；在古代艺术的研究中，他接受了温克尔曼的观点，把纯朴、宁静、和谐作为艺术的理想。这些都反映在他的创作之中。

这一时期他主要写了《在陶里斯的伊菲格尼亚》和《哀格蒙特》等作品，也写了《塔索》和《浮士德》的部分章节。

1788 年 6 月，歌德又回到魏玛，致力于文学创作和自然科学的研究。1789 年法国大革命震动了德国，开始，歌德肯定这次革命，歌颂革命将"揭开一个新的时代"；后来，随着革命的深入，他又害怕革命的暴力，写了一些讽刺革命群众的诗歌和剧本。歌德这一时期思想创作的变化，充分表现出他思想上的矛盾。18 世纪 90 年代是德国文学史上"魏玛古典主义"的繁荣时代。1794 年，歌德与席勒合作写了许多警句和谣曲，而且各自完成了他们的一些重要作品。1796 年歌德写成了长篇小说《威廉·麦斯特》第一部，1797年完成了叙事诗《赫尔曼与窦绿苔》，1806 年又完成了《浮士德》第一部。《威廉·麦斯特》是歌德的重要作品，也是德国第一部教育小说。《赫尔曼与窦绿苔》用古希腊诗体写成，歌德把小市民社会加以诗化，并把他与革命带来的动荡生活加以对比，反映了他对法国大革命的错误认识。

歌德晚年受社会变革的影响，思想上逐渐克服了一些狭隘性。这一时期的作品主要有《诗与真》、《意大利游记》、《亲和力》、《威廉·麦斯特》第二部，《西方与东方的合集》；逝世前不久，又完成了《浮士德》第二部。这些作品表现了歌德重视实践、肯为人类幸福而劳动的思想，说明他思想中的积极因素比前一时期有所增长。歌德晚年的许多抒情诗中闪烁着唯物主义、乐观主义思想的光芒，在当时消极浪漫主义文学风行一时的德国文坛独放异彩。

1832 年 3 月 22 日，歌德病逝。歌德是 18 世纪中叶到 19 世纪初期德国乃至欧洲最重要的作家，他一生跨两个世纪，正当欧洲社会大动荡大变革的年代。封建制度的日趋崩溃，革命力量的不断高涨，促使歌德不断接受先进思潮的影响，从而加深自己对于社会的认识，创作出当代最优秀的作品，他的创作把德国文学提高到全欧的先进水平，并对欧洲文学的发展做出了巨大的贡献。

哲理诗剧《浮士德》是一部举世公认的名著，是歌德用 60 年心血浇灌出来的奇葩。他在 1873 年就开始构思，第一部完成于 1806 年，第二部成于 1831 年，共有 12111 行。它结构多样，内容博大，思想深刻。全剧以浮士德的思想发展为线索，以浮士德和魔鬼的赌赛为核心，描写了主人公五个阶段的悲剧。

《浮士德》取材于德国 16 世纪的民间传说。浮士德原名约翰·乔治·浮士德，是当时一个浪迹江湖的魔法师，懂得炼金术、星相术、占卜等。死后，在德国有许多关于他的传说。1570 年开始有人记载这些传说。1587 年，德国出版了故事书《约翰·浮士德的一生》，叙述浮士德与魔鬼订约，漫游世界，满足各种欲望，享受人间的欢乐，最后惨死于魔鬼之手的故事。浮士德这一形象表现了宗教改革时期资产阶级的思想要求，受到人们欢迎。文艺复兴以来，不断有人用这一传说作为创作题材。歌德也是在这个基础上，创作出了诗剧《浮士德》。

《浮士德》共分两部，第一部有二十五场，没有分幕，卷首有"献诗"、"舞台上的序幕"、"天上序幕"三个小部分。第二部也包括二十五场，分为五幕。全剧没有连贯的故事情节，而是以浮士德的思想发展为线索，贯穿始终。

第一部包括知识悲剧和爱情悲剧两个阶段。主要描写老博士浮士德厌倦书斋生活，想服毒自杀寻求解脱。教堂复活节的钟声，郊外春光明媚的自然美景，又唤起了他求生的欲望。郊游归来，魔鬼靡非斯特跟着一起回到书斋，和浮士德订立契约，甘愿当他的奴隶，帮他解除烦恼，使他得到满足，一旦如愿，浮士德将反主为奴。此后，浮士德决心放弃学者生活，跟靡非斯特云游世界，他在"魔女之厨"喝了魔汤，返老还童，恢复了青春，与市民少女玛甘泪相爱。浮士德对爱情的追求，造成 3 个人接连死于非命的悲剧，玛甘泪因此被关进监狱，处以极刑。

第二部包括政治悲剧、艺术悲剧和事业悲剧 3 个阶段。主要描写浮士德在经历了爱情悲剧之后，靡非斯特带他来到一个皇帝的宫廷，企图通过为封建朝廷服务而有所建树。改革失败后，浮士德借"人造人"的微光云游古希腊的神话世界，并和美女海伦结合，生下儿子欧福良。欧福良放荡不羁，不幸夭亡，海伦悲痛不已，悄然逝去。浮士德又回到人间，正值国内发生战争，他和魔鬼帮助皇帝平息战乱，在海滨得到一块封地。浮士德率领人们填海造田，改造自然，希望用劳动创造一个人间乐园。当他在年过百岁、双目失明的情况下，终于在创造性的劳动中找到了智慧的最后断案："要每天每日去开拓生活和自由，然后才能够作生活与自由的享受。……我愿意看见这熙熙攘攘的人群，在自由的土地上居住着自由的国民。"这时他感到极大满足，情不自禁地喊出："你真美呀，请停留一下！"随即倒地而亡。按照契约，浮士德的灵魂应归魔鬼所有，但天帝派天使前来抢救，天使高唱"凡是自然不息者，到头来我辈均能救"，把浮士德的灵魂迎上天堂。

《浮士德》构思宏伟，内容复杂，但是其基本思想在全剧开头的两次赌赛中已经提出。《天上序幕》中魔鬼与天帝的赌赛，《书斋》一场中魔鬼和浮士德的赌赛，争论的都是关于人生的理想以及如何实现理想的问题。浮士德上天入地，探索人生的真理，就代表了人类的命运和前途。诗剧通过浮士德的一生总结了人类发展的历史经验。这里的人类实际指的是西欧的资产阶级。歌德同启蒙时期的许多思想家一样，把本阶级看做是全体人民的代表。所以，浮士德形象中所概括的历史经验实际上是资产阶级进步人士思想探索的历程。通过浮士德的学者生活阶段，歌德回顾了文艺复兴以来资产阶级思想家的觉醒过程。心焦欲燃，大声疾呼要冲破牢笼，要了解自然秘密的老学者形象，体现了文艺复兴、宗教改革到"狂飙突进"运动的反封建精神。浮士德走出书斋之后，从"小世界"到"大世界"，从德国市民社会走向宫廷，走向古代，走向大自然，诗中描写的生活领域不断扩展，诗中的背景也从德国现实出发，往后追溯到三千年前的古代世界，往前展望了人类的未来。在这样广阔的天地中，诗剧描写了浮士德的思想发展。他从个人官能的感官享受发展到对事业的追求，美的追求，对大自然追求，思想境界不断开阔，其中包含着歌德本人和许多资产阶级思想家的经历和体会。玛甘泪的悲剧使浮士德认识个人狭隘的爱情生活不是人生的理想。宫廷生活的经历使他认识到：在朝廷做官不过是供帝王享乐，最多只能维持摇摇欲坠的封建王朝，而不可能有什么建树。实践证明了启蒙主义者关于开明君主的政治幻想的破产。从海伦的悲剧中，我们看到那种企图用古典美来陶冶现代人以求实现人道主义的理想的幻灭。最后，浮士德发动群众，以集体劳动改造大自然，建立了理想的人间乐园。浮士德终于找到了人生的真理。

> 要每日每日去开拓生活和自由，
> 然后才能够作自由与生活的享受。
> 我愿意看见这样熙熙攘攘的人群。
> 在自由的土地上住着自由的国民。

这里可以看到 18 世纪启蒙思想家关于"理性王国"的蓝图，也可以听到 19 世纪空想社会主义者的声音。总之，这部诗剧以史诗的规模总结了文艺复兴以来三百年间资产阶级精神发展的历史。

浮士德是一个虚构的形象，但是它具有鲜明的性格。浮士德曾这样说明自己的性格特征：

> 有两种精神居住在我的心胸，
> 一个要想同另一个分离！
> 一个沉溺在迷离的爱欲之中，
> 执扭地固执着这个尘世，
> 另一个猛烈地要离去风尘，

向那崇高的灵的境界飞驰。

这种矛盾性正是上升时期资产阶级的两重性的表现，作为一个革命阶级，它具有进取的一面，作为剥削阶级，它又有平庸的一面。但是，对于浮士德来讲，勇于实践，不断追求，乃是他性格的主要特征。他在翻译《圣经》时就悟出了"泰初有为"的道理，渴望投入实际斗争：

我要跳身进时代的奔波，
我要跳身进事变的车轮，
痛苦、欢乐、失败、成功，我都不同，
男儿的事业原本要昼夜不停。

他的人生道路是漫长而曲折的，魔鬼也曾利用他性格中"沉溺于迷离的爱欲"的一面引诱他堕落，使他坠入迷津，犯了错误。但是他不但没有沉沦，反而向着更高的境界不断攀登。最后找到理想，灵魂得救。诗剧开头时，天帝强调一个善人只要"努力向上"，就不会迷失正途。在结束时，天使将浮士德灵魂接上天堂时说："凡是自强不息者，到头我辈均能救。"总结了他的一生。歌德曾强调这些诗句对理解浮士德形象的重要性，并说："浮士德身上有一种活力，使他日益高尚和纯洁化，到临死，他就获得了上界永恒之爱的拯救。"这种"努力向上"、"自强不息"的精神，这种"活力"，也就是资产阶级上升时期的积极进取精神的表现。

《浮士德》在艺术上的特点，首先是现实因素与历史因素的相互交织，现实主义和浪漫主义的巧妙结合。为了便于驰骋自己的想象，自由地表现上下数百年资产阶级知识分子精神探索的历史，诗人大胆运用各种幻想的、神话的和虚构的形象，大量采用古代的、中世纪的和当代的各种传说故事。《浮士德》艺术上的另一个特点，是调动了多种艺术手段，把抒情诗、叙事诗、悲剧、喜剧和哲理剧融为一体，根据内容的需要灵活地选择适当的艺术表现形式。《浮士德》注重从矛盾和对比中来塑造人物形象。浮士德的形象与靡非斯特的形象互相烘托和补充。诗剧还以大自然的宏伟景象为背景来展示人物活动。但是，《浮士德》内容庞杂艰深，大量运用典故和象征手法，致使作品晦

第十二章 降临的理性

· 153 ·

涩难懂。尤其是第二部，浮士德形象变得抽象化、概念化，更不易理解和接受。

《浮士德》是迄今为止德国文学史上最伟大的作品，也是世界文学史上的经典之作，因为这部诗剧恢宏的气势、深刻的义理探究了人的生命发展的问题，这是对生命之本的哲学分析。当然，也表明歌德洞察"人何以存在"的哲人眼光之深邃。

"美国文学之父"：欧文

欧文（1783—1859）是美国作家，生于纽约，父亲是富商，长老会执事。欧文幼年体弱多病，16岁辍学，他喜爱文学，1804年赴欧洲疗养，到过法国、意大利和英国，回国后取得律师资格，不久开业。1807年和哥哥威廉等人共同创办不定期刊物《杂件》，开始了他的文学创作活动，显露出幽默、风趣和含蓄的讽刺才能。

1809年他化名发表了第一部重要的滑稽诙谐作品《纽约外史》，讽刺荷兰殖民者在纽约的统治，受到欧美广大读者欢迎。1815年赴英国利物浦料理哥哥的企业，企业倒闭后留居英国，以写作为主。1819年，欧文陆续发表许多散文、随笔和故事，共32篇，次年结集为《见闻札记》出版，引起欧洲和美国文学界的重视。这部作品奠定了欧文在美国文学史上的地位。

继《见闻札记》之后，欧文写了相似的《布雷斯里奇田庄》（1822年）和故事集《旅客谈》（1824年），但都较前者逊色。1826年，欧文在马德里任美国驻西班牙大使馆馆员。1828年发表《哥伦布的生平和航行》。1829年发表《攻克格拉纳达》，同年曾到格拉纳达的摩尔人故宫阿尔罕伯拉游览，后出版游记、随笔和故事集《阿尔罕伯拉》（1832年）。

欧文曾担任美国驻英公使馆秘书。牛津大学曾授予他名誉法学博士学位，英国皇家学会也向他颁发了勋章。1832年欧文回到美国，在纽约受到热烈的欢迎。由于读者迫切需要他描写本国的生活，他曾到新开发的美国西部进行考察，写了《草原游记》。1842年，欧文再赴马德里，出任美国驻西班牙公使。1846年回国。晚年是在他曾经描写过的睡谷附近度过。这一时期他的主要作品是 3 部传记：《哥尔德斯密斯传》（1840 年）、《穆罕默德及其继承者》（1849—1850）和 5 卷本《华盛顿传》（1855—1859）。其中以《哥尔德斯密斯传》写得最好。欧文于 1859 年 11 月 28 日逝世。欧文有"美国文学之父"之称，其优秀作品深为中国读者熟悉和喜爱。

第十三章　激情的冲击

——热烈的西方浪漫主义文学

自由想象与热烈追求是本时期文学的两大特点。

19世纪前半期，西方文学盛行浪漫主义精神，这是对理性主义的一种反叛，其特色在于强调灵感、追寻自由、张扬个性，把世界看成心灵的对象。这个时期的西方文学在浪漫主义精神的大道上，洋溢着高昂的激情。以华兹华斯、柯勒律治、骚塞为代表的"湖畔诗人"、带有英雄主义精神的拜伦、充满激情与理想的雪莱以及普希金的诗章、雨果的《巴黎圣母院》、惠特曼的《草叶集》，都充分显示出浪漫主义文学的特色。

"湖畔派"三大诗人：华兹华斯、柯勒律治、骚塞

英国浪漫主义文学最早的代表是"湖畔派"三大诗人——华兹华斯（1770—1850）、柯勒律治（1772—1834）和骚塞（1774—1843），时为十八、十九世纪之交，因为他们曾在英国西北部山地的昆布兰湖区住过一些时间，并写了不少歌咏湖光山色的诗，在1817年8月号的《爱丁堡评论》中被杰费里称为"湖畔派"。法国大革命初期，他们曾热烈迎接这次革命，认为革命与他们回到大自然和复兴宗法式民主制度的理想颇为接近。但随着革命的深入，该派作家转而与之格格不入，从致力于描写远离现

华兹华斯

实斗争的题材，改为讴歌宗法式的田园生活和自然风光。换个角度讲，他们这些浪漫主义者不满资产阶级文明，厌倦城市文化，主张崇拜自然。非凡的冒险、巨人式的英雄和轰轰烈烈的业绩是他们醉心的主题。他们对于工业革命带来的社会变化迷惘不解，于是便着意在幽独的诗歌创作中发现自己。华兹华斯执笔的《抒情歌谣集》1800 年版序言和 1815 年版序言，是该派艺术主张的集中体现。他们反对古典主义的清规戒律，强调诗人的内心探索和感情的自然流露，主张诗歌要描写下层人们的日常生活，尤其是恬静的田园生活，并提倡发展民间诗歌的艺术传统，注重诗人的艺术想象力。他们的作品风格清新古朴，意境奇幻深邃，富于音乐美。"湖畔派"诗歌在英国文学史上开创了一个新时代，引起诗坛革命。

华兹华斯（1770—1850）被认为是"仅次于莎士比亚的英国诗人"。他生于律师家庭，父母早逝，毕业于剑桥大学，多次旅游欧洲大陆。1798 年与柯勒律治合作发表《抒情歌谣集》，被认为是划时代的作品。两年后再版，由华兹华斯加了著名序言，强调诗集特点是从人民生活中寻找素材，用日常生活语言加以描绘；一反 18 世纪矫揉造作诗风，开创了新的诗风和诗派，是英国文学批评史上的经典之作。代表作《露西》组诗（1798—1799）、《不祥的征兆》（1802—1804），均以人与大自然关系为主题，被认为是艺术上的杰作。自传长诗《序曲》（1805 完稿，1850 出版）追忆诗人各个时期的感受和思想，被认为是华兹华斯最重要的心灵史诗。早期代表作有《黄昏信步》（1793年）、《写景诗》（1793 年）、《边境居民》（1795），此外还有哲理长诗《隐者》及其第二部《漫游》（1814 年）、《孤独的收割者》（1803 年）、《哀歌》（1805年）、《快乐的战士》（1806 年）、《决心与自主》（1807 年）等许多优秀十四行诗收入两本诗集——以古典神话为题材的《雷阿德迈业》（1814 年）和《戴翁》（1816 年）等。1843 年被英国女王封为宫廷桂冠诗人。

柯勒律治（1772—1834）诗人、评论家。生于牧师家庭，9 岁丧父，在剑桥大学读古典文学。26 岁与华兹华斯合作出版《抒情歌谣集》（1798 年），开创了英国浪漫主义文学新时代。其中《古舟子咏》和 1816 年发表的《忽必烈汗》与《克里斯特贝尔》，被认为是诗人的传世杰作，给诗人带来极高声望。其他优秀诗篇有《夜莺》（1798 年）、《寂寞中的恐惧》（1798 年）、《沮丧》（1802 年）、《神谕》（1817 年）、《法兰西颂》（1798 年），以及《青春与暮年》、《霜夜》、《无希望的工作》等，剧本有悲剧《懊悔》（1813 年上演）、《罗伯斯庇尔的失败》（1794 年，与马圣塞合写），文学评论代表作《文学传记》（1817 年），受到高度称赞。柯勒律治的诗作，对拜伦、济慈、兰姆等许多诗人都有影响。

骚塞（1774—1843）诗人、散文家。商人之子，曾就读于牛津大学。学生时代与柯勒律治接近，后又与华兹华斯交往，从此而出名。他的诗现在大多已失传。他的散文作品文笔清新，《纳尔逊传》（1813 年）、《英国来信》（1807 年）、《医生》（1834 年）长期为读者所传诵。在大学读书时，他为法国大革命的理想所吸引，曾写《圣女贞德》（1796 年）一诗以表示支持法国革命，1800 年以后完全转向保守，1813 年被封为桂冠诗人。

具有豪侠精神的席勒

席勒是德国诗人、剧作家。1759 年 11 月 10 日生于内卡河畔的马尔巴赫，父亲是外科医生，在部队里当过军医。席勒幼年进拉丁语学校，成绩优异。原想学神学，但1773 年初被欧伊根公爵强行选进军事学校。在这里受进步教师的影响，接触狂飙运动文学，读了歌德、卢梭等人的作品，同时开始秘密地写反抗暴君的剧本《强盗》。

《强盗》是席勒的成名之作，主要描写贵旅青年卡尔因与家庭决裂，幻想杀富济贫改造社会的故事。剧本第 2 版的卷首题词是："打倒暴虐者！"和"药不能治者，以铁治之；铁不能治者，以火治之。"这后一句本是古希腊名医波希克拉特斯治病的格言，席勒把它写在剧本的卷首，表示他主张用铁和火来医治社会的痼疾，突出了反对专政暴政的主题。恩格斯高度评价剧本的进步倾向，认为它"歌颂了一个向社会公开宣战的豪侠青年"。

《强盗》写成之后，席勒于 1781 年把它送到公爵领地之外的曼海姆出版，

席勒

次年在那里公演引起广泛注意。演出时，观众情绪激昂，给已平静下来的狂飙突进运动掀起了新的高潮。

席勒在向朋友们朗读《强盗》

席勒为反抗公爵的压迫，于 1782 年 9 月 22 日偕友人逃至曼海姆。在这里写成第三部剧本《路易丝·密勒林》，后改名为《阴谋与爱情》。《阴谋与爱情》的演出又出现了《强盗》演出时的盛况。这部市民悲剧描写某邦宰相儿子斐迪南爱上了乐师女儿路易丝。宰相和秘书用阴谋破坏两人的爱情。斐迪南中计，毒死了自己和路易丝。宰相归罪于秘书，秘书揭发宰相害死前任的罪行，两个歹徒暴露了彼此的凶残面目。这是席勒青年时代最成功的一部剧本，反映了当时德国统治阶级政治的腐败，生活的奢靡，精神的空虚，宫廷的秽行。恩格斯说它的"主要价值就在于它是德国第一部有政治倾向的戏剧"。

1785 年，席勒写剧本《唐·卡洛斯》。这是席勒青年时代最后一部剧本，也是他的文艺创作从狂飙突进时期进入古典时期的一个过渡。从 1788 至 1795 年研究历史和康德哲学。1788 年，席勒与歌德会面，并与之建立日益深厚的友谊。从这时到 1805 年，这两个伟大作家共同合作，互相启发，写了被称为"魏玛古典主义"的不少作品。席勒的许多剧本如《华伦斯坦》三部曲（1799 年）、《奥尔良姑娘》（1801 年）、《威廉·退尔》（1803 年）等都写于这个时期。其中《华伦斯坦》是作者最大的一部历史剧，取材于三十年战争史。剧本忠实地描写客观史实，作者控诉了战争的罪恶，表达了德国人民要求建立和平统一的国家的愿望。

席勒一生还写了许多优美的诗歌。1804 年，席勒在贫病交困中开始写新剧本《德梅特里乌斯》。但只完成两幕，于 1805 年 5 月 9 日逝世。遗体于 1827 年迁葬魏玛陵墓，后来歌德也安葬于此，称为"歌德席勒合陵"。

拜伦式英雄主义

拜伦（1788—1824）是英国杰出的浪漫主义诗人，也是 19 世纪欧洲浪漫主义文学最重要代表。他的创作对英国和世界许多作家都产生过较大的影响。在 19 世纪浪漫主义文学遗产中，拜伦的创作是具有典型意义的。他诗歌中的反抗精神，曾在世界上被压迫民族的爱国志士和反封建专制的民主主义战士心中激起强烈的共鸣。鲁迅在 1925 年写的《杂忆》一文中说过："有人说拜伦的诗多为青年所爱读，我觉得这话有几分真。……时当清朝末年，在一部分中国青年的心中，革命思潮

拜伦

正盛，凡有叫喊复仇和反抗的，便容易惹起感应。"这就是拜伦诗歌所起的进步历史作用。

拜伦生于伦敦一个已经没落了的贵族家庭。10 岁继承了伯祖父的爵位和一些领地，跟随母亲移居诺丁汉郡。青年时期，拜伦在剑桥大学接受了法国启蒙思想。

大学二年级时，拜伦出版了第一部诗集《懒散的时候》（1807 年），表达出他对现实的不满和对上流社会的鄙视。诗集受到反动评论家的恶意抨击。诗人创作出《英格兰诗人和苏格兰评家》（1809 年）一诗进行猛烈反击。这是一首针对当时英国"湖畔派"的消极浪漫主义倾向而写的富有战斗性的讽刺诗。

拜伦于 1809 年大学毕业后，在上议院获得了世袭的议员席位。同年 6 月间，拜伦在欧洲大陆旅行，游历了南欧各国，使他有机会广泛地认识社会，接触各阶层的人们，他于 1811 年回国，1812 年发表了《格尔德·哈洛尔德游记》（第一、二章），受到社会的巨大欢迎，使拜伦一举成名，这部以旅途经历为题材的长诗，是拜伦的代表作之一。

拜伦回国以后，正值国内"卢德运动"高涨时期。国会也正在讨论实施对破坏机器的工人处于死刑的法案。拜伦虽不理解工人运动的全部意义，但他在当时工人运动中心之一的诺丁汉郡住过，亲眼看到过受饥饿、失业折磨的工人们的痛苦生活。因而，当他在国会中发表第一次演说时，就从资产阶级民主思想出发，竭力反对采取暴力政策对付工人。他说："这些可怜的人们在行动上的坚持足以证明，只有绝对的贫苦，迫使大部分本来诚实勤劳的人

民做得过火，危及他们自己、家庭和社会。"上议院不顾拜伦的抗议，通过了以死刑惩治机器破坏者的血腥法案。但诗人并没有沉默，演说后的第三天，他就在报上发表了一篇著名的诗篇《〈制压破坏机器法案〉制订者颂》（1812年）。在这首讽刺诗中，诗人愤怒地揭露了英国国会反人民的本质，指出立法机关、法院、警察、军队怎样顺从地保卫着大资产阶级利益，同时用鲜明的对照方法、简洁而有力地描绘出立法者的凶残面貌。在诗的结尾，诗人对血腥的法案的制订者提出直接的警告：如果英国统治者继续镇压工人，"那些蠢材们自己的颈项一定先被打断"。距第一次国会演说不到两个月，拜伦在国会中又发表了第二次演说，猛烈地抨击了英国政府对爱尔兰的奴役政策。两次演说，使诗人和英国统治集团之间结下了不解的仇恨。1812年以后，诗人愈来愈感到自己的孤独，感到自己的努力并无效果，在非常苦闷的情况下，便写了一系列"东方"题材的富有浪漫主义色彩的传奇诗，这就是《东方叙事诗》，包括《异教徒》（1813年）、《海盗》（1814年）、《莱拉》（1814年）、《柯林斯的围攻》（1815年）、《巴里西娜》（1816年）等。在这些诗篇中，拜伦塑造了一些孤傲的、反抗一切社会制度的叛逆者的形象，即文学史上有名的"拜伦式英雄"。

拜伦的政治态度以及诗歌中的反抗，引起了英国统治阶级的仇恨。1816年反动势力以诗人妻子离开诗人一事为借口，对他进行了疯狂的诽谤，迫使他永远离开了英国。最初他住在瑞士，遇到了雪莱，结为挚友，在雪莱的影响下，他写了一些反映革命斗争的著名诗篇，如《锡隆的囚徒》（1816年）、《普罗米修斯》（1816年）和《卢德分子之歌》，这种转变特别鲜明地反映在诗剧《曼弗雷德》（1816—1817）中。《曼弗雷德》是诗人个人主义反叛的高峰，但同时又标志着他的个人主义的破产。此外，这一时期拜伦还写了《恰尔德·哈洛尔德游记》的第三章。

1816年拜伦迁居意大利，同当地的秘密组织烧炭党发生联系。这个组织正在准备起义，反对奥地利的统治。由于他接近了革命活动，在创作上获得了新的力量，悲观主义情调逐渐得到了克服。这期间，诗人写了《恰尔德·哈洛尔德游记》第四章，从诗中可以看到，他已摆脱了阴郁悲观的情绪，并且由于他在意大利居住期间进一步靠近了人民大众，密切注意了国际形势的一切变化，这就把他的创作推上了一个更高的阶段。在意大利定居期间是拜伦创作的高峰时期。在这个时期他写了许多优秀作品。如诗剧《马利诺·法利裘洛》（1820年）和《该隐》（1821年），讽刺诗《别波》（1818年）、《审判的幻景》（1822年）和《青铜时代》（1822年）以及长篇叙事诗《唐璜》（1818—1823）等。在《青铜时代》中，拜伦揭发了1822年在维也纳召开的"神圣同盟"反革命会议，描写了"三位一体"的反动领袖的形象。拜伦在诗中深刻地揭发了封建地主和金融巨头对反动的"神圣同盟"的支持，和他们之间共同的利害关系。《青铜时代》是拜伦讽刺艺术的杰作。

在《温莎的诗意》（1814年）和《给一个哭泣的贵妇人》（1812年）两首短诗中，拜伦公开反击当时英国的反动统治者。在前一首诗中，诗人将当时的摄政王（乔治四世）看做不忠于人民的查理一世和不忠于妻子的亨利八世的混合体。在后一首诗中，他对那个为父亲的昏庸残暴而痛哭的公主充满了同情，他把公主的泪比作"美德"的泪：

将来对你的每一滴泪，
你的人民会报以微笑。

在《东方叙事诗》的那些传奇色彩极浓的诗篇里，拜伦对暴君即封建强权统治的抗议更为激烈。诗中出现的一系列人物，都是一些异常孤独、脱离群众的反叛者的形象。他们与罪恶社会势不两立，并且也敢于进行毫不妥协的斗争。他们精神面貌的共同特征是：顽强、高傲、勇敢和坚定。像《海盗》的主人公康拉特就是一个典型。康拉特是从统治阶级内部分化出来的叛逆者，带有资产阶级的人道主义色彩。拜伦在诗中赋予这一形象许多完美的特征：身体健康、外貌非凡、精力充沛、才干出众。他完全有能力做出一番事业，可是罪恶的社会不允许他发挥自己的才能，于是康拉特当了海盗的领袖。由于拜伦资产阶级世界观的局限，他并没有揭露海上掠夺的贵族资产阶级本性，却着力表现他具有一种资产阶级人道主义"美德"——对女性的尊重，对爱情的忠诚等；并认为本来"他的心肠是温柔的"，可是罪恶的社会迫使它"终于变成了石头"，以致转向邪恶，进而"他心中燃烧起神圣的怒火"。于是他单枪匹马闯入专制魔王的皇宫，顿时使皇宫变成了"流血的海岸和火烧的浪涛"。虽然最后被捕，武装被解除，但他并不示弱，态度严厉而镇定，他的气势使敌人为之慑服。

在《唐璜》中，拜伦的讽刺矛头主要指向"神圣同盟"和欧洲的反动势力。诗中强烈地表达了同反动势力的不调和态度。他宣布要同"暴君和献媚奉承的人"作战，尽管无法预见谁会战胜，也"无碍于我对每个国家中的每种专制政治所见的这个明白、坚决、彻底的习恶"；还表示绝不向"皇帝的宝座跪拜"，"如果可能，我要教会顽石也要起来反抗人世的暴君"。长诗在第七、八和第九歌中辛辣地讽刺了欧洲的反动君主和军阀主义。在这方面俄国女皇叶卡捷琳娜就是一个典型代表。在第十歌中谈到英国的时候，诗人愤怒的火焰更加炽烈，他尖锐地痛斥了英国的残酷掠夺。他说，当时的英国屠杀了半个地球，又使另一半害怕。在长诗里，拜伦还揭露了欧洲反动势力和金融资产阶级相互勾结的可耻行径。此外，拜伦的诗歌创作还热情地表达了诗人热爱自由，渴望自由，号召被压迫民族为自由而斗争的思想。

总之，拜伦诗歌的思想意义是深刻的，既表达了对封建专制的痛恨，又揭露了资本主义的罪恶，同时还抒发了对自由的热爱，这在当时是难能可贵的。他虽然在叙事诗中创造了一系列的具有叛逆性格的人物，然而这些人物，这种以自我为中心孤军作战的人物，不管他怎样拼命奋斗，始终一事无成，所以《东方叙事诗》中的主人公多数以悲剧为结局，正是这种极端个人主义的政治立场和悲观主义的情绪，损害了拜伦诗歌的思想价值和意义。

"天才的预言家"：雪莱

雪莱（1792—1822）是英国诗人。1792年生于苏塞克斯郡一个贵族家庭。雪莱6岁学拉丁文，1804年进伊顿公学，1810年进牛津大学。上学期间，接受18世纪启蒙主义思想和英国空想社会主义者葛德文的影响，曾写论文《无神论的必要性》并自费出版，因而被学校开除，也因此和家庭决裂。1812年，雪莱到长期受英国政府压迫、民族和宗教矛盾很深的爱尔兰，自费印刷、散发《告爱尔兰人民书》，鼓动爱尔兰人民争取民族自由和宗教解放。1814年，雪莱访问葛德文，与其女玛丽相爱。1816年雪莱在瑞士与拜伦相识，建立了深厚的友谊。1818年雪莱去意大利和拜伦同住地中海海滨，相处十分融洽。

1822 年 7 月 8 日雪莱与友人驾帆船出海，不幸被风暴吞没。

雪莱的主要代表作有长诗《解放了的普罗米修斯》（1818 年）和抒情诗《西风颂》（1819 年）等。

《解放了的普罗米修斯》的特点是为普罗米修斯树立了新的形象，从一个与天神宙斯妥协者变成不屈的斗士。古希腊悲剧家埃斯库罗斯写过与此有关的两剧，一写普罗米修斯因从天上偷火给人类，被宙斯锁在鹰鸥难越的山岭；又一写普罗米修斯与宙斯妥协而被释放。雪莱一生与人类任何形式的压迫进行斗争，他的普罗米修斯体现了这一斗争精神，普罗米修斯经过顽强的斗争得以解放。世界变为"平等，不分等级，不分种族，不分国家，不需惶恐，不需官阶，不需有谁称王"。

著名的《西风颂》全诗五节，第 1、2、3 节写西风扫落叶，播种，驱散乱云，放释雷雨，把地中海从夏季的沉睡中吹醒，让大西洋涂上庄严秋色；第 4 节写诗人希望和西风一样不受羁绊，迅猛，鄙视一切；第 5 节是诗人的嘱咐：

雪莱

愿你从我唇间吹出醒世的警号，

西风哟，如果冬天已经来到，春风还会遥远？

雪莱的重要作品还有长诗《麦布女王》（1813 年）、《伊斯兰的起义》（1817 年）和抒情诗《云》、《致云雀》，还有一首仿佛预感死期将至的《悲歌》（1820 年）等。恩格斯评价雪莱是"天才的预言家"。

珍珠与鲜花：济慈

济慈（1795—1821）是英国后期浪漫主义诗人。他于 1795 年 10 月 29 日

国民必知文学历程读本

出生在伦敦一个富裕家庭，后由于父亲去世，母亲改嫁，济慈不得不离开学校，去做学徒。为了谋生，济慈曾外出行医，但由于对文学的爱好，特别是同作家李亨特及画家海顿的会见和日益加深的友谊，促使他放弃医学而从事诗歌创作。1817 年，他的第一本诗集《诗歌》出版，翌年长诗《安迪米恩》问世。全诗想象丰富，多彩绚丽，表达出作者自由的思想和反古典主义的倾向，由于思想激进而遭到资产阶级保守分子的谩骂和攻击。从 1818 年至 1820 年初，诗人先后写出了长诗《拉米亚》、《伊萨贝拉》、《圣亚尼节的前夕》等，其中《伊萨贝拉》尤为突出。除了叙事长诗外，在抒情短诗里，著名的有《夜莺颂》、《秋颂》等，在这些诗歌里，表现了诗人对大自然独特的生活感受和卓然超群的艺术才华。作品之所以能给读者以优美的艺术感受，与作者的美学理想不无联系。他曾说："美就是真理，真理也就是美。这就是我们在世界上所认识的一切。"在济慈后来的作品中，诗人的浪漫主义与现实主义日趋接近，如《圣亚尼节的前夕》一诗，既歌颂了一对年轻恋人的炽烈之情，亦揭示出社会黑暗的一面，这预示着诗人的创作日臻成熟。但是，诗人因病早逝，未能得到更大的发展。拜伦曾说："济慈恰好是在着手写一个伟大作品时死去的。"他的天才还未能发挥出来，这实在是莫大的憾事。

叙事诗《伊萨贝拉》是济慈根据薄伽丘的《十日谈》写成的一部作品，它是作家所有的作品中最为突出的一部。在这部作品中，济慈叙述了伊萨贝拉对一个穷苦青年的真诚爱情，诗人把伊萨贝拉的两个哥哥刻画为资产阶级守财奴的典型，是他们杀死了伊萨贝拉的情人，伊萨贝拉却找来情人的头颅藏了起来，对之痛哭。显然，这里无情鞭挞了为攫取不义之财的资产阶级剥削者，渗透着热爱自由、追求平等的民主主义思想。这部作品是济慈的诗歌杰作之一。在这时期，济慈的思想发生了重大变化，他从感官享受转向强烈的深度思考。

如果说诗人拜伦是英国浪漫主义卓越的代表，诗人雪莱是具有革命民主主义思想的天才预言家，那么，济慈则是英国诗歌史上第三个具有进步社会意向的浪漫主义杰出诗人。虽然，他一生只度过二十五个春秋，当他在世时，亦未受到大多数同时代人的重视。但是，他的全部诗作，放射出热爱和追求自由的民主主义思想光彩，在他那精妙杰出的诗篇里，萌发着争取人类幸福的美好理想。雪莱在挽歌里将他称誉为"最活跃、最年轻的诗人"，"一颗珍珠培育出来的鲜花"。这位年轻诗人的创作对后世影响颇大，从丁尼生、白朗宁以至后来的王尔德作品中皆可窥见一斑。济慈的墓志铭是：

> 此地长眠者，
> 声名水上书。

"吹响生命芦笛的人"：海涅

在法国七月革命冲击下，19 世纪 30 年代德国兴起现代主义思潮。以作家伯尔纳（1786—1837）为首的"青年德意志"派反对浪漫主义的逃避现实，努力创作批判现实的文学。40 年代出现了自称"真正的社会主义"诗人的格律恩、毕特曼、倍克等，在普遍人性旗帜下，宣传市侩妥协思想，代表时代潮流的是海涅（1797—1856）和戏剧家毕希纳（1813—1837）。

"德国当代最杰出的诗人之一"——海涅是德国 19 世纪著名的革命民主主义诗人和政论家，出生在莱茵河畔杜塞尔多夫一个破落的犹太商人家庭。19 世纪上半叶，英法等国的资产阶级革命已基本完成，但德国仍处于封建专制的统治之下，全国分裂为许多邦国，这种分裂状态严重阻碍了资本主义的发展。因此，德国所面临的仍然是推翻封建专制制度，建立统一民族国家的资产阶级民主革命任务。海涅的创作，猛烈地抨击了反动的封建制度，歌颂了民主革命，有些作品还揭露批判了资本主义制度的罪恶。他的作品在德国人民为祖国解放和统一而进行的斗争中起了重要作用。

1819 年至 1823 年，海涅先后在波恩大学和柏林大学学习法律和哲学，他听过浪漫主义作者奥古斯特、威廉·施莱格尔和黑格尔的讲课。海涅早在 20 岁的时候就开始了文学创作，他的早期诗作《青春的苦恼》、《抒情插曲》、《还乡集》、《北海集》等组诗，多以个人遭遇与爱情苦恼为主题，反映了封建专制个性受到的压抑以及找不到出路的苦闷。"我跟一些人一样，在德国感到同样的痛苦；说出那些最坏的苦痛，也就说出我的痛苦。"这些诗句中所抒发的个人感受，具有一定的社会意义。这些诗作于 1827 年收集出版时，题名为《诗歌集》。它们表现了鲜明的浪漫主义风格，感情纯朴真挚，民歌色彩浓郁，受到广大读者欢迎。其中不少诗歌被作曲家谱上乐曲，在德国广为流传，是德国抒情诗中的上乘之作。

从1824年到1828年间，海涅游历了祖国的许多地方，并到英国、意大利等国旅行。由于他广泛接触社会，加深了对社会现实的理解，写了四部散文旅行札论。在第一部《哈尔茨山游记》（1826年）里，海涅以幽默活泼的笔调描绘了20年代令人窒息的德国现状，讽刺了封建的反动统治者、陈腐的大学、庸俗的世俗、反动的民族主义者、消极的浪漫主义者；以浓郁的抒情笔调描绘了祖国壮丽的自然景色，同时又以深厚的感情，描述了矿工的劳动与生活。在第二部《观念——勒·格朗诗文集》（1826年）里，海涅描绘了法国军队进入故乡的情景，刻画了拿破仑的形象，表现了作家对法国革命的向往和对德国封建统治的憎恶。在第三部《从慕尼黑到热那亚的旅行》、《璐珈场》（1830年）等意大利游记里，描绘了意大利的自然风光和社会生活，揭露了贵族天主教的反动性，同时对贵族作家脱离现实的倾向进行了批判。在第四部《英国片断》（1831年）中，作者描绘了豪富的贵族和资产阶级与劳动人民生活的尖锐对立，揭露了大资产阶级的贪婪与掠夺。这四部札论的主要倾向是抨击德国的封建反动统治，期望德国能爆发一场比较彻底的资产阶级革命。这四部旅行札论的创作表明，海涅在思想上已成长为一个革命民主主义者；在艺术上，海涅已从青年时代对个人遭遇与感情的描写，转向对社会现实的探讨，走向现实主义道路。

1830年8月初，海涅在黑尔哥兰听到法国七月革命推翻了波旁王朝的消息，兴奋地写道："我是革命的儿子……递给我琴，我唱一首战歌。"海涅充满革命激情，还写了著名的革命的《颂歌》。这次革命极大地鼓舞了海涅的革命精神，坚定了海涅的革命信念。

海涅的革命倾向，受到国内封建统治阶级愈来愈烈的迫害。怀着对法国革命的向往，他于1831年5月移居巴黎。在巴黎，他结交了法国著名作家巴尔扎克、乔治·桑以及流亡到巴黎的波兰音乐家肖邦，接触到欧洲各种社会思潮，特别是和圣西门的弟子来往，使他接受了空想社会主义思想。法国的现实打破了他对七月革命的幻想，使他看到了资产阶级的欺骗性，认清了七月王朝的阶级本质。从移居巴黎一直到40年代初，海涅致力于研究法、德两国的社会政治与文学，写了大量的政治与文学论文，这些论文带有前所未有的战斗激情和革命锋芒。他为德国报纸写的评述法国政治与文学斗争的政治文章，后来辑成《法国情况》（1832年）专集。同时他还为法国报纸撰文介绍德国的政治与文学情况。在《论浪漫派》一文里，海涅从浪漫派文学、政治、宗教三者的关系里，剖析了德国浪漫派的反动本质，指出蒙昧主义是反动阶级进行统治的武器和支柱，主张文学与现实密切结合，热情地歌颂歌德与莱辛。这篇文章集中体现了海涅的文学观点。在《论德国宗教和哲学的历史》（1833—1834）一文中，他认为康德、费希特、黑格尔的唯心主义辩证法的革命意义是："我们先完成我们的哲学，然后完成我们的革命。……革命力量是通过这些学说发展起来的。"海涅的这种历史洞察力受到恩格斯的高度赞扬："正像在18世纪的法国一样，在19世纪的德国，哲学革命也做了政治变革的前导。……但是不论政府或自由派都没有看到的东西，至少有一个人在1833年已经看到了，这个人就是亨利希·海涅。"

40年代初期，德国同整个欧洲一样进入了1848年的革命酝酿时期，国内阶级矛盾日趋尖锐，特别是德国工人阶级同资产阶级之间的矛盾公开地尖锐化了。这一时期海涅又写成了一系列政治诗，其中最著名的是《西里西亚的纺织工人》（1844年），恩格斯称之为"所知道的最有力的诗歌之一。"并说："德国当代最杰出的诗人亨利希·海涅也参加了我们的队伍。"

海涅最重要的代表作是政治长诗《德国——一个冬天的童话》（1844年）。这是他流亡国外十三年后回国探亲的经历和感受的结晶。全诗27章，以幻想的形式对德国的政治和社会现实做了多方面的揭露。诗人以寒冷的冬天象征当时的德国。在这部诗中，封建贵族、喊着空洞激进口号的资产阶级激进派、伪善的教会、无耻的市侩，都受到诗人无情抨击。海涅自称《德国——一个冬天的童话》"是一部诗体的旅行记，它将显示出一种比那些最著名的政治鼓动诗更为高级的政治"。

1856年2月27日，海涅逝世。他是一个"吹响生命芦笛的人"！

"俄罗斯诗歌的太阳"：普希金

普希金（1799—1837）是俄国诗人、小说家、戏剧家。1799年6月6日

国民必知 文学历程 读本

诞生在莫斯科一个没落贵族家庭。1811 年，普希金随伯父去彼得堡，进入贵族子弟新办的皇村学校，开始接受了西欧启蒙主义。1812 年卫国战争激起他的爱国热情。普希金在学生时代就从事写作，从 1813 至 1817 年在皇村学校他共写了 120 多首诗，另有两篇长诗未能完稿。这些作品多半以爱情、自然、游乐为内容，带有模仿性质。但他已吸收前人和当代诗歌的经验，逐步打破陈规，为他的诗歌创作建立了基础。

普希金

1817 年中学毕业，定居彼得堡，在外交部供职。在 1817 至 1820 年这一时期受十二月党人思想的影响，开始走上有独创性的道路，发表了《自由颂》（1818 年）和歌颂自由、抨击农奴制、充满革命激情的《致恰达耶夫》（1818 年）等政治抒情诗，表明他对沙皇暴政的憎恶和对自由的渴望。1820 年 5 月，诗人被流放到南方。由于普希金继续歌颂自由，后来过着颠沛流离和实际上被幽禁的生活。在流放期中，普希金写成《高加索的囚徒》（1820—1821）、《强盗兄弟》（1821—1822）和《茨冈》（1824）长诗，历史悲剧《鲍里斯·戈都诺夫》（1825 年），完成了《叶甫盖尼·奥涅金》的中心部分，此外，还写了许多优美的抒情诗。1825 年，十二月党人起义失败后，沙皇政府企图笼络诗人为专制制度服务。但普希金依然高唱"旧日的颂歌"，写了怀念和歌颂十二月党人的诗《致西伯利亚》（1827 年）等。1830 年秋普希金在领地包尔金诺度过三个月，《叶甫盖尼·奥涅金》八、九章，《别尔金小说集》四个小悲剧和三十多首抒情诗都在这时完成。80 年代普希金还写了长诗《青铜骑士》（1833 年）、中篇《黑桃皇后》（1833 年）、《杜布罗夫斯基》（1833 年）、《上尉的女儿》（1836 年）及不少更加朴素、完美的抒情诗。1837 年 1 月 27 日普希金因年轻美丽的妻子而与法国七月革命时的逃亡者丹特士决斗，于 1 月 29 日逝世，年仅 37 岁。决斗事件与沙皇政府的阴谋有关系，普希金的死震动了俄罗斯。普希金短暂的一生，是反对沙皇专制势力的一生，是为人民歌唱的一生。他在《致诗人》（1830 年）一诗中就表明：诗人不应取悦于上流社会，不要计较他们的批评。《纪念碑》（1836 年）一诗则是他对自己一生创作的总结，他用诗作"为自己建立了一座非人工所能造的纪念碑"。

普希金最杰出的代表作是诗体长篇小说《叶甫盖尼·奥涅金》，从1823年至1831年间陆续写成，这是俄国第一部现实主义作品。作者把广阔多彩的生活画面、复杂丰富的人物性格用诗的语言表现出来。全诗以青年贵族奥涅金和女地主拉林娜的长女塔吉雅娜、诗人连斯基和拉林娜的次女奥尔加的恋爱故事为主线，其中穿插奥涅金和连斯基的争吵、决斗和连斯基被杀，一直写到奥涅金漫游归来再向已婚的塔吉雅娜求爱而遭拒绝为止。《叶甫盖尼·奥涅金》标志着普希金创作中现实主义的彻底胜

普希金的作品

利，是作者20、30年代现实主义创作的最大成就，被别林斯基称为"俄国统治的百科全书"。

《驿站长》是《别尔金的故事集》（1830年）所包括的五个短篇中最优秀的一篇小说，是俄国文学中第一部描写"小人物"的短篇，它不仅标志着俄国文学的进一步民主化，而且对于从果戈理的《外套》、陀思妥耶夫斯基的《穷人》到契诃夫的《苦恼》的整个19世纪俄国文学同情下层人民的进步传统有深远的影响。

30年代普希金对农民问题特别关心，创作了《杜布罗夫斯基》（1833年）和《上尉的女儿》（1836年）两个中篇小说。《上尉的女儿》直接描写了18世纪普加乔夫领导的农民起义，是普希金30年代创作的最高成就，也是俄国文学史上第一部描写农民起义的现实主义作品。

普希金预言"我的名声将传遍整个伟大的俄罗斯"；"我将长远为人民敬爱，因为我曾用诗歌，唤起人民善良的感情，在这残酷的时代，我歌颂过自由，并且为那些倒下去了的人们祈求过宽恕和同情。"他一生创作了80多首抒情诗。他被称为俄国现实主义抒情诗之父。大体包括政治抒情诗（《自由颂》、《致恰达耶夫》、《毒树》、《致西伯利亚》、《阿里昂》），关于大自然的诗（如《致大海》、《秋》、《乌云》、《我又造访了……》），关于友谊和爱情的诗（如《十月十九日》、《我曾爱过你……》、《假如生活欺骗你》）及关于

诗与诗人题材的诗（如《先知》、《致诗人》、《回声》、《纪念碑》）等。他的重大贡献在于创建了俄罗斯文学语言，确立了俄罗斯语言规范，在俄罗斯文学史上，普希金享有很高的声誉。别林斯基在著名的《亚历山大·普希金作品集》一文中指出："只有从普希金起，才开始有了俄罗斯文学，因为在他的诗歌里跳动着俄罗斯生活的脉搏。"赫尔岑则说，在尼古拉一世反动统治的"残酷的时代"，"只有普希金的响亮辽阔的歌声在奴役和苦难的山谷里鸣响着：这个歌声继承了过去的时代，用勇敢的声音充实了今天的日子，并且把它的声音送向那遥远的未来。"冈察洛夫称"普希金是俄罗斯艺术之父和始祖，正像罗蒙诺索夫是俄罗斯科学之父一样"。普列汉诺夫、卢纳察尔斯基、高尔基曾指出："普希金的创作是一条诗歌与散文的辽阔的光辉夺目的洪流。"此外，他又是一个将浪漫主义同现实主义相结合的奠基人；这种结合赋予俄罗斯文学以特有的色调和特有的面貌。史料表明，普希金读过不少有关中国的书籍，对中国人民有着深厚的兴趣和感情。1830 年 1 月他曾请求沙皇当局，允许他随同派往中国的使团访问中国，但遭到拒绝。普希金的作品在 20 世纪初即已被介绍到中国来，如《上尉的女儿》等。

浪漫的雨果与《巴黎圣母院》

雨果（1802—1885）是法国作家。1802 年 2 月 26 日生于法国东部的贝藏松。他的父亲是拿破仑部下的将军。母亲信奉旧教，拥护王室。雨果少年时受母亲影响同情保皇党。后来随着政治形势变化，雨果政治上不断进步。他的创作大致可分三个阶段：

第一阶段（1820—1827），文学上受古典主义和消极浪漫主义影响。这一时期写了《颂歌集》（1822 年），公开拥护波旁复辟王朝。后来他逐渐看清复辟王朝的真面目，于 1826 年左右公开站到反波旁王朝的积极浪漫主义一边。

雨果

第二阶段（1827—1848），雨果创作了剧本《克伦威尔》（1827年）和《欧那尼》（1830年）。《克伦威尔》序言，表明他与古典主义及消极浪漫主义决裂，成为浪漫主义文学的理论纲领。《欧那尼》的上演成功标志着法国浪漫主义对古典主义的胜利。1831年发表了长篇小说《巴黎圣母院》。

巴黎圣母院

第三阶段（1848—1885），1848年的"二月革命"使雨果坚定了共和主义立场，从此不再动摇。1851年12月2日路易·拿破仑发动政变称帝时，雨果坚定地参加了反政变的斗争，因而遭到迫害，流亡国外，直到1870年他才从海外归来。在流亡国外期间，他写了政治讽刺诗《惩罚集》（1853年），长篇小说《悲惨世界》（1862年）、《海上劳工》（1866年）、《笑面人》（1869年）等。《悲惨世界》是雨果的主要代表作，共五部。主人公让·华尔强因偷一块面包被判5年，后因几次越狱被加判至19年。出狱后改名马德兰，又成了大富翁，被选为市长。后因不愿加害被误认失踪已久的华尔强的一个惯贼，他毅然自首，再度入狱。《海上劳工》，描写意志坚强的渔人吉利亚特战胜了海洋的狂风恶浪和章鱼暗礁。可当他发现他的未婚妻移情别恋时，他成全了他们，自己怀着绝望的心情沉海而死。《笑面人》是雨果流亡期间最后一部小说。主人公关伯伦是一个贵族的后裔，从小落入儿童贩子之手，被毁容摧残。后来一个偶然的机会使他得以恢复贵族爵位，但他却拒绝接受这一肮脏的恩赐。在雨果的笔下，关伯伦和《巴黎圣母院》中的卡西莫多属同一类型。他们外形丑陋而内心纯洁，但雨果却赋予关伯伦更深刻的反抗意识。

1874年雨果发表的长篇小说《九三年》，是雨果后期的重要作品。小说写的是 1793 年共和国镇压旺代地区反革命叛乱的事件。叛军首领朗特纳克被包围后，在逃窜时为从火中救出三个小孩而被捕。

雨果从事文学创作活动长达六十多年，是浪漫主义戏剧运动的主帅，并把浪漫主义小说发展到登峰造极的高度，在世界诗坛上也享有盛誉。

长篇小说《巴黎圣母院》（1831 年）是雨果根据 1830 年人民革命推翻波旁王朝的印象写出来的。故事发生在 15 世纪的巴黎。巴黎圣母院的副主教克洛德·弗罗洛在妄图占有吉卜赛女郎爱斯美腊达不成之后，勾结王家法庭诬其为妖女，判处死刑。而曾经得到过爱斯美腊达同情和关心的圣母院敲钟人卡西莫多则将她抢入圣母院内。后来，爱斯美腊达所属的流浪人群希望救出爱斯美腊达，而弗罗洛骗走爱斯美腊达，又对其进行威逼，在爱斯美腊达仍然不从之时，副主教遂将她交给了前来捕人的官兵。当爱斯美腊达被处以绞刑时，平时对弗罗洛百般忠顺的卡西莫多看清了他的虚伪和残暴，于是把他从教堂的顶楼上推了下去。而最后卡西莫多也自尽于爱斯美腊达的墓穴中，紧紧地搂抱着爱斯美腊达。

《巴黎圣母院》具有鲜明的反封建、反教会和人道主义精神。小说通过爱斯美腊达的遭遇，有力地揭露并批判了天主教会和封建统治阶级的罪恶。作者以同情的态度描写了中世纪巴黎最下层的流浪人、乞丐群，赞扬了他们友爱互助、勇于斗争的精神。正是他们，为了营救自己的患难姐妹，敢于向封建的国家机器挑战，并进行了英勇的战斗。

小说《巴黎圣母院》富有浪漫主义的色彩，情节紧凑，戏剧性很强，充满了现实生活中所不可能有的巧合、夸张和怪诞，如卡西莫多一个人在圣母院抵挡那么多人的进攻；爱斯美腊达临刑前母女的重逢；卡西莫多与爱斯美腊达的尸骨连在一起，一经分开就化为灰尘等，这些都是作者奇特想象的产物，显示了浪漫主义的特色。

格林兄弟的童话作品

格林兄弟（雅科布·格林，1785—1863；威廉·格林），是德国民间文学研究者、童话作家。他们出生于哈瑙一官员家庭，经历相似，兴趣相近，合作研究语言学、民间文学，并搜集民间童话和传说，文学史上称为"格林兄弟"。1802 年二人在马尔堡大学学习法律。二人都在卡塞尔图书馆工作，任哥廷根大学教授。1837 年他们和其他 5 位教授抗议汉诺威公爵破坏宪法，被称为"哥廷根七君子"，均被免职。1841 年二人成为柏林科学院院士。雅科布任柏林大学教授。他们对德国民间文学十分热爱，成年累月搜集民间世代流传的童话，用科学方法进行研究，编成《儿童与家庭童话集》（俗称《格林童话》1812—1815）。这些童话反映了人民丰

格林童话

富的想象力、优美的内心世界和崇高的道德境界，其中《灰姑娘》、《白雪公主》、《小红帽》等受到全世界儿童的喜爱。这些童话通过丰富的幻想和神奇的情节，表达了人民的愿望和是非感。直到晚年，他们还在增订童话集。1857 年最后一版，共收 216 篇故事。此外，从 1808 年起，格林兄弟开始搜集德国民间传说，出版《德国传说》两卷，共 585 篇。

丹麦人的骄傲：安徒生

　　19 世纪丹麦文学的发展是以浪漫主义的兴起及其向现实主义的过渡而展开的。这种发展在安徒生（1805—1875）的创作中表现最为突出，以至于使这位童话家获得了世界声誉。

　　安徒生是一个来自社会下层的作家，父亲是鞋匠，母亲是洗衣工。他从童年起就过着贫困的生活，家里穷得连张床都没有。贫困的童年生活使安徒生对丹麦人民的痛苦有了深切的体会，并为他后来的创作提供了素材。安徒生在父亲病故、母亲改嫁以后，为了谋生来到哥本哈根。他幻想从事艺术活动，后来得到别人的帮助，进入哥本哈根大学，在那里他刻苦学习，博览古典名著，为以后的文学创作打下基础，不久便开始文学创作活动，1835 年，他发表第一个童话集《讲给孩子们听的故事》，此后，几乎每年发表一个集

子，都是作为"新年礼物"送给孩子们的。安徒生一共发表了 156 篇童话和故事，是 19 世纪第一个赢得世界声誉的北欧作家。

安徒生 70 岁的照片

安徒生的童话创作不仅为了教育孩子，而且也为教育成年人。他曾说过："我用我的一切感情和思想来写童话，但是同时我也没有忘记成年人。当我为孩子们写一篇故事的时候，我永远记住他们的父亲和母亲也会在旁听。因此我也得给他们写一点东西，让他们想想。"安徒生的童话具有明显的倾向性和生活的真实感，故事新颖、优美，富有幻想和抒情色彩。

安徒生创作的初期，丹麦还是落后的国家。封建贵族的残酷剥削，西欧强国的无情掠夺使丹麦人民陷入了灾难的深渊之中，他的创作如实地反映了这个惨痛年代。安徒生童话的基本主题之一是揭示贫富悬殊的社会现实。在《卖火柴的小女孩》中，读者看到一边是富人在欢度除夕，一边是穷人的孩子冻死在街头。在《她是一个废物》中，作者以深切同情的笔调描写了一个可怜的洗衣女工，她受尽贫困的凌辱和折磨，在劳动中挣扎，在劳动中死亡。

安徒生的童话具有深刻的民主精神，对上层统治阶级进行无情的鞭挞和揭露，指出他们都是愚昧无知的。如在《夜莺》中，宫中权贵们不知夜莺为何物，他们把母牛和青蛙的叫声，误认是夜莺的"歌唱"。在《园丁和主人》中，靠剥削过舒适生活的主人，竟把自己园里出产的水果，认为是从外国进口或从皇宫温室里栽培出来的，甚至连睡莲的叶子也不认得。为了讨好最高统治者，他把所谓的"印度莲花"送进皇宫，献给公主；而那个所谓"对于植物学很有研究"的公主，也不认识它就是普普通通睡莲的叶子。在《皇帝的新装》中的皇帝就更加愚蠢，他每天都要换一套衣服，结果被两骗子捉弄，身上穿着实际上并不存在的"新衣"——赤身裸体参加游行典礼。可见，从庄园到宫廷，从一般的剥削者到最高统治者，都是一些无知的蠢货。

安徒生的童话广泛地描写了灾难深重的劳动人民。在他的童话中，穷人都是勤劳、智慧和品德高尚的人，但他们的遭遇都很不幸。如《海的女儿》、

《野天鹅》、《丑小鸭》、《光荣的荆棘路》、《老头子做的事总是对的》和《园丁和主人》等童话中劳动人民的不幸遭遇都引起人们深切的同情。

安徒生的童话优美动人，色彩斑斓，立意新颖，寓意深邃，有许多典故流传民间，具有永久的艺术魅力。

安徒生的作品很早就被介绍到中国，《新青年》1919年1月号就刊载过周作人译的《卖火柴的小女孩》。新中国成立后，叶君健对安徒生原著进行了系统的研究，人民文学出版社多次出版了叶君健译的《安徒生童话选集》。

美国的民族歌手惠特曼

惠特曼（1819—1892）是美国南北战争时期杰出的作家，是一位浪漫主义天才诗人，1819年5月31日出生于长岛。他出身贫寒，曾当过木匠和排字工人，自幼受过民主主义教育，向往法国资产阶级大革命时期的"自由"、"民主"。他从50年代开始创作诗歌，就以一位民主主义诗人而获盛名。早期创作浪漫主义色彩很浓，歌颂蓬勃发展的资本主义美国，体现了当时民主、自由的时代特征。他用奔放、真挚的感情，讴歌美国，表现从开发森林到兴建城市的巨大

惠特曼

劳动主题，称颂劳动者的业绩。他也以雄浑多彩的画笔，描绘了美丽多姿的祖国山川风貌，抒发了强烈的爱国主义热情。然而，在篇幅众多的诗歌里，更为突出的主题是讴歌"新人"躯体的健美、思想的自由，而这个"新人"正体现当时资本主义上升时期的普通美国人积极、进取、乐观的精神面貌。南北战争前后，惠特曼的诗歌发生了变化，减弱了浪漫主义情调，增强了现实主义精神，有的诗歌歌颂反对蓄奴制的革命战争，如《把战鼓敲起来吧!》；有的斥责拍卖黑人的蓄奴主，如《我歌唱带电的肉体》；有的悼念惨遭暗害的美国总统林肯，如《啊，船长，我的船长》，对民主革命精神的向往，惠特曼做了重大的创新。他采用人民的口语，打破世袭的诗歌格律，创造出一种新格律的自由诗作，从而增强了诗歌的表现力，给以后的诗歌创作带来了深刻

的影响。惠特曼一生的诗歌创作都编在《草叶集》（1855—1892）里，这部优秀诗集成为美国近代文学史上一座光辉的里程碑，是美国民族文学的典范。爱迪生曾给诗人写过一封热情洋溢的信："我认为它是美国从未有过的一部不同寻常的具有才识和智慧的作品……我因它而极为欢欣鼓舞。里面有无与伦比的内容，其说法也是无与伦比的……我向你的伟大事业的开端致敬。"

在《草叶集》这部诗集中共收入 32 首诗，《给一个遭到挫败的欧洲革命者》是诗集中的佳作之一，它是写给全世界革命者的战斗诗篇，在诗作中他坚定地表示自己是"全世界每一个无畏的叛逆的坚定不移的诗人"。

《一路摆过布鲁克林渡口》是诗人最优秀的作品之一。诗人通过对渡口来来往往摆渡的人群的描写，反映出自己和他们浑然一体，无论现在，还是将来都会永远和他们在精神上达到一致，这首诗表现了惠特曼哲学思想中"宇宙灵魂"、"超灵"的存在。

值得一提的是 1865 年内战结束后，惠特曼在华盛顿政府部门供职，不久被内政部长借口所著诗集《草叶集》为"不道德"的"小书"而予以免职。

1855 年惠特曼自费印行《草叶集》第一版时只有 12 首诗，以后每出一版都增补一些诗。1892 年到诗人临终前出最后一版时，已是近 400 首的诗集了。

第十四章　关注大地

——犀利的西方现实主义文学

"人啊，人！"的呼声成为心灵的焦虑。

经过了浪漫主义文学的狂潮，19世纪后半期西方进入了现实主义文学时期，其特点是关注生存的本质，反映人们的生活实际状况。在这个时期，文学大师们空前关注面对的人，面对的现实，因此有人说，西方犀利的现实主义文学是"关注大地的文学"。巴尔扎克的《人间喜剧》、萨克雷的《名利场》、狄更斯的《艰难时世》、福楼拜的《包法利夫人》、列夫·托尔斯泰的《战争与和平》、易卜生的《玩偶之家》、莫泊桑的《一生》等，都让人思考这样一个问题：人的本质是什么？

生活的批判大师：司汤达

司汤达（1783—1842）是法国小说家，1783年1月25日生于法国东部格诺布尔一个资产阶级家庭，父亲是律师，司汤达7岁丧母。外祖父是医生，思想开放，十分关心司汤达的成长。司汤达从小在信仰启蒙思想的外祖父影响下长大。

1796年至1799年在家乡的中心学校上学，毕业后到巴黎，在拿破仑军队中谋职。他认为拿破仑是使法国和欧洲从封建束缚中获得解放的英雄，甚至在遗嘱中说："我只尊敬一个人，

司汤达

就是拿破仑。"1800 年随军来到意大利，接触了具有文艺复兴传统的文学艺术。

自 1806 年至 1814 年，司汤达重返拿破仑的军队任职。他跟随"大军"转战欧陆，直到拿破仑帝国倾覆。从 1814 年开始司汤达长期侨居米兰，他在意大利开始写作。1821 年，意大利各地革命失败，司汤达被奥国警察驱逐出境，回到巴黎。

司汤达于 1823—1825 年发表的《拉辛和莎士比亚》，被认为是批判现实主义的第一篇宣言。从 1831 年至 1842 年，是司汤达最重要的创作时期。

司汤达的第一部长篇小说《阿芒斯》（1827 年）以讽刺的笔墨描写企业家和特权阶级人物。第二部长篇小说《红与黑》写一个出身低微的外省青年于连·索黑尔有一定聪明才智，在当地市长家中当家庭教师时，勾搭上主人的年轻妻子；后来又在巴黎勾搭上一个贵族小姐。市长夫人德·瑞那出于嫉妒，揭穿了他的丑行。他一怒之下，开枪打伤了德·瑞那夫人。法庭以预谋杀人罪判处他死刑。《红与黑》认真描写了过去从来没有人描写过的"19 世纪最初 30 年间压在法国人头上的历届政府所带来的社会风气。"这是欧洲第一部杰出的批判现实主义作品。

1834 年他开始写长篇小说《吕西安·娄凡》，至 1901 年出版。1838 年，他用口述方式写成另一部杰作《巴马修道院》。

《巴马修道院》反映 1796 年至 1830 年意大利北部地区反抗欧洲封建势力"神圣同盟"的反动统治，争取民族独立和人民自由的正义斗争。滑铁卢战役的描写是小说中的精彩篇章。

在司汤达的短篇小说中，最著名的代表作是《法尼娜·法尼尼》，是歌颂意大利烧炭党人革命品质的。

司汤达的最后 10 年十分困难。经济不宽裕，疾病缠身，环境恶劣。1942 年 3 月 23 日患脑充血逝世于巴黎。

司汤达在世的时候，他的作品并没有引起广泛的重视。现在他在法国文学史上的重要地位已经得到公认。他是法国第一个杰出的批判现实主义作家，法国批判现实主义文学奠基人之一。他的长篇小说《红与黑》标志着批判现实主义文学的真正开端，他对法国现代小说的发展有不可忽视的影响。

波兰民族精神的代言人：密茨凯维奇

密茨凯维奇（1798—1855）是 19 世纪波兰浪漫主义诗人，也是民族解放运动的革命家和英勇战士。鲁迅称他是"波兰在异族压迫之下的时代的诗人，所鼓吹的是复仇，所希求的是解放"。密茨凯维奇于 1798 年 12 月 24 日生于诺伏格鲁德克附近的查阿西村（今属白俄罗斯）。他出身小贵族，从小在家乡长大，受到爱国主义思想熏陶。1815 年，密茨凯维奇考进维尔诺大学，这期间他开始写作。1822 年，他的第一部诗集出版，标志着波兰浪漫主义的兴起。诗剧《先人祭》是他的代表作。此后，他还写了《十四行诗集》（1826 年）、长诗《康拉德·华伦洛德》（1832 年）、《塔杜施先生》等作品，密茨凯维奇的一生除进行笔战以外，还亲身投入到革命中去。1813 年，他参加波兰的爱国学生运动，遭到沙皇集团的镇压，后被捕入狱。在流放期间，他又与当地的十二月党人建立了联系。1848 年，他来到意大利，组织一支波兰志愿军队，为祖国的自由解放而战斗。

诗剧《先人祭》是密茨凯维奇的代表作。全剧共有四部，不是完全按时间顺序完成的。第一部最先创作，但未完成，仅有残稿；第二、四部在 1923 年完成于维尔诺，因此亦称"维尔诺《先人祭》"；第三部始作于巴黎，而最终于 1830 年完成于法果斯顿。"先人祭"是流行于波兰民间的一种祭祀习惯，这种仪式据说可以超度先辈魂灵，而且还可以召唤净界的亡灵前来享受祭品，它具有鲜明的古代异教时期祭祀的传统特点。密茨凯维奇的《先人祭》第二部写的是被迫害的农奴们的亡灵同暴虐无道的地主的阴魂们斗争的故事。诗剧显然超出了迷信祭祀活动的内容。它曲折地表现了现实生活中广大农民向残忍的地主复仇的愿望和人民对封建暴虐行为的抗争。诗剧第四部写的是青年古斯塔夫被贵族小姐丢弃的爱情故事。古斯塔夫的不幸痛苦，不仅反映了诗人自身的经历和感受，更是 19 世纪上半叶波兰一代青年命运的真切写照。诗剧愤怒地控诉了封建婚姻制度对青年人的摧残和迫害，揭示了推翻封建制度的必要性和迫切性，具有深刻的现实意义。《先人祭》第三部表现的内容、主题与第二、第四部迥然不同。它艺术地再现了 1823 年与 1830 年沙俄反动派血腥屠杀波兰人民的真实事件。这是一部号召波兰人民反对民族压迫，为自由解放而战斗的政治诗剧。主人公康拉德在沙俄侵略者暗无天日的反动统治下，与人民同呼吸，共命运；在争取祖国解放的战斗岁月里，他与民族仇敌进行殊死斗争；在敌人的牢狱中，他坚贞不屈，视死如归。显然，这里的康拉德已不是第四部中为个人爱情悲哀、痛苦、抗争的反封建斗士古斯塔夫了，而是一个无愧于波兰民族的英雄。当然，古斯塔夫与康拉德之间也是不能截然分开的，从思想、性格内涵来看，康拉德可以说是古斯塔夫在新的历史条件下的新生。诗剧第三部的《序曲》说古斯塔夫在狱中墙上写道："古斯塔夫死于 1823 年 11 月 1 日，康拉德生于 1823 年 11 月 1 日。"这就深刻地表明了《先人祭》中人物形象的不断演变和发展。康拉德的战斗经历，也是诗人可歌可泣的生活道路的真实反映，洋溢着爱国主义的战斗激情。

从《先人祭》可以看出密茨凯维奇在处理题材上是颇具匠心的。首先，他将一种古老的民间祭祀形式赋予崭新的思想内容，使诗剧既富有神秘的浪漫主义色彩，又富有深刻的现实意义；其次，通过第三部的《序曲》，将前后题材、主题、人物迥然不同的诗剧连贯成一个整体。这不仅使诗剧的内容丰富深厚，而且通过古斯塔夫的死亡到康拉德的新生，显示出波兰一代青年正在民族解放战争中成长、发展的历史事实。第三，诗人之笔直接触及现实生活、政治斗争，有力地揭露了沙俄反动派的蛮横、残暴和波兰贵族的腐朽、糜烂，也表现了人民的愤懑反抗。这不仅深化了诗剧的主题，而且作品成为一部波兰人民反对外族迫害的英雄史诗，给人以强烈的艺术感染力。

用笔解剖社会的巴尔扎克

巴尔扎克（1799—1850）是法国 19 世纪批判现实主义文学的伟大代表。马克思非常推崇巴尔扎克，认为他对现实关系具有深刻理解；恩格斯赞誉他的作品中有着了不起的革命辩证法，并在《致玛·哈克奈斯》的信中（1888年 4 月）对巴尔扎克作品做了精辟的论述。

1799 年 5 月 20 日，巴尔扎克出生在图尔市一个中等资产阶级家庭里。他的父亲是在大革命后开始发迹的。1814 年，他随父亲来到巴黎。1816 年至

1819 年，他在法科学校学习法律，并在一家律师事务所当文书，毕业前后，曾当过律师的助手。混迹法律界，是违背巴尔扎克意愿的。但在这三年中，透过律师事务所的窗口，却使他初次看到了巴黎社会的黑暗腐败，看到了"很多为法律治不了的万恶的事"；同时，也使他看到了在"平等"、"公道"的帷幕后面，司法界是怎样进行卑鄙勾当的。这些对他日后的创作十分有益。1819 年至 1829 年是巴尔扎克练习写作的十年，也是他在启蒙思想影响下，进一步认识生活、分析社会的十年。1819 年，他刚从法科学校毕业不久就毅然离开了司法界，

国民∞知 文学历程 读本

巴尔扎克

决心投身于文学事业。他一面大量阅读各种书籍，一面卖文为生。后来他又投笔从商，先后经营出版、印刷等业，甚至还想冒险去开采废银矿，但是一事无成。这些投机活动非但没有获得他所渴望的大量金钱，以保证他挥霍的生活和写作工作，反而使他债台高筑，以至拖累终生。在巴黎各界的奔波碰撞，和巴黎各种人物的接触交往，使他认识了巴黎社会形形色色的丑恶面孔，更使他亲身领略了资本主义社会中金钱的万能和万恶的力量，人与人之间赤裸裸的利己主义关系。这些，为他成功地创作《人间喜剧》奠定了生活基础，1820 年，巴尔扎克发表了《朱安党人》迈开了走向现实主义的第一步，以后的二十余年中，他夜以继日地创作出一部又一部的作品，直至 1850 年 8 月 18 日病逝于巴黎。

巴尔扎克的世界观是充满矛盾的。他是一个中小资产阶级作家，但又有浓厚的贵族意识和封建道德观念，并力图挤进贵族的行列。他的世界观的复杂性、矛盾性，正是他所生活的那个动荡不安、斗争激烈的时代的反映，也是他所处的阶级地位和所经历的生活道路的反映。那时的法国，资产阶级的胜利和发展，封建势力的反扑和复辟，工人阶级的兴起和斗争，使社会形势急剧变化，政治体制迅速更迭；资产阶级与封建贵族又斗争又妥协，使阶级关系和力量对比经常出现不稳定的局面。同时，他的思想又受到当时各种社会思潮的影响。他曾是启蒙思想家的信徒，也羡慕拿破仑的业绩；他接受过

空想社会主义的影响，也接受过封建的教义；他基本上是唯物主义者，但也没能完全摒弃反科学的神秘主义，凡此种种，就构成了巴尔扎克世界观的矛盾的复杂性。而巴尔扎克所有这些复杂而矛盾的思想，都在他的艺术创作中得到了充分的体现。巴尔扎克是个多产的作家，仅《人间喜剧》的长、中、短小说就有九十多部。巴尔扎克把《人间喜剧》分为三大类："风俗研究"、"哲学研究"和"分析研究"。其中"风俗研究"又分为"私人生活场景"、"外省生活场景"、"巴黎生活场景"、"政治生活场景"、"军事生活场景"和"乡村生活场景"六个部分。

巴尔扎克立志要写出一部艺术的历史，他要"完成一部描写 19 世纪法国的作品"，要把"作品联系起来，调整成为一篇完整的历史，其中每一篇都是一部小说，每一部小说都描写一个时代。"要用小说来进行社会研究，"研究产生这些社会现象的原因，寻出隐藏在广大的人物、热情和故事里面的意义。要以社会为舞台，让读者看到一幕幕惊心动魄的人间戏剧"。他多处谈到文学的使命是描写社会，他的名言是："从来小说家就是自己同时代人们的秘书。""法国社会将要作历史家，我只能当他的书记。"

《人间喜剧》中包含着一部封建贵族的没落衰亡史和一部资产阶级的罪恶发迹史，二者有机地联系，紧密地结合在一起。这部规模宏大的现实主义形象史，是巴尔扎克矛盾的世界观的产物，也是他在现实生活中不断对历史规律进行再认识的结果。

巴尔扎克的作品充满了时代色彩，他在《古物陈列室》（1838 年）中安排的情节是寓意深远的，小说展示了两个势不两立的沙龙集团、一个是旧贵族集团，他们"依然忠实于被废除的贵族制度和他们对于灭亡的君主政体的思想"，巴尔扎克尖锐而又贴切地给这个沙龙送了一雅号："古物陈列室"；另一个是资产阶级集团，这个沙龙和前者有同等的势力，而且"更有朝气，更多活跃"。这两个沙龙互相仇视，明争暗斗，前者以其"高贵"的身世蔑视后者，后者则以其实力打垮前者。显然，这不是两个沙龙的争斗，也不是出于个人的恩怨，而是两个阶级激烈斗争的缩影。"工业界的领袖"古瓦西埃就曾气势汹汹地喊道："这是法兰西的问题，这是国家的问题，民众的问题……但愿这些雪崩倒下来，粉碎了、压埋了贵族先生们。你们要恢复旧日的秩序，你们要撕破社会的约法，这张写有我们权利的宪章……当民众看见贵族们……走进重罪审判所的时候……他会说有名誉的下等阶级要比不名誉的上等阶级还要值钱。"这简直就是一篇慷慨激昂的战斗檄文。巴尔扎克清楚地看到，无论什么力量也阻挡不了资产阶级进攻的决心和勇气，无论什么力量也阻挡不了贵族的失败和灭亡。尽管他竭力强调侯爵一家的"高尚""正直"，古瓦西埃的阴险刁钻，但他还是真实地写出了德·爱斯格里翁家族不可挽回的衰败命运。爱斯格里翁的独生子，经不起巴黎社交场的诱惑，挥霍无度，终因伪造票据而被捕入狱，最后也只有向资产者古瓦西埃投降，和他家结了亲，才保住了中落的家道。由老一辈贵族组成的"模范社会"的最后残余，在资产阶级暴发户的逼攻下逐渐灭亡了，新的一代也被资产者所腐化了，这一真实历史被形象地勾画了出来。

从巴黎上流社会司空见惯的情场轶事，到对现实生活洞察入微的分析，巴尔扎克的笔也同样染上了"时代的色彩"，刻上了阶级的印记。同时与封建贵族没落的画面相对应又相交织的是资产阶级暴发户的发迹图。巴尔扎克给贵族形象涂抹上"可笑"和"可怜"的色调，而在资产者的脸谱上却着力勾勒了"可憎"和"可怕"的线条。更为难能可贵的是，由于巴尔扎克曾对各色各样的贪婪作了透彻的研究，所以他能通过这一系列本质相同而形象各异的资产阶级人物，真实地再现出资本主义剥削方式的发展史，恩格斯把巴尔扎克对资产阶级进攻和贵族阶级衰亡的描绘称为《人间喜剧》的"中心图画"。

巴尔扎克从人道主义立场出发，对劳动人民的疾苦表示过一定的同情，看到并描写了一些劳动者的优秀品质。在《夏倍上校》和《无神论者做弥撒》（1836 年）中，与弱肉强食、尔虞我诈的社会现实形成对比的是下层劳动人民慷慨助人、自我牺牲的美德。但是，巴尔扎克不仅不可能表现出劳动人民的阶级本质和社会力量，刻画出"第三个战士"的勃勃英姿，而且有时还歪曲和丑化劳动群众的形象。在他的笔下，他们有的愚昧无知，有的粗暴野蛮，明显刻印着作家的阶级偏见。在《欧也妮·葛朗台》中女仆拿侬的形象就是一例。作家以同情的笔调表现了她受剥削压榨的地位，但又竭力渲染拿侬像"忠心的狗"一样的奴才心理。她不但事事唯命是听，毫无怨言，而且对其主子感恩戴德，处处为吝啬鬼老葛朗台着想，"葛朗台像喜欢一条狗一样地喜欢她，而拿侬也心甘情愿让人家把链条套上脖子，链条上的刺，她已经不觉得痛了。"巴尔扎克对拿侬奴性的各种描写，是揶揄与肯定兼而有之，这是作家对劳动者的贵族态度的形象刻画。

对日趋衰退的贵族阶级的同情，是巴尔扎克又一明显的局限性。恩格斯说："巴尔扎克在政治上是一个正统派；他的伟大的作品是对上流社会必然崩溃的一曲无尽的挽歌；他的全部同情都在注定要灭亡的那个阶级方面。但是，尽管如此，当他让他所深切同情的那些贵族男女行动的时候，他的嘲笑是空前尖锐的，他的讽刺空前辛辣的。"恩格斯在这里既高度评价了巴尔扎克对封建贵族的无情揭示，也一针见血地指出了巴尔扎克落后的贵族意识。正是这种以"全部同情"谱写了"无尽的挽歌"情调，给巴尔扎克的创作投下了浓重的阴影。

欧也妮·葛朗台

以《农民》为例，艾格庄上的斗争是激烈而寓意深刻的，封建贵族、资产阶级和农民三者之间的矛盾斗争得到了真实的写照。资产阶级的阴谋诡计和农民群众的被迫反抗，反映贵族不得不退出了这个"敌众我寡的战场"。但是，整部小说始终流露出"无可奈何"的情调，而且贵族越临近失败，这种情调就越浓烈。庄园守卫队长的被杀，与他妻子分娩交织在一起，显得格外恐怖、凄凉。小说结尾，作者把"农民以胜利者的占领者的身份"分割土地后的情景与开篇时艾格庄的诗情画意相对照，表现出不胜惋惜的憎爱之情，这座壮观的园林，往日修剪得多么整齐，看来使人多么悦目，现在全都是耕地……唯一保存下来的建筑物，在这片景物中圣殿灵光，可是说这是景物，不如更恰当地说是替代了景物的耕地。这个建筑物仿佛是一座大庄院，因为四周的房子又破又烂，这就是农民盖的屋。以景抒情，阶级同情跃然纸上，这种眷恋过去的情感就是在巴尔扎克时代也不能不说是一种倒退。法国伟大的浪漫主义作家雨果在悼词中用诗的语言高度评价了巴尔扎克："……他的一生是短暂的，然而也是饱满的，作品比岁月还多。"

浪漫的文坛伯爵：大仲马

　　大仲马（1802—1870）这名字似乎已成了"浪漫"和"冒险"的代名词。他是法国著名作家，于1802年出生于巴黎附近的县城维莱科特雷。他的父亲原为拿破仑手下一名将领，后来家道中落，死于贫寒。大仲马由母亲一手养大。由于家境的缘故，他只上过几年小学，其余的文化与学识全是靠他自学得来。1823年，大仲马定居巴黎，由于对当时巴黎舞台艺术形式与内容的不满，以及受到

大仲马

莎士比亚戏剧的影响，他写成了第一部浪漫主义历史剧《昂利第三及其宫廷》，并于1829年2月11日在法兰西喜剧院上演，引起轰动，从此大仲马立志要当一名作家。此后，他又相继写成了历史剧《克里斯蒂娜》（1830年）、《安东尼》（1831年），震动了整个巴黎，大仲马也因此获得了极高的声誉，成为法国文坛浪漫主义运动的领袖人物之一。1840年以后，大仲马由于受到英国作家司各特的影响，逐渐把注意力转向历史题材的小说，先后写出了多部作品，最著名的有《三个火枪手》（1844年）和《基督山伯爵》（1844—1846）。这些作品以丰富多彩的史实为背景，情节生动、紧张，并富有传奇色彩。大仲马是一个旅游爱好者和颇具天赋的烹调师。他向王公贵族行礼，喜欢戴勋章（有些是他自己花钱购买的），但在内心却是个共和派，并且具有强烈的社会正义感。很多人妒忌他，传言某些由他署名的作品是雇人写作的。大仲马为了偿还奢华生活的债款，经常被迫以极高的速度写小说，他自夸写了400部小说。大仲马还曾企图靠为报刊撰稿和写游记赚钱，但没能成功。晚年他依靠儿子赡养生活。

　　《基督山伯爵》是大仲马所写的小说中最富于正义感、政治倾向最鲜明的一部小说。以波旁王朝复辟和七月王朝的背景，向读者讲述了一个报恩复仇的故事。1815年，当年轻的代理船长唐泰斯驶入马赛港的时候，他还不知道厄运已经临头：与他同船的押运员唐格拉斯与同时追求唐泰斯未婚妻的费迪

南施计使他在婚礼之日被捕。负责此案的检察官维尔福特出于个人原因把唐泰斯作为要犯打入紫栅堡，使他没有申诉的机会。唐泰斯在狱中的漫长岁月中，得到狱友法里尔神父的帮助，成功越狱并在基督山找到宝藏成为亿万富翁。他发誓一定要向陷害他的三个人复仇。八年后，唐泰斯回到巴黎，这时他已是一个银行家，化名为基督山伯爵。当年的维尔福特如今成了巴黎法院检察官，唐格拉斯做了银行家，费迪南也成了伯爵、议员。基督山伯爵让这三

三个火枪手

个道貌岸然的家伙得到了各自应得的下场。大仇已报的基督山伯爵深深感谢上帝，他携同前希腊总督的女儿远走高飞，不知所终。

　　大仲马的小说多以历史事实为背景，但并不能就此认为是历史小说，因为他的小说主旨并不在于叙述史实，而仅仅以此为背景，来衬托主人公的经历，因此，大仲马的作品只能算是历史演义。但大仲马这种别具一格的叙述史实的手法却是值得借鉴的。

风靡世界的霍桑《红字》

　　霍桑于 1804 年 7 月 4 日出生于美国马萨诸塞州塞勒姆镇。他的祖先曾经是 1692 年"塞勒姆驱巫案"的 3 名法官之一。霍桑的父亲是一名船长。1821 年霍桑进入博多因学院，1825 年毕业，开始写作。他发表了长篇小说《范肖》（1828 年）和短篇小说集《古宅青苔》（1834 年）以及《雪影》（1851 年）等，逐渐获得好评。后由于《红字》的发表，使得霍桑声名鹊起，然后相继又创作了不少作品，如《带有七个尖角阁的房子》（1851 年）、《福谷传奇》（1852 年）、《山石雕像》（1860 年）等，霍桑是一个思想上充满矛盾的作家，新英格兰的清教主义传统对他影响很深。一方面他反抗这个传统，打击宗教狂热和狭隘、虚伪的宗教信条；另一方面他又受这个传统的束缚，以加尔文教派的善恶观点来认识社会和整个世界。霍桑的思想比较保守，对生

产和技术的发展持抵触情绪，对社会改革也不支持，同时对当时美国轰轰烈烈的废奴运动也表示不理解。这些思想倾向在他的小说中都有反映。他的作品在艺术上独具匠心，他用深刻、生动的笔触刻画出人物的内心世界，善于揭示人物的内心冲突。正因为这些，他把自己的小说称为"心理罗曼史"。

长篇小说《红字》是霍桑最重要的作品，他以新英格兰生活为背景，描写了受不合理婚姻制度束缚的少妇海斯特·白兰，长期受到信仰和良心的谴责而终于坦白承认罪过的狄姆斯台尔牧师，以及满怀复仇心理以至完全丧失人性的白兰的丈夫罗杰，层层深入地探究有关罪恶和人物的各种道路、哲理问题。小说以阴森的监狱和鲜艳的玫瑰花开场，在墓地结束，充满丰富的象征意义，这也正是作者的写作特长之一。《红字》的出版标志着作者写作技巧的成熟，同时也体现了作者创作思想的矛盾性。

霍桑的小说大部分取材于新英格兰的历史或现实生活，想象丰富，结构严谨，着重探讨人性和人的命运问题。这也为他创作的现实性创造了条件。

田园小说家：乔治·桑

乔治·桑（1804—1876）是法国女小说家。1804年7月1日生于巴黎。父亲是第一帝国时期的军官。她4岁丧父，由祖母抚养，在诺昂的农村长大。13岁时进入巴黎一修道院，1820年回到诺昂，发愤读书，特别喜爱卢梭的作品。18岁时与权德望少尉结婚，但她厌恶这个只爱玩乐的乡绅。1831年，她带着一子一女，离开丈夫，来到巴黎独立生活。为了表示独立人格和妇女解放精神，她穿起男装，抽上烟斗。

1832年，乔治·桑发表她的第一部小说《安蒂亚娜》。这是她早期写的许多爱情小说中

乔治·桑

最优秀的一部。小说的女主人公安蒂亚娜渴望获得真正的爱情，不愿屈从于专制的丈夫——一个军官的淫威，但又遇到一个纨绔子弟，感到失望，最后

同童年时代的男友到印度隐居，小说提出了妇女解放的问题，引起社会的密切关注，作者因此而成名。

乔治·桑的妇女问题小说都以爱情和婚姻自主作为妇女解放的前提。1836 年她结识勒鲁后，思想倾向于空想社会主义，创作也发生了明显的变化。这时创作的《木工小史》（1840 年），是她的第一部"社会问题"小说。

乔治·桑一向生活在农村，对农民命运十分关注。1846 年她发表《魔沼》，开始"田园小说"的创作。这部中篇小说描写贫穷的农村姑娘玛丽同农民瑞尔曼相爱和结婚的故事。两人都藐视金钱，宁愿自食其力。《小法岱特》（1849 年）写一个聪慧的农村小姑娘法岱特追求同村男孩的故事。她以纯朴真诚的心赢得了他的信赖。《弃儿弗朗索瓦》（1848 年）叙述一个弃儿出身的磨工弗朗索瓦和磨房女主人的恋爱经过。乔治·桑的田园小说以抒情的笔调描绘大自然的绮丽风光，渲染了农村的静谧气氛，充满柔情蜜意，具有浓厚的浪漫色彩。

乔治·桑于 1876 年 6 月 8 日逝世，她一生辛勤写作，创作长篇小说 100 多部。乔治·桑属于最早反映妇女、农民和农村发展生活的欧洲作家之一。她的作品描绘细腻，文字清丽流畅，风格委婉亲切，具有强烈的感染力。

废奴文学的代表人物之一：斯托夫人

斯托夫人（1811—1896）美国女作家，原名伊丽莎白，生于康涅狄格州。父亲是牧师，舅舅福特是自由党人，对她的思想有一定影响。1832 年随全家迁居俄亥俄州辛辛那提城，在一所女子中学当教员。1836 年与当地的神学院教授卡尔文·斯托牧师结婚。辛辛那提与南部蓄奴的肯塔基州仅一河之隔，常有黑奴冒死浮水逃跑。斯托和她的丈夫、兄弟、姐姐曾尽力救助逃亡的黑奴，但多数逃亡者被抓回遭严刑拷打或被处死。

斯托夫人对蓄奴制深恶痛绝。1850 年随夫迁到缅因州，开始在华盛顿特区一家反对蓄奴制的报纸《民族时代》上连续发表长篇小说《汤姆叔叔的小屋》（1852 年），揭露了美国南部种植园黑人奴隶制的残暴和黑奴的痛苦，小说的主人公老黑奴汤姆在奴隶主之间几经转卖，最后落到极端残暴的奴隶主莱格里手中。他为掩护两个女奴逃亡而惨死在主人的皮鞭之下。女奴伊莱扎的孩子同时也将被卖，她带孩子冒死潜逃，在废奴派人士的协助下与丈夫会合，奋力抵抗追捕，终于到达加拿大，获得自由。小说赞扬了伊莱扎夫妇所代表的黑人为反抗压迫、争取自由解放而作的斗争，同时也推崇汤姆所体现的逆来顺受的基督教博爱宽恕精神。这部小说发表后，在国内外引起强烈的反响，有力地推动了美国反奴隶制的斗争，但也遭到奴隶主的诋毁。

1853 年，她又发表了《〈汤姆叔叔的小屋〉题解》，引用大量资料证明小说所揭露的事实是有充分根据的，进一步批判蓄奴制。1856 年发表了根据黑奴起义领袖德雷德·司各特的事迹改写成的长篇小说《德雷德，阴暗的大沼地的故事》。此外，还发表过一些描写新英格兰风土人情的小说，如《奥尔岛上的明珠》（1862 年）等，以及描写新英格兰农民和渔民生活的短篇小说和散文。

斯托夫人是美国"废奴文学"代表人物之一，在美国文学史上占有重要地位。

看透名利场的萨克雷

萨克雷（1811—1864）是 19 世纪英国杰出的讽刺作家。他出生于英国驻印度加尔各答的一个税务官家庭。4 岁父亲去世，母亲改嫁，6 岁时被送回英国上学。1879 年公学毕业后进入剑桥大学，一年后退学。曾去法国、德国游学，访问过歌德。1833 年主办《国旗》周刊，同年 10 月曾前往巴黎专攻美术。1836 年任伦敦《立宪报》驻巴黎记者。不久，《立宪报》停刊，他回国靠写稿谋生。1859 年担任新创刊的《康希尔杂志》的第一任主编。婚后第四年妻子患病，从此精神失常。为了保障病妻和两个女儿的生活，他一部接一部地写作，自绘插图，分期在杂志上连载，又到英国各地和美国演讲。他积劳成疾，1864 年圣诞节前夕因心脏病发作在伦敦逝世。

萨克雷从 1833 年起，在报刊上不断发表文章，但都不甚著名，直到 1847 年在杂志上连续发表了长篇小说《名利场》，并自作插图，他才被公认是天才小说家。

萨克雷的代表作《名利场》主要通过两个女子的经历，从私生活的角度反映了资产阶级社会的种种溃疡。女主人公利倍加·夏泼出身低微，父母早亡，在学校中受尽歧视，于是离校后便开始投机冒险的生活，她利用美貌和机智，不择手段往上爬，最后人财两空。她的同学采米丽亚抱着天真幻想对待社会，最后幻想破灭，回到现实，以办慈善事业度过余生。作者通过这两个女子的一生，对当时社会中被金钱名利渗透的人与人之间冷酷关系及趋炎附势的社会风尚作了淋漓尽致的揭露。

萨克雷的作品《亨利·埃斯蒙德》（1852年）是一部历史小说，以18世纪初英国对外战争和保王党的复辟活动为背景，采用了现实主义的创作方法。《纽克姆一家》（1853—1855）揭露了中产阶级生活的丑恶，同时塑造了纽克姆上校和埃塞尔小姐两个正面人物形象。

萨克雷的作品主要揭露贵族和资产阶级上流社会的生活，社会面较窄，但他摒弃浪漫主义的理想化表现方法，严格按现实本来面目写作，以冷静观察乃至近似旁观态度来描写人物为特色。

扛起时代旗帜的狄更斯

狄更斯（1812—1870）生于贫苦的小资产阶级家庭，父亲是英国海军军需处的小职员。狄更斯12岁时，父亲因债务缠身，被关进负债人监狱，母亲和他的兄弟姐妹跟父亲同住在监狱内。狄更斯在一家皮鞋油公司当学徒，他的工作是洗玻璃瓶和粘贴标签。童年时代这一段艰苦的生活成为他终身辛酸的回忆。由于家境贫困，狄更斯很早就中断了学业，15岁时到一家律师事务所当小职员，他出入监狱和法院，接触到各种人物，了解各种各样的诉讼案件，亲眼目睹了无休无止的诉讼使人们倾家荡产，律师事务所的工作使狄更斯增长了见识，成为他日后创作素材的一个重要来

狄更斯

源。在律师事务所工作的时候，狄更斯就学习速记。1831 年他进入报界，不久就成为当时出色的记录员和新闻记者。他的任务主要是记录议会对国外重大事情的辩论。记者工作使他有机会奔跑于城乡之间，广泛熟悉英国社会各方面的生活，为他日后创作提供了有利条件。

狄更斯在做新闻记者的同时，开始了文学创作。他写了一些杂记。它们以幽默的笔法描绘伦敦的风尚，报导伦敦中下层阶级的生活。这些杂记用博慈笔名发表，后来收集为《博慈杂记》（1836—1837）。1837 年狄更斯出版《匹克威克外传》，这部小说使他一举成名，从此摆脱贫困生活，专门从事文学创作。狄更斯在 30 多年中创作了 14 部长篇小说和许多中短篇小说。他的作品广泛和生动地反映了 19 世纪英国资本主义社会，描绘了维多利亚时代的精神面貌。从创作发展过程来说，他的创作大致可分为三个时期。

匹克威克外传

第一时期的创作包括 19 世纪 30 年代至 40 年代初的作品，这是资产阶级进行议会改革的年代，也是宪章运动活跃的年代。这一时期的长篇小说包括《匹克威克外传》（1836—1837）、《奥利佛·特维斯特》（1838 年）、《尼古拉斯·尼克尔贝》（1838—1839）、《老古玩店》（1841）和《巴纳比·拉奇》（1841 年）。《奥利佛·特维斯特》是这一时期的重要作品。这部小说主要攻击的对象是新济贫法。小说主人公奥利佛出生在根据新济贫法所设立的济贫院里。他忍受不了济贫院的非人生活，逃到伦敦，又落入窃贼集团之手，被迫偷盗。最后得到一个好心肠的有产者勃朗罗的帮助，脱离了盗窃集团，继

国民义知
文学历程
读本

承了一笔遗产，找到了幸福。通过奥利佛的经历，狄更斯谴责济贫院虐待儿童的罪恶，并揭示了伦敦贫民窟的黑暗生活。狄更斯的初期创作已经触及当代一些重大的社会问题。但是在这一时期，狄更斯对社会丑恶现象的揭露还只停留在对个别议员高利贷和个别社会机构的揭露上。他的讽刺还比较温和，兼有幽默，洋溢着充满幻想的乐观情绪。小说中受苦难的"小人物"最终大多赢得了"仁爱"的资产者的庇护，找到了幸福生活，狄更斯初期作品一般采用流浪汉小说的形式。狄更斯继承和发展了《小癞子》、《吉尔·布拉斯》和18世纪英国现实主义小说的传统，采用流浪汉小说形式广泛地描绘了19世纪英国的现实，尼古拉斯·尼克尔贝随剧团流浪演出，《老古玩店》中老店主和孙女耐儿在工业市镇与偏僻乡村的遭遇等等，通过个人的流浪生活，展示了广阔的社会画面。在艺术手法上则擅长用夸张和重复来达到讽刺的效果。

　　狄更斯在创作的第二阶段显然已经历了一些思想变化。社会中的阴影已多于光亮，失望已多于希望。早期创作中"仁爱"的资产者不见了，作者对他们的乐观幻想已经基本破除。他强调为富不仁者必须经过破产或其他折磨，接受感情的教育，才能真正懂得"仁爱"与"谅解"。年轻的马丁·朱述尔维特必须经历贫困才能改变他自私的性格，继承他祖父的遗产；董贝先生必须经过破产和他女儿的感情教育才能享受人间的温暖与同情。狄更斯对资产阶级的认识比较现实和深刻了，但是他仍然认为感情教育可以改造资产者，可以改造社会。狄更斯这一时期的艺术风格也更深刻而丰富了，这是和他对社会认识的加深相互联系的。流浪汉小说的形式已基本被抛弃。小说的情节集中描写一个或几个矛盾的发展，描写的社会面仍然广泛，人物虽多，但组织在情节发展之中，层次分明。

　　狄更斯第三时期的创作包括五六十年代的作品，这是他创作的高峰。狄更斯的后期作品比较深刻而生动地描绘了五六十年代英国寄生的资产阶级的精神面貌以及英国日益腐化的社会风尚，经济生活极度不稳定和笼罩在资本主义社会表面繁荣下面的阴影。狄更斯后期作品的题材范围达到了前所未有的广度和深度。他塑造了一系列控制社会经济和政治命脉的资产阶级官僚机构。在狄更斯看来，资本主义社会已病入膏肓，社会问题压抑着人们，资本主义制度腐朽到了极点。狄更斯在这个时期的创作中广泛揭示了英国的社会面貌：议会政治、平衡法院、庞大的统治机构、资产阶级的自满和昏聩、投机事业、金钱的统治力量、寄生阶级的腐朽生活、人民大众的普遍贫困等等。这一时期，狄更斯的主要作品有《大卫·科波菲尔》（1850年），《荒凉山庄》、《我们共同的朋友》以及《艰难时世》（1854年），《双城记》（1859年），《远大前程》（1861年）等。

狄更斯的创作具有浓厚的浪漫主义气息，他所描写的事物似乎也都是有某种能与人物的感情、气质相契合的"灵性"，增强了作品的感染力。他从资产阶级人道主义出发，同情资本主义社会中受迫害、受剥削的广大中、下层人民，他对资本主义社会的揭露是多方面的。从人与人之间赤裸裸的金钱关系，到政治、经济、法律、道德、伦理、教育诸方面，他无一不予以深刻地揭露和批判。恩格斯称狄更斯是"时代的旗帜"，宪章派评论家称其为"穷人的诗人"。狄更斯的小说创作还曾对中国现代小说创作产生过很大的影响。

勃朗特三姐妹的文学风采

在1846至1847年内，英国文坛上有三位女性作家的名字流传着，即"勃朗特三姐妹"，给文坛带来新的格调。夏洛蒂·勃朗特（1816—1855）的《简·爱》、艾米莉·勃朗特（1818—1848）的《呼啸山庄》和安妮·勃朗特（1820—1849）的《艾格妮丝·格雷》（1846年）三部小说几乎同时问世，三姐妹同时成为杰出的小说家，特别是《简·爱》和《呼啸山庄》给作者带来了极大的声誉。勃朗特姐妹的出现，是英国19世纪文坛的奇迹，也是世界文学史上的佳话。

勃朗特三姐妹

夏洛蒂·勃朗特（1816—1855）生于约克郡的贫苦教师家庭，母亲早丧。她和大姐玛丽亚，二姐伊丽莎白，妹妹艾米莉（夏洛蒂行三，艾米莉行五）都上过教规严厉、生活条件恶劣的寄宿学校。大姐、二姐因此患病夭折。夏洛蒂和艾米莉都先后离家外出当过家庭教师。她们深切体味到寄宿学校的艰难，决心合力开办一所学校，自己担任法语教师。他们在姨妈的帮助下到国外攻读法文。但学校开办之后一直无人报名。

夏洛蒂的作品差不多都是自传性和半自传性。她的第一部小说是《教师》（1846 年），成名作是《简·爱》，此外还有两部小说《雪莉》（1849 年）和《维莱特》（1853 年）。这些作品都以爱情为中心，反映社会问题和作者的崇高向往，其代表作是《简·爱》。小说写孤女简·爱从小寄养在舅父家，后被送入慈善机构办的寄宿学校，精神和肉体同受折磨。毕业后她到贵族地主罗切斯特的庄园做家庭教师。她与罗切斯特深深相爱，举行婚礼时当她得知他的妻子就是府中楼上的疯子时，痛苦离去。后来她意外地得到一大笔的遗产，毅然与已失明残废、变为穷人的罗切斯特幸福结合。

艾米莉·勃朗特（1818—1848）于 1818 年 7 月 30 日出生于英国一穷苦牧师家里，后随她的姐姐一起前往比利时的布鲁塞尔学习法语和德语，并准备将来自行开办学校。她于 1848 年 12 月 19 日去世。艾米莉在诗歌创作上卓有成就，但《呼啸山庄》的成就更大。小说描写了一个被庄园主收养的弃儿希刺克厉夫和主人的独生女凯瑟琳的恋爱过程及结果，凯瑟琳后来想和一个年轻的地主结婚，以帮助希刺克厉夫改善地位，希刺克厉夫含恨出走，3 年后，他致富归来，和凯瑟琳仍然非常相爱，但受到社会制度的束缚，两人终不能结合，凯瑟琳含恨死去。于是希刺克厉夫开始报复，压迫地主及其子女，但是他的生活目的毕竟并非剥削与压迫，终于如愿以偿地提早随凯瑟琳之后去世。小说的爱情故事自始至终贯穿着强烈的反压迫、争自由、争幸福的斗争，和当时现实社会近在咫尺的工业区的阶级斗争相呼应。作者用浪漫主义和抒情的笔调描写了自然环境和两个主人公的感情生活。小说用倒叙和山庄老家人及借宿者讲故事的方法，使一个几乎令人难以置信的离奇故事变得十分真实、可信。作者在小说中使用了几乎完全没有外来语的、质朴无华、诗一般的盎格鲁·撒克逊的语言。作品是小说，也像一首完美、动人的叙事诗。

挖掘俄国精神的屠格涅夫

屠格涅夫（1818—1883）是俄国小说家、散文家，1818 年 11 月生于奥廖尔省一贵族家庭，自幼目睹母亲专横任性，虐待农奴，对农奴制产生厌恶，发下誓言，决不同农奴制妥协。

1833 年，屠格涅夫进莫斯科大学语文系，一年后转入彼得堡大学哲学系语文专业，1837 年毕业。1838 年至 1841 年在柏林大学修习哲学、历史和希腊、拉丁文。这期间与巴枯宁和尼·斯坦凯维奇接近。1842 年底认识别林斯基，并成至交，受其影响，加强了反农奴制思想。

屠格涅夫

1847 年开始在《现代人》杂志上陆续刊出《猎人笔记》。《猎人笔记》是作者的成名之作，标志着他完成向现实主义的转变。其主题是农奴制下农民同地主的关系，作者在诗意盎然的俄罗斯大自然的背景上，以深厚的人道主义精神，表现俄国农民的民族特征和他们的精神品质及才华。沙皇政府被他的反农奴制倾向所触怒。

从 1863 年起，屠格涅夫和法国歌唱家维亚尔多一家一起住在巴黎一巴登。普法战争后，又同这一家迁居巴黎直至逝世。在这里他和法国名作家福楼拜、埃·龚古尔、左拉、都德、莫泊桑交往，成为文坛佳话。

把握时代的脉搏，敏锐地发现新的重大社会现象，是屠格涅夫的主要特点。他创作的极盛时期是 50 至 60 年代初，这正是俄国解放运动从贵族时期过渡到平民知识分子时期的转折点，他的注意力主要集中在贵族知识分子和平民知识分子的生活和命运上。1856 年发表的第一部长篇小说《罗亭》，塑造了"多余人"的著名典型。罗亭是一个小贵族，他善于思索，满怀理想，能以激情洋溢的语言在人们心中唤起对自由的追求和实现崇高思想的愿望。但他意志薄弱，空想多于生活知识，缺乏实践能力。在他和娜塔莎的恋爱中，暴露出他是个语言的巨人，行动的矮子。第二部长篇小说《贵族之家》（1859 年）的男主人公拉夫列茨基也属于"多余的人"的形象。他立志改革，比罗亭更积极，但却更加一事无成。他与华尔华拉结了婚，却没有幸福爱情。他后来与丽莎真诚相爱，但由于他有妻子，丽莎遵守着严格的封建宗教道德，他们的幸福化为泡影。这部小说结构严谨，情节紧凑，诗情洋溢，在艺术上有独到之处。50 年代末，对社会问题十分敏感的屠格涅夫写了《前夜》，这是俄罗斯文学史上第一部以平民知识分子为中心人物的长篇小说。主人公英

国民必知
文学历程
读本

沙罗夫具有明确坚定的理想。小说肯定了他的历史作用。女主人公叶琳娜·斯塔霍娃是一位比娜塔丽娅和丽莎更自觉更坚强的妇女，反映了俄国社会对新的生活、新的人物的需求。

为贵族阶级唱了挽歌，屠格涅夫把眼光转向新兴平民知识分子。《父与子》（1860—1961）是屠格涅夫创作的最高成就。小说中"子"与"父"的矛盾，实际上是平民知识分子和贵族之间的矛盾。小说写青年医生巴扎洛夫到他的同学阿尔卡狄家做客，与阿尔卡狄的伯父巴威尔发生尖锐的思想冲突。巴威尔是旧贵族保守派，年轻时他放荡不羁、寻欢作乐，而到中年后他又要故意表现贵族的高傲和优雅。起初他对巴扎洛夫不拘守贵族礼节心里不

罗亭

痛快；后又为巴扎洛夫不拘守贵族的神圣原则而更加愤慨。就这样两代的代表争论不休。屠格涅夫创造了俄罗斯文学平民中第一个新人。

屠格涅夫是真正的语言艺术家，对俄罗斯语言规范化作出了重大贡献。他的风格简洁、朴素、细腻、清新、富于抒情味，他的忧郁的气质，又使作品带有一种淡淡的哀愁。屠格涅夫是一个卓越的、举世闻名的俄国批判现实主义作家。

俄罗斯的文坛盟主：果戈理

果戈理（1809—1852）是俄国批判现实主义的文学——"自然派"的奠基人。他以高度的现实主义精神、鲜明生动的典型形象和笑中含泪的讽刺手段，无情地揭露了沙皇专制农奴制的丑恶和黑暗，为19世纪俄国文学建立了"持久地贯彻讽刺——所谓批判倾向的功勋"（车尔尼雪夫斯基语）。

1809年3月19日，果戈理出生于乌克兰的一个地主家庭。12岁时上中学，19岁到彼得堡独立谋生。起初当小公务员，后来在普希金、别林斯基的帮助和影响下从事文学创作，并以之为终身职业。早在中学时代，果戈理就

受到资产阶级启蒙思想的影响，热爱普希金、雷列耶夫的自由诗篇，憎恨周围环境的可鄙和猥琐。到彼得堡后，穷困潦倒的个人遭遇、卑微艰辛的小公务员生活，使他对现实不满。特别是受普希金、别林斯基的影响，他进一步向往自由，憎恨专制，并很快就成为对现实关系具有深刻理性的现实主义作家。

果戈理

他的第一部成名作《狄康卡近乡夜话》（1831—1832），无论在描绘乌克兰绚丽多彩的自然景物、纯朴欢快的社会风气，或是勇敢机智的人物性格方面，都充满着浓烈的诗意和传奇的成分。

给果戈理带来"文坛盟主"声誉的是中篇小说集《密尔格拉得》（1835年）和《彼得堡的故事》（1835—1842），标志着他的创作迈向现实主义发展的新阶段。

《密尔格拉得》虽仍是乌克兰题材，但主要描写的已不是浪漫主义的理想形象或是民间传说中的虚幻故事，而是现实主义的人物性格和历史具体的生活真实。在《塔拉斯·古尔巴》中，果戈理以高扬豪放笔调，歌颂古代乌克兰人民的英雄性格。而在《旧式地主》和《伊万·伊万诺维奇和伊万·尼基弗洛维奇争

钦差大臣

吵的故事》中，他却含着眼泪，描写了当时地主的那种"动物性的、丑恶的、生活的全部庸俗的卑污"。

《彼得堡的故事》把讽刺矛头从乌克兰转向了盛行官爵崇拜和金钱崇拜的彼得堡。小说继普希金之后通过对小官吏，小职员不幸遭遇的刻画，发展了俄国批判现实主义文学描写"小人物"悲惨命运的主题，描绘了一幅豺狼当道，弱肉强食，一切以官级和金钱为转移的社会图画。

与《彼得堡故事》在主题思想上十分近似的剧作《钦差大臣》（1836年），标志着果戈理的现实主义的讽刺艺术已完全成熟。如果说在《彼得堡故

事》里，果戈理对官僚社会的揭露还仅限于某部门或某官僚的话，那么在剧本《钦差大臣》中，作家就决意把一切俄国的坏东西收集在一起。一下子就把这一切嘲笑个够。

在观众面前，出现了一个偏远的外省城市。这个城市的统治者是那个自称"做官做了三十年，——曾经骗过三个省长"的市长及其"自己人"：用"越近乎自然越妙"的方法对待病人的慈善医院院长；弄不清"哪一张是真的，哪一张是假的"状子的法官；千方百计地陷害进步教师的督学；胡思乱想、私拆信件的邮政局长；主要职责是组织警察"随便用拳头揍人"的警察署长……他们听说钦差大臣要来了，正在逐个检点自己的"罪行"和急忙设法掩饰。从他们的谈话中，我们知道这些人不但把自己的全部公务都变成了纯粹的贪赃枉法，横行霸道，盗窃国库和鱼肉人民，而且还打心眼里认为这些都是自然而又合理的。把赫列塔柯夫错当成钦差大臣的种种丑态，在剧本中都得到了深刻的揭示和讽刺。

《钦差大臣》是俄国现实主义戏剧发展史上的重要里程碑。它一反当时俄国舞台上毫无思想内容的庸俗笑剧和传奇剧的做法，在继承俄国现实主义戏剧传统的基础上，创造了以社会主要矛盾——官僚集团与人民大众的矛盾为基本社会冲突的社会喜剧，并以典型生动的形象，紧凑的情节和深刻犀利的讽刺，跃居当时世界剧坛的前列。剧本题词"自己脸丑，莫照镜子"——形象地阐述了现实生活是一面镜子的现实主义创作原则。市长的台词："你们笑什么？笑你们自己！"则直接表现果戈理现实主义喜剧的社会作用。

《钦差大臣》演出后，遭到了俄国官僚社会的诽谤，因此，果戈理决定出国，侨居罗马。早在写作《钦差大臣》之前，果戈理就已经着手写作长篇小说《死魂灵》，迁居国外后，又经过五年的紧张劳作，终于在1841年完成了《死魂灵》的第一部，并于1842年出版，再次"震撼了整个俄罗斯"。

果戈理晚年思想之所以会趋向落后和妥协当然不是偶然的。还在彼得堡时期，果戈理的思想和作品就存在着一定的矛盾。一方面，他与普希金、别林斯基接近，歌颂自由民主生活，揭露专制农奴制度；另一方面，他又一直与斯拉夫派关系密切，反对别林斯基对世界进行改造的主张，并在作品中表现出一定的悲观宿命思想、宗教神秘主义、对家长制的美化和惩罚观念。果戈理自从1836年侨居国外后，由于长期远离进步阵营和祖国现实，又对欧洲资产阶级革命和俄国的农民暴动持否定态度，因而思想中的消极因素迅速上升，宗教道德观念和社会改良主张日益加重。1842—1852 年，果戈理全力写作《死魂灵》第二部。他力图在地主官吏群中，创造道德高尚、热爱劳动、"有神明一般的特长和德性"的理想人物；在专制农奴制的条件下，描绘地主农民亲密合作，彼此富裕的理想社会。但作为现实主义作家，果戈理总感到写出的东西不真实，形象苍白无力。因而，一再否定，着手重写。1852 年果戈理在病中十分痛苦地烧毁了已完成的《死魂灵》第二部手稿，不久他与世长辞。

深沉的思想者：涅克拉索夫

涅克拉索夫（1821—1878）俄国诗人，生于乌克兰波多尔斯克省，父亲是军官，退伍后举家迁往雅罗斯拉夫尔县祖传领地格列什涅沃村。诗人就在这里度过童年。这里是西伯利亚流放者必经之地，又靠近伏尔加河岸。农民的无权地位，流放者和河上纤夫的艰苦生活给童年的涅克拉索夫留下深刻的印象。

1838 年由于诗人没有遵守父命进彼得堡武备学堂，而被父亲断绝了全部物质供给，从此过着饥寒交迫的贫困生活。

涅克拉索夫

40 年代初，涅克拉索夫结识了别林斯基，在其帮助下，逐渐走上革命民主主义者和"真正的诗人"的道路。这一时期写的《在旅途中》（1845 年）、《秘密》、《夜里我奔驰在黑暗的大街上》（1847 年）描述俄国下层人民的痛苦及其悲惨的命运，并讽刺了伪善的权贵们，在文坛上受到普遍的赞扬。40 年代末他已被称为具有独创精神的民主主义诗人和讽刺诗人。1847 年起与帕纳耶夫合编《现代人》杂志。50 年代，他先后邀请车尔尼雪夫斯基和杜勃罗留波夫参加编务。由于立场、观点的一致，三人结为共同为革命民主主义理想而斗争的亲密战友。这时期他写了许多著名的诗篇，如《未收割的田地》

（1854 年）、《被遗忘了的乡地》（1855 年）、《小学生》（1856 年）。特别是《诗人与公民》（1856 年）庄严地宣称"可以不做诗人，但必须做一个公民"，《大门前的沉思》（1858 年）抒写了在俄罗斯大地上泛滥的人民的悲哀，思索他们未来的命运。从 60 年代起，诗人连续写了一些描写农村生活的长诗，如《货郎》（1861 年）、《严寒，通红的鼻子》（1864 年）等，并开始创作《谁在俄罗斯能过好日子》。这些诗篇洋溢着对俄国农民真诚的爱。这个时期他在文学界，特别在进步青年和革命活动家之间享有很高的声誉，被认为是俄国最优秀的诗人。

60 年代前期，涅克拉索夫一再遭到挫折：昔日的朋友如德鲁日宁因思想立场与之有分歧，同他绝交；杜勃罗留波夫病逝；米哈伊洛夫和车尔尼雪夫斯基相继被捕，并流放西伯利亚；《现代人》于 1862 年一度停办，1866 年终于被封闭，1866 年诗人曾一度动摇于自由与民主主义之间，但他很快回到了革命民主主义立场。

《谁在俄罗斯能过好日子》（1866—1876）是他的代表作之一，是他毕生创作的总结。这首诗反映了农奴制改革前后俄国农民的贫困，揭示了沙皇农奴主的残酷压迫，歌颂了人民对幸福和真理的渴望和斗争。长诗还塑造了平民知识分子革命家的形象，风格上富有民歌色彩。

1877 年 12 月 27 日诗人在彼得堡病逝。

"文学中的林肯"：马克·吐温

美国最先提倡现实主义文学的是豪威尔斯（1837—1910），其主要作品有《现代婚姻》、《赛拉斯·拉帕姆的发迹》等，但尚属浅薄，态度温和；而马克·吐温（1835—1920）则是 19 世纪末美国现实主义文学的杰出作家。与豪威尔斯以"微笑"看待社会不同，马克·吐温对资本主义现实则抱以"讥笑"。他站在资产阶级民主主义立场，以幽默、讽刺的手法，揭露美国资本主义虚伪的民主和自由，揭发美国种族主义对黑人的迫害和美帝国主义对外的侵略和扩张，勾画了一幅 19 世纪末 20 世纪初美国资本主义社会的图画。

马克·吐温出生在密苏里州的佛罗里达，父亲是个地方法官，收入微薄，马克·吐温不得不出外谋生，他先后当过印刷所的学徒、排字工人、内华达银矿工人、密西西比河的领航员和报社的新闻记者。他来自中下层社会，体验过各种各样的生活，接触过各式各样的人物，对密西西比河流域的民间传说也非常熟悉，这是他以后创作的生命基础。第一部出名的短篇小说集《卡拉米拉斯县驰名的跳蛙》于 1867 年问世，从此就以马克·吐温作笔名步入文坛。

马克·吐温

他的早期创作是从南北战争开始的，他的资产阶级民主主义世界观也是在这个时期初步形成的。战争结束后，资产阶级乘机攫取胜利的果实，登上统治阶级的宝座。资产阶级"民主"、"自由"的虚伪性也逐渐暴露出来了，资本主义制度的丑恶也逐渐明显；同时，美国国内资本主义迅速发展，也带来一片表面的繁荣。当时，马克·吐温对整个资本主义制度还存在幻想，这个时期所写的幽默、诙谐的作品充满着轻松、欢乐的调子。虽然他对资本主义社会投机取巧的风气、迷信落后的习俗、小市民的庸俗习气都做了嘲笑和揭发，但是挖掘不深，在很大程度上还只是一种轻淡的嘲讽。

《竞选州长》（1870 年）是马克·吐温早期的一篇优秀短篇小说。作品主人公作为独立党候选人参加了纽约州州长的竞选，自信"声望很好"。但是不久，参加竞选的共和党和民主党用报纸以选民的名义接二连三地给他扣上"伪证犯"、"小偷"、"盗窃犯"、"舞弊分子"等莫须有的罪名，并在公开场合对他进行了人身攻击，搞得他声名狼藉，迫使他不得不退出竞选。作者利用这一候选人进退的侧面情节，紧紧抓住资产阶级报纸专事造谣、诬陷这一特征，有力地揭露素有"最民主"的美国"民主"选举的虚伪，指出它不过是对人民的欺骗和愚弄。作品篇幅短小，但是写得泼辣有力，用夸张、讽刺的笔法烘托出喜剧的气氛，突出讽刺的主题，为"美国的民主"描绘了一幅绝妙的讽刺画。

1870 年还发表了另一篇有名的短篇佳作《哥小斯密的朋友再度出洋》。早期的创作，证明马克·吐温不单是一个幽默作家，还是一位目光锐利、关心社会问题的批评家，晚年他谈到自己的创作时说，"除了开开玩笑外"、"真正价值"是"严肃"，是对社会弊端的无情揭发和批判。

70 年代到 90 年代是马克·吐温创作的中期，也是他创作的最旺盛时期，他在这一时期，加深了对资本主义美国的认识，以更加辛辣有力的笔锋，描写了美国龌龊的社会。1873 年发表的《镀金时代》是他第一篇长篇作品，也是一部思想性较强的现实主义小说。当时资本主义美国的表面繁荣，掩盖不了内部的污秽败坏。社会主宰一切的是金钱，作品紧紧扣住当时社会的特点，刻画风行美国各地的投机活动，描绘谋求横财暴利的社会风尚，揭发政界、司法界、新闻界的贪污盗窃，贿赂诈骗等丑行，小说的书名"镀金时代"恰当地反映了这个时代的特征。小说的情节围绕着兴建城市、铺设铁路、开辟航道等等投机发财的事件而展开。小说里塑造的塞拉斯上校的形象，是依靠投机取巧而发财致富的小市民典型。在他眼里，处处都是发财的机遇，事事都可以用来为他当上富翁效劳。他是个拜金狂，"要抓紧时机——天啊！整个空气都是钱。"参议员狄尔沃绥是一个官僚的代表，他表面上真仁真义，骨子里财迷心窍，贪污受贿，投机诈骗无所不为。作家通过这一政客，揭露了美国政界的腐败。《镀金时代》的书名本身就反映了美国资本主义竞争的 70 年代的特征。后来的历史学家常常沿用这个名称来概括这一历史时期。

1876 年《汤姆·索亚历险记》的出版，标志着马克·吐温的现实主义创作进一步发展。小说描写少年汤姆和哈利的生活经历和他们的冒险故事。书中对美国虚伪庸俗的社会风气、迷信落后的宗教和陈腐呆板的学校教育制度，都进行了无情的揭露和讽刺。但是由于作者没有找到改造社会的正确道路，因而鼓吹一种返回自然的观点。

到 80 年代，他的创作更加成熟，反对种族歧视是这一时期创作的重要主题之一。《哈克贝利·费恩历险记》（1884 年）中描绘了一个叫吉姆的黑奴，因不甘于自己被奴役的地位，从主人家外逃，以求摆脱蓄奴主的压迫、剥削。马克·吐温从资产阶级人道主义出发，以同情的笔调写出处在奴隶地位的黑人的悲惨生活，谴责蓄奴主的暴虐和种族歧视。他在吉姆身上突出许多优秀品质：勤劳朴实、热情诚实、舍己为人，尤其是他渴望自由以及为了获得自由不惧艰难的性格更引人注目。吉姆是个高尚可爱的黑人形象，这反映了作者进步的思想倾向。小说的另一位主人公哈克，不是汤姆式只追求冒险的顽童，而是个有头脑、质朴、善良、勇敢的少年，他为了摆脱家庭的束缚，求得自由生活，逃亡在密西西比河上，与吉姆相遇后，二人成为挚友。最后经过激烈的斗争，哈克机智地把吉姆救出险境，命名吉姆得到自由。在哈克的身上，体现出作者所追求的没有种族歧视的人人平等的民主社会的理想。《哈克贝利·费恩历险记》中吉姆和哈克的性格鲜明突出，他们的形象栩栩如生。全篇的现实主义描绘和浪漫主义抒情交相辉映，尖锐深刻的揭露、幽默辛辣的讽刺以及浪漫传奇的描写浑然一体，形成了马克·吐温独特的艺术风格。作者还运用许多生动的方言俚语，使作品增加情趣。作品出版以后，受到广泛的欢迎，同时也遭到反动政界、宗教界、教育界的迫害，被列为"禁书"。这说明这部作品对美国现实的揭露和批判是深刻有力的。不过也应该看到，作者所追求的黑人解放只是法律上的人身自由，他把吉姆的解放寄托在女主人的良心发现上，这就显露出作为一个资产阶级民主主义作家的局限性。比这作品稍晚的《傻瓜威尔逊》（1893 年）表现了这一主题。女黑奴罗克森娜害怕自己刚出生的儿子被主人家卖掉，便把自己的儿子和主人的儿子调换。结果假少爷在白人圈里长大，沾染了不少恶习，最后成为社会的罪人；而真少爷却因在黑人群里成长，养成了和顺善良的性格。作者以这个离奇的情节，证明种族歧视的荒谬。

80 年代马克·吐温还出版过《密西西比河上》（1883 年）、《在亚瑟王朝里的康涅狄克州的美国人》（1889 年）等作品。

90 年代后期，随着美国进入资本主义时期，马克·吐温的创作也转入了第三时期。这一时期，他发表过《赤道环游记》（1897 年）、《托钵僧和傲慢无礼的陌生人》（1901 年）、《为芬斯顿将军辩护》（1902 年）以及《给坐在黑暗里的人》和《战争祈祷》（1905 年）等。进入帝国主义阶段的美国，社会矛盾激化，垄断财团的势力更加强大，寡头政权更加反动，这些都深深地触动了马克·吐温。一方面使他感到美国已病入膏肓，无可救药；另一方面，又大大动摇了他的民主幻想，使他感到悲观失望，怀疑人类的前途。后期创作笔锋犀利，嘲讽辛辣，揭露深刻，但是悲怨哀婉的情调也很浓重。这种悲观主义的情绪到马克·吐温的晚年愈加严重。他死前所写的杂文《什么叫做人?》表现了他的绝望情绪和宿命论的观点，他死后发表的中篇小说《神秘的陌生人》更为突出地表现了这种倾向。1907 年以后，马克·吐温撰写自传。1910 年病逝于美国。鲁迅指出：马克·吐温"成了幽默家，是为了生活，而

在幽默中又含着哀怨，含着讽刺，则是不甘于这样生活的缘故了"。他正是因为"不甘于这样的生活"，才对资本主义的丑恶现实给予多方面的揭露和讽刺，描绘出一幅美国资本主义黑暗现实的图画，这对我们认识资本主义的美国，提供了有益的依据。的确，他是美国一位优秀的现实主义代表作家。他的幽默、讽刺，他的独具一格的艺术创作，在美国近代文学史上熠熠生辉，是美国民族文学的瑰宝，有"文学中的林肯"之称。

"人的灵魂的伟大审问者"： 陀思妥耶夫斯基

陀思妥耶夫斯基（1821—1881），1821 年 11 月 11 日生于莫斯科一个医生家庭。父亲任医官期间取得贵族身份，置有田庄。由于职业关系，交往者大多是平民阶层的人，这种环境对陀思妥耶夫斯基是有影响的。1839 年据说他的父亲因虐待农奴被农奴殴打致死。1838 年陀思妥耶夫斯基进入彼得堡军事工程学校。1843 年毕业后在工程局绘图处工作一年，后离职专门从事文学创作。

陀思妥耶夫斯基

1845 年发表的以"小人物"为主题的《穷人》，受到别林斯基等人的称赞，从此和进步文学团体接近。但由于文艺观的分歧，于 1847 年和别林斯基等人决裂。40 年代中后期，作家又发表了《白夜》等作品。《白夜》描写了内心纯真的人物和自我牺牲的爱情，具有动人的诗意和明朗的风格。

陀思妥耶夫斯基受法国空想社会主义思想影响，参加了彼特拉舍夫斯基小组的活动。1849 年被沙皇政府逮捕，剥夺贵族身份，并处以死刑。临刑时又改判处苦役，期满后当兵。先后 9 年的苦役和军营生活，对陀氏产生了重大影响。一方面使他丰富了生活知识，积累了文学素材，同时对社会的观察、对人生的思考也更趋于深刻；另一方面使他思想中原有的消极面更加发展，日趋频繁的癫痫病发作也加深了他精神上的抑郁。

服苦役回来后发表的中篇小说《舅舅的梦》（1859 年）、《斯捷潘奇科沃村及其居民》（1859 年）和长篇小说《被欺凌与被侮辱的》（1861 年）仍然保持 40 年代作品的风格。《被欺凌与被侮辱的》除了描写"小人物"之外，还涉及资本主义发展引起的个人、社会和家庭的道德堕落的主题，真实揭示和宗教幻想的混合从这时起日益成为他的作品的明显特征。

陀思妥耶夫斯基的作品

1868 年《罪与罚》问世，给作者带来了空前的声誉。小说以社会犯罪及由此而引起的道德后果为题，描绘了当时俄国可怕的社会贫困和社会生活的无出路状态，显示了金钱对于各类人物性格的毁灭性的影响，这是作者最富于社会历史含义的一部社会心理小说。

1868 年他又完成了长篇小说《白痴》。《白痴》对农奴制改革后俄国下层社会做了广泛的描写，涉及复杂心理和道德问题。主人公梅什金公爵是作者所认为"正面的、美好的人"，是作者宗教理想的体现。他善良、宽容、处事全凭感情和直觉，信任并尊重别人，但他无力对周围的人施加影响，也不能为他们造福。女主人公娜斯塔西娅·费利波夫娜的悲惨结局，是对资本主义社会金钱万恶的有力控诉，同时也证明梅什金这个堂吉诃德式的人物的努力的徒劳，表明作者企图以信仰和爱来拯救世界的幻想的破灭。小说中表现的双重性格和象征色彩愈加明显，人物常常有一种不自觉、下意识行为，处于近乎迷狂的精神状态。最后一部长篇小说《卡拉马佐夫兄弟》（1879—1880）是作者最杰出的作品之一，原计划写两部，第二部未及完成。小说的构思始于 50 年代初，此后将近 30 年俄国社会的剧烈变化，使作者在心理、伦理、政治和哲学的不断探索中，把一个杀父的故事演化成了宏伟的社会哲理小说。它围绕着费多尔·卡拉马佐夫和他的儿子们——德米特里、伊凡、阿历克赛以及名为奴仆实为私生子的斯麦尔佳科夫，展示了一个错综复杂的社会、家庭、道德和人性的悲剧主题。

陀思妥耶夫斯基最后的一篇作品是 1880 年 1 月在普希金纪念像揭幕典礼大会上的发言。1881 年 2 月 9 日，陀思妥耶夫斯基在彼得堡逝世。

陀氏对俄罗斯文坛影响甚大，90 年代俄国的颓废派和象征主义者如梅列日科夫斯基、沃朗斯基，曾推奉他为自己思想的先驱，高尔基承认他是"最伟大的天才"，并说"就表现力而言，他的才能可能只有莎士比亚堪与媲美"，陀思妥耶夫斯基在两次世界大战后，几乎和列夫·托尔斯泰并驾齐驱，他创作中的非理性成分、直觉主义、病态心理的描写等独特性，使其被现代派作家奉为鼻祖。在中国，鲁迅在 1926 年就曾为《穷人》作序，并发表过不少有关他的论述，称陀思妥耶夫斯基为"人的灵魂的伟大审问者。"

心理医师：福楼拜与《包法利夫人》

福楼拜（1821—1880）于 1821 年 12 月 17 日出生于法国鲁昂。他的父亲是当地市立医院院长兼外科主任。福楼拜曾在巴黎学习过法律。后得到父亲遗产。这笔收入使得福楼拜可以细心地考虑科学对文学的影响，深刻地领会巴尔扎克的成就，借鉴其得失。福楼拜一生未婚，晚年时曾教育过晚辈作家莫泊桑。福楼拜是第三帝国时期巴尔扎克等现实主义传统的继承人。在福楼拜的作品中，严格的写实，谨严的结构，细腻的描写，讲究的文体，在平静的叙述中展示人物不平静的心灵，构成了作家的独特风格。福楼拜主张用科学的态度创作文学作品，反对在作品中表现作者的倾向性，反对艺术为社会政治服务，反对

福楼拜

主观的抒情和议论，实已透露出自然主义的某些信息。福楼拜在写作过程中，注重观察、分析，脚踏实地的收集一切同他写作有关的资料。另外，他认为历史是前进的，事物之间是存在关联性的，所以，任何人都不应对事物下结论，他反对给小说写序。他不喜欢照相，因为他认为照片过于真实，不符合艺术的特质，艺术的性质和目的应当是"幻像"，幻像才是真正的真实。

福楼拜于 1857 年发表了第一篇小说《包法利夫人》，为了完成这部小说，他用了将近五年的时间，他曾认真地推敲过作品中的每一个词句。这部小说

是一部现实主义杰作，小说通过包法利夫人不幸的婚姻和遭遇，以严峻无情的笔调，描绘了七月王朝时期庸俗丑恶的社会生活，揭露了表面繁荣掩盖下的残酷剥削。但是最成功的还是包法利夫人形象的塑造：她是一个普通的农村少女，在修道院受到与自己出身完全不同的贵族教育（这是复辟时期）与浪漫主义思潮的影响，但却嫁给了一个无能的农村医生做续弦。现实与追求之间的矛盾，使得包法利夫人在虚荣心的驱使下一步一步地走向堕落，最后堕落为一个荡妇，最终在人情世故及高利贷商人的

福楼拜的作品

逼迫下，走上自杀的道路。福楼拜对包法利夫人细致入微地进行描写，描写她一次次堕落时的心理，使得人物形象栩栩如生。作者通过描写包法利夫人的所做所想，成功地刻画出了自私、鄙俗、狭隘、空虚的市民阶层的精神世界。

此后，福楼拜又相继写出了长篇小说《萨朗波》（1862 年）、《情感教育》（1869 年）和短篇小说集《三故事》（1877 年）等作品。

福楼拜是一位高度自觉地要求自己的人，他可谓是一位创作上的心理医师。他在创作过程中，尊重事实，注重观察，他的现实主义风格甚至让人觉得巴尔扎克复活了。

匈牙利民族文学的奠基人之一：裴多菲

裴多菲（1823—1849）是匈牙利革命民主主义诗人，他于 1839 年入伍，1841 年因病退役，成为流浪演员。1842 年发表第一首诗《酒徒》。1844 年在诗人绅勒斯马尔蒂的帮助下出版了他的《诗集》。著名长诗《农村的大锤》（1844 年）和《亚诺什勇士》（1844 年），表现了人民诗歌真正的内容和形式。爱情的失望、对祖国的担忧曾一度使裴多菲陷入哀愁之中。组诗《云》（1845—1846）反映现实生活的不协调。长诗《希拉伊·彼斯达》（1846 年）

和《萨尔沟城堡》（1846年）流露出悲凉的情
调。但是他仍然积极从事政治活动，奋发有
为，于1846年组织了匈牙利第一个作家团体
"十人协会"，为推动民主主义文学的发展而斗
争。1847年诗人与林德莱·尤丽亚结婚，对他
的生活产生了重大影响。同年写成著名的《自
由与爱情》，诗中表达了19世纪资产阶级革命
民主主义者的心声。1847年裴多菲领导了"青
年匈牙利"组织，参与了资产阶级民主革命纲

裴多菲

领《12点纲领》的起草工作，并与瓦什瓦利一起领导了1848年3月15日在
佩斯与布达的起义，写下了要求充分实现人民权利的《民族之歌》、《把国王
吊上绞架!》、《致民族》等诗篇。1848年秋，奥地利侵略者向匈牙利发动军
事进攻，革命遭到失败。1848年在长诗《使徒》中塑造了为人民的解放献出
自己生命的主人公，这是匈牙利人民为争取自由而斗争的光辉史诗。

裴多菲的作品

裴多菲后期创作大都洋溢着渴望战斗的热情，呼唤革命风暴的到来，多
为短小有力的抒情诗，如1846年至1847年写的《我梦见流血的日子》、《一
个念头烦恼着我》、《以人民的名义》等。在匈牙利1848年的起义活动中，他
一手拿枪，一手拿笔，写了一系列号召匈牙利人民为自由而斗争的优秀诗歌。
其中《民族之歌》（1848年）曾印成传单广为散发，对起义起了巨大的鼓动
作用。1849年7月裴多菲在与沙皇俄国的哥萨克骑兵部队战斗中壮烈牺牲。
这正像他的《爱情与自由》（1847年）一诗中所写的："生命诚宝贵，爱情价
更高。若为自由故，二者皆可抛。"他是匈牙利19世纪上半叶民族民主革命

的旗手，匈牙利伟大的爱国诗人，匈牙利民族文学的奠基人之一。

小仲马与《茶花女》

　　小仲马（1824—1895）法国小说家、戏剧家。著名作家大仲马的私生子。
7岁时被父亲承认，而他的母亲则一直不被大
仲马承认为妻子。私生子的身世使小仲马在童
年和少年时代受尽世人的讥诮。他成年后决心
通过文学改变像他们母子这样的被侮辱与被损
害者。小仲马走上文学道路后，就以探讨社会
道德问题作为创作的主要课题。

小仲马

　　1848年小说《茶花女》的问世，使小仲马
一举成名，1852年他把这部小说改编成同名话
剧上演，获得更大成功。《茶花女》是以巴黎
当时一个二十三岁就夭折的名妓的真实故事写
成的，它着重描写妓女玛格丽特和善良的阿尔
芝的爱情，在纸醉金迷、人欲横流的资本主义
世界里，玛格丽特和阿尔芝真诚地相爱着，但
由于阿尔芝的家庭和社会的虚伪道德，以及金
钱地位观念的阻挠作祟，他们被迫分开，玛格
丽特身心交瘁而悲惨死去。这部小说兼有浪漫
主义和现实主义的特色，是法国戏剧由浪漫主
义向现实主义演变时期的优秀作品。

茶花女

　　此后，小仲马专门从事戏剧创作，写了20
余部话剧。主要有《半上流社会》（1855年）、
《金钱问题》（1857年）、《私生子》（1858
年）、《放荡的父亲》（1859年）、《欧勃雷夫人
的见解》（1867年）、《阿尔丰斯先生》（1887年）和《弗朗西雍》（1877年）
等。这些剧本多以妇女、家庭、爱情、婚姻为题材，揭露资本主义社会中家

庭和两性关系上腐朽虚伪的道德，从独特的侧面提出了妇女地位、私生子命运及婚姻道德等社会问题。总之，小仲马的作品注重解剖社会道德的病症。

作为法国现实主义戏剧的先驱者之一，其剧作富有现实的生活气息，以真切自然的情理感人，结构比较严谨，语言通俗流畅。

挪威"问题文学"大师：
易卜生与《玩偶之家》

易卜生（1828—1906）挪威戏剧家、诗人。1828年3月20日出生于挪威南部希恩镇的一个木材商人家庭。1834年父亲破产后，全家迁到小镇附近的文斯塔普村居住，16岁的他独自到格里姆斯塔镇一家药材店当学徒。工作之余，经常阅读莎士比亚、歌德、拜伦的作品，自己也动手写诗并学习拉丁文。6年艰苦的学徒生活磨炼了他的斗志，同时也培养了他的创作兴趣，这是他人生中一个重要阶段。

1848年欧洲大陆爆发革命，他受到很大鼓舞，曾写诗谴责企图夺取丹麦领地的普鲁士。1850年易卜生前往首都克里斯蒂安尼亚（今奥斯陆）参加医科大学考试，结果投考失败。他留居首都，结交了一些思想进

易卜生

步、爱好文艺的青年朋友，还参加过挪威革命党人领导的工人运动。1851年被聘为卑尔根剧院寄宿剧作家兼任编导。这期间易卜生创作了《仲夏之夜》（1853年）、《勇士之墓》（1854年）等剧本，参加编导的剧本不少于145部。他在戏剧创作方面的实践经验可以和莎士比亚、莫里哀媲美。

易卜生1857年转到首都剧院担任编导。1864年普鲁士再次进攻丹麦得胜，挪威统治阶级袖手旁观。易卜生愤恨离开祖国，从1864年以后的27年间一直侨居罗马、德累斯顿、慕尼黑等地。在国外期间，他创作了几部著名的

社会问题剧:《社会支柱》作者通过剧本探讨了社会道路问题和现代社会的经济制度在道德上的价值问题,这是一部喜剧。《玩偶之家》(1879 年)女主人公娜拉伪造父亲的签字向人借钱为丈夫海尔茂医病。丈夫知道后怕因此影响自己的名誉地位怒斥妻子下贱无耻。当债主被海尔茂的女友感化主动退回借据时,海尔茂又对妻子装出一副笑脸。娜拉看透了丈夫的自私和夫妻间的不平等,不甘心做丈夫的玩偶,

玩偶之家

愤然出走。《群鬼》(1881 年)是一部暴露丑恶现实的悲剧。《人民公敌》(1882 年)写一个正直的医生斯多克芒发现疗养区矿泉中含有传染病菌,不顾市长和浴场主的威胁利诱坚持改建矿泉浴场,并举办演讲会,宣传自己的主张。当权者却利用这次舞会煽动群众,操纵"民主"表决机器,宣布斯多克芒为人民的公敌,揭露资产阶级利己主义和资产阶级民主的虚伪性。

1891 年,易卜生载誉回国。他后期创作的《建筑师》(1892 年)和《当我们死而复醒时》(1899 年)是自传性质的作品。易卜生 1900 年中风,长期卧病,于 1906 年 5 月 23 日去世,挪威议会和各界人士为他举行国葬。

易卜生从 1850 年用笔名发表《卡提利那》起,至 1899 年 12 月底出版《当我们死而复醒时》为止,他的创作活动刚好占整个 19 世纪下半叶,他一生写了 25 部剧本和一些诗歌。易卜生是北欧批判现实主义的代表。他创作的一系列"社会问题剧"成为 19 世纪欧洲现实主义戏剧的一面光辉的旗帜。他的作品深刻接触现实矛盾,大胆干预生活,对资产阶级社会虚伪的道德规范进行勇敢的挑战,特别是尖锐地提出了妇女地位、爱情婚姻道德、法律和市政等问题,切中要害,有很大现实意义。

"英国小说中的莎士比亚":哈代

哈代(1840—1928)是 19 世纪末英国杰出的批判现实主义作家。伍尔夫称他是近代小说家中的最伟大的悲剧大师;韦伯称他为"英国小说中的莎士

比亚"。其作品反映了资本主义侵入英国农村后社会经济、政治、道德、风俗等方面的变化和破产农民的悲惨命运，对人类命运进行了丑剧性的探索，具有浓重的悲剧意识。

哈代于 1840 年 6 月 2 日生于英国西南部的多塞特部，父亲是石匠，后来当了小包工头。母亲很注意对哈代的教育，很早就鼓励他研习古典文学。哈代 8 岁时开始在村里上学，一年后转入部城学校学习拉丁文和拉丁文学，1856

哈代

年离开学校，给一名建筑师当学徒。1862 年前往伦敦学习建筑，同时去大学听课，从事文学神学和拉丁语言的研究。其时意志主义和实证主义成为具有广泛影响的现代西方两大哲学思潮，哈代亦受其影响。1867 年哈代重返故乡，当了几年建筑师，后来致力于文学创作。他一生基本上在家乡度过，因而对英国农村十分熟悉。哈代以诗歌开始他的文学创作，后转而从事小说创作，晚年又转而从事诗歌创作。他一生创作长篇小说 14 部，短篇小说集 4 部，诗集 8 部，史诗剧《列王》3 部。哈代主要是一位小说家。他把自己的小说分为三类："传奇和幻想作品"、"机巧和实验小说"、"性格和环境小说"。他的全部重要小说归于最后一类。他的大部分小说以西南部农村为背景，因而他的小说又被称为"威塞克斯小说"。

长篇小说《绿荫下》（1872 年）开始描绘西南部农村的生活，揭开了一系列"性格和环境小说"的序幕。《绿荫下》分为《冬》、《春》、《夏》、《秋》四部，一条线索写一位青年农民和一位女教师的爱情故事，一条线索写梅里斯托克乐队的历史和命运。

《远离尘嚣》（1874 年）是哈代第一部得到一致赞扬的长篇小说。在这部小说里，田园诗的气氛已经消失，远离尘嚣的穷乡僻壤也和人烟稠密的喧闹城市一样，在演出人生的悲剧。女主人公芭丝谢芭是一个农场主，美丽聪慧，但爱慕虚荣。她先后为三个男子所追求，但选择了一个金玉其外、败絮其中的青年军官特罗伊。婚后特罗伊对她粗暴无礼，生活毫无幸福可言。特罗伊还勾引过纯朴的农村姑娘范妮·罗宾，始乱终弃，使范妮怀孕后流落街头，最后死在贫民院里。特罗伊是闯入"远离尘嚣"世界的资本主义生活方式和利己主义原则的体现者。他终于被疯狂地爱着芭丝谢芭的博尔德伍德所杀，后者也因此被终身监禁。最后芭丝谢芭与她忠心耿耿的最初求婚者——雇农加布里埃尔结婚，建立起美满和谐的幸福家庭。加布里埃尔作为传统而完美的威塞克斯人形象所体现的是哈代的田园理想，他们的美满婚姻生活所表达的也正是作者对芭丝谢芭试图放弃传统理想的回归愿望，而在博尔德伍德和特罗伊之间的冲突，是宗法制传统社会与破坏这个社会的外部资本主义世界之间的冲突。可见，小说虽在芭丝谢芭与加布里埃尔的圆满爱情中结束，但全书中悲剧气氛多于喜剧气氛，已透露出作者创作中的悲剧性主题。

《还乡》（1878 年）进一步展开悲剧性主题，同时标志着哈代小说创作的一个新起点。它是哈代小说作为威塞克斯悲剧编年史的真正开端。这部小说说明了作者已从田园诗式幻想中解脱出来，对现实矛盾和宗法制社会的前景有了较为清醒的认识和反映。但是由于作者看不到社会出路，从而转向悲观主义。《还乡》中景物描写占有突出地位，对爱敦荒原的描绘是英国小说中为数不多的警文佳作。作者把自己的哲学思想渗透其中，爱敦荒原成为一种永恒精神的象征，板着千年不变、万古如斯的面孔，冷漠地注视着变幻无常的人生。它实际上是威塞克斯社会的传统和秩序的象征。小说的意义在于，它表明了以爱敦荒原为代表的威塞克斯宗法社会在资本主义冲击下，已成为桎梏人们思想和生活的枷锁，威塞克斯人与它的冲击以及由此而产生的悲剧已不可避免地成为历史的必然。

《卡斯特桥市长》（1886 年）是哈代的另一部重要小说，强调了命运对人的冷酷无情的嘲弄。《还乡》和这部小说一起反映了宗法制农村走向毁灭的过程。而《德伯家的苔丝》（1891 年）和《无名的裘德》则表现了被资本主义占领而失去了生存的社会基础的威塞克斯农民的悲剧性命运。在这两部作品中，哈代加深了对造成主人公悲剧的社会根源的探索和批判，从而将个人悲剧扩展为社会悲剧，使悲剧意识具有深层次的内涵。哈代的"性格和环境小说"表现出作者对造成威塞克斯社会和威塞克斯人悲剧命运的探讨，经历了"命运悲剧——性格悲剧——社会悲剧"的发展过程，反映了哈代对当时社会全面地批判，体现了其悲剧意识巨大的现实意义。

哈代一生还写了不少中、短篇小说，有《威塞克斯故事集》（1888 年）、《一群贵妇人》（1891 年）、《人生的小讽刺》（1881 年）等。这些小说题材广

德伯家的苔丝

泛，风格多样，戏剧性较强。优秀中篇《干枯的手》和《两个野心的悲剧》，可以与他晚期的短篇小说相媲美。

哈代晚年放弃小说写作，又重新致力于创作诗歌，他一生共写诗918首，辑为8集。在诗中，他恶叹人生之多艰，慨叹命运之多蹇，描画人类意志之脆弱、嘲讽生命之本体，歌咏"时光的笑柄"，揭破虚荣和幻想。史诗剧《列王》（1904—1908）共三部，用史诗和抒情诗的形式描写1805至1815年英国为首的欧洲联军对拿破仑的战争。诗剧对罪恶战争表示抗议，对"列王"的残酷无情进行谴责，对人民寄予同情，对人类未来寄予希望。作品是交织着戏剧的、史诗的、抒情的、哲理的因素，凝聚着作者对人类社会发展问题多年思索的成果，可视为他全部创作的一个艺术总结。

"俄国文学巨匠"：列夫·托尔斯泰

托尔斯泰（1828—1910）是19世纪俄国批判现实主义文学的杰出代表。列宁称他是伟大的艺术家，指出他在半个世纪以上的文学活动中创作了许多杰出的作品，他所提出的重大问题和所取得的艺术成就，使他的作品在世界文学中占一流的地位。

托尔斯泰于 1828 年 8 月 28 日诞生在土拉省雅斯纳雅·波良纳的一个古老的贵族家庭。他父母早亡，是在姑母和家庭教师的教养下长大的。他一生的大半时间在自己的庄园中度过。1844 年入喀山大学的东方语文系学习，次年转入法学系，受卢梭和伏尔泰启蒙思想的影响，开始对农奴制社会和学校教育不满，于 1847 年退学回家，从事农奴生活的改革。失败后，于 1851 年至 1854 年自愿到高加索服兵役，

托尔斯泰

经历了克里米亚战争，这种经历不仅加深了他对沙皇专制制度和贵族阶级的不满，而且为后来的《战争与和平》描写生动的战争场面打下了基础。50 年代的农奴制危机和社会动荡促使托尔斯泰去探索解决贵族与农民矛盾的途径。

《战争与和平》是一部宏伟的作品。它以战争问题为中心，以库拉金、保尔康斯基、罗斯托夫、别竺豪夫四家贵族的生活为线索，展示了 19 世纪最初 15 年的俄国历史，描绘了各个阶级的生活，提出了许多重大问题。小说中心思想在于表现人民是推动历史的决定力量，肯定了 1812 年俄国人民反拿破仑入侵战争的正义性质，作者以极大的激情描写了俄国军民为保卫祖国神圣的土地和侵略者战斗的英雄气概，他们在保卫莫斯科和鲍罗金诺战役中士气昂扬，为了保卫莫斯科要和侵略者决一死战，准备为祖国捐躯。在斯摩棱斯克，商人弗拉蓬托夫宁可烧掉自己的商店，也不把东西留给"魔鬼"们，乡下农民宁可烧掉饲料，也不卖给敌人。敌后人民游击战争广泛展开，以勇敢和机智而威名远扬的农民谢尔巴逊举起斧头打败四个带匕首的敌人，村长的妻子华西里莎杀死几百个法军。人民在反侵略战争中建立了丰功伟绩。在《战争与和平》中，对待卫国战争的态度和接近人民的程度是作者评价人物的尺度。作者对于远离人民、对祖国命运漠不关心的宫廷贵族进行了无情地揭露。但托尔斯泰并没有否定整个贵族阶级，他对宗法式的庄园贵族加以理想化。《战争与和平》以恢宏的构思和卓越的艺术描写震惊了世界文坛，成为举世公认的世界文学名著和人类宝贵的精神财富。

70 年代是俄国社会急剧变化的年代，列宁曾经引用小说《安娜·卡列尼娜》（1873—1877）主人公列文说的一句话，来说明这时期俄国历史变动的特

点，"现在在我们这里，一切都翻了一个身，一切都刚刚开始安排。"这个急剧变化的历史特点，在长篇小说《安娜·卡列尼娜》中得到了精确而深刻的反映。

《安娜·卡列尼娜》交织着安娜追求爱情自由和列文探索社会出路这两条平行发展的情节线索，通过这两条情节线索，小说不仅形象地反映了俄国社会的变动，同时也鲜明地暴露了托尔斯泰世界观的尖锐矛盾。

小说首先在经济生活方面展现了俄国社会的历史变动。在资本主义势力的冲击下，封建宗法制的经济基础日趋崩溃，"贵族之家"迅速破产。那些自由派地主积极采取资本主义经营方式，而出身微贱的商人廖宾宁、银行家波里加诺夫之流，则取代了贵族地主，成了"生活的新主人"。作者痛心地看到，农村宗法制的自然经济正在瓦解，资本主义的雇佣劳动到处生根；大批农民日益贫困，被迫流入城市；处处农事不振，土地荒废。总之，不论是城市还是农村，不论是贵族地主还是农民，"一切都混乱了"，都感到了金钱势力的压力和对未来不可知的恐惧。资本主义势力也引起了思想道德方面深刻的变化，"一切封建的、宗法的和田园诗般的关系被破坏了"，托尔斯泰无情地揭露了贵族上流社会思想道德的堕落：官场腐败、贿赂成风，结党营私，勾心斗角。安娜是一个具有资产阶级个性解放思想的贵族妇女，她不满于封建婚姻，追求真挚自由的爱情，但她生活的那个虚伪的上流社会却不允许她这样做。作为一个贵族社会思想道德的叛逆者，安娜追求的虽然是个人的爱情自由，采用的也只是个人反抗的方式，但她勇于面对整个上流社会，誓死不做虚伪的社会道德的俘虏；在冲破封建束缚，反抗社会压迫方面，她做到了处在她那个地位和环境所不能做的一切。这对当时的贵族资产阶级社会具有深刻的批判揭露意义。托尔斯泰由于世界观的矛盾，在同情安娜不幸遭遇的同时，又从宗教伦理观念出发，谴责安娜缺乏忍让的宗教感情，没尽到做妻子和母亲的责任。他特意塑造了杜利和吉提的理想形象来和安娜进行对照，用杜利和吉提的理想化的幸福家庭来和安娜不幸福的家庭相比较，从而在一定程度上削弱了安娜及其悲剧的揭示批判力量。《安娜·卡列尼娜》在托尔斯泰创作的发展过程中，无论在思想上或艺术上，都具有承前启后的作用。小说对贵族资产阶级的批判比过去加深了，但还没有达到后期作品那样强烈批判的深度，阶级调和论、宿命论和"不抵抗主义"的说教比以前加重了，但还没有达到《复活》那样的严重程度。以前作品中所表现出来的深刻的、多种多样的心理描写技巧，鲜明的对比手法和辛辣的讽刺笔调，在《安娜·卡列尼娜》中有着鲜明的表现，在晚期作品《复活》中更得到精湛的发展。

复活

托尔斯泰晚年陷入极端苦闷之中，他的平民化思想与贵族家庭的生活经常发生冲突。1910年，82岁的托尔斯泰为了摆脱贵族生活而弃家出走，不幸中途得病，于11月7日在阿斯达普沃车站逝世。

托尔斯泰继承和发扬了俄国批判现实主义传统，在艺术上善于创新。他扩大了艺术的表现领域，反映了广泛的社会面貌和丰富的生活内容。他擅长细腻的心理描写，善于表现思想感情的产生和发展过程，使人物形象极为生动逼真，车尔尼雪夫斯基称之为"心灵的辩证法"。

自然主义奠基人：左拉

左拉（1840—1902），1840年4月12日生于巴黎。父亲是意大利人，母亲是希腊人。7岁时父亲病故，他和母亲在外祖父接济下生活。1857年，随外祖父和母亲迁居巴黎，靠助学金读完中学。1862年进阿谢特书局当打包工人，不久以诗作出众被擢升为广告部主任。

左拉在中学求学时已显露文学才华，试写了一部历史小说，一些诗歌和一出喜剧。他早期倾向浪漫主义，后受司汤达、巴尔扎克和福楼拜现实主义作品的影响而越来越不满浪漫主义脱离现实的虚假和夸张，决心独立探索新的创作方法。自60年代中期起从事文学创作，最初发表了已具相当鲜明民主思想倾向和社会题材的中短篇小说集《妮侬的故事》（1864年）和长篇小说《克洛德的忏悔》（1865年）等。

他在孔德实证主义哲学和美学家蔡纳种族、环境、时代三因素决定文学的影响下，逐渐形成了自然主义理论和创作主张，左拉在创作上最辉煌的成就就是总名为《卢贡——马卡尔家族》的宏伟巨著，全书包括二十部长篇小说，共六百余万字，有一千多个人物，左拉从1868年28岁时写起，到1893年53岁时完成，前后用了25年光阴。这部巨著是继巴尔扎克《人间喜剧》后法国文学史上又一罕见的奇迹。它的内容几乎涉及法兰西第二帝国和第三共和国时期社会生活的一切方面。其中最主要的作品是《萌芽》、《小酒店》、《娜娜》等。《小酒店》（1877年）是左拉表现当代工人的第一次认真的尝试。小说描绘的劳动者非人的生活状况，是对资本主义制度的一份诉状。《萌芽》（1885年）表现了左拉对于社会政治问题的更强烈的兴趣，它在法国文学史上乃至世界文学史上，第一次比较成功地在长篇小说中塑造了革命的无产者的形象。《萌芽》是左拉的现实主义达到最高成就的一部杰作。

左拉

左拉的小说

完成《卢贡——马卡尔家族》后，左拉又写出了包括三部长篇小说的第二套作品《三名城》。1894年1月，左拉发表了震动全国和欧洲的檄文《我控诉》，挺身为被诬控出卖机密而判刑的犹太血统的法国军官德莱福斯辩护。左拉因此被迫于1898年7月流亡英国，在此期间他写了表现自己理想的另一套作品《四福音书》。

左拉是自然主义的奠基人，他的小说创作和自然主义理论深深影响了19世纪后数十年的法国文坛。他的为人和文学成就，深为世人所仰慕。

"短篇小说之王"：莫泊桑

莫泊桑于 1850 年 8 月 5 日出生于法国西北部诺曼底省边耶普小城附近一个没落的贵族家庭。他是法国最负盛名的中短篇小说作家。他从发表成名作《羊脂球》的 1880 年起短短 10 年间，以惊人的速度创作了三百多篇中短篇小说和 6 部长篇小说，故有"短篇小说之王"之称。莫泊桑是福楼拜的弟子，他继承了福楼拜的传统，擅长勾勒朴实、逼真的社会风俗画。题材多样，选材典型，构思新颖，人物鲜明，语言洗练，是莫泊桑作品的独特风格。但是，他的许多作品缺乏深刻的思想力量，逐渐增长的悲观主义，也使他后期的作品失去了先前作品中的明快诗意，而给人以抑郁、沉闷之感。

莫泊桑

莫泊桑的中短篇小说，对第三共和国资本主义社会的揭露是多方面的，其主要部分是对资产阶级道德堕落的批判和对中小资产阶级的卑下的精神世界的嘲讽。《羊脂球》、《遗产》、《项链》、《勋章到手了》等等，都是脍炙人口的名篇。此外，一组以 1870 年普法战争为背景、歌颂法国广大群众的爱国热情的斗争精神的小说，如《米龙老爹》（1883 年）、《两个朋友》（1883 年）、《蛮子大妈》（1884 年）、《俘虏》（1884 年）、《蜚蜚小姐》（1882 年）等，都写得娓娓有致，真挚感人。莫泊桑的长篇小说以《一生》（1883 年）和《漂亮朋友》（1885 年）最为著名。《一生》写贵族少女由幻想到幻灭的一生。她向往真挚的爱情，但丈夫却让她失望。她又把希望寄托在儿子身上，结果儿子也让她失望．于是她只得苟延残喘地活着，没有了任何希望。莫泊桑力图通过这部小说反映在资本主义经济形态的冲击下贵族的命运。

《漂亮朋友》通过极端利己主义者杜洛瓦卑鄙无耻向上爬的故事，对资产阶级上层社会的腐败、黑暗做了深刻有力地抨击。

莫泊桑的作品

莫泊桑晚年一直为疾病所折磨，他于 1893 年 7 月 6 日因精神病严重发作去世。

莫泊桑属于自然主义流派，他的短篇小说侧重摹写人情世态，充分显示出他的社会风俗画家的才能。正如一位法国评论家所说，莫泊桑"在一个并非完美无缺的流派中，几乎是一位无可指责的作家。"

1925 年诺贝尔文学奖得主：萧伯纳

萧伯纳（1856—1950）爱尔兰戏剧家，生于都柏林。父亲是法院的公务员。母亲在伦敦教授音乐。萧伯纳 14 岁中学毕业，因家庭困难，到柏林一家房地产公司当缮写员，后来当会计。1876 年到伦敦投奔母亲，培养了对音乐和绘画的爱好。1884 年他听了美国经济学家亨利·乔治的一次讲演，很受启发，从此研究社会经济问题。不久参加英国改良主义的费边社，成为该社的组织者之一。萧伯纳早期写过《业余社会主义者》（1884 年）

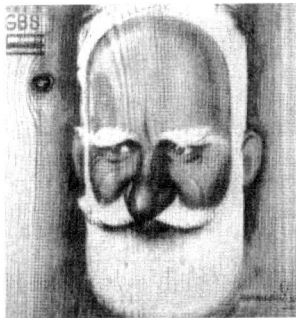

萧伯纳

等几部长篇小说，后受易卜生的影响，于 1885 年开始戏剧创作。到 1949 年为止，共完成剧本 51 部。萧伯纳是横跨两个世纪、两个时代的现实主义剧作家，对英国戏剧的发展作出了巨大贡献，使 17 世纪以来成就甚微的英国戏剧面貌巨变。萧伯纳的戏剧以大胆暴露资本主义的脓疮和撕破道貌岸然者的一切伪装面具为特点，具有振聋发聩的力量。他以易卜生为榜样，用戏剧提出社会问题，但他又与易卜生有所不同，易卜生在提出问题时严肃冷峻，多写悲剧，而萧伯纳在揭露中包含幽默讽刺，用他自己的话说，就是"将真理和玩笑混合起来"。

萧伯纳在 19 世纪的剧作中最重要的作品有《鳏夫的房产》和《华伦夫人的职业》等。《鳏夫的房产》（1892 年）揭露了资本主义财富的来源是对贫苦人民的搜刮，剧本的深刻性表现在揭露者屈兰奇和被揭露者房产主萨托里阿斯最后言归于好，原因是他们的财富都来自贫民窟，"我们都是同路人。"《华伦夫人的职业》（1894 年）写华伦夫人过着富裕而体面的生活，她的独生女大学生薇薇有一天从母亲与别人吵架中发现母亲原来是靠开妓院发家致富的，因此愤慨地质问母亲并责骂她的堕落。这时华伦夫人向女儿说了自己出身工人家庭，她和两个妹妹在靠诚实劳动时一个妹妹中铅毒死亡，另一个痛苦无靠，一切重担落在她身上，她才被迫出卖自己和别人的肉体，给她带来了富裕和独立。母女二人反目，女儿离开母亲走自己的路。萧伯纳尖锐地揭穿了资产阶级体面生活的罪恶来源和真相。

萧伯纳 20 世纪里所写的大量剧本中，著名的有《人与超人》（1903 年）、《巴巴拉少校》（1905 年）、《苹果车》（1929 年）和《真相毕露》（1932 年）等。其中《苹果车》通过一个国王和大臣们争吵的故事，揭露资产阶级统治集团内部既争权夺利，又互相勾结的内幕。

萧伯纳 1925 年获得诺贝尔文学奖，1931 年访问苏联，在莫斯科度过他的 75 岁寿辰。1932 年来中国访问，与宋庆龄、蔡元培、鲁迅等会面。1938 年去美国访问。萧伯纳爱好体育锻炼，于 1950 年以 94 岁的高龄逝世。

俄国批判现实主义最后一位作家：契诃夫

契诃夫（1860—1904）俄国小说家、戏剧家。1860 年 1 月 29 日生于罗斯托夫省塔甘罗格市。祖父是赎身农奴。父亲曾开设杂货铺，1876年破产，除契诃夫一人留下靠做家庭教师维持生活和继续求学外，全家迁居莫斯科。1879年进莫斯科大学医学系学习。1884年毕业后在莫斯科近郊行医，广泛接触平民和了解生活，这对他的文学创作有良好影响。

契诃夫

1880年在莫斯科大学读书时开始发表短篇小说。他一生写了四百七十多个中短篇小说（他以短篇小说和莫泊桑齐名）和十几个剧本。契诃夫的剧作可分为三个时期。

早期（1880—1886）契诃夫主要有两部作品，一是幽默讽刺短篇《变色龙》（1884年），这是早期幽默讽刺短篇代表作之一，它通过一只狗咬伤了人，被咬者要求赔偿损失，巴结权贵的警官三番五次改变态度的故事，嘲笑了见风使舵趋炎附势的奴才心理。阿谀逢迎、趋炎附势是19世纪80年代沙皇专制时期极为普遍的社会心理，契诃夫还有《一个公务员之死》（1883年）、《胖子和瘦子》（1883年）等杰出短篇揭露了各种表现形式的奴才心理。《小公务员之死》所批判的奴才心理，则是与等级观念和唯恐权势者打击报复的社会流行病分不开的。二是描写下层人民境遇的短篇。19世纪80年代中期，契诃夫的作品愈来愈多地出现受侮辱受损害的下层人民的形象，如《哀伤》（1885年）、《苦恼》（1886年）、《万卡》（1886年）和《风波》（1886年）等。小说在幽默里包含着一种对于生活的思索，对于千千万万"小人物"的痛苦命运的同情。

中期创作（1886—1896）的主要作品有《一个乏味的故事》（1899年）和《第六病室》（1892年），前者批判了没有"主心骨"即没有理想的知识分子。《第六病室》是作者1890年抱病长途跋涉去远东库页岛考察，对沙皇专制的罪恶有了进一步的认识。小说控诉监狱一般的沙皇俄国的可怕，也批判了"勿以暴力抗恶"的托尔斯泰主义。从这时期起，契诃夫开始创作戏剧。这个时期契诃夫还写了几篇探索理想的小说如《草原》（1888年）等。

晚期创作（1896—1904）的著名作品《套中人》（1898年）的中心人物

别里柯夫胆小怕事，维护旧制度，害怕及反对任何新事物，墨守成规，完全脱离现实。他生活的口头禅是"可别出什么事才好!"，这个形象是窒息生机的社会环境的产物，小说对这种人物及其生活原则进行否定。从 1887 年到 1900 年，契诃夫接连写了几部直接反映农民生活和农村资本主义势力发展的作品，如《农民》（1897 年）、《出差》（1899 年）等。契诃夫还创作了五个多幕剧：《万尼亚舅舅》（1897 年）、《樱桃园》（1903 年）等，代表作是《樱桃园》。这些剧本都反映知识分子的生活和情绪，或彷徨苦闷，或空虚无聊，或向往追求。

契诃夫的作品

1904 年 7 月 15 日，契诃夫因病情恶化在德国巴登维勒治疗期间逝世，遗体运回俄国安葬。

杰克·伦敦的焦虑和自杀

杰克·伦敦（1876—1916）是美国著名作家。他于 1876 年 1 月 12 日出生于美国加利福尼亚州的旧金山。他出身贫寒，父亲是当地一个破产农民。他从小靠卖报、卸货为生，过着艰苦的生活。后参加过淘金者的行列，结果空手而归。从这以后，他开始了自己的写作生涯。他的一生共创作了 19 部长篇小说，一百五十多篇短篇小说，3 部剧本，此外还有论文、特写等。1900 至 1902 年发表《狼的儿子》等三部短篇小说集，通称为"北方故事"。这些作品揭露资本主义社会的弊端和罪恶，表现淘金者和猎人在严酷环境中的顽强意志和斗争精神，表达了作者对于人类美好生活的向往。《荒野的呼唤》（1903 年）和《白羊》（1906 年）以两只动物的幻变来说明弱肉强食、适者生存的森林法则。长篇小说《海狼》（1904 年）揭露尼采式的"超人"即"海狼"的兽性和自私。《铁蹄》（1908 年）是一部长篇政治幻想小说，控诉资本家对工人的剥削和压迫，揭发新闻、文艺、教会、法庭等机构是统治阶级的工具，描写人民群众为推翻资产阶级专政（"铁蹄"）举行的武装起义，强调工人阶级进行长期武装斗争的必要性。自传体小说《马丁·伊登》（1909 年）是杰克·伦敦的代表作，它描写一个出身于劳动人民的现实主义作家在资本主义社会里的命运。他忍受了巨大的痛苦，克服了重重障碍，终于获得成功，得到了声誉、爱情和财富。但是，他成名以后远离了劳动人民。而在上流社会他所看到的各种人物全是势利之徒，他所爱的罗丝也使他感到失望。他感到理想的破灭，精神极度空虚，终于自杀。小说以生动的形象说明：在马丁所处的

杰克·伦敦

社会环境里，一个人成名的过程是理想幻灭的过程。在后来美国文学中，不少作品描写"美国理想"的幻灭，《马丁·伊登》是这类作品的先驱。杰克·伦敦作品中的人物个性鲜明，故事情节紧凑，文字精练生动。

但到了后期，杰克·伦敦逐渐脱离社会斗争，追求个人享受，他的"白人优越论"发展成为大国沙文主义，为 1914 年美国干涉墨西哥辩护。1913 年，他因经济上的困难和家庭不和，精神受到严重打击，经常酗酒，1916 年 11 月 22 日服毒自杀。

杰克·伦敦是美国杰出的现实主义作家，他擅长以人物的行动来表现出主题，人物形象具有鲜明的个性，同时他对资本主义社会的黑暗面的揭露也是相当深刻的。

第十五章　睁眼看世界

——被惊醒的中国近代文学

以文学救国、以文字劝世!

1840 年，鸦片战争后，中国文学发生了重大变化。面对日益严重的民族危机，有志之士开始呼唤文学的革命，希望通过文学救中国。龚自珍作为"近代文学第一人"，呼喊"不拘一格降人才"，他的《己亥杂诗》是一部渴望理想的宣言书；黄遵宪高呼"诗界革命"；梁启超强烈要求"小说界革命"。另外晚清四大"谴责小说"着力揭露现实黑暗，以隐喻劝世。

近代文学的开山作家：龚自珍

龚自珍（1792—1841），号定庵，浙江杭州人。近代思想家、文学家。出身于文士官宦家庭，27 岁中举，38 岁中进士。仕途不得意，多年在京做小官，曾任内阁中书、宗人府主事和礼部主事。48 岁辞官南归。50 岁卒于丹阳云阳书院。龚自珍是一位具有叛逆精神的学者和诗人。现存散文三百余篇，诗词近八百首。龚自珍诗内容丰富，多反映社会的腐朽和个人的忧虑及愤慨。风格奇伟豪迈，不拘绳墨，深受屈原、李白的影响。龚自珍诗绚丽多姿，形式自由，或秾朴、或清奇，或哀婉、或绮丽，无体不备。在思想和创作上龚自

龚自珍手迹

珍都首开关心国事民情一代之风，成为后来资产阶级改良派在政治维新和文学改良上的先驱。诗篇名作有《己亥杂诗》、《咏史》、《西郊落花歌》等。其散文多抒发对社会、政治问题的见解，自成一家。散文名篇有《病梅馆记》、《己亥六月重过扬州记》等。龚自珍在文学史上，一扫"桐城古文"和多种形式主义诗派积习，被奉为近代文学的开山作家。

❀ "诗界革命"的旗帜：黄遵宪 ❀

　　黄遵宪（1848—1905），字公度，别号人境庐主人。广东嘉应州（今梅州）人。晚清著名政治改革家和诗人。出身于商人致富的官僚家庭。光绪二年（1876年）中举人，次年为驻日使馆参赞，在任五年。后任旧金山总领事、驻英使馆参赞、新加坡总领事等职十余年。回国后，参加康有为、梁启超为首的强学会。光绪二十二年（1896年），在上海创办《时务报》，以梁启超为主笔，影响至

黄遵宪

巨。次年任湖南长宝盐法道，署理湖南按察使，厉行新政，扫除积弊。次年以病去职。戊戌变法失败，受到迫害，晚年在家完成《人境庐诗草》。黄遵宪是晚清诗界革新的倡导者，提出"我手写我口"（《杂感》）的口号。

　　黄遵宪是最早从理论和创作实践上开创"诗界革命"道路的，他被梁启超誉为"诗界革命"的一面旗帜。他的诗论反对机械拟古，认为学古但更要立足于今，对古人要辩证地对待，吸取精华，抛弃糟粕，"取离骚乐府之神理而不袭其貌"（《人境庐诗草自序》）。在诗歌内容上，他提出"诗之外有事，诗之中有人"的观点，要求诗歌从诗人所处的时代中选材，反映现实生活，同时要求诗歌必须反映诗人的真情实感，在学习前人的基础上确立自己的风格，"要不失乎为我之诗"。在语言上，他力求语言的通俗化，使用当今的语言资料。黄遵宪的诗多取材于生活，由于他阅历丰富，诗歌题材也十分新鲜、有趣，打上了时代烙印，显示出不同于传统诗歌的独特趣味，同时他又注重以诗记录重大历史事件，故其诗有"史诗"之称。

甲午海战期间他创作了《哭威海》、《哀旅顺》等一系列诗歌记录战争进程；他的诗运用传统诗歌形式表现全新的内容，具有时代性，同时他善于刻画人物，诗作叙事成分较多，如《度辽将军歌》，通过一位愚昧无知又刚愎自用将军的讽刺性刻画，展现了清政府的昏庸无能。在语言上吸取民间文学特点，运用散文化语言，善用典故且化用贴切，不显堆砌，创造了"以旧风格含新意境"的诗，成为继龚自珍后中国近代诗坛上最杰出的诗人，其诗现存约一千余首。除诗论外，黄遵宪对小说创作的见解也很有见地，他认为小说必须有神采，而小说的作者要做到这一点必须要有深厚的语言功力和丰富的材料积累，这些观点都是正确的。总而言之，黄遵宪的现实主义观点贯穿于他的文学理论中，并在他的诗歌创作中得到了很好的实践，真正体现了"新派诗"的特征。

近代文学革命的理论倡导者：梁启超

　　梁启超（1873—1929），字卓如，又字任甫，号任公、饮冰子，另署饮冰室主人，广东新会人，近代思想家、文学家、学者。幼年时从师学习，"八岁学为文，九岁能缀千言"（《三十自述》），17岁中举。后从师于康有为，成为资产阶级改良运动的宣传家。戊戌变法前，与康有为一起联合各省举人发动"公车上书"运动，此后先后领导北京和上海的强学会，又与黄遵宪一起办《时务报》，

梁启超

任长沙时务学堂的主讲，并著《变法通议》，为变法做宣传。戊戌变法失败后，与康有为一起流亡日本，政治思想上逐渐走向保守，晚年历任东南大学、清华研究院教授。曾先后主编《时务报》、《清议报》、《新民丛报》、《新小说》等。

　　梁启超是改良文学革命运动的理论倡导者。从戊戌变法前一两年开始，梁启超与夏曾佑、谭嗣同等便提出"诗界革命"的口号，提出"以旧风格含新意境"的进步诗歌理论，对中国现代诗歌的发展起了指导作用。他提出的

"小说界革命"亦然。他在前期提倡一种文条清晰、平易畅达，笔锋犀利，感情奔放的"新文体"，为晚清文体解放和"五四"白话文运动开辟了道路。

梁启超的散文或揭露批判黑暗丑恶的现实，或为祖国的现状忧心忡忡，或引进西方先进的思想与科技，积极呼吁变法自强，将散文作为其变法思想的宣传工具。形式上议论纵横、气势磅礴，笔端常带感情，极富鼓动性，别具一种魔力；语言半文半白，务为平易畅达，间杂以俚语、韵语及外国语法，纵笔所至不拘束。代表作有《少年中国说》等。以梁启超散文为代表的新文体是对桐城派以来散文的一次解放，为"五四"新文化运动推广白话文起到桥梁作用。有《饮冰室合集》。

晚清"四大谴责小说"之首：曾朴与《孽海花》

曾朴（1872—1935），笔名东亚病夫，江苏常熟人。早年接受了西方思想影响，倾向维新派。后从事出版业，先后开办小说林书社，创办《小说子》杂志，其间开始创作《孽海花》。《孽海花》初印本原署名"爱自由者发起，东亚病夫编述"。"爱自由者"即曾朴的好友金天翮，"东亚病夫"为曾朴的笔名。金天翮作了《孽海花》的前6回后，将其创作设想告诉了曾朴，由曾朴完成这部小说的创作。曾朴接手后又就原有的前6回进行了一定的加工，决定"想借用主人公做全书的线索，尽量突破近三十年的历史，避去正面，专把些有趣的琐闻逸事，来烘托出大事的背景。"（《修改后要说的几句话》）故更名为"历史小说"。曾朴与金天翮原定创作60回，根据作者所拟的人物名单大致分为旧学时代、丙午时代、政变时代、庚子时代、革新时代、海外运动几个时期，但由于曾朴于1935年去世，全书创作并没完成，现存全书30回，又以31回至35回为附录。

《孽海花》中人物皆有所影，作者以金雯青与傅彩云的经历为主线，串联起他们周围的官僚名士们，展示了从同治初年至甲午海战近三十年中国社会政治、经济、军事、外交的变迁，为读者展开了一幅清末社会图。其中有帝后斗争的宫闱秘史，有中日战争、中法战争的重大史实，还有对于俄国、德国等国的简要介绍。小说视角广阔，场面宏大，人物众多。通过对上层社会所谓达官名士生活的描述，揭露其虚伪丑恶的本质，将批判的矛头直指统治阶层，甚至是最高统治者。同时通过一些有识之士之口表达了对处于危难之中的祖国命运的忧虑，赞扬了那些资产阶级革命家积极追求自由民主的做法。但是由于作者认识水平和艺术趣味的局限，《孽海花》在思想上仍存在矛盾之处，受到时尚的影响，作品对于秘闻艳史、宫闺隐事过分关注，影响了小说的批判力量。《孽海花》是晚清四大谴责小说中艺术上最成功的一部作品，它的结构严谨，语言生动，人物个性鲜明，雅俗共赏，对于它时放时收的结构方法，鲁迅先生称赞它"结构小巧，文采斐然"（《中国小说史略》）。

第十六章　让时代解答

——西方现代文学的巡礼

作品复杂，主题多样，疑问生命！

　　20 世纪，是西方现代文学重要的发展阶段。在这个阶段，西方现代文学空前发展，批判现实主义精神继续发展，同时作家们也开始挖掘个人的灵魂，流露出感伤的情绪。高尔基的《母亲》、奥斯特洛夫斯基的《钢铁是怎样炼成的》、肖洛霍夫的《静静的顿河》等呈现出正义和英雄精神，毛姆的《月亮和六便士》、帕斯捷尔纳克的《日瓦戈医生》、海明威的《老人与海》、流亡作家索尔仁尼琴的政论散文，反映了这个时代文学的整体风貌。读这些作品，可以把握 20 世纪西方文学的主要特点。

《母亲》

瑞典文学的一颗珍珠：拉格洛夫与《尼尔斯骑鹅旅行记》

　　拉格洛夫（1858—1940），瑞典女作家，出生在瑞典西部韦姆兰省弗利根湖畔的一个小庄园里，曾在斯德哥尔摩女子师范大学学习。当过十年教师，辛勤地用自己的作品为祖国的教育事业服务。她在养病期间，阅读了大量文学作品，例如安徒生童话、北欧古代神话、英雄传奇和韦姆兰省地区丰富多彩的民间故事。曾在埃及和巴勒斯坦从事创作。晚年参加过反法西斯斗争。1891 年出版的第一部小说《古斯泰·贝林的故事》，使她一举成名。这部小说对瑞典 19 世纪 90 年代浪漫主义的复兴起了一定的作用。

拉格洛夫和他的作品

《尼尔斯骑鹅旅行记》（2 卷，1906—1907）和《骑鹅旅行续记》（1911 年），使拉格洛夫在北欧与安徒生齐名。这部童话写一个淘气的小男孩变成一个拇指大的小精灵，骑在鹅背上游遍瑞典的故事。作者把尼尔斯的历险与对她家乡的地理、历史和文化的描述巧妙结合在一起，堪称为一本知识丰富的教科书，深得儿童们喜爱，至今仍是世界儿童文学宝库中的一颗明珠。拉格洛夫的另一部集子《一座庄园的故事》（1899 年）是她最出色的作品之一。长篇小说《耶路撒冷》（2 卷，1901—1902）出版后，她成为瑞典最优秀的小说家。其他作品还有：短篇小说集《无形的链环》（1894 年）、《假基督的奇迹》（1897 年）、《孔阿海拉的王后》（1899 年），三部曲《勒温斯瑟尔特的戒指》（1925 年）、《卡洛特·勒温斯瑟尔特》（1925 年）、《安娜·斯沃尔特》（1928 年）等。她是第一位获得诺贝尔文学奖的瑞典女作家（1909 年）。1914 年她被选为第一位瑞典文学院女院士。

正义与真诚的罗曼·罗兰

　　20 世纪法国著名的现实主义作家和世界闻名的反战主义者罗曼·罗兰
（1866—1944）出生于克拉美西域的一个中产者的
家庭，父亲是公证人，母亲是旧教教徒，爱好音
乐。罗曼·罗兰五六岁时，就从家庭方面受到音乐
的熏陶，认识到贝多芬的伟大，这对于他日后思想
的形成与才能的发展有很大的影响。1882 年全家
移居巴黎。是年，罗曼·罗兰考入大路易中学。毕
业后，于 1886 年考入巴黎高等师范学校，先学文
学，后改历史。罗曼·罗兰青年时代曾受到 18 世
纪启蒙思想的影响，向往法国资产阶级革命，同时
他对巴黎公社表示出崇敬的感情。他还接受了法国
民主主义文化的优秀传统，对法国资本主义社会的

罗曼·罗兰

丑恶现实深恶痛绝。21 岁时，罗曼·罗兰在彷徨和动摇的痛苦中给列夫·托
尔斯泰写了一封长信，诉说自己内心的矛盾。后来得到了一封长达几十页的
回信，对他提出的问题予以诚恳贴切的解答。托尔斯泰鼓励他为人类崇高的
理想而奋斗，指出"一切使人们团结的，是善与美；一切使人们分裂的，是
恶与丑"。这使他过分重视道德精神的力量。托尔斯泰在信中还申诉了民众艺
术的概念，指出"艺术不应为某一特殊阶级之所有物。……艺术而不转向民
众，则绝无生存之理。"这对罗曼·罗兰艺术观的形成有一定的影响。1889 年
8 月，罗曼·罗兰毕业于高等师范学校，11 月被学校派往罗马考察，并采集
历史资料。在罗马，他结识了 72 岁的德国理想主义思想家玛尔维达·冯·梅
森帕女士。他们长期通信，探讨问题，这对罗曼·罗兰的思想有极大的影响
和启发。1895 年罗曼·罗兰完成他的学位论文《现代歌剧之起源》，获得博
士学位，并受到法兰西学士院的褒奖。19 世纪 90 年代，罗曼·罗兰曾对社会
主义运动发生很大的兴趣，声言"社会主义思想贯穿了我的全身"，但他是
"感觉上的社会主义者"，并没有真正接受马克思主义。1903 年至 1910 年，罗

曼·罗兰在巴黎大学讲授艺术史。

罗曼·罗兰开始文学创作，即以改革法国戏剧自命。他认为戏剧是直接影响群众的最好手段，即可以针砭时弊，又可以鼓励行动。他渴望为新的社会创造一种新的艺术，曾与当时法国文化界的进步人士一起，酝酿创立"人民戏剧"。罗曼·罗兰计划创作一套以法国大革命为题材的十二部曲，写出了《群狼》（1898年）、《丹东》（1900年）、《七月十四日》（1902年）三种（称"革命戏剧"）和其他一些剧本。《群狼》写大革命时期共和党人的内

高尔基和罗曼·罗兰

讧和杜亚龙蒙冤而死，这一情节与当时的德雷弗斯一案不无类似之点，因而引起了舆论的关注。剧本表现出作者维护正义事业的进步立场，他认为，不能以民族利益为借口做不公正的事，真理比流言更符合革命的利益。《丹东》写大革命时期雅各宾党人内部的斗争。《七月十四日》描写法国人民在攻克巴士底狱中所表现出来的高度革命激情和英雄主义，把人民作为法国大革命最重要的原动力来加以表现，作为描写群众性革命运动的剧本是作者一个大胆尝试。但在作者看来，人民群众仍然是一个不可思议的谜。在《圣路易》、《艾尔特》等"信仰悲剧"里，作者着眼于歌颂主人公的信仰。但罗曼·罗兰的许多戏剧因"人民戏剧"计划的落空而没有上演，以上剧本艺术性不强，因而在当时未能获得成功。这使罗曼·罗兰大失所望，他终于放弃了创立"人民戏剧"的计划而转向小说创作。

在创作剧本和撰写名人传记的同时，罗曼·罗兰埋头于长篇小说《约翰·克利斯朵夫》（1904—1912）的创作。从1890年开始酝酿，到1912年完成最后一卷，作家创作这部小说共花了二十多年时间。根据罗曼·罗兰在《青年时代的回忆录》中的记述，他写这部小说是为了替他报"充满虚荣心的市场的仇"，是为了一吐胸中块垒，完成他由于放弃"人民戏剧"计划而未完成的醒世的愿望。这部被高尔基称为"长篇叙事诗"的十卷巨著，叙写了音乐家克利斯朵夫的一生，描绘了广阔的社会图景，提出了社会生活中许多重大问题，是20世纪初世界文学创作中重大的收获之一。这部小说曾获1913

年度法兰西学士院文学奖和 1915 年度诺贝尔文学奖。继《约翰·克利斯朵夫》之后，罗曼·罗兰为了与 20 世纪初"垂死的文明"相对照，与克利斯朵夫最后的悲观情绪相对立，写了中篇小说《哥拉·布勒尼翁》（1913 年）。这部用拉伯雷式诙谐而轻松的笔调写成的小说，描写了法国文艺复兴末期一个木刻工匠一年中的生活故事，表现了高卢民族健康、乐观、愉快的性格。布勒尼翁健康爽朗，热爱劳动，不怕困难。他手艺精巧，善于创造，雕刻的自然景物和人物形象，栩栩如生。作者意在说明，由于那个历史时期的创作同劳动和人民生活紧密相连，因而艺术家对生活持乐观主义态度，有着充沛的创造热情，能创作出富有生命力的、令人精神焕发的艺术作品。作家用赞美文艺复兴时代法兰西文化的方式，再次向资产阶级颓废堕落的文化艺术提出批评和挑战。小说还描写了布勒尼翁敢于讥笑上帝、嘲弄贵族的可贵精神。他不满贵族的压迫和对人民的欺骗，要求"让每个人在太阳下都有一个位置，让每个人都有一片土地"，希望儿孙后代能过美好的生活，人类能互爱互助，自给自足，并幻想"背篮子的穷人和戴皇冠的国王之间的友谊"的出现。

第一次世界大战期间，罗曼·罗兰痛感人类自相残杀之荒谬与各国当局欺骗人民之可耻，站在反战的立场发表了一系列文章，抨击交战双方，揭露"保卫祖国"的沙文主义口号的虚伪，成为世界闻名的反战主义者。对于伟大的十月革命的胜利，罗曼·罗兰在《向俄国革命致敬》和《致自由和解放者的俄罗斯》（1917 年）等文章中，表示了敬意，并号召人们向它致敬。以后他又写了《精神独立宣言》（1919 年）、小说《尼埃尔和吕丝》（1920 年）、《格莱昂波》（1920 年）以及《向过去告别》（1931 年）、《我为谁写作》（1933 年）等。在两次世界大战期间，他完成了第二部长篇小说《欣悦的灵魂》（1922—1933），发表了论文集《战斗十五年》和《以革命手段取得和平》（1935 年），并以正确估价人民力量的历史剧《罗伯斯庇尔》（1939 年）作为他一生从事文学创作的总结。

罗曼·罗兰的一生和他的创作道路是艰苦而复杂的。他一生为争取人类自由、民主与光明的前途进行了不屈不挠的斗争，为发扬人类进步文化付出了巨大的劳动。他从一个资产阶级民主主义知识分子，经过艰苦的探索和"苦难的历程"，转向无产阶级，转向社会主义。他在《战斗十五年》的序文里，表示自己最后的决心和态度——"跟随马克思，雄壮地将真实的人从抽象的生命中解放出来。"罗曼·罗兰的创作道路体现了西方正直的知识分子宝贵的探索精神。罗曼·罗兰创作丰富，视野开阔，思想深刻，形象鲜明，激情的诗意、哲理的探求和对现实的反映交织在一起，构成丰富多彩的历史画卷，成为20世纪上半叶世界文学史上的重要篇章。

《约翰·克利斯朵夫》(1904—1912) 被誉为20世纪第一部伟大的批判现实主义小说，共包括四集十卷：第一集包括"黎明"、"清晨"、"少年"三卷，主要是写主人公约翰·克利斯朵夫童年和少年时代的生活。第二集包括"反抗"、"节场"两卷，主要是写主人公对社会腐败和虚伪文明的不满和反抗。第三篇包括"安多约得"、"户内"、"女朋友们"三卷，主要是写约翰·克利斯朵夫的友谊和爱情。第四集包括"燃烧的荆棘"和"复旦"两卷，主要是写主人公经过矛盾，绝望而得到精神"解脱"。小说以第一次世界大战前二三十年的欧洲为背景，以德、法、意等国的社会为主人公活动的天地，描写了约翰·克利斯朵夫一生的经历和奋斗，表现了作家进步的人生观念和艺术观。约翰·克利斯朵夫出生于德国莱茵河畔一个贫穷的音乐世家，在父亲严厉管教下从小学习音乐，常到宫廷演奏。后因在家乡不满庸俗环境，反抗不公平的事物，到处受排挤，加上生活困难，初恋受挫而逃离德国，到了巴黎。但在巴黎同样见到随处充斥黑暗腐败，他处处格格不入，受到冷遇，只有友谊及纯洁的爱情给他安慰，使他鼓足勇气继续在人生道路上奋斗。虽然他的音乐创作被欧洲各国演奏，但他避居罗马，专事音乐创作，追求精神上的自我完整。

《约翰·克利斯朵夫》通过对主人公一生经历的描述，非常广泛地反映了19世纪末到20世纪初欧洲的社会现实、文化面貌和人情风俗。小说还形象地暴露了当时德、法、意等资本主义世界黑暗而丑恶的现实，揭露了社会上和文化界盛行的虚伪、腐俗、堕落、勾心斗角、趋炎附势等腐朽风气。小说最大的成就是在这种社会背景和现实环境中，成功地塑造了约翰·克利斯朵夫活生生的倔强性格和永不休止的奋战精神，即不畏任何艰难险阻，生命不灭，奋斗不息，百折不挠，勇往直前，这是约翰·克利斯朵夫性格的核心和其魅力的主要源泉。这正是这部小说具有震撼千万读者心灵的强大吸引力和不朽生命力的主要奥秘所在。约翰·克利斯朵能在万难逆境中奋战不息，与他抱有崇高的人生理想奋斗目标分不开。"即将到来的日子"永远指引着他，激励

着他。渴望一生有所作为，提高自己生命的价值，对人间有所贡献的愿望给予他不竭的力量。他在临死时还在问自己："你究竟喜欢哪一样？是约翰·克利斯朵夫的姓名永久流传而让他的作品消失呢？还是作品永远存在，而让他的姓名消失？"他的回答是："让我的作品永生，而我自己消失吧！"这种把创造、把事业看得高于个人，甘愿自己毁灭和牺牲来换得成就的事业心和创造精神，使约翰·克利斯朵夫得以面对生活的任何挑战，蔑视一切困难和个人不幸。《约翰·克利斯朵夫》在艺术上最主要特征是出色的心理描写和自然景物描写，全书贯穿着诗情哲理融通之美，令人沉思。

"曼哈顿的桂冠诗人"：欧·亨利

　　欧·亨利（1862—1910），生于美国北卡罗来纳州的一个小镇，父亲是医生。15 岁起在叔父的药房当学徒。二十岁时到西部牧场放了两年牛。先后当过会计员、土地局办事员和银行出纳员。他因涉嫌银行亏空避难拉丁美洲。1897 年他得悉妻子病重，回家探望，终于被捕，判五年徒刑。1901 年因"行为良好"，提前释放。避难及狱中生活、听到逃亡者及犯人所讲形形色色离奇古怪的故事，都成了他文学创作的原材料。

　　他是在监狱中开始以"欧·亨利"为笔名写作短篇小说的。出狱后，他来到纽约，住在小客栈或公寓里，出没在公园、小酒馆、贫民窟、下等剧场等地，写作短篇小说约三百篇。他的小说主要描写纽约曼哈顿区的市民生活，拥有大量读者，故有"曼哈顿的桂冠诗人"之称。1910 年因病及饮酒过度，过早去世。

　　他的著名短篇小说有《麦琪的礼物》（1906 年）《警察与赞美诗》（1906年）、《带家具出租的房间》（1905 年）等。《警察与赞美诗》写一个无家可归的流浪汉衣食无着，为了度过严冬、谋取免费的食宿，有意干出种种破坏行为，但警察却始终不理会他。后来，他在一座教堂外面听到赞美诗，深为感动，忏悔过去，决定重新做人，不再想进监狱。但此时警察却把他作为无业游民抓进监狱。《麦琪的礼物》写一对穷困的夫妻在过圣诞节时，绞尽脑汁互送礼物表达感情的故事。妻子卖掉身上唯一珍贵的引以自豪的美丽长发，给丈夫买了一条像样的表链；而丈夫卖去了身上唯一值钱的祖传三代的金表，换得了一付装饰长发的带有珠饰的发梳。最后两人对对方已成废物的礼品不禁哑然失笑。此外，欧·亨利还写了一部长篇小说《白菜与皇帝》（1904年）。

欧·亨利是世界著名的短篇小说大师，长期以来人们把他与契诃夫、莫泊桑并称为世界短篇小说三大师。他的短篇小说有充分而又合乎情理的艺术夸张，结局往往出人意料之外，从"含泪的笑"中表达了对小人物的同情和对黑暗社会的愤怒，被誉为"欧·亨利笔法"。人们称许他的作品是美国生活的幽默的百科全书。在美国专门设有名为"欧·亨利奖"的文学奖金，用来鼓励短篇小说创作。1962年，为纪念欧·亨利100周年诞辰，世界和平理事会曾把他列为当年纪念的世界名人。

侦探小说之父：柯南道尔

柯南道尔（1859—1930）是英国著名的小说家，于1859年出生于爱丁堡。早年，他当过医生，这一职业对他后来小说中人物的塑造起了很大的作用。侦探小说《血字的研究》（1887年）是他的第一部作品，也是他的成名之作，他成功地塑造了侦探福尔摩斯的形象，使得福尔摩斯这一人物形象在全世界都家喻户晓。在作品中他描写私人侦探福尔摩斯通过细致的观察和逻辑推理的方法侦破一件复仇杀人案的经过，揭露了被杀的摩门教主的贪婪和凶残。继这部小说以后，他又发表了《四签名》（1889年），受到广大读者的热烈欢迎。此后，柯南道尔相继写了68篇福尔摩斯侦探故事，收在《福尔摩斯的冒险》

柯南道尔

（1891—1892）、《福尔摩斯回忆录》（1892—1893）、《福尔摩斯的归来》（1905年）等集子中。此外，还有4部以福尔摩斯为主要人物的中篇小说。柯南道尔的小说逻辑谨严，情节紧张而出人意料，他创立了侦探推理小说流派，对后来流行的推理小说产生了重要影响。就内容而言，他的作品从侧面反映了资本主义社会的黑暗和错综复杂的人性之病。

柯南道尔曾获得英王授给的勋爵称号，可见其作品的影响力之大，其晚年的作品充满神秘主义色彩。

"暴风中的海燕"：高尔基

高尔基（1868—1936）的《海燕》为人熟知，因此他有"暴风雨中的海燕"之称。这只"海燕"在俄罗斯的大地上展翅飞翔——以无产阶级的革命精神鼓舞着俄罗斯人民。正如列宁所说，他是"无产阶级艺术的最杰出的代表"。高尔基原名阿列克塞·马克西莫维奇·彼什可夫，1868 年 3 月 28 日出生在俄国中部的下诺夫戈罗德城的一个细木工家里。高尔基 4 岁丧父，后来寄居在外祖父家里，这是一个典型的小市民家庭。高尔基从小就受到苦难生活的折磨，他只读过两年小学，10 岁走入"人间"。在社会的底层，他当过学

高尔基

徒，拣过破烂，做过跑堂的、看门人、搬运工人和面包师傅。1884 年他来到喀山，想进大学，但贫民窟成了他的"社会大学"。底层的生活使他亲身体会到人民的痛苦，看到社会的丑恶。这时他和民粹分子开始接近，也接触过早期的马克思主义者，读过《共产党宣言》、《资本论》等著作。他还在工人、农民中进行过宣传活动。高尔基憎恶丑恶的现实，同情人民疾苦，但他还弄不清如何改变现实生活，有过苦闷和彷徨。这时他正在努力探索革命的道路。

19 世纪 80 年代末、90 年代初，高尔基怀着了解祖国和人民的愿望，两次在俄国南部流浪，最后在梯弗里斯进入铁路修配厂做工。1892 年，在《高加索报》上用高尔基的笔名发表了第一篇短篇小说《马卡尔·楚德拉》，从此走上文学创作的道路。

高尔基早期的创作反映了劳动人民反抗沙皇专制统治、渴望自由解放的革命激情。1895年写的《伊则吉尔老婆子》和《鹰之歌》是出色的作品。在高尔基的早期创作中，除了浪漫主义的诗文外，还有不少现实主义的作品。在这些作品中作家一方面揭露了资产阶级和小市民的自私和无耻，同时还反映被压迫人民生活的苦难以及他们的不满情绪。在揭发"生活的主人"的作品中，短篇小说《因为烦闷无聊》（1897年）是有代表性的。在一个偏僻的小火车站，站长家里雇佣的厨娘是个逆来顺受、听人摆布的女人。站长、职员们因为烦闷无聊，恶作剧地嘲弄了这个可怜的女人。她在受辱之后，感到悲痛欲绝，最后被迫自杀。这篇作品有力地揭露市侩们卑劣的灵魂。《二十六个和一个》（1899年）反映被剥削人民的痛苦生活以及他们对光明和幸福的追求。二十六个薄饼工人受到老板的残酷剥削，他们终年在见不到阳光的牢房般的工厂里，从早到晚从事奴隶一样的劳动。工厂楼上一个小女工每天来讨薄饼，二十六个人都爱她，甚至把她当成心中的太阳，这是他们生活中唯一的快慰。可是一个大兵出身的面包司务竟勾引上小女工，从此二十六个人生活中的唯一一点快慰也消失了。在作品中高尔基揭示了资本主义社会不仅经济上残酷剥削工人，而且还剥夺他们仅有的一点精神上的安慰。

1899年高尔基发表了中篇小说《福玛·高尔杰耶夫》，这是作家第一次力图用"广阔和内容丰富的画面"反映俄国资产阶级生活的作品。在书中作者着意刻画一个资产阶级"浪子"的形象，暗示资产阶级在它上升时期就已开始在内部瓦解。

20世纪初，在俄国革命浪潮的影响下，高尔基和革命运动的联系日益紧密，他的创作也日趋成熟。1901年高尔基在彼得堡积极参加群众的革命活动。目睹了沙皇政府的种种暴行，作家感到无比的愤慨，在彼得堡文艺工作者反对沙皇的抗议书上签了名，支持工农群众的革命斗争。当时高尔基已经预感到革命即将到来，于是他为《生活》杂志写了充满革命激情的短篇《春的旋律》。但由于沙皇书报检察机关的阻挠，《生活》杂志只刊出了短篇的结尾部分《海燕》。《海燕》生动地反映了革命高潮到来的前夕，革命人民和反动势力进行激烈搏斗的壮丽图景。高尔基热情地歌颂战斗的无产阶级，愤怒地抨击沙皇政府及其帮凶，深刻地揭露资产阶级自由派的丑恶嘴脸。作品展现了沙皇专制制度必然崩溃，无产阶级革命一定胜利的前景。高尔基以满腔激情

歌颂海燕的同时，还以鄙视的笔调写了其他一些海鸟——海鸥、海鸭、企鹅。在这一群水鸟身上，我们看到了革命风暴前惶恐不安、悲观失望、企图向敌人妥协投降的资产阶级政客和小市民的丑恶灵魂。

20 世纪初，高尔基开始创作剧本。其中《底层》（1902 年）是最有影响的一部作品。它是作家 20 年来流浪生活观察的总结。《底层》描写了沙皇时代沦落到生活底层的一群流浪者，这里有手工业工人、码头搬运工，还有小偷、逃犯、妓女、游方僧、落魄的贵族、潦倒的知识分子。他们都挤在柯斯蒂略夫开设的夜店——一个阴暗、潮湿的地下室里，过着非人的生活。他们在这牢狱般的夜店里，找不到出路，看不见光明。摆在他们面前的，只有悲惨的下场。剧本反映了当时俄国一个严重的社会问题：经济危机使成千上万的劳动者失业，使他们被迫流离失所，无家可归。高尔基通过流浪汉悲惨遭遇的描写，控诉了资本主义社会。罪恶的社会制度摧残了无数的人，把他们抛到生活的底层，痛苦的深渊。

1906 年，布尔什维克党派高尔基出国，宣传俄国革命并筹集资金。1906 年高尔基完成了剧本《敌人》和著名长篇小说《母亲》。此外，高尔基还根据在美国的亲身见闻，写了政论集《在美国》和《我的访问记》，对资本主义进行深刻地暴露和批判。

1905 年革命失败以后，俄国进入斯托雷平反动时期，无数革命者遭到残酷鞭笞、流放、杀害，全国布满绞架。同时在党内出现了"取消派"和"召回派"。高尔基在思想上接受了冯格丹诺夫等人的影响，同情召回主义，并赞成用"宗教无神论"创造出一种新的社会主义神来。高尔基的造神论思想明显表现在中篇小说《忏悔》（1908 年）及一些论文中。高尔基创作《夏天》（1909 年）等反映农村革命斗争的小说。

高尔基侨居意大利期间，创作了《意大利童话》共 27 篇。《童话》取材于现实生活，但却具有革命浪漫主义精神。1913 年高尔基在列宁的建议下回国，开展文化组织工作，主编杂志《编年史》，这个时期他还完成了自传体三部曲的前两部《童年》（1913 年）和《在人间》（1916 年）。十月革命后，高尔基完成第三部《我的大学》（1923 年）。三部曲再现了 19 世纪七八十年代俄罗斯的生活图景，揭露剥削阶级的残暴，小市民习气的恶劣，描述劳动人民的困难，刻画了阿辽沙不屈从黑暗势力、追求光明、刻苦自学、探索革命真理的真实形象。在这一时期，高尔基还写了不少回忆录，其中最著名的是《列宁》。

在苏维埃时代，高尔基创作了一系列揭露资产阶级及其知识分子的作品。如长篇小说《阿尔达莫诺夫家的事业》（1925年）、《克里姆·萨姆金的一生》(1925—1936)，剧本《耶戈尔·布雷乔夫及其他的人们》(1931年）等。

高尔基在最后十年里还写了大量的特写和政论。在20至30年代，高尔基根据自己的创作实践和苏联文学的经验，写了一系列文学论文，为马克思主义文艺理论的发展作出贡献。1934年，高尔基主持第一次苏联作家代表大会，做了题为《苏联的文学》的报告，并当选为苏联作家协会主席。1936年6月18日，高尔基逝世。

"荣誉侍从"：毛姆

毛姆（1874—1965），是英国小说家和戏剧家。出生于律师家庭，医学院毕业后，主要从事文学创作。创作了近十部长篇小说，三十部剧本、一百多篇短篇小说及不少游记、回忆录和论文。他对生活抱既不抗争又不颂赞的"超然"态度，被人看做是自然主义的继承人。著名作品有描写贫民生活的长篇小说《兰贝斯的丽莎》（1897年），描写理想遭受毁灭和人生无意义的自传体长篇小说《人间的枷锁》（1915年），表现资产阶级物质文明与原始生活方式的矛盾和对比的长篇小说《月亮和六便士》（1919年），描绘资产阶级和贵族社会道德堕落的剧本《贺圈》等。其中《月亮和六便士》最为有名，他以法国画家高更为原型，描写一个画家到南太平洋的塔希提岛上与土著居民过着原始生活，

毛姆

却创作不少名画。他一共大约写出了一百多个短篇，其中以写英国人在海外生活的小说最富有特色。1954年英国女王授予他"荣誉侍从"称号。

毛姆1965年病逝于法国。

描写美国悲剧的大师：德莱塞

西奥图·德莱塞（1871—1945）是美国杰出的现实主义小说家。他生于美国印第安纳州一个破产的小企业主家庭。因家境困难，中学毕业后被迫自谋生计，两年后考入州立大学，勉强读了一年又不得不退学。他先后做过饭店洗碗伙计、洗衣店工人、火车站验票员、家具店伙计等工作。这段经历为他后来积极支持工人运动打下思想基础，也为他的创作提供了许多素材。

德莱塞

1892 年他开始当记者，一直到他成为职业作家始终没有放弃记者工作，这对他接触群众、了解社会提供了有利的条件。

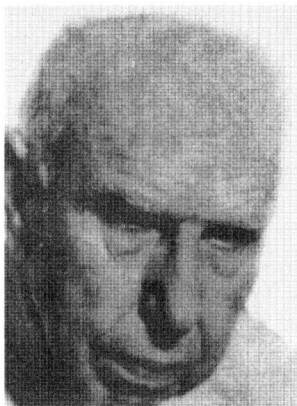

德莱塞的创作可分前后两个时期，俄国十月革命是他思想和创作的转折点。他的创作基本上是现实主义的，但也存在自然主义倾向。

1900 年德莱塞发表第一篇长篇小说《嘉丽妹妹》。女主人公嘉丽从乡下来到芝加哥谋生，她为了糊口，被迫同一个推销员同居，后来又成了酒店经理的情妇。以后她到了纽约，进入社交界，接受了上层社会的生活方式和思想影响。一个偶然机会，她当上了演员，成了名，有了金钱和地位，但精神空虚。作者在广阔的角度，描写嘉丽对幸福生活追求，批判资本主义社会的黑暗，并指出在美国靠诚实劳动找不到出路，只有出卖自己，才能获得金钱和地位，在这样的社会里不可能有真正的幸福。作者突出地揭露美国存在贫富两个对立的世界。寒夜，在纽约最繁华的百老汇路口，一边是富人们的灯红酒绿，挥金如土，另一边则是失业者的长长队伍，等候一小块面包的施舍。对照鲜明，令人触目惊心。

《珍妮姑娘》（1911 年）是德莱塞第二部长篇小说，作者又选择一个来自民间的穷姑娘作为主人公，描写她在资本主义社会中一生的悲惨遭遇。这部小说和《嘉丽妹妹》一样，鲜明地刻画美国社会中的贫富悬殊。珍妮一家大

小四处奔波，衣食无着，雷斯脱一家却不劳而获，过着奢华的生活。这样的社会是富人的天堂，穷人的地狱；正直诚实的人没有出路，掠夺者为所欲为。但也应该指出，这两部小说存在着悲观主义情绪和自然主义描写的缺点。

1912年德莱塞发表新作《金融家》，1914年又发表《巨人》，1945年发表《斯多葛》，这三部小说组成他的现实主义巨著《欲望三部曲》。作品的突出特点是揭露帝国主义时代的美国"文明"和"民主"的真面目。《欲望三部曲》较之前两部作品，不论在题材的重要性上还是在思想的深刻性上，都大大地前进一步。作品揭露了美国的金融资产阶级如何控制美国政权机构的真相。美国的议员和官员在金融寡头的控制下，成了他们得心应手的工具。费城是这样，芝加哥也是这样，在三部曲中，作者细致地描写了帝国主义阶段美国社会种种经济现象。大的如竞争、垄断、兼并、金融危机、资本输出等，小的如交易所的抛售和抢购、空头股票的出笼、公债的贴息和兑现等都写得十分具体、真实。作品也存在一些缺点和错误，最突出的是作者接受了"生物社会学"的观点，在揭露柯帕乌的同时，过分赞赏他的才华和智力；在描写资产阶级的纵欲行为时，有自然主义倾向。

1915年德莱塞发表了长篇小说《天才》，作品探讨艺术在金元帝国的地位问题。小说中流露出悲观主义情绪，德莱塞提出了问题，但看不到出路。1917年的俄国十月革命给德莱塞以巨大的鼓舞，相继写成《十二个》（1919年）、《敲吧，鼓儿》（1920年）等文集，他对帝国主义金融寡头的抨击更加有力，对人民群众的关心和同情更加强烈。

长篇小说《美国的悲剧》（1925年）的发表，标志着德莱塞现实主义创作取得新的发展，这是他又一部深刻揭露所谓"美国生活方式"的优秀作品。作品发表时，美国正处在1920至1921年经济危机后的暂时稳定时期，美国资产阶级报刊大力推销所谓"美国生活方式"，拼命吹嘘美国的"文明"和"繁荣"，德莱塞用生动的事实揭穿这个谎言。作品描写一个普通美国青年为追求"美国生活方式"而堕落成杀人犯的故事。克莱德·格里菲斯是一个穷教士的儿子，小的时候对"传奇式的奇迹特别有幻想"。受到资产阶级社会的腐蚀后，他拼命追求财富和享受。他的一个富有的伯父提拔他当工厂某一部门的主任，他的虚荣心得到初步的满足。就在这时，他诱骗了女工洛蓓特。不久，他发觉自己得到阔小姐桑德拉的垂青，为了摆脱洛蓓特，在游湖时，

美国的悲剧

他故意弄翻船让她淹死。事情败露后，他被判死刑。作者细致地描绘克莱德堕落的过程，揭露并谴责他追求财富、贪图享受的虚荣心和利己主义，挖掘并剖析了他谋害情人的犯罪行为和卑劣的心理活动，指出他之所以被送上电椅是利己主义恶性发展的结果，是罪有应得。作者又雄辩地指出，克莱德是金元帝国和"美国生活方式"的受害者和牺牲品。美国金融寡头断绝了普通人走向幸福的可能，并且用"美国生活方式"腐蚀毒害他们，许多青年就在这样的毒害下堕落，克莱德就是其中之一。克莱德是一个普通美国青年，他与作者前几部小说的主人公不同，他没有嘉丽那样充沛的精力，也不像柯帕乌那样狡猾能干，更不具备尤金那种艺术才能，因此在某种意义上说，他的悲剧更具有普遍意义，他的悲剧是千千万万美国青年的悲剧。小说的尾声意味深长地再次出现了小说开头格里菲斯一家在街头布道的场面，只是其中的小孩已由克莱德变成了他的外甥。这暗示出悲剧在新的一代身上正在继续。这不仅是美国青年的悲剧，也是美国社会本身的悲剧，所以作者把这个悲剧称之为"美国的悲剧"。在作品的后半部，作者详尽地描写了对克莱德审判的全部过程，更深地暴露了美国的假民主以及美国司法机构的黑暗、腐败。克莱德的罪案发生以后，民主党和共和党都想利用这个案件捞取政治资本。在审讯过程中，选陪审团、起诉、作证、辩护，表面看来手续齐全，十分民主，其实却是一场骗人的把戏。检察官梅逊是共和党的候选人，为了把自己打扮成为民申冤的青天大人，他不惜制造伪证，千方百计地把克莱德判处死刑，为即将来临的选举大捞选票。为克莱德辩护的律师是民主党人，虽从克莱德口中了解到实情，但为了阻碍梅逊当选，却有意帮助克莱德编造情节，以假乱真。在作品的结尾部分，作者还讽刺了为"美国生活方式"服务的宗教的伪善面孔。这部作品也存在一些不足：他写了一个青年的苦闷、彷徨、堕落，以至由犯罪到毁灭的整个过程，但他却不能指出这个青年究竟应该走一条什么样的道路。作者在揭露批判美国资本主义社会的同时，不能指明这个社会应该往哪里去。他提出一系列的社会问题，却提不出解决问题的答案。

30 年代初德莱塞发表了优秀的政论集《悲剧的美国》。这是他多年来和工人群众紧密结合的结果，是他创作的一大成就。该部作品涉及美国政治、经济、外交、文化各个部门，它不仅真实地反映了美国金元帝国许多骇人听闻的事件，而且对这些事件进行了深刻地分析，从中得出革命的结论。在作品中德莱塞鲜明地描写了两个美国——人民的美国和华尔街老板的美国，这一点可以说是整部作品立论的前提。作者用无数事实和数字证实金融寡头对美国的统治。他们不仅在经济上残酷地掠夺人民，并且还在思想上毒害人民。他们建教堂、办报纸，散布种种反动思想，其目的就是为了麻痹人民的斗志，使他俯首贴耳地忍受资本家的剥削和掠夺。当作品写到美国两党制的时候，德莱塞指出：在共和党和民主党的背后"都是各地的霸主"。作者还揭露了美国的对外侵略，他指出美国垄断集团正积极准备发动新战争，同时以文化经济的援助为名对经济落后的国家进行侵略和掠夺。

十月革命后，德莱塞的生活和创作道路上的一个重要特点，就是他对工人运动的密切注意和关怀。1941 年，他发表了政论集《美国值得拯救》，再一次揭露垄断组织是如何把美国引到崩溃的边缘。此外，长篇小说《堡垒》和《斯多葛》是他逝世前写成、逝世后才发表的两部小说，这两部作品对于了解作家思想创作的发展是很有价值的。

1945 年，74 岁高龄的德莱塞参加了福斯特为首的美国共产党。1945 年 12 月 28 日德莱塞逝世。德莱塞对美国文学的影响是巨大的，他们主要功绩在于突破了美国文学中的"高雅"传统，他的创作道路表明了现实主义在美国的成熟。

德莱塞的作品在中国早有介绍。瞿秋白在题为《美国的真正悲剧》一文中指出，德莱塞的"天才，像太白金星似的放射着无穷的光彩"，他是"描写美国生活的极伟大的作家"。

捷克讽刺作家哈谢克与《好兵帅克》

哈谢克（1833—1923）是捷克讽刺作家。出生于布拉格一个穷苦的教员家庭。13 岁时父亲去世。他同母亲和弟妹靠施舍和乞讨过活。中学读书时，经常参加反对奥匈帝国压迫的示威游行，屡遭拘留和逮捕。毕业后遍游全国。1903 至 1904 年间接触无政府主义者并受其影响。后在 1905 年工人运动高涨的形势下，放弃无政府主义，参加捷克进步作家行列。第一次世界大战爆发，应征入伍，被编入捷克兵团，开赴俄国作战。1917 年在俄国

哈谢克

参加了十月社会主义革命。1918 年加入苏联红军，担任宣传工作，不久加入布尔什维克党。1920 年回到捷克，定居布拉格，专门从事文学创作，哈谢克最著名的作品是长篇小说《好兵帅克》（1920—1923），是一部杰出的政治讽刺作品，在国内外影响很大。

《好兵帅克》全名《好兵帅克在第一次世界大战中的遭遇》。帅克的形象在哈谢克的创作中早已出现过。1911 年 5 月，他就写过以帅克为主要人物的短篇，但只是一般的反战故事，缺乏深刻的社会内容。长篇小说《好兵帅克》却是一部杰出的政治讽刺作品，作者以他在奥匈帝国军队中服役时所获得的素材写成。

好兵帅克

小说通过主人公帅克在第一次世界大战中的经历，写奥匈帝国统治者的凶恶专横及其军队的黑暗腐败，成功地塑造了一个与人民血肉相连的普通捷克士兵的形象。《好兵帅克》在国内外影响很大，已被译成 30 多种文字。

透视人性：劳伦斯

　　劳伦斯（1885—1930）是英国著名小说家、诗人、散文家。1895 年 9 月 11 日出生于诺丁汉郡伊斯特伍德的一个镇里。他的父亲是当地的一个矿工。他当过会计、雇员、小学教师。他对现代工业文明持否定态度，认为现代工业文明是畸形的，戕害人的天性。劳伦斯一生共发表十部长篇小说。他重视长篇小说，认为它最能充分展现生活。从传统技巧出发，他逐渐加进了草木鸟兽的诗意摹写，指斥愚庸的政论激情。他不看重形式和情节，他的主要人物没有十分固定的性格。他的优秀长篇小说包罗广博，很有气势，但有时夹杂着反复议论、结构混乱的缺点。中篇佳作由于主题单一，更见明快。此外，他的书信也很有特色。

劳伦斯和《查泰莱夫人的情人》

　　《白孔雀》（1911 年）写一位虚荣的姑娘，舍弃了质朴的农民而选择了一位富商的儿子，因而造成不幸。作品表达了作者对大自然蓬勃生机的礼赞。成名作《儿子与情人》（1913 年）写矿工沃特·毛瑞尔一家的痛苦与不幸，带有作者的自传性质。《虹》（1915 年）是劳伦斯的代表作，通过布兰文的三代家史，反映了 19 世纪中叶以来英国社会的历史进程，描绘了小农经济解体过程中农民内部的矛盾，着重描绘了第三代的厄秀拉；反映了布兰文不满现存制度的叛逆性格。《恋爱中的女人》（1921 年）是《虹》的姐妹篇，它进一步探索现代工业文明社会中建立人与人之间和谐关系的可能性。

　　《查泰莱夫人的情人》（1928 年）是劳伦斯的代表作品，主要写查泰莱从前线归来，丧失了性能力，要妻子康妮"同别的男人生个孩子"以继承家业，结果康妮与雇工梅勒斯相恋出走。小说反映了以查泰莱为代表的现代工业社会对人的自然天性的摧残，赞扬了和谐的两性关系。劳伦斯的小说情节已趋淡化，心理探索加强，象征手法屡见不鲜，具有现代主义倾向。小说中性描写具有局限性，但他以其艺术才华拓展了小说创作中的性领域和新天地。

米西尔女士和她的《飘》

《飘》这部风靡全球的小说与米西尔的生活的确有着不解之缘。虽然南北战争的风尘早已消失，但 1900 年生于南部亚特兰大的米西尔则自幼听到人们谈论这场战争，抱着一种耻辱的回忆诅咒"北佬"的胜利，对许多细节了如指掌，还学会了唱"南方联盟"的盟歌。

人们一直认为距亚特兰大一小时路程的菲茨杰拉德农场，就是《飘》中"陶乐垦殖场"的原型，那是米西尔曾祖父的庄园。后来，贝蒂·塔尔梅哥以一千美元买下了这座宅第，用五千美元买来好莱坞同名电影中有关陶乐垦殖场的布景，并在这里广招游客。她所办的餐馆的菜单上也充满着人们熟知的名字，如"爱兰"汽酒、"思嘉"萝卜、"白瑞德饼干"等，使这个地方成了一时的旅游热地。

虽然米西尔本人未曾承认她的小说有什么原型，但她年轻时在一次舞会上遇到并一见钟情的年轻中尉克利福得·亨利，从秀丽的外表到温柔细腻的性格都与卫希礼极其相像，俩人知音难遇，情谊甚殷。可是一场战争使年轻的中尉不幸早殇，几个月后，流感又夺去了米西尔母亲的生命，她只得放弃就学的机会，回到亚特兰大的庄园照顾家庭。

二十岁的米西尔虽然不如郝思嘉那样绝艳，但却肤色洁白、娇小玲珑、纤腰丰臀，短短的赤褐色头发，眼睛聪颖多黠，爱跳查尔斯顿舞、会吸烟、喝酒、喜欢读当时最有争议的书籍，充满着青春活泼的美丽，像郝思嘉一样，是那个年龄里备受青睐的妙龄少女，颇使男人感到有一种无可抵挡的魅力。在一封给她的一个"未婚夫"的信中，她写到："……现在我明白了，我永远不可能嫁给他们当中的任何一个，他们都不过是我的朋友。然而，我知道自己的归宿注定在一个丈夫和孩子们身边，我不大相信幸福，可是我获得幸福的最大可能是在爱情中，而我又很难爱上什么人。"

然而，不久她就碰上了风流倜傥的雷德·厄普肖。他是情场老手，很善于诱惑女人，开车飞快、酗酒若狂、挥霍无度，使米西尔马上陷入了情网，她和喜欢向世俗挑战的郝思嘉一样，不顾父亲的警告和厄普肖结了婚。可是这并不符合厄普肖的天性，他是个不可羁绊的自由人，不久便厌倦了这种枯燥乏味的生活，抛弃了她。

米西尔终究是个坚强的女性，没有因此而消沉，在被聘为《亚特兰大日报》记者以后，常常为一篇文章奔波辗转、废寝忘食。1925年7月，她与约翰·马什结婚，在经过一番颠荡好动的情感生活之后，这个男人的温柔持重使她找到了某种归宿。她在自己取名为"垃圾场"的新宅里读遍了家里的藏书，然后辞去记者的职业，开始写《飘》这部始终纠缠着她心灵的著作。

在三年的时间里，她已写下了60万字，在成书的最后那一年，即1929年，米西尔因交通事故而受伤，情绪受到影响，这使她常常想起早先的情人厄普肖，在小说的结尾则更多地赋予白瑞德以一种浪子归来的怀恋感。全书终于完成，被装在二十来个纸袋里，经过一段灵感的振奋，她的热情完全消遁，原稿被束之高阁，一晃就是六年。

麦克米伦出版社的副社长哈罗德·莱瑟姆从纽约来到亚特兰大，多次在文学酒会上与米西尔相见，并一再鼓励她将稿件取出。她先是矢口否认，后来终于让步。最后在莱瑟姆离开下榻的旅馆之前，他接到了她的二十来个纸袋，携带如此厚重，且后来证明是如此有价值的书稿，在他还是第一次。

《飘》在1936年出版以后便轰动了全美，获取了1937年的普利策奖，同名的电影又获得了奥斯卡奖，成了好莱坞最佳的保存影片，于是米西尔和费雯丽都一时间声名鹊起。她平均三分钟要接到一次电话，五分钟遇上一次来访，七分钟收到一封电报，如果冒险离开住所一步，就会被人们的好奇心折磨得精疲力竭。

拒领诺贝尔奖的帕斯捷尔纳克

帕斯捷尔纳克（1890—1960），苏联作家，生于画家家庭。第一次世界大战前夕，他开始和一些未来派艺术家交往并参加未来派文学团体。十月革命前发表过抒情诗集《云雾中的双子星座》（1914 年）和《在街垒上》（1917年）。20 年代塑造列宁形象的长诗《崇高的疾病》（1924 年）和表现俄国第一次革命的长诗《一九〇五年》（1925—1926），得到高尔基的好评。30 年代初写了自传体小说《旅行护照》（1931）和诗集《重生》（1932 年）等，散文作品《图拉来信》、《航空信》（1927 年）等，令他在苏联诗坛享有盛誉。他的诗反对以暴力实现革命的目的，并希望"不受蒙蔽地"观察国家的生活和认识它的未来，然而受到批判，此后从事翻译工作。卫国战争期间，发表《工兵之死》一诗，出版诗集《在早班列车上》（1943 年）和《冬天的原野》（1945 年）。

从 1948 年起，帕斯捷尔纳克用 8 年时间，写就长篇小说《日瓦戈医生》，表现出对十月革命和苏联社会的怀疑和反感。寄给《新世界》杂志编辑部，结果手稿被退回，受到严厉谴责，并受到国内批判，被开除苏联作家协会。1956 年《日瓦戈医生》在意大利出版，受到西方的重视和称赞。《日瓦戈医生》获 1958 年度诺贝尔文学奖金，但由于受到国内舆论界的反对，他拒绝接受这项奖金，并恳求苏共不要将其驱逐出境。他在莫斯科郊外的一个小村里孤独地活了两年后病逝。最后一本诗集《到天晴时》（1956—1959）流露出凄凉悲痛的情调。

营造阶梯诗：马雅可夫斯基

马雅可夫斯基（1893—1930）是前苏联作家，以营造阶梯诗名世。马雅可夫斯基生于格鲁吉亚库塔伊斯省的巴格达吉村，父亲是一个具有民主主义思想的俄国林务官，对儿子有一定的思想影响。中学时代，马雅可夫斯基受到 1905 年革命的影响，积极参加了罢课和游行，并开始阅读马克思、恩格斯的著作。1906 年父亲去世后，全家移居莫斯科。在一些具有革命思想的大学生的影响下，马雅可夫斯基于 1908 年参加了俄国社会民主工党，成为党的宣传员。他积极从事地下活动，曾三次被捕，在狱中阅读了大量的文学作品，并尝试写诗。1910 年出狱后，他陷入"进退两难"的矛盾中。他希望写作，自认为已经具有正确的世界观，只是缺少艺术上的经验。他希望学习，为了学习而中断了党的工作。1911 年他进入绘画学校学习，结识未来派文人，接受他们的一些有害影响。1912 年与未来诗人布尔柳克等共同出版了俄国未来派的第一本诗集《给社会趣味一记耳光》，其中有马雅可夫斯基的《夜》和《早晨》。这些作品和悲剧《符拉基米尔·巴雅可夫斯基》（1912—1913），用未来派所惯用的方法，对资本主义社会的现实进行揭露，对奴役和压迫提出抗议，这些作品的语言晦涩难懂，艺术形象也模糊不清，1914 年世界大战爆发后，马雅可夫斯基在革命形势和布尔什维克的影响下，从反对战争的一般人道主义立场，转向民主主义立场。《战争与世界》（1916 年）一诗，揭露了帝国主义战争的反人民本质，指出战争发生的原因是资本主义制度的存在，揭露和抗议资产阶级的主题在长诗《穿裤子的云》（1915 年）中得到了更强烈的体现。诗人在这首长诗的第二版序言中写道："打倒你们的爱情，打倒你们的艺术，打倒你们的制度，打倒你们的宗教，——这就是四个诗章中的四个口号。"诗人在长诗中控诉了资本主义制度给人民带来无穷的痛苦和灾难，号召人民起来斗争，并深信革命行将到底。马雅可夫斯基自称这首长诗是他早期创作的纲领性作品。

诗人于 1915 年夏与高尔基第一次会见后，不断得到高尔基多方面的帮助。他在高尔基的影响和鼓舞下，写下了长诗《人》（1916—1917）。1917 年二月革命爆发后，诗人激烈反对临时政府继续进行帝国主义战争，他预言资产阶级必然覆灭。综观诗人十月革命前的早期创作，虽曾受到未来派的一定影响，但马雅可夫斯基对生活和艺术所持的根本观点是与未来主义不相容的，是敌对的。诗人本质上带有人民性。

诗人对革命的态度明确而坚定。"参加还是不参加？对我来说，这种问题是没有的。这是我的革命。到斯莫尔尼宫去工作。做了该做的一切。"（《我自己》）在革命斗争激烈进行的日子里，他一方面积极热情地进行宣传鼓动工作，另一方面也写了许多为革命斗争服务的短诗。

在苏维埃政权里，马雅可夫斯基的才华得到充分的发展和发挥。十月革命后，他开展了广泛的活动。他参加艺术工作者的会议，组织左翼作家著作的出版；到工人、红军战士和革命青年中朗诵自己的短诗。当国内外的敌人对刚诞生的工农政权发出疯狂诅咒的时候，他写了赞美革命的《颂诗》。在

国民必知 文学历程 读本

《经艺术大军的命令》（1918 年）中，诗人有力地传述了布尔什维克党对艺术家的希望和要求，号召艺术家们抛掉"老一辈人总是唱不完的那些陈腔滥调"，投入群众斗争的行列，"把钢琴抬到街头"。在庆祝十月革命一周年之际，马雅可夫斯基写了剧本《宗教滑稽剧》（1918 年）。这是第一个反映十月革命的剧本，它通过《圣经》洪水淹没大地的神话传说，揭示了新旧世界斗争的革命内容，热情洋溢地歌颂劳动人民的胜利，因而演出后受到工农兵的热烈欢迎，新旧世界斗争的主题，在长诗《一亿五千万》（1920 年）中同样得到鲜明的体现。

1919 年至 1922 年间，马雅可夫斯基在俄罗斯电讯社工作，与画家切列姆内赫共同主持艺术部，出版诗画并茂的政治宣传快报——"罗斯塔之窗"。这些配有短诗的招贴画，及时地反映社会重大问题和革命斗争，对人民起到很大的宣传教育作用。马雅可夫斯基指出，"罗斯塔之窗"是"用色彩的斑点和响亮的标语传出来的最艰苦的三年革命斗争的实录"（《我发言》）。他在极其困难的工作条件下为"罗斯塔之窗"贡献出全部才能和力量。"罗斯塔之窗"大约一共出版了 1600 幅招贴画，十分之九的诗都是马雅可夫斯基写的，大约有 500 幅画是他画的。这些街头诗写得短小精悍，泼辣有力，易为群众所接受。"罗斯塔之窗"的战斗精神和独创的艺术风格，为苏联艺术家所继承，在卫国战争时期同样发挥过很大的作用。

1925 年发表了长诗《列宁》，这是诗人本时期创作中最重要的作品，也是他创作道路上的丰碑，长诗《列宁》标志着社会主义现实主义创作原则在诗人创作中的彻底胜利，因而这部长诗被称为诗歌中的社会主义现实主义的奠基作品。

马雅可夫斯基曾九次出国，在国外旅行使他深刻认识到资本主义社会的黑暗和罪恶。他写了大量揭露资本主义社会的诗篇。《巴黎女人》（1928 年）描写巴黎劳动妇女的悲惨命运，《梅毒》（1926 年）揭露美国的腐朽生活方式和"残民政策"；《我证明》（1926 年）怒斥美国殖民主义者的残暴。马雅可夫斯基对中国人民的革命斗争，始终十分关注，并成为其诗歌的主题之一。在《滚出中国》（1924 年）一诗中，诗人强烈抗议帝国主义瓜分中国的阴谋；在《莫斯科的中国》（1926 年）一诗中，诗人对中国人民必将走上社会主义道路坚信不移；在《最好的诗》（1927 年）中，诗人欢呼上海工人起义的胜利；在《致中国的照会》（1929 年）中，诗人表达对中国革命的同情和支持；甚至在长诗《列宁》中，也写到中国劳动人民与苏联人民一起哀悼革命导师的逝世。

马雅可夫斯基在 20 年代后半期还发表了一系列诗歌，其中著名的有《世纪青年节》、《书呆子还是建设者》《国际进行曲》等。长诗《好！》（1927年）是诗人为纪念十月革命十周年而写的一部英雄史诗，是一部社会主义现实主义的典范作品，长诗的艺术风格，是兼有史诗和抒情诗的特点，除此之外，马雅可夫斯基还对诗人及诗歌的社会作用问题发表过不少精辟的见解。

马雅可夫斯基于 1930 年 4 月 14 日自杀身亡，死因未知。

纪念碑式的小说：法捷耶夫与《毁灭》

法捷耶夫于 1901 年 12 月 24 日出生于前苏联加里宁州基姆雷市。他的父亲是当地的农民，曾参加过革命斗争。法捷耶夫从小家境贫寒。他曾在海参崴商业学校读过书，也正是在这期间，他逐渐接近布尔什维克，并参加了革命，并于 1918 年加入共产党。此后从事过一系列的革命活动。1926 年底开始，法捷耶夫开始了他的写作生涯。法捷耶夫是苏联无产阶级革命文学的主力军中的一员，他继承了俄国古典主义文学传统，是苏联社会主义现实主义文学杰出代表之一。他作品的特点就是把严格的现实主义描写、深刻细腻的心理分析、浪漫主义的激情和抒情笔调有机地统一起来。法捷耶夫曾针对苏联多民族文学问题以及俄罗斯和其他民族的文学遗产问题发表了许多评论文章。法捷耶夫是苏联作家组织的重要领导人，同时也是积极的社会活动家。他曾担任苏共中央委员并两次获得列宁奖。他的作品主要有短篇小说《逆流》（1923 年）、《毁灭》（1927 年）、《泛滥》（1924 年）、《最后一个乌兑格人》（1929—1940），特写集《在封锁日子里的列宁格勒》（1944 年）、《黑色冶金》等。

《毁灭》是法捷耶夫最有影响力的一部作品，它给作者带来了广泛声誉。在作品中，作者力图通过对游击队战斗事迹的描述，体现人的精神成长和性格形成的过程。法捷耶夫认为在国内战争中进行着人才的精选，在革命中进行着"人的最巨大的改造"。主人公游击队长莱奋生的形象强调了共产党人的精神力量对周围人的影响。另外,法捷耶夫描述了劳动者巴克拉诺夫、美杰里察和莫罗兹卡在革命斗争中怎样成长,而极端个人主义者的小资产阶级分子密契克是如何堕落为叛徒的。作者以简洁的线条勾勒出一个个鲜活的形象,小说的情节曲折,结构严谨,虽无华丽辞藻,但却充分体现了作者的创作特点。这部作品最早由我国著名作家鲁迅翻译成中文,在中国广大读者之中,产生了巨大影响,被鲁迅称为"纪念碑小说"。

斯坦倍克与《愤怒的葡萄》

斯坦倍克(1902—1968)是美国小说家,生于加利福尼亚州蒙特雷县塞利纳斯镇一个面粉厂主家庭。他在母亲的熏陶下,从早年就接触欧洲古典文学作品。1920 至 1925 年间他在斯坦福大学选修英国文学和海洋生物学课程,并从事各种体力劳动谋生。他修过公路,丈量过田亩,摘过水果,捕过鱼,与劳动人民有较多接触。

他在大学学习期间开始写作,1929 年发表第一部长篇小说《金杯》,是写 17 世纪海盗亨利·摩尔根爵士的历史传奇。随后发表两部小说《天堂的牧场》(1932 年)和《献给一位无名的神》(1933 年),都未引起重视。1935 年《托蒂亚平地》出版,立即受到文艺评论界和广大读者的欢迎。作者以幽默的语言深情描绘家乡蒙特雷地区一群懒散但却淳朴可爱的西班牙裔居民,把他们比作中世纪传奇士亚瑟王手下忠心耿耿的高贵骑士。1936 年发表的《胜负未决的战斗》写加利福尼亚州摘水果的流动商业工人不堪果园主的剥削和欺凌,在共产党领导下举行了一次罢工。次年发表的《鼠与人》写两个无家可归、无地可种的流动农业工人的悲惨遭遇,同年由作者改编为话剧在纽约上演,获剧评家奖。1938 年发表的《长谷》是一部写蒙特雷地区淳朴居民的短篇小说集。

《愤怒的葡萄》(1939 年)是作者的代表作,也是美国 30 年代大萧条的时期的一部史诗。小说写俄克拉亥马州佃农乔德一家在大企业的压迫下离开长期遭受干旱和尘暴的家乡,长途跋涉前往西部另谋生路。他们历尽千辛万苦，到达加利福尼亚州，却又陷入果园主剥削与压迫的罗网，他们和摘果工人一起奋起反抗，参加罢工斗争。他所反映的社会问题在美国人民中引起了十分强烈的反响。1940 年获普利策小说奖。

第二次世界大战期间，他到欧洲当过战地记者。1942 年发表了中篇小说《日落》。1947 年到苏联访问，次年发表《俄罗斯纪行》。他后期的主要作品是两部长篇小说《伊甸园以东》（1952 年）和《我们不满的冬天》（1961年）。他成名以后曾任纽约和巴黎几家报刊的记者。斯坦倍克于 1960 年在美国游历，1962 年发表《和查利同游考察美国》，同年获得诺贝尔文学奖。1964 年获得美国总统自由勋章。1968 年 12 月 20 日因心脏病死于纽约。

忧郁与憧憬：叶赛宁

叶赛宁（1895—1925）前苏联诗人，生于梁赞州康斯坦丁诺沃村一贫农家庭，幼年由外祖父养育。1909 年至 1912 年在教会师范学校学习，开始写诗，毕业后在莫斯科当店员和印刷厂校对员，1915 年到彼得堡结识诗人勃洛克、高尔基和马雅可夫斯基等；但较多和颓废派文人接近，经常出入上流社会沙龙，受无政府主义思想影响。1916 年在白俄军队服役，1917 年二月革命后离开军队，加入左翼社会革命党人的战斗队。对于十月革命他表示欢迎。1919 年成为意象派诗人，后逐渐脱离意象派。1921 年与美国著名女舞蹈家邓肯结婚。此后与邓肯一起在国内许多地方旅行。1924 年与邓肯分居。1925 年与列夫·托尔斯泰的孙女索菲娅结婚。同年因患精神抑郁症自杀，年仅29 岁。

叶赛宁以抒情诗见长。他的第一本诗集《扫墓日》于 1916 年出版，其中有优美的风景诗，也有神秘主义色彩的宗教诗。十月革命后曾创作过歌颂革命与革命领袖的诗篇，如《同志》（1917 年）、《宇宙的鼓手》（1918 年）、《列宁》（1924 年）、《大地的船长》（1925 年）等。他因受到颓废文人的包围，迷恋过形式主义，一度成为意象派诗人。组诗《小酒馆的莫斯科》（1921—1924）以莫斯科小酒馆为题材，美化流浪汉与无赖汉的颓废情绪。1924 至 1925 年是他创作上新的高潮时期。诗集《俄罗斯与革命》（1925 年）

和《苏维埃俄罗斯》（1925年）渗透着歌颂革命与共产主义建设的思想。长诗《安娜·斯涅金娜》（1925年）描写农村革命的广阔图景，塑造了建设新生活战士的鲜明形象。他的抒情诗感情真挚，格调清新，并擅长描绘农村大自然景色。叶赛宁的世界观是矛盾的。他未能从根本上了解革命和苏维埃制度，期望建立的是乌托邦式的"农民的天堂"。但是叶赛宁的诗充满了生命的忧郁与憧憬，对人的生命本质有深刻的揭示作用，可惜，他只能选择自杀，来表达他对生命的诠释。

"硬汉作家"：海明威

海明威（1899—1961）是两次世界大战之间美国富有传奇色彩和独特行为的杰出作家，通常把他称为"迷惘的一代"的代表。

海明威出生于美国伊利诺斯州芝加哥附近的橡树园镇。父亲是当地的一名著名医生，业余喜欢带孩子外出狩猎、运动、垂钓，以培养他们的"男子汉"兴趣和性格；而母亲则喜爱音乐和绘画，希望把海明威培养成循规蹈矩、有文化教养的上流社会中的一分子。在父母这

海明威

场争夺战中，多半是父亲一方获胜，但从海明威的一生来看，母亲所赋予他的一些艺术素质在他身上也有明显的痕迹。然而他性格中从小有许多方面超过父母，如勇敢和坚韧不拔的精神，在大自然中悠然独处，愿意冒险等等。第一次世界大战爆发后的第三年，美国宣布参战，海明威立即志愿报名入伍，但因眼疾而未被接受。海明威以优秀成绩中学毕业后，悖逆父意，未去上大学，而去了《堪萨斯城明星报》当见习记者。战争始终吸引着海明威。他虚报年龄终于在1918年5月领到了红十字会救护队发给的军装，并被授予中尉军衔到意大利前线担任校护车队司机。有一次海明威冒着枪林弹雨去抢救一位伤员，自己也负了伤，但他还是背着伤员爬回了战壕，表现出无比的勇敢。但是他的膝盖被打碎了，人昏了过去，被抬到野战医院治疗，前后动过12次

手术，取出了 237 块弹头。在治疗期间，他得到护士艾格尼斯的精心护理。他苏醒时第一眼看到的就是艾格尼斯那双充满深情和温存的暗紫色的眼睛，这成了他日后创作长篇小说中的一个感人的镜头。康复后他重返战场，不再当司机，而成为一名驰骋战场、冲锋陷阵的战士，他感到从未有过的满足感。但这次战争也带给了他精神上深刻的创伤和严重的失眠症。他把这一切都凝聚在以第一次世界大战为题材的长篇小说《太阳照样升起》、《永别了，武器》中。在家住了不长一段时间，他就去了加拿大，担任《多伦多明星周刊》的特写作家。1921 年，海明威以《星报周刊》驻欧记者的身份去了巴黎，开始了他的"巴黎学艺"时期。在巴黎，经安德森介绍，他认识了意象派诗人庞德、散文作家斯泰因、爱尔兰作家乔伊斯及其他一些作家、记者和出版商。他们之间的友谊，诚如海明威在晚年所写的回忆录《流动的宴会》中所说，20 年代初巴黎习艺时期无疑是决定他一生的关键中的关键。他们给了他热情的支持和指引，亲身帮他审阅手稿，提出具体的修改意见和中肯的帮助，流传久远的"迷惘的一代"的称谓，就是这一时期斯泰因借用一汽车修理的老板训斥一个在一次大战中服过役的技工的话对青年海明威说的，后来成了这一派作家的代称，并成为海明威的《太阳照样升起》一书的扉页题词。20 年代是海明威创作的早期，但他已写出了《在我们的时代里》、《春潮》、《没有女人的朋友》（1927 年）和长篇小说《太阳照样升起》（1926 年）、《永别了，武器》（1929 年）等作品。

《太阳照样升起》写战后一群流落欧洲的青年的生活情景以及他们精神世界的深刻变化。小说主人公杰克·巴恩斯是一名美国记者，战争摧毁了他的性能力。他爱上了一名英国护士勃瑞特·艾希利，后者也倾心于他，但他们无法结合。另一条线索写一个美国作家罗伯特·柯恩，对生活颇多虚妄与浪漫的幻想，他爱上了勃瑞特，但她不喜欢他。这一群历尽战争沧桑的青年，战后浪迹欧洲大陆，整日钓鱼、看斗牛、聚饮、争吵或殴斗。战争夺去了他们的亲人，给他们留下了肉体上和精神上的创伤，他们对战争极度厌恶，对公理、传统价值观产生怀疑，对生活感到厌倦、迷惘和懊丧，醉生梦死的度日。小说从一个独特的角度谴责战争，具有反战色彩。小说因写了战后一代人的迷惘而成了"迷惘的一代"文学流派的代表作。《永别了，武器》是海明威的代表作。它以反对帝国主义战争为主题，揭示了"迷惘的一代"出现的历史原因，控诉了战争毁灭人们理想和幸福，残害人们的心灵，并使千百万无辜生灵涂炭。小说主人公亨利·腓特力是一个美国青年，志愿参加意大利军队的医疗队，当救护车司机，领中尉衔。一次休假归来，在部队驻扎的小镇上结识了志愿参战的英国女护士卡萨玲·巴克莱，来往频繁。不久，亨利负伤住进了野战医院。得到了卡萨玲的精心照料和护理，俩人终于产生了爱情。后来亨利被转送米兰的一家美国医院动手术，恰好卡萨玲也被调进这所医院，他们的关系得到进一步的发展，双双堕入情网。亨利病愈后告别情人重返前线，这时意军节节败退，亨利在撤退中被意大利宪兵误认为德国间谍。在被押去处决的途中，他跳河死里逃生。他赶回米兰，找到卡萨玲，俩人逃出意大利，在瑞士建起了自己的"世外桃源"，避开了混乱厮杀的人间，在那里度过了三个月的安定生活，在小说的结尾，卡萨玲死于难产，留下孤零零亨利一人在凄风苦雨中，茫然漠视悲凉的人生。战争鼓吹者的那些"光荣、勇敢、神圣、爱国"的欺骗宣传，把无数青年召唤到了战场，但他们在战场上看到的是交战双方草菅人命地野蛮屠杀和一片混乱，"看不到任何神圣的东西"。正如亨利所说："没有什么光荣，所谓物性，那就像芝加哥的屠宰场，只不过这里屠宰好的肉不是装进罐头，而是掩埋掉罢了。"罪恶的战争不但夺去了无数人的性命，而且摧毁了人们的理想和传统的价值观念，只留下精神上的一片废墟。在小说里可以看到，从军官、教士到士兵、百姓，都普遍存在着强烈的厌战反战情绪，而理想幻灭的兵士，只是一群被驱赶到战场上为统治集团卖命的炮灰而已。《永别了，武器》显露了海明威散文风格的基本特色和"现代叙事艺术"。作品故事情节简单而意境单一，语言质朴无华，句子短小凝练，写实、象征、意识流等手法得到综合运用，环境描写达到情景交融，叙事中间有幽默。作品具有较高的艺术性。这与作家严谨的创作作风也分不开，据他自己说，就像创作《老人与海》曾修改过200遍一样，《永别了，武器》的结尾"改写了39遍才感到满意。"

海明威自1927年离开欧洲后，先居住在美国佛罗里达州的基韦斯特岛，后迁至古巴。他常去各处狩猎，还曾登上他的"皮拉尔号"游艇出海捕鱼。30年代上半期他发表的作品有写西班牙斗牛的专著《死在午后》（1932年），短篇小说集《胜者无所得》（1933年），关于在非洲狩猎的札记《非洲的青山》（1935年）。1937年，海明威以北美报业联盟记者的身份去西班牙报道战事。他积极支持年轻的共和政府，为影片《西班牙大地》写解说词，在美国第二届作家会议上发言斥责法西斯主义。1938 年发表剧本《第五纵队》。西班牙内战结束后，他回到古巴，在哈瓦那郊区创作长篇小说《丧钟为谁而鸣》（旧译《战地钟声》），于 1940 年发表。40 年代初，海明威来中国报道抗日战争。1942 至 1944 年间，他驾驶"皮拉尔号"游艇（由政府出钱改装成反潜艇的兵舰）巡逻海上，因而得到表彰。他曾率领一支游击队参加解放巴黎的战斗，因此被控为违反日内瓦会议关于记者不得参与战斗的规定。海明威出庭受审，结果宣告无罪，后来还获得铜质奖章。

第二次世界大战后，海明威进入创作的晚期，其代表作是中篇小说《老人与海》（1952 年）。此外，还有带着不少作者本人色彩的叙写康特威尔上校凭吊过去战场的长篇小说《过河入林》（1950 年），这部作品表现的仍是孤独、爱情与死亡的主题，艺术上缺乏光彩。海明威在《老人与海》之后再也没有写出重要的作品，只在 1960 年的《生活》画报上连载过一部叙述西班牙斗争故事的长篇游记《一个危险的夏天》。

1954 年，瑞典皇家科学院授予海明威诺贝尔文学奖，以表彰他"精通现代叙事艺术"。他在授奖仪式上的书面发言中指出："对于一个真正的作家来说，每一本书都应该成为他继续探索那些尚未到达的领域的一个起点。他应该永远尝试去做那些从来没有人做过或者没有做成的事情。"

古巴革命后，海明威夫妇迁居美国爱达荷州。晚年患有高血压、糖尿病、铁质代谢紊乱等病，精神抑郁症十分严重，多次医治无效。1961 年 7 月 2 日的早晨，海明威用猎枪自杀。

海明威一生的创作在现代世界文学史上留下了光辉的一页。他亲身参加两次世界大战，他的作品描写和谴责了战争，撕下战争鼓吹者的一切假面具，并刻画了一代青年的迷惘情绪。他的作品洋溢着对劳动人民的爱，通过描写农人、村民、猎手、渔夫、拳师、斗牛士和记者，塑造和赞美了"硬汉性格"，拓宽了文学创作中孤独、暴力、死亡的主题，探索了暴力的多义性。他探索艺术创作的新道路，使现实主义在开放性的兼容并蓄中获得了新的光荣。他是简约有力的散文文体大师，"把附着于文学的乱毛剪了个干净"，采用简洁、清新、通俗、达意的文字，使作品清晰流畅，引起了一场"文学革命"，影响甚为深远。

奥斯特洛夫斯基与《钢铁是怎样炼成的》

奥斯特洛夫斯基 1904 年出生在俄罗斯一个工人家庭，他从小家境贫困，只读过小学。后于 1919 年在一发电厂做司护助手。同年，他参加苏联红军，奔赴前线，由于重伤，被迫复员。1927 年，他的病情急剧恶化，导致双目失明，全身瘫痪。在这样的情况下，他以惊人的毅力写成了曾经鼓舞过无数人的名著《钢铁是怎样炼成的》（1932—1935）。

《钢铁是怎样炼成的》是奥斯特洛夫斯基最重要的一部作品。作品主人公保尔·柯察金是苏联文

奥斯特洛夫斯基

学中最卓越的英雄形象之一，他具有可贵的品质，他为了共产主义事业而奋不顾身地战斗和劳动。当他卧床不起的时候，仍顽强地坚持写作，把整个生命和全部毅力献给人类最壮丽的事业——为人类的解放而斗争。这部作品是奥斯特洛夫斯基根据自己的亲身经历所写，他力图通过保尔的形象反映青年在革命的烈火中锻炼成长，歌颂他们在保卫苏维埃政权和建设社会主义斗争中的英雄业绩和献身精神。

钢铁是怎样炼成的

1934 年，奥斯特洛夫斯基加入苏联作家协会。1935 年，他获得列宁勋章。他的主要作品除了《钢铁是怎样炼成的》以外，还有反映国内战争时期无产阶级为苏维埃政权而斗争的长篇小说《暴风雨所诞生的》。奥斯特洛夫斯基于 1936 年 12 月 22 日病逝。

智利民族的伟大诗人：聂鲁达

聂鲁达（1904—1973）智利诗人，生于帕尔城。早年丧母，父亲是铁路工人。聂鲁达 13 岁即在报刊上发表文章，次年发表诗作。16 岁进圣地亚哥智利教育学院学习法语。1921 年以《节日之歌》一诗在全国学生文艺竞赛中获一等奖。1924 年发表诗集《二十首诗和一支绝望的歌》，引起文学界注意，因此成名。大学毕业后先后被派往亚洲、拉美和欧洲的一些国家任领事、总领事和大使等职。1945 年被选为国会议员，并获全国文学奖。同年 7 月加入智利共产党。1946 年因政局变化，

聂鲁达

被迫转入地下，继而流亡国外，从事世界和平运动，被选进世界和平理事会。1950 年获加强国际和平列宁奖。1952 年政府宣布取消对他的通缉令，返回祖国，1947 年任作家协会主席。1971 年获诺贝尔奖。1973 年 9 月 23 日在圣地亚哥去世。

聂鲁达的诗作很多，最重要的诗作是 1950 年完成的《诗歌总集》，它歌颂祖国，赞美拉丁美洲历史上的英雄人物和水手、鞋匠、渔民、矿工等劳动者，揭露反动统治阶级。全书共分 15 部分，其中组诗《伐木者醒来吧》、《逃亡者》以及后来发表的作者最喜爱的长诗《葡萄和风》（1954 年）标志着诗人思想和艺术的高峰。

在拉丁美洲文学史上，聂鲁达是现代主义之后崛起的诗人。他的创作善于汲取民间诗歌的奔放精神和夸张手法，以浓烈的感情、丰富的想象和词汇，表达对自然、祖国和人民的热爱，对敌人的憎恨，抒发自己的理想和希望，

表现社会、人生的重大题材。他的作品具有高度的思想性和艺术力量，对拉丁美洲的诗歌产生了深远的影响。

史诗作家：肖洛霍夫

肖洛霍夫是前苏联俄罗斯作家。1905 年 5 月 24 日生于顿河维辛斯卡亚一个商店职员家庭。中学毕业。参加过国内战争，当过征粮员、搬运工人、办事员。1922 年为了学习和创作到了莫斯科，次年参加莫斯科共青团作家和诗人小组"青年近卫军"，开始写作。1924 年加入"拉普"，开始成为职业作家。1932 年加入共产党。

他的第一部作品是小品文《考验》（1923年），随后陆续发表小品文和短篇小说。1926年出版第一个短篇作品集《顿河故事》和《浅蓝的原野》，受到老一辈作家的好评。他的早

肖洛霍夫的作品

期作品以顿河地区的国内战争和建立苏维埃政权的斗争为素材。如《胎记》（1924 年）、《野小鬼》（1925 年）等。

1926 年开始创作长篇小说《静静的顿河》，小说描写了国内革命和第一次世界大战国内战争中的重大历史事件和顿河哥萨克人的历史，反映了哥萨克人的生活道路和经历。作品主旨是描写旋涡中的主人公葛利高里·麦列霍夫的悲剧命运。这部长篇小说在 20 至 30 年代的苏联文学中独树一帜，使作者获得了广泛的声誉。

1930 年，肖洛霍夫在苏联农业集体化的过程中写出长篇小说《被开垦的处女地》第一部（1932 年）；第二部一些篇章从 1955 年开始在报刊上发表，于 1960 年最后完成全书，获得 1960 年列宁奖。小说描写了顿河洛列米雅其村民进行社会主义改造的急风暴雨般的历史变革，反映了贫农、中农和富农、潜藏的反革命分子两个营垒之间的错综复杂的斗争，表现了农民尤其是中农从个体经济走向集体经济的痛苦转变过程，塑造了农业集体化的领导者布尔

什维克达维多夫以及中农梅谭尼可夫，狡猾阴险的富农奥斯特洛夫诺夫等典型形象，人物栩栩如生。作者善于从人物与历史事件的联系中，从日常生活中，从他们的相互矛盾冲突中来展示他们多方面的性格。

卫国战争期间，肖洛霍夫在前线任军事记者，写了许多随笔和短篇小说，创作长篇小说《他们为祖国而战》（1943年）部分篇章。

1934年起肖洛霍夫任苏联作家协会理事，从1939年起他任苏联科学院院士，1961年起他任苏共中央委员和最高苏维埃代表。1956年底1957年初发表短篇小说《一个人的遭遇》，反响很大。1965年获诺贝尔文学奖。肖洛霍夫曾获五枚列宁勋章并获"社会主义劳动英雄"称号。

流亡作家：索尔仁尼琴

索尔仁尼琴（1918—2008）前苏联作家。出身于教师家庭，曾在莫斯科哲学文学语言学院函授部攻读文学。1941年罗斯托夫大学物理数学系毕业。卫国战争爆发后参军，先编入后勤部队，因有教学专长被送到炮兵军官学校学习。1942年毕业重赴前线，在战争中两次授勋，取得大尉军衔。1945年2月被内务部人民委员部以"进行反苏宣传和阴谋建立反苏组织"的罪名逮捕监禁8年。刑满后

索尔仁尼琴

流放哈萨克江布尔州。1956年解除流放，次年"恢复名誉"，定居梁赞市，任中学数学、物理教员。

1962年11月经赫鲁晓夫批准发表以劳改营为题材的中篇小说《伊凡·杰尼索维奇的一天》，引起苏联国内外强烈反响，次年加入苏联作家协会，同年发表短篇小说《克列坊托夫卡车站事件》、《玛特辽娜的家》和《为了事业的利益》。1965年1月发表短篇小说《带围腰的扎哈尔》。1967年5月16日向苏联第四次作家代表大会散发公开信，要求"取消对文艺创作的一切公开和秘密的检查制度"。1969年，谴责苏联劳改营的长篇小说《癌病房》和《第一圈》在西欧发表。1969年11月被苏联作家协会开除。1970年获诺贝尔文

学奖。翌年，德、法两国同时出版他的长篇小说《1914 年 8 月》。1973 年他给勃列日涅夫等人写了一封信，提出自己的政治纲领。1973 年 12 月巴黎出版他的《古拉格群岛》第一卷（全书共 3 卷，1976 年出齐），这是一部特写性长篇小说，情节除主人公坐牢的经历外，引用了上面人的报告、回忆、书信和苏联官方与西方的资料，指责从十月革命以来的苏联社会都是"非人的残暴统治"，1974 年 2 月 12 日被拘留，苏联最高苏维埃主席团宣布取消其苏联国籍，驱逐出境，离苏后前往德国、瑞士，同年 10 月美国参议院授予他"美国荣誉公民"称号，后移居美国，主要著作还有《致苏联领袖们的信》、《和平与暴力》（1974 年）、《列宁在苏黎世》、《小牛撞橡树》（1975 年）、《缓和》（1976 年）等。

"麦田守望者"：塞林格其人其事

有这样一则笑话：某日，法国一家报纸在介绍美国当代著名作家杰罗姆·大卫·塞林格时，所附的照片竟是当时白宫的新闻秘书塞林格，叫人啼笑皆非。究其原因，主要是无法弄到这位目前西方文坛怪杰的近照。他的相片只在《麦田里的守望者》头三版的封面上刊登过，后因他本人的坚决反对而撤去，从此，要弄到他的近照就十分困难。所以才发生上面这个笑话。

在当代美国作家中，塞林格是一位出了名的"遁世作家"，他神秘的举止、古怪的习惯、遁世的生活与他的成名作《麦田里的守望者》一道吸引着他的崇拜者们。《麦田里的守望者》发表后，塞林格与他作品中的主人公一样，与世隔绝，在新罕布什尔州乡间隐居起来。他买了九十多英亩土地。那儿既有清澈的小河，又有葱郁的山冈，环境幽雅，风景宜人。他的小屋就筑在小山头上，有一间只有一扇天窗的水泥斗室，这就是他的书房。他的屋子周围还拦上了六英尺半高的铁丝网，网上装有警报器。塞林格平时深居简出，勤奋工作，每天从上午八点半工作到下午五点半，连午饭都是自己上午带进书房的，这期间不许家人打扰。他拒绝接见生客，即使是熟人来登门拜访，也要事先有约。塞林格越是出名就越"怕羞"。他极少在公共场所露面，偶尔上街购物，也极力避免与人交往，即使有人招呼他，他也会装着没听见，拔腿而逃。平日，他不愿意接受记者采访，更不愿意在报刊上刊登他的消息，还是 1953 年，他接受过一个女学生为一家地方报纸所作的采访，直至 1974 年才再度接受记者的采访，目的是攻击盗版他短篇小说的出版商。此外，就再也没有怎么公开露面。

塞林格就像一个天才的画家，一旦杰作产生，就拒绝再次公开展览。自从 1965 年塞林格在《纽约人》杂志上发表了最后一篇短篇小说之后，他就拒绝公开将任何新作抛出手，虽然他仍在勤奋工作，专心著书，并有人怀疑他用笔名发表作品。70 年代他对那些未征得他的同意私自盗印他作品的出版商提出了起诉，他认为出版他的著作是对他个人私生活的可怕冒犯。目前，塞林格的那些还未发表的作品已被美国出版界视为"珍宝"，虽然塞林格人还健在，可不少出版商已在千方百计地把他的"遗作"版权抢到手，以图发一笔横财。塞林格的那些未发表的作品也牵动了许多读者的心，只要一有风吹草动，人们便会去猜疑。《老爷》杂志 1977 年第二期曾发表了一篇未署名的文章，立即就有不少人揣测这是塞林格的作品，以至《老爷》的主编不得不出来承认那是他的作品，风波才得以平息。

塞林格的为人、生活，甚至一切似乎都是一个谜，但有一点是十分清楚的，那就是他的《麦田里的守望者》在强烈吸引着人们，促使人们去探究作者探索一切。塞林格在他的代表作《麦田里的守望者》这部长篇小说中塑造了一个内心世界十分复杂、生活在矛盾中的十六岁男孩的形象。主人公霍尔顿看不惯虚伪黑暗的社会现实，梦想逃离现实，面对这个花花世界又十分留恋，身不由己地陷入他所厌恶的世界当中。虽然他在行动上无力自拔，但他的内心深处还在追求理想，憧憬美好的未来。霍尔顿带着少年的稚气，幻想自己长大成人后去当一个"麦田里的守望者"。

《麦田里的守望者》自 50 年代问世以来，畅销不衰，深受青少年的喜爱。它几乎成了美国每一代中学生的必读书，成了父母向子女推荐课外读物的必选书。

第十七章　象征、变幻、追求

——现代派的舞动

用不同的手法重解人生意义！

从 19 世纪末开始，西方文学中还有重要的一个特点，就是出现了以波特莱尔为先导的象征主义和王尔德的唯美主义。他们打破时间结构，按照内在的结构原则重新表现对外部世界的感受，其作品具有很高的审美趣味。这种现代派的文学打破了传统文学的特征，面貌一新，展现出高度的想象和怪异的灵感。这在波特莱尔的《恶之花》、庞德的《在一个地铁车站》、艾略特的《荒原》中都有明显表现。另外在斯特林堡的戏剧、普鲁斯特的《追忆似水年华》、乔伊斯的《尤里西斯》、梅特林克的《青鸟》、萨特的《苍蝇》、卡夫卡的《变形记》、奥尼尔的《毛猿》、尤内斯库的《犀牛》、加缪的《局外人》、海勒的《第二十二条军规》等作品中，都大量运用现代派的表现主义手法，叙说他们理解的时间、空间和生活。

象征派诗歌的先驱波特莱尔

波特莱尔（1821—1867）是法国 19 世纪的重要作家。1821 年他出生于巴黎。由于父亲的早逝，母亲的改嫁，波特莱尔从小便在心灵上蒙上了阴影，也不可避免地影响到他以后的精神状态和创作情绪。波特莱尔鄙视资产阶级的传统观念，否定资产阶级的价值取向，他力图挣脱自己所属的阶级，并与之抗争，他曾经参加过反对波旁王朝的战斗。波特莱尔由于对当时的政界不满，于是在继承了生父的遗产以后，便广与文人艺术家交往，以排遣心中的矛盾和苦闷。波特莱尔先后写过很多作品，《恶之花》是其中最有名的一部诗集，除此之外，还有散文诗集《巴黎的忧郁》（1869年）和《人为的天堂》（1860年），此外，他还写过一些文学评论集，如《美学管窥》（1868年）和《浪漫主义艺术》等。后来他又翻译了美国诗人爱伦·坡的《奇异故事集》。波特莱尔在他的作品中，广泛采用象征手法，是法国象征派诗歌的先驱。

波特莱尔

诗集《恶之花》于1857年问世，它在法国文学史上占有重要地位。初次出版时，诗集中共有100首诗，诗的题材大多是歌唱声色犬马的享受，强调享乐。但作者正是用这种象征手法来表示对社会现状的不满，以及绝望的反抗态度。在他的诗集中，诗人一反传统美学观点，他尽量去歌颂社会生活中的丑恶事物，例如他在《兽尸》一诗中，不厌其烦地描写蛆虫成堆、臭气熏天的场景。这正是用象征手法体现了《恶之花》的"恶"字，"恶"在法文中不仅指恶劣与罪恶，也指疾病与痛苦。波特莱尔力图创作一种"病态"的艺术。他对于遭受"病"的折磨的现实世界怀有深刻的仇恨。这种仇恨情绪之所以如此深刻，正因为它本身反映了作者对于健康、光明，甚至"神圣"事物的强烈向往。无怪乎，波特莱尔在扉页上的题词称自己的诗篇是"病态之花"

对于波特莱尔的评价众说纷纭，保守评论家认为波特莱尔是颓废诗人，《恶之花》这部诗集在艺术的表现形式上是不足取的。但以雨果为代表的一派却认为这些诗篇"像星星一样闪耀在高空"，同时还说："《恶之花》的作者创作了一个新的颤栗。"值得一提的是，《巴黎的忧郁》也是波特莱尔的重要散文集，其格调类似《恶之花》。现代主义评论家认为波特莱尔用最适合表现他内心隐秘和真实感情的艺术手法，独特、完美地显示了自己的精神世界。他们认为波特莱尔不仅是象征派诗歌的先驱，同时也是法国现实主义的创始人之一。

为唯美而写作的王尔德

　　王尔德（1854—1900）是英国作家，出生于都柏林。父亲是著名的医生，爱尔兰科学院主席。母亲是诗人。王尔德于1871年在都柏林三一学院求学，成绩优异，后转入牛津大学麦格达伦学院学习，攻读古希腊经典著作，受牛津大学教授罗斯金和瓦尔特·佩特美学思想的影响，成为唯美主义运动的倡导者。王尔德唯美主义文学观念的要点是"艺术至上"，强调"形式就是一切"，提出"为艺术而艺术"，认为接近自然、关心道德的艺术是"预设"的艺术，是"谎言的衰落"和艺术的死亡；主张个性化的艺术作品。其理论著述有《社会主义制度下的心灵》（1891年）、《谎言的衰落》、《批评家即艺术家》以及论文总集《意想集》等。

王尔德

　　他的早期作品有诗歌和童话故事。童话故事《快乐王子》（1888年）流露了消极、悲观的思想，如王子散发他的衣物，却得不到受惠者的理解，同时也表现了快乐的幽默感和文章的结构美。

　　1891年王尔德出版了长篇小说《道林·格雷的画像》。年轻的道林·格雷请画家霍尔伍德给自己画了一张肖像。他深爱这张肖像，希望自己永远如肖像上那样年轻美貌。他果然始终保持年轻时的美貌，但是他的肖像却逐渐发生了变化。当道林造成爱恋他的女演员自杀时，肖像嘴角上露出了一丝残忍；当他为了忘掉她而去寻求新欢时，肖像的脸上出现了欲望。道林不乐意再让别人看到变得苍老和凶狠的肖像，企图毁坏它，用匕首去刺它的胸部，但刺中的却是自己的心脏。仆人们闻声赶来，发现肖像还是那样年轻英俊，地上却躺着一个憔悴、衰老的人。

　　1891至1895年间，王尔德创作了几部著名戏剧，正剧《温德梅尔夫人的扇子》（1892年）、独幕诗剧《莎乐美》（1893年）、风俗喜剧《理想丈夫》

（1895 年）等，都是王尔德最著名的剧作。王尔德还发表了一些散文作品，如《说谎的堕落》（1889 年）等，表露了他对理想社会的幻想。

王尔德因私生活不检点，被判坐牢，服苦役两年。1897 年刑满释放后，完成了他的诗集《里丁监狱之歌》和一部散文忏悔录《从深处》，这些都是描述个人痛苦和穷困潦倒之作。

1900 年 11 月 30 日，王尔德于巴黎逝世。

世纪末的抑郁：叶芝

叶芝（1865—1939）爱尔兰诗人、剧作家，出生于都柏林一个画师家庭。叶芝以写作为生，成名后曾出任爱尔兰参议院议员和教育视导员。

他的早期诗作受当时诗人和画家的影响倾向浪漫主义，表现出唯美主义色彩，富于音乐美，充满世纪末的悲哀情怀。他在《被拐逃的孩子》（1886 年）中召唤人们和神仙一道奔向仙境，"因为世界痛苦，超过了你我的理解"。诗人厌恶商业文明带来的不协调，希望远离现实世界，在海岛上去过隐士生活。著名的抒情诗《茵纳斯弗利岛》（1890 年）是这一倾向的代表作。1891 年他与一些诗人组织了"诗人俱乐部"，主张诗的语言要有梦境的朦胧、含蓄的超俗。这方面他深受斯宾塞、雪莱的影响，后来又接受了布莱克以幻景表达诗意的艺术手法，因而他被认为属于"先拉斐尔派"风格。著名的作品有诗剧《心愿之乡》（1894 年），诗歌《十字路口》（1889 年），抒情诗《白鸟》（象征灵魂）、《世界的玫瑰》（象征爱情）等。

20 世纪初，爱尔兰在新芬党的领导下开展了要求民族自治的运动。叶芝支持这一运动并和剧作家格雷戈里夫人、约翰·辛格一同创办"阿贝剧院"，演出他们创作的关于爱尔兰历史和农民生活的戏剧，如《胡里痕的凯瑟琳》（1902 年）、《1916 年的复活节》（1921 年）等，被称为"爱尔兰文艺复兴"运动。他这个时期的作品充分表现了爱尔兰民族特有的热情和想象。由于接近现实生活，他的诗风从早期的虚幻朦胧走向坚实明朗。

后期是叶芝创作的成熟阶段。由于接近人民的生活，吸取了创作素材和人民的语言，而对玄学派诗歌的研究又增添了诗作中的哲理性，他特殊的想

国民必知
文学历程
读本

象力使他又继续发展了象征主义。这个时期作品具有现实主义、象征主义、哲理性三种因素，特别是抒情诗，以洗练的口语和含义丰富的象征手法达到了较高的艺术成就，代表作有《钟楼》（1928 年）、《盘旋的楼梯》（1929 年）以及《驶向拜占庭》（1928 年）、《拜占庭》（1929 年）等。

在对待政治和文化的态度上，叶芝属于贵族主义者。同时，他又受到东方神秘教义的影响，在创作上属于后期象征主义。在哲学和历史观上，他认为人类的历史和个人的一生都像一架盘旋而上的楼梯，一切都在重复中提高和前进；他把善恶、生死、美丑、忧乐、灵肉都看成矛盾的统一。这一思想在他后期的作品中都有明显的表现。

叶芝于 1923 年获得诺贝尔文学奖。

追忆似水年华：普鲁斯特

普鲁斯特（1871—1922）法国作家，出生于巴黎一个资产阶级家庭。父亲是学者，母亲是犹太富商的女儿。普鲁斯特自幼患哮喘病，终生为病魔所苦。

1882 年至 1889 年普鲁斯特在巴黎贡多塞中学求学。中学毕业后曾在军队中短期服役。1890 年进法学院学习，后转入巴黎大学学文学，获学士学位。青年时代的普鲁斯特交友较广，广泛结交文学名流，经常出入贵族沙龙。

1900 年至 1906 年，普鲁斯特翻译、介绍英国艺术评论家罗斯金的作品，并受其很大影

普鲁斯特

响。1903 年至 1905 年，他的父母先后去世，从 1906 年起他的哮喘病发作频繁，只能终日蜷缩在卧室里写作，这样的生活延续了 12 年，直到 1922 年 11 月 18 日死于巴黎。在写作《若望·桑德伊》和《驳圣伯夫》的同时，普鲁斯特开始构思长篇小说《追忆似水年华》，从 1906 年开始到 1913 年，全部布局轮廓已定，分 7 大部分，共 15 册。1913 年小说第 1 部《斯万之家》完成后作者自费印行，反应冷淡。1919 年小说第 2 部《在花枝招展的少女们身旁》由

伽里玛出版社出版，并获龚古尔文学奖，作者因而成名。1920年至1921年发表小说第3部《盖尔芒特之家》第1、2卷；1921年至1922年发表小说第4部《索多梅和戈莫勒》第1、2卷。他夜以继日地工作，终于在逝世前将作品全部完成。作品的后半部第5部《女囚》（1923年）、第6部《逃亡者或失踪的阿尔贝蒂娜》（1925年）和第7部《过去韶光的重现》（1927年），是在作者死后发表的。

《追忆似水年华》这部小说的故事没有连贯性，中间经常插入各种感想、议论、倒叙甚至离题的叙述，结构有如一株枝丫交错的大树。它没有激动人心的情节，没有进展、高潮和结局。在艺术上采用了借助回忆和幻想将潜意识心理活动与对外现实的感觉印象融为一体的手法。普鲁斯特十分厌恶为作品的需要而虚构情节，他唯一感兴趣的是人物的内心世界，是生活的真实。

普鲁斯特是具有独特风格的语言大师。他因这部作品改变了对小说的传统观念，革新了小说的题材和写作技巧，而被誉为意识流小说鼻祖。他与詹姆斯和乔伊斯开辟了当代小说的新篇章，在他们的小说中，超越时空概念的潜在意识成了真正的主人公。

意识流小说的先驱：乔伊斯

乔伊斯（1882—1941）是爱尔兰小说家，生于都柏林一个穷公务员家庭，从小在耶稣会学校受天主教教育。1898年进入都柏林大学专攻现代语言。1902年毕业后赴巴黎学医。1903年，由于母亲病危暂时回乡，开始写短篇小说。1904年与天主教会统治的爱尔兰彻底冲裂，从此离开本土到欧洲各地过流亡生涯，先后在罗马、苏黎世等地以教授英语为生，同时从事创作。1920年定居巴黎，专门写作小说。1941年1月13日病逝。

乔伊斯大半生流亡欧洲大陆，可是在他的小说中，题材与人物都集中在都柏林。他认为只有彻底摆脱爱尔兰宗教、政治和社会生活的影响，他才能完全客观地描绘都柏林的生活。他的第一部作品是短篇小说集《都柏林人》（1914年），它通过形形色色的都柏林中下层市民日常生活中平凡琐屑的事物，揭示了社会环境给人们的理想、希望和追求所带来的幻灭与悲哀，对爱尔兰社会风尚表现了蔑视和反感。

乔伊斯用了7年时间写成他的代表作《尤利西斯》（1922年）。这部长篇小说的主人公利厄波尔·布卢姆是都柏林一家报纸的广告推销员，小说用逼真的细节描写这个彷徨苦闷的小市民和他的寻欢作乐的妻子莫莉以及寻找精神上的父亲的青年学生斯蒂芬·德迪勒斯这三个人一昼夜中的经历，实质上是现代西方社会中人的孤独与绝望的写照。小说通过与荷马史诗《奥德赛》的全面对比渲染了现代西方社会的腐朽与堕落，突出了人的渺小与悲哀。乔伊

乔伊斯

斯在《尤利西斯》中广泛运用了"意识流"的创作手法，形成一种崭新的风格，成为现代派小说的先驱。他不仅在遣词造句方面刻意创新，而且运用了大量的典故、引语和神话，但段落不加标点符号，以致有隐晦之感。

乔伊斯经过十几年的艰巨劳动，在晚年几乎双目失明的情况下完成了最后一部长篇小说《死屋里守灵》（1939年）。乔伊斯用他自己独特的语言来写作，他在作品中不仅把英语单词拆散，重新组合为混成词，赋予它多种意义，而且以多种方式使用多种语言，综合构成复杂的意义群，因而这部小说比《尤利西斯》更加隐晦。

意象派诗人：庞德

庞德（1885—1973）美国诗人、评论家。出生于爱达荷州的海利。16岁进宾夕法尼亚大学学习。1906年去法国、意大利、西班牙，回国后在华巴施大学任教。数月后离美赴欧，在伦敦结识了一批作家和诗人，他把自己和这些友人称为意象派诗人。1914年编成《意象派诗选》第一辑，不久他又热衷漩涡派活动而脱离意象派。

1914年庞德帮助詹姆斯·乔伊斯发表《青年艺术家的肖像》和《尤利西斯》。同年9月结识了艾略特。1920年庞德离开伦敦去巴黎，与海明威相遇。

庞德

1924 年去意大利。1928 年在拉巴洛定居直至第二次世界大战。由于政治思想混乱，他在二战开始后在罗马电台每周为墨索里尼的法西斯政权宣传，攻击罗斯福领导的美国的作战政策。1943 年被控为叛国罪。翌年被美军俘虏，关在集中营。1945 年被押往华盛顿受审判，后因定为精神失常而被送进医院。1958 年由于弗罗特等诗人及同情者的呼吁，取消对他的叛国罪的控告。庞德去意大利后定居在威尼斯，1973 年 11 月 1 日去世。

1909 年，庞德在伦敦出版两本诗集，即《狂喜》和《人物》。庞德的主要诗作是"诗章"的形式分批发表的长诗，自 1917 至 1959 年，1969 年他又发表未完成的片断。全诗共包括 109 首"诗章"及 8 首未完成的草稿。据庞德说他在 1904 年就开始计划写一首现代史诗，包括世界文学、艺术、建筑、神话、经济学、历史名人传等方面的内容，以反映人类的成就，并描绘一个由一些思想正确、有行动能力的人物所领导的美好的文化。这部长诗晦涩难读，而且涉及 16 世纪的意大利建筑、普罗旺斯的诗歌、孔子哲学、中古的经济史等。长诗中突出的一部分是当时庞德被监禁在集中营中所写的《比萨诗章》。这部作品在 1948 年获得博林根诗奖，当时庞德还是一个战犯，在医院中候审，这个决定引起很大争议。著名的意象派诗篇《在一个地铁车站》，只有两句："人群中这些面孔幽灵一般显现，湿漉漉的黑色枝条上的许多花瓣。"被认为是意象派的经典作品。

庞德的诗学对现代英美诗歌的发展有重大的作用。庞德的诗歌理论推动了英美的现代派诗歌。1915 年他出版了英译中国古诗《中国》，就起到了这方面的作用。

"现代派领袖"：艾略特

艾略特（1888—1965）是现代西方最重要的诗人、戏剧家和批评家。他的《荒原》被认为是现代西方诗歌中的里程碑。

艾略特于 1888 年 9 月 26 日出生于美国密苏里达州圣路易斯一个大砖瓦商的家庭里，曾祖是英国萨墨塞特郡东科克地方的鞋匠，1870 年移居美国波士顿。祖父毕业于哈佛神学院，是华盛顿大学的创办者。父亲经商，母亲是名门闺秀，富有诗人气质。他的家庭有很高的文化修养，而且一直保持了新英格兰加尔文教的传统。正是在这样的家庭环境中，艾略特度过了自己的童年。后他进入哈佛大学读哲学，受到新人文主义者欧文·巴比特和哲学家桑塔耶纳的影响，学习了法、德、拉丁、希腊等多种语言，涉猎了文学、宗教、历史甚至东方文化

艾略特的作品

等知识。1910 至 1911 年去法国，在巴黎大学听柏格森讲哲学，接触了波特莱尔、马拉美、拉弗格等象征主义诗人的作品。1911 至 1914 年在哈佛学习印度哲学和梵文。1914 至 1915 年在德国和英国学习，在牛津大学完成了关于英国新黑格尔派哲学家布拉德雷的博士论文，因战争无法回哈佛进行答辩，于是定居伦敦，先在海格特学校教法文和拉丁文，后在劳埃德银行当职员。1914 年他结识意象主义诗歌运动的领袖庞德后，开始接受意象主义的某些观念。由于现代主义文学运动的影响，使他植根于传统文化土壤中蓬勃欲出的才情找到了一个突破口，终于写出了令当时文坛震惊的鸿篇巨著《荒原》。《荒原》是西方现代诗歌中一部经典著作，它从 17、18 世纪英国玄学派诗歌和法国象征主义诗作中的许多典故，形成一部小型史诗的规模，它在一个复杂的象征框架中以极其强烈的暗示和多层次多侧面的意象展示了战后西方文明的危机和传统价值观念的没落，反映了整整一代人理想的幻灭和绝望。这首长

诗既有历史的透视，又有现实的写照；它描绘了众多的男女，这些人物各具面貌，但本质上是统一的，作品将西方文明比作"荒原"，抓住了时代特色，诗人着力抨击西方现代人醉生梦死、灵魂堕落的生活。但作者从抽象的"人性恶"出发，对西方现代人不加区别地加以谴责，似乎有欠公允；至于想用恢复宗教信仰来拯救世界，显然也是不切实际的。1922 年 10 月《标准》季刊创刊号登载《荒原》后，在西方引起强烈震动，故艾略特本人有现代诗派"领袖"之称。

艾略特《荒原》是一部小型的史诗，基本主题是展示第一次世界大战后整个西方的危机，渴望用宗教把人从这个荒凉、昏乱、溃烂、疑惑的世界——荒原中拯救出来。全诗共有五部分。

第一部分："死者的葬仪"

作者笔下的四月"是最残忍的一个月"。一个对现实感到失望的人，温暖的气候和嫩绿的幼芽更使他记起隆冬的寒冷和荒原的凄凉。他无所事事地四处漫游，经常出入一家咖啡馆里，大谈女人、滑雪、读闲书和旅游。人们由于失去了宗教信仰造成了精神上的绝对空虚。诗人在第二节反复引用圣经，目的是向人们证实一个宗教信念：违抗上帝意志或忘记上帝存在的人必遭大难。然后引出一些具体的意象，暗示尘世中为私利与情欲所驱遣的人，相互争夺厮杀，社会上到处存在欺骗、淫乱和背信弃义的现象。这些人虽然活在世上，也只是一些无灵魂的躯壳而已，他们茫然地在"荒凉而空虚"的欲海中浮沉。诗人借传说中有关寻求圣杯为渔王治病的故事，影射摇摇欲坠的欧洲社会，暗示统治荒原的是一个濒于死亡的衰弱的国王，这里没有温暖，没有阳光，更缺乏活命之水。最后一个小节描写被黄雾弥漫的城市——伦敦。诗人看到一群鼠目寸光的人，他们的"眼睛都盯在自己的脚前"，然后听到从教堂发出阴沉的钟声，让人想起那些在战争中丧命的无辜者，为悼念他们的阴魂而奏出一曲悲哀的挽歌。

第二部分："对奔"

作者开始借用莎士比亚的《安东尼与克莉奥佩特拉》的一个场面，回顾人类过去生活的豪华。这里有金光灿烂的宝座，富丽堂皇的摆设，珠光宝气，珍雕异画，真是琳琅满目，应有尽有，空气中散发出阵阵奇香。如此舒适的环境该是令人陶醉的吧，但是当年放纵情欲的女皇却不满足这些，结果让毒蛇将自己咬死在阴冷的古墓中。再看悬挂在"壁炉架上"的那张描绘悲惨故事的古画，那位被辱的少女在变成夜莺后所发出的哀鸣，似乎永远在人们的耳际回荡。接着诗人转眼于现实，这是一个更加荒凉、寂寞、愁惨、肮脏的处所。时间是万籁俱寂的深夜，只听狂风在不停地吹打着门窗，气氛十分阴森可怕。在这个腐败的社会里，爱情、友谊、家庭、道德观念统统崩溃了。

第三部分："火诫"

"河上树木搭成的篷帐已破坏"，象征着早已分崩离析的现实社会，而在风中摇曳的残叶代表了漂泊不定的人生。名利场上的人们在疲于奔命，他们原来"想抓住什么"，却只落得空梦一场。尽管上天传送了拯救灵魂的呼声，但谁也没有认真理会此事。诗人来到一度是繁华之地的泰晤士河畔和莱瓦湖之滨，这里曾经是上流社会青年男女休憩和游乐的场所。面对着静静滚动的流水，激起诗人的种种联想：从仙女竞歌欢快的过去，想到白骨相碰阴冷的地狱；从"一只老鼠拖着它那粘湿的肚皮"穿过草地，想到自己浸没在肮脏死水里的可悲；还想到父兄的墓穴被老鼠毁坏的惨状。汽车喇叭的鸣叫打断了诗人痛苦的沉思。他开始以非常冷静的眼光观察现实，并以古希腊神话传说中的忒瑞修斯自喻，这个人知道任何事物的底蕴，同时也能预测未来的前景。作者经过一番观察后，给他留下最深的印象是："伦敦，这个资本主义文明的城市笼罩在一片黄色的浓雾中。受欲火煎熬的人们在奔忙，他们只是一些没有灵魂的行尸走肉，所以诗人称伦敦是一座并无实体的城。"这里寡廉鲜耻、出卖肉体的人有之；胡作非为、亵渎宗教的人有之；招摇撞骗、巧夺豪取的人有之；花天酒地、挥霍无度的人有之。然后诗人通过我（忒瑞修斯）的眼睛，将伦敦这个不真实城市的一个侧面加以放大，具体描述小人物打字员和小公司职员的淫乱行为，说明现代人的醉生梦死。这些人都处在麻木不仁的状态，只求刹那间的享乐和兽欲的满足，连"爱情"也不能引起他们的兴奋。

第四部分："水果的死亡"

作者交代了一个曾经在物欲横流的大海中游泳的商人弗莱巴斯可悲的下场。"他经历了他老年和青年的阶段"，"曾经是和你一样漂亮，高大的"，由于他缺乏自我克制的力量，终于被漩进死亡的深渊。劝说人们要以此为鉴戒，千万不能步弗莱巴斯的后尘，必须把准航行的方向，坚定宗教的信念，不停顿地向天主居住的圣地驶去。

第五部分："雷霆的话"

作者先写上帝——"雷霆"的受难,自那以后,世界"经过了岩石地带的悲痛",在死亡线上挣扎的现代人正耐心地等待着上帝的拯救。关于"岩石"的描写与第一部分渔王的故事相呼应,他仍然处在病危中,荒原只是"岩石堆成的"一个死寂的世界,这里缺少活命之水,连"埋在沙土里"的脚淌出的汗都是干的。知了在闷热的中午和枯干的野草间鸣叫,龟裂的大地急需雨水的滋润,而空虚的灵魂更需领受上帝的洗礼。为难忍的干渴所折磨的人们"又是叫喊又是呼号",在四处寻找那"有水有泉"和画眉啼鸣的幽林。这时诗人慢慢地把我们引进一个冰天雪地的洁白世界。有一个"裹着棕黄色的大衣、罩着头"的神秘的身影闪现在"白颜色的路"上,人们都在猜测他是否就是大家期待的救世主。

一种濒于绝望的情绪愈来愈沉重地压抑着人们的心灵,从颤动的琴弦上发出了低沉的哀音。往事不堪回首,那完全是颠倒混乱和一片黑暗,一切都在崩塌,不停地崩塌。就在此关键时刻,突然浓云密布,狂风大作,使"一个空的教堂"的门猛烈地摆动着。

那些对上帝渴望已久的"疲软的"人们,"在静默中"进行忏悔,并祈求上帝的救助。终于,代表上帝的雷霆说了话,庄严地向人们宣告,地狱的大门已经打开,凡想摆脱苦境的人们唯有走顺从上帝意旨的路,真正生活在基督教的精神之中,永远做到施舍、同情、克制和宁静八个大字。

《荒原》是继《恶之花》之后描写都市罪恶的诗作,从艺术表现手法上讲,类似但丁的《神曲》。

英国评论家哈里·布莱米里斯说艾略特完全类似英国意识流作家乔伊斯,"他进一步发展了乔伊斯在《尤利西斯》所运用的扩大联想与经常引证的方法,这使他的作品的含义更加丰富、深刻"。艾略特在自己的诗中,大量运用了比喻、隐喻和暗示,汇集了一大堆相关或不相关的物件与意象,所有这些只受想象逻辑的控制,而不受形式逻辑的控制。在情节上似有若无,多是一些"片断化"的、"混杂"的意境。如《荒原》第一部分"死者葬仪"的头两节就写了四季的变化,从"长着丁香"的四月,到"大雪覆盖着"的严冬,再从夏天的"阵雨"。到听见秋虫的哀鸣,人物活动的场景在迅速地转换，时而在御花园"喝咖啡、闲谈"，时而在郊野滑雪，时而在客厅玩牌，时而参加教堂里的葬仪。在"对弈"和"火诚"中，诗人活像一个老练的电影摄影师，将出现在泰晤士河畔、伦敦街头、饭店、酒吧间、妓院和堕落小职员的宿舍等各色人事尽收进他的镜头，然后放慢速度将它映现在观众眼前。至于每个镜头的深刻含义，就得靠读者的想象力去琢磨一番了。诗中头绪纷繁，这是因为诗人想造成这样一种印象：现代社会生活本身就是颠三倒四、杂乱无章的。可见，《荒原》是一部隐喻浓重、格调悲伤的世纪悼词。看不到出路，却在等待之中。现在只需记住，"荒原"是西方文明没落的象征。

存在主义文学的代表：萨特

萨特（1905—1980）是法国作家、哲学家，出生于巴黎。两岁时丧父，随母寄居在当德语教授的外祖父家。8 岁时右眼患角膜炎，引起斜视最后终至失明。1915 年入亨利四世中学，接触俄国文学和柏格森、叔本华、尼采的哲学。1924 年入巴黎高等师范学院攻读哲学，结识西蒙娜·波伏瓦，二人终身为伴。1929 年毕业后任中学哲学教师多年。1933 至 1934 年在柏林法兰西学院哲学系学习。1939 年第二次世界大战爆发，他应征入伍。1940 年被德军俘虏，次年被释放。曾参加法国抵抗运动。

萨特与妻子在一起

萨特是法国战后重要文学流派存在主义的倡导者。他的代表作《恶心》（1938 年）是存在主义的著名小说。这部日记体小说的主人公罗康丹生活的是一个龌龊的世界。在这个世界里，人人都萎靡不振，浑浑噩噩，彷徨苦闷，感到生活没有意义。罗康丹是一个典型的存在主义人物。

萨特主张"介入文学"，即作家要投身到改造社会的活动中去，对各种政治事件和社会问题表明自己的见解；文学作品要干预社会现实。在创作方法上，他主张真实，不讲究艺术雕琢和浮华的辞藻，但求文字朴质自然。在他的小说中，作者的叙述往往和主人公的内心独白互相交织；在作品时间的处理上，讲求同时性。他的文学主张和创作实践，对第二次世界大战以后的法国文学有重要影响。

萨特的剧作在一定程度上表现了他的存在主义思想。剧本《苍蝇》（1943年）以奥瑞斯忒斯铲除篡位的暴君并替父报仇的古希腊传说为题材，阐明人要用意志和行动去争取自由，完成生存的使命。《死无葬身之地》（1946年）刻画了一群反对维希卖国政府的爱国志士的形象，作者企图说明烈士们为了一个政治目标而自由选择，牺牲自己。

《恭顺的妓女》（1974年）是一部政治剧，揭露美国种族主义者对黑人的残酷迫害，并对反压迫、反种族歧视的普通人民的觉醒寄予深切的期待。这个剧本表明萨特所主张的存在主义是一种人道主义的思想。

《墙》是萨特早期存在主义的一部重要短篇哲学小说，发表于1939年。它以第二次世界大战前夕西班牙民族革命战争为历史，以革命者伊比塔为主人公，描写了一个故事：西班牙革命战士伊比塔和他的难友，被法西斯长枪党逮捕入狱，经过审讯判处死刑。在等待枪决的一整夜，他们面对死亡，备受精神折磨。天亮时几名难友被枪毙。敌人又两次限时逼伊比塔供出领导人住址。他选择了死亡，拒不招供。但在企图戏弄敌人做了假供之后，却因偶然事件，弄假成真，牺牲了战友。最后他以哈哈大笑嘲笑了这个荒谬世界。另外，小朱安作为三名囚犯之一，则是惨遭杀害的广大无辜者的代表。他未加入任何党派，从不参加政治活动，只因他哥哥是个无政府主义者，就被逮捕关进监牢。敌人的审讯，本来就是例行公事，做做样子，大多只问问姓名职业，偶尔提起一两件事，也是不着边际，不追根究底，更不想听回答。审判官常常心不在焉，呆呆地发愣，过一会儿，才低下头来记点什么。对小朱安更是马虎从事，没有提任何问题，却忽然心血来潮，伏在案上，"写了很久"，无非是无中生有，捏造事实，定为死罪，一杀了之。萨特通过小朱安草率受审，遭受精神折磨和无辜被害，充分揭示了人生世界的荒谬和个人处境的痛苦。

小说的主题是表现世界的荒诞：我的本意是牺牲自己，保护同志，结果却是出卖了战友，变成了"叛徒"，整个斗争过程一下子失去了意义，变得不可理喻。伊比塔在作家笔下并非一个通常意义上的英雄人物。面对死亡，一切信仰都不再具有意义，"我"不供出格里，不是因为"友谊"，起先是觉得他比"我"对西班牙"更有用"，随后又认为这仅仅是由于"我"的"固执"，因为一个人的生命并不比另一个人的生命更有价值，即使是生命本身也不值得过分留恋，生命终究是要消亡的。"我"由此戳破了生与死之间不过是一"墙"之隔，因此"我"获得了自由，对敌人的态度就是"我""自由选择"的结果。

题名为《墙》，是有它深刻的哲理意义的。这是一堵横在生和死之间的"界墙"。在作品中，它看不见，字里行间，摸不着，是一堵无形的墙。但是从头至尾，它又处处存在，字里行间，时时都能感觉得到。这堵墙是可怕的，它是人生的终点，是阴间的门槛，是生的界限，也是死的象征。这道关口，仅一线之隔，但要迈过去却非常困难。在它面前，人人都要经受最严峻的考验，许多人可以顺利度过荣辱关，苦乐关，名利关，但在生死关头，无法蒙混过关。在这里，大家都要把自己作为人的真实性暴露出来。这篇作品，以"墙"作标题，透露出作者的用意，就是要呈现出生死之间的对立隔阂，真实地展示出主人公对待死亡的反应和态度，从存在主义角度来表现即将离开这个世界的人对丑恶人生的批判。三名囚犯，就是存在主义的"真实人物"，主人公伊比塔，就是存在主义的化身。《墙》主要表现在伊比塔告别人生时的悲观绝望情绪。他感到孤独厌倦，万念俱灰，什么正义、友谊、爱情、生命的价值，都失掉了意义，人生原来"一场空"。这是一种存在和虚无的人生观念，不得不使我们想起萨特的存在主义哲学观念，"存在先于本质"。

1964 年，瑞典文学院授予萨特诺贝尔文学奖，被萨特谢绝。他于 1980 年 4 月 15 日逝世。

"变形大师"：卡夫卡

卡夫卡（1883—1924）生前是布拉格的一个默默无闻的、用德语写作的业余作家，国籍属奥匈帝国。在他死后，人们惊奇地发现，这位业余作家不同寻常，他的作品是反映现代意识的杰作。人们对他的兴趣不断增大，甚至

出现了"卡夫卡热",他被誉为"本世纪最优
秀的作家之一"。1883 年 7 月 3 日,卡夫卡出
生在布拉格的一个犹太百货批发商人的家庭。
父亲性情粗暴专制,严重地压抑了卡夫卡个性
的发展。在哈布斯堡王室统治下的帝国,是欧
洲封建专制统治最严重的国家之一。布拉格所
在的波希米亚是帝国的主要工业区。资本主义
的发展引起了尖锐的阶级矛盾。此外,这里的
民族矛盾也十分尖锐。卡夫卡所感受到的政
治、民族、宗教与文化上的压抑是强烈的。卡

卡夫卡

夫卡在中学时代即喜爱文学,不久迫于父命而改学法律。1906 年取得法学博
士学位。他一生主要是在一家保险机构工作,任秘书之职。他患有结核病,
1917 年开始咯血;1922 年因病情转重而不得不离职疗养。离职两年后逝世,
年仅 41 岁。卡夫卡一生未婚,虽曾三次订婚,又都主动地解除婚约。一种强
烈的孤独感缠绕了他一生。卡夫卡开始文学创作是在大学时期。1902 年,在
一次学术辩论后他结识了马克斯·勃罗德,从此二人成为知己。勃罗德后来
成为著名作家,他对卡夫卡的创作有一定影响,他们曾一起出国游历。卡夫
卡生前只发表过一个短篇集,其他短篇和长篇小说是在他死后由勃罗德编辑
出版的。卡夫卡最初的作品保留下来的极少。1912 年创作的短篇小说《判
决》和《变形记》,是他形成自己风格的最早作品。1913 年写出《司护》,这
个短篇后来成了长篇小说《美国》的第一章。卡夫卡的一生总共创作了 78 部
短篇小说和 3 部长篇小说。卡夫卡的小说与传统的小说明显不同,带有鲜明
的社会特色。从作品的思想内容来看,大致可分四类。

　　第一类是那些揭示现实世界的荒诞与非理性的作品。短篇小说《判决》
中,青年商人本德曼将自己订婚的消息写信告诉在彼德堡经商的朋友,但他
粗暴的父亲却对他与朋友的关系和他的未婚妻进行没有根据的指责。儿子顶
撞一句,刚愎自用的父亲竟宣布说:"我现在判你去投河淹死。"结果儿子竟
冲下楼去,真的投河自尽了。临死前,他低声说道:"亲爱的爹娘,我可是一
直爱你们的呀。"父亲对儿子的指责本来就没有道理,判决儿子投河更是荒谬
之至,而儿子竟然执行了这荒诞的判决。人们的非理性行动正是整个人类存

在非理性的表现。

卡夫卡小说的第二个内容揭示了现代人的异化现象。在现代资本主义社会，由于沉重的肉体和精神上的压迫，使人失去了自己的本质，异化为非人。著名小说《变形记》突出地表现了这种现象。小说叙述了一个荒诞的故事。一家公司的旅行推销员格里高尔一天早上醒来，发现自己已经变成了一只巨大的甲虫。他的形状吓跑了秘书主任，母亲昏了过去，父亲气得哭了起来。只有妹妹关心他，给他送食物。后来父亲用苹果把他重重打伤，苹果在背上陷了进去。妹妹也逐渐对他产生厌恶之情。家中因生计困难出租了房间。有一次，格里高尔爬出来听妹妹拉小提琴时被三个房客发现，结果造成一片混乱。房客要求退租。又病又饿的格里高尔当晚在孤寂中离开人世。他死后，全家人如释重负，便到郊外去散心了。在现代资本主义社会，科技与工业迅猛发展，降低了人的价值；社会的商业化和金钱万能的世风，淹没了正常的人性。物变成了同人对立的力量，形成了物操纵人、奴役人的局面。在这种情况下，人实际上变成了非人。格里高尔变成甲虫当然是无稽之谈，但是如果从他的工作已经使他变成了一架机器和工具来考虑，那么就应承认他丧失人的特性，异化为动物，是符合逻辑的。从艺术的角度来看，也是真实的。

揭示人生现实世界中的困境和困惑感，是卡夫卡小说的第三方面的内容。这一类作品表现的主要是中小资产阶级及其知识分子的生活和精神状态。在这类作品中，短篇小说《地洞》最有代表性。小说叙述一只作者未说明属性的动物。它为了安全营造了一个精心设计的地洞，但仍然整日里提心吊胆，担心它的洞被敌人掘开。一想到敌人多得不可胜数，它就心绪不宁。它不停地搬运食物，设计防御。由于总是惶惶不可终日，于是心力交瘁。卡夫卡通过一个小动物的心理活动，生动地展示了在弱肉强食的资本主义社会小人物生命没有保障、生命不得安宁的困境。

最后，卡夫卡在一些小说中还描写了现代国家机器的残酷和统治阶级的专横和腐朽。短篇《在流放地》中，叙述了一个外国旅行家被一司令官邀请到山坳里执行死刑的故事。将被处死的是一个士兵，他在值勤时睡觉，上尉拿皮鞭抽他的脸，他威胁了上尉，结果被判处死刑。他将在一架新式的所谓"耙子机"上受刑，行刑十二小时，残忍程度令人发指。新来的司令官反对这种行刑方法，那个酷爱这架行刑机的军官竟自愿上了刑台，死在耙子机上。

这篇小说深刻地揭露了专制制度的残酷和灭绝人性，也揭露了旧制度行将灭亡时它的信徒和卫道士们的冥顽不灵。《城堡》（1922 年）是卡夫卡这一类小说的代表作品，是卡夫卡特色最浓的代表作之一。

城堡

卡夫卡的小说在艺术特点上与 19 世纪现实主义和浪漫主义小说明显不同。他主要使用象征、荒诞、独特的讽刺和简洁、平淡的叙述四种艺术表现手段。卡夫卡特色在于追求浓厚的象征、荒诞和抽象的色彩，对不合理的社会制度及各种矛盾以独特的方式进行了揭露，对被压迫被凌辱的小人物充满同情，对人类命运的关注和思考富有哲理性。

卡夫卡那些富有独创性的作品，是特定历史时期的产物。他独特的艺术形式表现了现代世界人们所体验的各种痛苦感受，如灾难感、陌生感，特别是恐惧感和无能为力感。

美国现代戏剧的奠基者：奥尼尔

奥尼尔，1888 年出生于美国一个演员家庭。他曾在普林斯顿大学读书，后从事过多种职业，有丰富的生活体验，这为他以后的戏剧创作奠定了基础。1912 年，奥尼尔开始写作。此后，他在哈佛大学贝克尔教授开办的戏剧写作班学习。1920 年，他写了两部多幕剧《天外天》和《琼斯皇帝》，这两部作品奠定了他在戏剧界的重要地位。奥尼尔是美国戏剧史上具有划时代意义的

剧作家。美国戏剧在 20 世纪 20 至 30 年代能达到空前的繁荣，并受到世界的瞩目，首先应归功于奥尼尔在戏剧创作中所取得的成就。奥尼尔的戏剧创作具有高度的艺术价值和社会意义，这与他丰富的生活经验是密不可分的。此外，他勇于探索，不断改进，使得他的戏剧作品有了自己独特的风格。奥尼尔的创作态度严谨，他一贯反对美国商业性质的戏剧，对于美国的戏剧改革运动做出了杰出的贡献。他曾四次获得普利策奖，并于 1936 年获诺贝尔文学

奥尼尔

奖。除上述两部作品外，他的作品主要有《克里斯·克里斯托夫逊》（1920年）、《安娜·克里斯蒂》（1922 年）、《毛猿》（1922 年）、《榆树下的欲望》、《伟大之神布朗》（1920 年）、《拉撒路笑了》（1927 年）、《奇妙的插曲》（1928 年）、《哀悼》（1931 年）、《啊，荒野！》（1933 年）。《人外人》是奥尼尔最为重要的一部作品，他深刻地描写了一个美国农民家庭的不幸生活。剧中的主人公有三个：罗伯特·马约和哥哥安德罗以及邻女霍芝。兄弟俩同时爱上霍芝，但霍芝最终选择了罗伯特，并与之结婚，而罗伯特本想到天地外生活，但既然结了婚，就只好在家务农。而安德罗本想在家务农，这样一来，就不得不去天地外生活。婚后不久，罗伯特便与霍芝不和。最后，罗伯特死于肺病，临死前他对安德罗说他和霍芝都是生活中的失败者，而三人之间最大的失败者就是安德罗，因为他弃农经商。就这样，马约一家人的理想被无情的社会所吞没。许多评论家都认为这是一部最具典型性的现代悲剧，它表现出了奥尼尔对生活的消极悲观态度。在这部戏剧中，奥尼尔继承了古代的悲剧创作传统。这部作品为作者首次赢得了普利策奖。奥尼尔的戏剧观念是重要的，他认为"悲剧并非我们土地上土生土长的吗？不，我们本身就是悲剧，是已经写成的和尚未写成的悲剧中最令人震惊的悲剧"。他做到了这一点，用自己的眼光和笔力描写生活本身的意义，正如有人评论说："从来没有一位剧作家像奥尼尔那样敢于大胆实验、锐意革新。在一部接一部的戏剧创作过程中，他总是敢于变更自己的写作样式，即使写出成功之作时也是如此。"

"过去人和神斗，而现在则是人和自己斗，和他的过去斗，和他的归属斗。"这是奥尼尔《毛猿》（1921年）中主人公扬克的一句名言，它表明了发现自我、寻找归属，这是奥尼尔一贯探索的主题，也是美国以及西方现代文学中普遍流行的主题，因此该剧属于表现主义之作。

　　《毛猿》一剧写的是美国工人的一出悲剧。剧中的主人公扬克是以美国现代产业工人的代表出现的。他是一艘远洋邮轮上的司炉。船上的工人们像关在铁笼子里不见天日的人猿，终日在地狱般的炉膛口从事着沉重的劳动，"拿血肉给机器作齿轮"。可他自豪地说："我是原动力"，"我是结尾！我是开头！我开动了什么，世界就转动了！"工人比之资本家来"更像人样"，"我们顶事，他们不顶事。""我们在前进，我们是基础，我们就是一切。"有一天，钢铁托拉斯总经理的女儿米尔德里德下到底舱，想看一看"另一半人是怎样生活的"。她见了袒胸露背满身煤黑的扬克，吓得晕倒了过去。这件事给了扬克以致命的打击，他的一个伙伴替他总结，说他不过是头"毛猿"。他不能作为毛猿活在世界上。他开始思考起自己的社会地位，立志要报复米尔德里德，恢复人的价值和尊严。但米尔德里德戒备森严，无法接近。扬克跑到纽约，在街头上见到财主阔佬就寻衅闹事，他在气头上一拳打了个乘汽车的胖绅士，为此被捕入狱。在狱中他意识到是资本家"把我压在下面，他坐在我头上！但是我要冲过去。"他出狱后立即去找世界产联的一个地方组织，向他们表示他这个老工人是属于他们的，要求他们给他炸药，他要炸掉所有的工厂，把钢铁都炸到月球上去。产联的人怀疑他是资方派来的破坏工会组织的暗探，骂他是个"没有脑子的人猿"，把他撵出了大门。临了，他走到动物园去看猩猩，他发现自己和猩猩都是"毛猿俱乐部的成员"，他和猩猩攀谈起来，向猩猩倾诉衷肠："我没有过去可想，也没有未来，只有现在——而那又不顶事。当然，你比我好多啦。你不会思想，是不是？你也不会说话。""我不在地上，又不在天堂里，懂我的意思吗？我在天地中间，想把它们分开，却从两方面受尽了夹缝罪。也许那就是他们所说的地狱吧？"扬克打开铁笼，想和猩猩握握手、散散步，"把他们从地球上打下去。"他却被猩猩猛力一抱，筋断骨折，又让猩猩把"他抓起来，投进笼子"。这时，扬克醒悟过来："我完了，就连它都认为我不顶事。上帝，我该从哪里开始哟？又到哪里才合适呢？"临终前，扬克自我嘲弄地尖叫道："太太们，先生们，向前走一步，瞧瞧这个独一无二的——一个唯一地道的——野毛猿。"

这部作品相当深刻地反映了现代资本主义社会中工人的悲惨处境。扬克既被资产阶级所否定，又被产业工会所驱逐，什么法律、政治、上帝，统统是"见鬼"，谁也保护不了他。他从出世之日起，就判定了终身监禁，这个人形的毛猿甚至还比不上动物园里的毛猿。战后二十年代初的美国，科学发达，经济高涨，物资丰富。可是物质财富的创造者，钢铁世界的主人，却越来越明显地成为物质财富的牺牲品，钢铁世界的奴隶。从这个意义说，"毛猿"尖锐地揭露了美国畸形的社会关系，有力地表现了社会的病根——旧的上帝的灭亡以及科学和物质主义的失败"的存在现实。

《毛猿》一剧中的人物可以分做三类：一类是人物表上没有列入的人物，如七嘴八舌的声音、各种声音、一个声音、话音等等，这类"人物"有点像电影中的画外音和古希腊悲剧中的合唱队。但他们本身并不成其为一个独立的角色。一类是无名无姓的人物，如她姑妈、轮机师二副、一个团体的秘书、烧火工人们、太太们、绅士们等等。这类人物除少数例外，大都是很次要的配角，根据剧情发展的需要，随时可以引进来、拉出去，他们谈不上要有什么性格特征。一类是有名有姓的人物，这部剧本中只有四个：扬克、派迪、勒昂和米尔德里德。可是。这些人物（扬克除外）都是为表现主人公而存在，没有一个贯串全剧的。他们谁也不是个性化的人物，只不过是作者对某种社会力量的象征。派迪是一个受尽压榨、精神麻木、什么也不在乎的老工人，他是一团"雾"，雾就是他所代表的一切。勒昂虽然认识到阶级压迫和阶级对抗，但他反对暴力，主张靠选票进入社会主义，是个"肥皂箱上的演说家"。至于那个资本家的后代米尔德里德，则是在他受胎之前生命力早就衰竭了的象征。

奥尼尔刻画主人公性格主要还是依靠"象征的语言和表演"。他说："表现主义的真正功勋在于他们把许多动作带进了戏剧。现代生活在某些方面他们表现得要比老式戏剧好。在《毛猿》中我部分地采用这种方法。"为了充分展示扬克的内心活动、直觉和潜意识，奥尼尔用更多、更精细、也更能传神的外部动作来配合人物的语言，特别是内心独白，而这一切又往往带有象征性。在这部剧作中有两个贯穿始终的象征——"毛猿"和"钢铁"。毛猿是扬克是工人又是人类的象征，钢铁是资本主义社会及其物质力量的象征。全

287

剧中大猩猩——《沉思者》（罗丹）——扬克融合成一体。扬克的长篇内心独白里，有直觉与幻觉，有实感与幻想，有痛苦的思索，也有深邃的哲理，是他潜意识的大爆发，是一生独特的回忆与总结，也是他对钢铁世界的抗议与控诉。最后，猩猩从笼子里放出，而"野毛猿"扬克反被投进笼子里死去。作者写道："也许，最顶事的，毕竟还是毛猿吧。"到此"幕落"，完成了扬克悲剧形象的塑造，更突出地点明了作品的主题。

荒诞派的经典作家：尤内斯库

尤内斯库（1912—?）法国剧作家，出生于罗马尼亚。父亲是罗马尼亚人，母亲是法国人。他在法国度过童年，1925年返回罗马尼亚上学。1938年以后在法国定居。第二次世界大战期间在巴黎从事出版校对工作。

尤内斯库是一位多产的剧作家，他用法语写作。1949年以后30年内写了40多部戏。重要剧作有《秃头歌女》（1950年）、《椅子》（1952年）、《以身殉职》（1953年）、《阿美戴》、《怎样摆脱它》（1954年）、《雅克或驯服》（1955年）、《新客房》（1957年）、《不为钱的杀人者》（1959年）、《犀牛》（1960年）等。他还写过不少论述他的戏剧主张的论文，大多收集在《意见与反意见》（1965年）、《与克洛德·波纳弗的会谈和散记》中。

尤内斯库的早期剧作多为独幕剧。第一部独幕剧《秃头歌女》描写英国中产阶级两对典型夫妇之间的无聊的对话。这部被他称为"反戏剧"的剧作以及他的其他剧作引起了人们的注意与争论，毁誉参半。《椅子》描写一对高龄的老夫妻在生命即将结束前对着象征众多宾客的满台空椅发出荒唐的梦呓。《犀牛》着力描绘现实的荒诞、人格的消失、人生的空虚绝望，以及人在物的绝对统治之下变为犀牛的"异化"过程。

尤内斯库的剧作都表达了他的"人生是荒诞不经的"看法。在创作手法上，突破传统的戏剧形式。他笔下的人物被抽象化，没有个性，丧失"自我"，以此揭示人类精神生活的空虚和互不理解，讽刺小市民生活的虚伪无聊，突出表现人与物的矛盾。他十分重视舞台效果，充分调动一切舞台手段，如道具会说话，演员模拟木偶的机械动作等，以突出他的剧作的荒诞特色。

尤内斯库的戏剧是第二次世界大战后西方社会精神危机的一种曲折的反映。1970年，他被选为法兰西学士院院士，被誉为"荒诞派的经典作家"。

《犀牛》被认为是尤内斯库最重要的代表作。这个幕剧是尤内斯库在1958年写成的，1959年发表后，首先在西德的杜塞尔多夫上演，连续演出一千多场，成为重要的戏剧新闻。

《犀牛》的情节是：第一幕，故事发生在外省一小城的广场附近。时间已近中午。出场人物除剧中主人公贝兰吉及其朋友让·苔丝外，还有家庭主妇、食品杂货店主、女侍、老先生、逻辑学家、咖啡馆老板等人。在谈话的过程中，街上有一头犀牛属于亚洲种还是非洲种，是一只角还是两只角，争论变成了吵架，最后不辞而别；第二幕分为两场。第一场，故事发生在贝兰吉所在的出版社办公室，这一场主要写勃夫夫妇的犀牛化。第二场，故事发生在让的卧室，时间是同一天下午。这一场主要写贝兰吉的朋友让变犀牛的经过；第三幕，故事发生在贝兰吉家里，时间是几天以后。这一幕写的是"犀牛化"以不可阻挡之势席卷全城，只剩下贝兰吉孤独一人。

由此可见，《犀牛》写外省某小城镇的居民因染上了"犀牛病"而接二连三地都变成了犀牛，并以变成犀牛为荣，唯独主人公贝兰吉竭力想使自己的形体不变，但传染病似的"犀牛病"，注定他逃不脱同居民们同样的命运。

该剧通过人变犀牛的荒诞故事，别开生面地写出了人在物的绝对统治下无可幸免的丧失人格的"异化"，揭示了当代西方社会人们的心理危机，在现实社会中，人对于自己的命运是无能为力的；尽管个性不愿屈从于那种集体性的变异，并试图做出反抗，其结果也难于避免悲剧。

通过以上的剧情介绍，我们可以清楚地看到，《犀牛》一剧所要表现的是人的"异化"问题。关于在资本主义社会中的人的"异化"问题，是欧美现代派文学不断表现的发掘的一个主题，从卡夫卡的《变形记》到尤内斯库的《犀牛》所要揭示的则是人的精神堕落。当犀牛刚出现的时候，有的人漠不关心，有的人只想着个人所受的损失，有的人高谈阔论，可是，一旦有追随者出现，各种各样的人都随波逐流，争先恐后地变为犀牛，以变犀牛为美，以变犀牛为荣，几乎整个世界都要被犀牛掀起的尘浪所淹没。在这样的现实面前，人要保持自己的特点、自己的尊严，几乎已成为不可能的事情，贝兰吉的发誓"决不投降"，徒显出其唐吉诃德式的可笑。在西方社会中，由于资本主义社会的本质所决定，生产、技术的高度发展和物质财富的大量积累，越来越变成与人的个性发展所敌对的可怕现实，而各种各样资产阶级哲学社会思潮的泛滥，又使人们对这种现象不能做出正确的分析和解释，所以，人们在痛苦和恐怖之中，独立的人格丧失了，意志力的支撑点找不到了，于是一有引诱和煽动就随波逐流，就推波助澜，社会变成了被一汪浊水浸泡着的世界。这就是《犀牛》给我们展示的可悲而又严酷的现实。剧本充分利用舞台手段，用物说话的舞台效果来阐述人生的荒诞不经；用不同人物重复前人对话的方式来制造强烈的喜剧效果；用从天幕到乐池的数不清的犀牛头像来显示主人公在外地世界压力面前的无能为力。法国理论家称该剧为一部"哲学闹剧"，也是"尤内斯库一部完全可以理解的作品"。该剧本 1960 年 1 月 22 日在奥德雍法兰西剧院首次演出，导演是让路易·巴洛；在英国皇家宫廷剧院首演时，由劳伦斯·奥利弗饰贝兰吉。

"黑色幽默"：海勒与《第二十二条军规》

海勒（1923—1999）美国作家，"黑色幽默"的代表人物。出生于纽约布鲁克林区的一个犹太人家庭。第二次世界大战爆发后参加美国空军，曾赴欧洲作战，驻扎在意大利等国，获中尉军衔。1945 年复员，不久入纽约大学学习。1948 年获该校文学学士学位。此后两年又进哥伦比亚大学和牛津大学深造。1950 年起任宾夕法尼亚州立大学讲师。1952 年起在几个杂志社任广告作家或推销部经理。1961 年起为职业作家。海勒于 40 年代末开始文学创作。他的成名作是 1948 年发表的长篇小说《第二十二条军规》。小说写第二次世界大战期间美军某飞行大队的飞行员们为军规捉弄、折磨、压抑，不得不无休止地冒着生命危险执行任务。小说以荒诞的手法提出严肃的问题，开创了"黑色幽默"流派的先河。海勒的其他作品还有长篇小说《出了毛病》（1974年）、《像高尔德一样好》（1979 年）及剧本《我们轰炸了纽黑文》（1968 年）等。海勒于 1963 年获得美国文学艺术院奖学金。1974 年被选为该院院士。

站在局外观察人生的大师：加缪

加缪（1913—1960）出生于阿尔及利亚（时为法属），他的父亲是当地的农场工人，1914年在第一次世界大战中战死，加缪的母亲是西班牙人。加缪从小家境贫寒，但他还是在半工半读的条件下读完了整个大学的课程。1935年，加缪加入了法国共产党并积极参加和组织反法西斯的活动，后因与法共政见不和，而于1937年退党。加缪曾经创办过剧团，当过新闻记者，同时他也写了很多文学作品，40年代和50年代是加缪创作生涯的高峰期。在这一时期，他创作了许多著名小说、散文和论文集，并于1957年获诺贝尔文学奖。加

加缪

缪早期是存在主义者，他认为世界是荒谬的，人的生存状态以及人与其周围社会的关系也是不可理解的，人在这个荒谬的世界面前是无能为力的，但他反对以自杀了结人生，认为人应该对光明和幸福充满憧憬和追求。加缪善于用描写的手法来客观地表现人物的一言一行，但他总是作为一个冷眼旁观者而说话。他的作品中处处可以看出作者的匠心所在，作品的语言真挚、朴实、明朗，虽无华丽辞藻，但却极具表现力和感染力。加缪的一生始终对劳苦大众的处境表示同情，但他有时却不加分析地反对"暴力"与"恐怖"，这最终导致了他与萨特派的决裂。加缪的主要作品有小说《局外人》（1942年）、《鼠疫》（1947年）、《堕落》（1956年），短篇小说集《流放和王国》（1957年），剧本《误会》（1944年）、《卡利古拉》、（1945年）、《戒严》（1948年）、《正义者》（1949年），散文《西西弗斯的神话》（1942年），散文《致一位德国朋友的信》（1945年）、《反抗的人》（1951年）等。其中《局外人》是加缪最著名的作品，同时也是他存在主义精神得到集中表现的一部作品。

《局外人》的主人公叫默尔索，是一个公司的小职员。他对世事——母亲的去世、情人对他的爱、优厚的薪金、甚至开枪杀人、被判死刑等一律漠不

关心。他莫名其妙地活在这个世界上，最后终被这个"荒谬"的世界所吞没。加缪试图通过这个悲剧式的人物揭露资本主义社会的黑暗，并表明自己的观点，这部作品在人物塑造、情节安排上是极其成功的。

这以后，加缪又创作了《鼠疫》，这部作品是作者存在主义得以发展的见证，他从原来认为人不可改变自然转变到认为人应该团结起来向这个荒谬的世界展开斗争，这是积极进步的转变。

拉丁美洲的文学天才：马尔克斯

马尔克斯是 20 世纪拉丁美洲魔幻现实主义文学的杰出代表。马尔克斯 1928 年生于哥伦比亚的阿拉卡塔卡镇，父亲原来学医，后来成了当地邮电所服务员。外祖父马尔克斯·伊瓜兰是受人尊敬的老自由党人。阿拉卡塔卡镇过去是美国公司的香蕉种植园，在"香蕉热"时期有过繁荣的阶段，后来，国际市场上香蕉价格暴跌，美国公司撤离，阿拉卡塔卡立即衰落下来，社会矛盾随之恶化。1928 年，香蕉工人举行大罢工，政府派军警来镇压，死亡 800 余人。此后，居民大量外迁，阿拉卡塔卡成了孤独、萧条的地方。马尔克斯自幼在外祖父家长大。外祖父经常对他讲当时的历史故事。外祖母更是一位讲故事能手，对他讲了许多印第安人的神话故事。她相信人死后灵魂继续存在，为了不让亡灵们孤独，她特地为他们安排了两间空房，经常与他们谈话。马尔克斯的姨妈也笃信鬼神，有一天，她感到自己将要死亡，便坦然躲进自己的房间，成天在里面织尸衣。孤独而带有神秘色彩的阿拉卡塔卡给作家留下深刻的印象，培育了他独有的审美情趣。

12 岁时，马尔克斯来到首都波哥大教会学校读书。18 岁后在波哥大学读法律，参加了自由党，1918 年内战爆发时，他中途辍学进入报界工作。1954年任《观察家报》记者兼电影专栏负责人。此后，他从事新闻工作，同时进行文学创作。他曾到过意、法、英、苏、波、捷、匈等国，1959 年回国，担任古巴"拉丁社"驻哥伦比亚办事处的负责人。1961 年任该社驻联合国记者，后迁居墨西哥，至 1976 年才返回哥伦比亚。为了抗议军人政权，1981年，被迫流亡墨西哥，至 1976 年才返回哥伦比亚。1982 年，哥伦比亚新政府成立，才得以返回故土，从事文学创作。当年获诺贝尔文学奖。同年，应法国总统密特朗邀请，担任法国——西班牙语国家文化交流委员会主席。

马尔克斯在大学时期就开始文学创作。从 1947 年到 50 年代初期，是他的学习创作阶段。此时，他在《观察家报》上先后发表过 14 篇短篇小说，摹仿海明威、福克纳、卡夫卡的手法进行写作，主要内容是写个人对死亡的忧虑。他的第一个短篇小说《第三次无可奈何》（1947 年）写一个已死的儿童的孤独感。虽然他继续得到母亲的关怀，而且仍然继续成长，不久又第二次死亡，被人活埋，无可奈何地忍受死后的孤寂。他幻想在第三次死亡之时能获得再生。然而，老鼠已经在贪婪地将他啃咬，他将化为乌有。这篇作品说明他在摹仿前辈的同时，在选材上和手法上，已经表现出自己的某些特色。

1955 年，他发表了一系列中短篇小说，如《伊莎白尔在马孔多的观雨独白》（1955 年）、《枯枝败叶》（1955 年）等。这些作品的奇特的想象，新颖的构思和深刻的寓意，表现了处于深重灾难之中的拉美人民的独特感受。

进入 60 年代，马尔克斯的创作达到成熟时期，1961 年他发表长篇小说《恶时辰》，获美国埃索石油公司在波哥大举办的埃索文学奖。同年，他发表了自认为"写得最好的小说"——中篇小说《没有人给他写信的人》，作品主人公是一个上校，他在内战中出生入死，在选举中为自由党尽力，战争结束时，政府答应给他退伍金。15 年来，他一直在等这笔钱。他的儿子由于散发地下刊物而被打死，只留下一只斗鸡。他自己到老年已穷困潦倒，孤独得无人过问。老妻病饿在床，家中所有东西都已变卖，但他还是要强作笑颜，维持自己的荣誉。上校的形象融进了作家外祖父的经历和作家自己在《观察家报》被封后生活艰难时的切身体验，因而这一形象塑造得极为成功。作家用幽默诙谐的笔法来写他忧郁沉重的心情，使作品具有一种独特的艺术感染力。

1962 年，马尔克斯发表了短篇小说《格兰德大妈的葬礼》，描写马孔多一个权势显赫的女族长活了 92 岁，最后病死的故事，其中穿插了不少离奇的故事。她的家族统治马孔多两个世纪之久。她自己从 22 岁开始当族长，谁也不知道她的资产有多少，政府要员都必须遵从她的意志。她死后，总统、教皇、政府各部长都来奔丧。她占有一切，连雨水也不能幸免，她的遗嘱中竟然包括地下资源、领海和国家主权、自由选举等。格兰德大妈实际是美国势力的化身，马孔多则影射着哥伦比亚乃至整个拉丁美洲。小说通过一个荒诞的故事，影射美国对于拉丁美洲的长达两个世纪之久的探索和统治。格兰德大妈的死，暗示这种控制的衰亡。

1967年，马尔克斯发表了他的代表作——长篇小说《百年孤独》，达到了他创作的辉煌时期，而且也奠定了他作为拉美魔幻现实主义大学大师的地位。70年代以后，马尔克斯的创作虽没有离开魔幻现实主义的轨道，然而现实主义成分显著增强。1981年马尔克斯发表了中篇小说《一件事先张扬的凶杀案》，描写青年人圣地亚哥纳赛尔无辜被杀的故事。小说以采访式的纪实手法，深刻分析了产生这种悲剧的原因，揭露哥伦比亚的落后现实，批判封建观念和仇杀行为。

《百年孤独》是马尔克斯的代表作，也是魔幻现实主义文学最重要的作品。自60年代问世后，已被译成36种以上的文字，在世界各地赢得了巨大的声誉。

小说描写了加勒比海沿岸某国马贡多小镇的希恩迪亚上校家族七代人。家族史上表亲联姻生出猪尾畸胎的不祥恐惧感折磨着一家人，最终这一人丁兴旺的家族没能逃脱不幸，第六代上出现猪尾婴儿，最后一代被蚂蚁吃掉。

小说以马贡多村镇为背景，描写布恩地亚家族七代人的命运。布恩地亚家族的第一代雷塞·阿卡迪奥·布恩地亚与妻子乌苏拉是马贡多的开创者。他们本是表兄妹，很久以前，霍·阿·布恩地亚的叔叔与乌苏拉的姑姑结婚，生下一个长猪尾巴的儿子。乌苏拉怕近亲结合重蹈前辈的覆辙，婚后坚决不与丈夫同房，村里人因此讽刺布恩地亚没有性功能。一次，布恩地亚与邻居斗鸡获胜，邻人又以此事相嘲，他一怒之下用矛刺死后者，夫妇俩远走高飞。经过两年多的艰苦跋涉，他们和跟随的几户村民最后定居在一片荒凉、多石的河畔。地名"马贡多"，是布恩地亚从梦中得来的。起初这地方完全与世隔绝，后来随着发现了与外界联系的通道，马贡多逐渐繁盛起来，变成一个热闹的村镇。吉普赛人来后，他们的首领梅尔加德斯成为布恩地亚的朋友，他用科学幻想将布恩地亚引入文明的大门，后来却又神秘地淹死了自己。布恩地亚的科学实验没有结果，又失去了朋友，于是在孤独中发了疯，被家人捆在院中的大栗树下，半个多世纪后才死去。乌苏拉是这个家族中最长寿的女人，活了一百多岁，目睹全家及马贡多的历史沧桑。在她以下六代人中，布恩地亚家族出过军人、浪荡子、修女、老姑娘、不成材的教士、夭亡的婴儿，最后终于彻底败落。第六代奥雷良诺·布恩地亚与自己的姨母阿玛兰塔·乌苏拉生下第七代传人，一个长尾巴的婴儿，这孩子次日就被蚁群拖往巢穴吃掉了。阿玛兰塔·乌苏拉血崩而死，奥雷良诺·布恩地亚走在马贡多的街道上，镇上的人们已经忘记了他那一度显赫的家族。一阵飓风袭来，马贡多从地球上永远消逝了。

小说通过对马贡多村镇的全景描写，折射出哥伦比亚乃至整个拉丁美洲一个多世纪的历史进程，从政治、经济、文化等诸方面探讨了拉美地区贫困落后的原因，作家以生动、富于幻想的笔触，勾画出这片神奇大陆上丰富的自然与人文景观，反映了复杂、多变的社会生活，深入揭示了该地区人民的精神特征，小说因而成为一部气势恢宏的史诗性作品。换句话说，作品遵循"变现实为幻想而不失真"的魔幻现实主义创作原则，现实与魔幻交错，反映了拉美与世隔绝状态，以示殖民主义入侵后的压抑、革命时期的动乱、独立后的幻灭，对拉美的历史、政治、经济、文化、神话传说、宗教习俗等做了恰到好处的表现，不愧为拉美魔幻现实主义文学的经典之作。1967 年这部小说发表后，反响强烈。秘鲁作家马利奥·略萨称它在拉丁美洲引起了一场文学地震。

1982 年，马尔克斯因《百年孤独》的成功而获诺贝尔文学奖。获奖以后，马尔克斯继续辛勤工作，创作新作品。1985 年发表的《霍乱时期的爱情》是一部以爱情为主题的力作。作品以一对男女在青年时期未能成功而到老年才继续延续旧情的故事为主线，引出了各种各样的爱情故事，批判了拉美社会特有的封建等级制度和拜金主义。作家一改其拿手的魔幻现实主义手法，用近似传统现实主义的方法，写出了这部不同凡响的作品。1989 年，马尔克斯又出版了长篇小说《迷宫中的将军》，写 19 世纪拉丁美洲解放者玻利瓦尔的斗争事迹。作品写的是其伟大及光辉业绩，但并不加以神化。

第十八章　芦笛声声

——亚非现代文学的收获

艺术之思在此酝酿！

20 世纪的亚洲文学别具一格，有浓郁的民族性和本土色彩，成为世界文学的奇葩。例如黎巴嫩人民的歌手纪伯伦在《泪与笑》中，表现出对真善美的追求，亚洲第一位诺贝尔文学奖获得者泰戈尔在《吉檀迦利》、《飞鸟集》、《新月集》中对爱与美的期盼，亚洲第二位诺贝尔文学奖获得者川端康成在《雪国》等作品中表现的清冷之美、非洲黑人文学的领袖桑戈尔对"黑人性"的呼唤，都显示出了强烈的文学个性和魅力。

伟大的人生教师：夏目漱石

夏目漱石（1867—1916）原名金之助，别号漱石。生于日本江户（今东京）一个武士家庭。东京帝国大学英文系毕业。曾留学英国，回国后在东京大学任教期间，发表了成名作《我是猫》（1905—1906）等作品。后弃教职，受聘于东京朝日新闻社成为专业作家，创作了十多部长篇小说。三部曲《三四郎》（1908 年）、《其后》（1909 年）、《门》（1910 年）等，主要描写知识分子追求个性解放、与世俗道德冲突的情况，作品对知识分子的心理活动刻画细腻，对明治社会的批判也相当有力。在《过了春分时节》（1912 年）、《行人》（1912 年）、《心》（1914 年）三部长篇小说中，揭露了当时现实的不合理和道德的败坏，特别鞭挞了丑恶的利己主义思想，具有强烈的讽刺精神，但作品中也流露出悲观情绪，后期作品更甚。他在当时日本文坛中享有较高

声誉。1911 年他拒绝接受军国主义政府授予博士称号一举,在当时曾引起轰动,为人称赏。

芥川龙之介与文学奖

芥川龙之介(1892—1927)日本小说家,东京人,本姓新原,因母患精神病,寄养在舅父家,后为养子,改姓芥川。青少年时期,广泛涉猎日本、中国和欧美文学作品。1913 年入东京帝大英文系。读书期间,成为第三、四次复刊的《新思潮》杂志的同仁,先后发表《老年》(1914 年)、《罗生门》(1915 年)、《鼻子》(1916 年)、《芋粥》(1916 年)、《手绢》(1916 年)等,奠定了新进作家的地位。1916 年大学毕业后,在横须贺海军机关学校教书,1919 年辞去教职,入大阪《每日新闻》社,专心致志从事写作。1921 年以该社特派员身份到中国上海等 10 余城市游览,回国后写有《上海游记》(1921 年)、《江南游记》(1922 年)等。1927 年在思想苦闷和"对未来的模糊不安"中自杀,年仅 35 岁,遗书有《致某旧友的手记》(1927 年)。

芥川一生写有 148 篇短篇小说,55 篇小品文,60 篇随笔、评论、札记、诗歌。他的小说严谨洗练,富于意趣。早中期多为历史小说,后期倾向于描写社会现实。根据取材大致可以分成 4 类:(1)取材于日本封建王朝的,主要有《罗生门》(1915 年)、《地狱变》(1918 年)、《竹林里》(1921 年)等;(2)取材于日本近世天主教事物的,主要有《烟草和魔鬼》(1916 年)、《信徒之死》(1918 年)等;(3)描写江户以后各时期社会生活的,主要有《戏作三昧》(1917 年)、《某日的大石内藏助》(1917 年)、《舞会》(1920 年)、《阿律和孩子们》(1920 年)、《将军》(1922 年)、《呆傻子的一生》(1927 年)和寓言体的《水虎》(1927 年)等。(4)取材于中国古代故事的,主要有《秋山图》(1920 年)等。

芥川龙之介是新思潮派代表作家。他的作品巧妙地结合现实,体现了他对社会人生和艺术的探索,反映了一个资产阶级知识分子世界观中的深刻矛盾。他的小说技巧纯熟,布局巧妙严谨,心理刻画精细,语言典雅洗练、含蓄而富于机趣,至今尤为日本人民所喜爱。日本文艺界为了纪念他,每年有

"河童祭"（7月24日）的活动，日本文艺春秋社于1935年设立了"芥川文学奖"。

获诺贝尔文学奖的日本第一人：川端康成

国民必知 文学历程 读本

　　川端康成（1899—1972）日本现、当代小说家。出生在大阪。幼年父母双亡后，祖父母和姐姐又陆续病故，孤独忧郁伴其一生，这反映在他的创作中。在东京大学国文专业学习时，参与复刊《新思潮》（第6次）杂志。1924年毕业。同年和横光利一等创办《文艺时代》杂志，后成为由此诞生的新感觉派的中心人物之一。新感觉派衰落后，参加新兴艺术派和新心理主义文学运动。一生创作小说100多篇，中短篇多于长篇。作品富有抒情性，追求人生升华的美，并深受佛教思想和虚无主义影响。早期多以下层女性作为小说的主人公，写她们的纯洁和不幸。后期一些作品写了近亲之间、甚至老人的变态情爱心理，表现出颓废的一面。成名作小说《伊豆的舞女》（1926年）描写一个高中生"我"和流浪人的感伤及不幸生活。名作《雪国》（1935—1937）描写了雪国底层女性形体和精神上的纯洁和美，以及作家深沉的虚无感。其他作品还有《浅草红团》（1929—1930）、《水晶幻想》（1931年）、《千鹤》（1949—1951）、《山之音》（1949—1962）等。川端担任过国际笔会副会长、日本笔会会长等职。1957年被选为日本艺术院会员并曾获日本政府的文化勋章、法国政府的文化艺术勋章等。川端康成1968年以"高超的叙事文学，非凡的锐敏表现了日本人的精神"获诺贝尔文学奖，其精神实质是在创作上追求静止的瞬间之美。1972年在工作室自杀去世。

亚洲第一位诺贝尔文学奖获得者：泰戈尔

　　泰戈尔（1861—1941），印度著名诗人、作家、艺术家和社会活动家。1913年获诺贝尔文学奖。泰戈尔生于加尔各答市一个富有哲学和文学艺术修养的家庭，13岁即能创作长诗和颂歌体诗集。1878年赴英国留学，1880年回

国专门从事文学活动。1884 至 1911 年担任梵社秘书，20 年代创办国际大学。1941 年写作控诉英国殖民统治和相信祖国必将获得独立解放的著名遗言《文明的危机》。

泰戈尔是具有巨大世界影响的作家。他共写了 50 多部诗集，被称为"诗圣"。写了 12 部中长篇小说，100 多篇短篇小说，20 多部剧本及大量文学、哲学、政治论著，并创作了 1500 多幅画，谱写了难以统计的众多歌曲。文、史、哲、艺、政、经范畴几乎无所不包，无所不精。他的作品反映了印度人民在帝国主义和封建种族制度压迫下要求改变自己命运的强烈愿望，描写了他们不屈不挠的反抗斗争，充满了鲜明的爱国主义和民主主义精神，同时又富有民族风格和民族特色，具有很高艺术价值，深受人民群众喜爱。其重要诗作有诗集《故事诗集》（1900 年）、《吉檀迦利》（1910 年）、《新月集》（1913 年）、《飞鸟集》（1916 年）、《边缘集》（1938 年）、《生辰集》（1941 年）。

《吉檀迦利》是泰戈尔的代表性诗集。1910 年出版孟加拉文本。1913 年出版英文译本，同年泰戈尔即获诺贝尔文学奖。它是继《奉献集》之后的又一部最优秀的宗教抒情诗集。诗集通篇充满万物化一、神人同在的泛神论思想，执意追求美与善、人与神的融汇与和谐。它不但排斥印度传统的"出世"哲学，坚定主张"入世"的人生哲学，且通篇充满资产阶级民主平等观念和人道主义精神。它斥责英国殖民统治者肆行"凶暴""以恶行自夸"，认为神对此"会感到厌恶"，同时，对"最贫最贱最失望的人群"则深表同情，认为神也"穿着破败的衣服，在最贫最贱最失所的人群行走"，只有通过"劳动和流汗"才能走近它。诗集还呼吁"让我们的国家觉醒吧！"让"爱"成为人类的最高准则！诗集虽披着宗教神秘外衣，其内容却是诗人出世、民主、爱国思想和人道主义精神的集中体现。

黎巴嫩人民的歌手：纪伯伦

纪伯伦（1883—1931）黎巴嫩作家、诗人、画家，"旅美派"的领导人物，生于黎巴嫩北部山乡。12 岁随母去美，两年后返回祖国，曾学习阿拉伯文、法文和绘画。在校期间曾创办激进的《真理》杂志。1908年发表短篇小说集《叛逆的灵魂》，遭当局查禁焚毁，本人被逐出境，再度前往美国。后去法国，在巴黎艺术学院学习绘画和雕塑，得到艺术大师罗丹的奖掖。1911年重返波士顿，次年迁往纽约定居。纪伯伦青年时代主要用阿拉伯文字作小说，有短篇小说集《草原新娘》（1905年）和《叛逆的灵魂》，反对封建礼教和宗教。他的长篇小说《折断的翅膀》（1911年）则写东方妇女的悲惨处境和她们对命运的抗争。他的阿拉伯文作品还有散文集《音乐短章》（1905年），散文诗集《泪与笑》（1913年）、《暴风雨》（1902年），诗集《行列圣歌》（1918年），以及《珍闻与趣谈》（1923年）、《与灵魂私语》（1927年）等。纪伯伦后期用英文写作散文诗和寓言，第一部用英文写的作品是散文集《疯人》（1918年），此后又发表了散文诗集《先驱者》（1920年）、《先知》（1923年）、《沙与沫》（1926年）、《人之子耶稣》（1928年）、《先知园》（1931年）、《流浪者》等。他还创作过诗剧《大地诸神》、《拉撒路和他的情人》等。《先知》是作者的代表作，其中以智者临别赠言的方式，论述了爱与美、生与死、婚姻与家庭、劳作与安乐、法律与自由、理智与热情、善恶与宗教等等人生和社会的问题，比喻深刻，哲理透彻，有浓厚的东方色彩，堪称"纪伯伦风格"的典型。纪伯伦还发挥他的艺术天才，自己绘制了情调浪漫而寓意深刻的插图。纪伯伦认为诗人要唱出"母亲心里的歌"。他以"爱"和"美"为主题，通过意象和象征来传达深沉高远的思想。他的作品表现出愤世嫉俗的态度或神秘主义的力量，由此可以看出尼采哲学的影响。他是阿拉伯文学中首先使用散文诗的作家，他所组织的"笔会"对阿拉伯新文学的发展做出过重大的贡献，因此，纪伯伦不愧为"黎巴嫩人民的歌手"。

"黑人性"桑戈尔

桑戈尔（1906—2001）塞内加尔诗人、学者、政治家。用法语写作。生于富商家庭，1928年赴法国求学，在巴黎的中学和大学毕业，是获得巴黎大学古典语文学和法语语言学学位的第一个非洲人。1935年后在图尔和巴黎的中学讲授拉丁语和希腊语。30年代参加大学生文学运动，与马提尼克人塞泽

尔和圭亚那人达马共同创办《黑人大学生》杂志，提出"黑人主义"观念（或译"黑人性"，即提倡黑人精神，为民族的传统而自豪），后来这一观念发展成非洲各族人民的文明与黑人文化"独特性"的系统理论。当时他加入法国社会党。他的诗号召为建立公正基础的社会而斗争。1939年第二次世界大战爆发初期即被征入伍，1940年6月在前线被德军俘虏，关入集中营；1944年获释后参加抵抗运动，这些经历反映在诗集《黑色的祭品》

桑戈尔

（1948年）里。战后发表了一系列诗歌：诗集《阴影之歌》（1945年）和《给纳埃特的歌》（1949年）；诗剧《恰卡》（1949年）写非洲各族人民英勇的过去和积极开展政治活动的问题。1948年编辑出版了《黑人和马尔加什法语新诗选》，让·保罗·萨特为此书作序。

40年代和50年代他从史学、社会学与文化等方面研究非洲文明，在第一次（1956年于巴黎）和第二次（1959年于罗马）黑人文化活动家代表大会上作报告，把毫无生气的西方文明同"黑色种族历来的高超技艺"作对比，肯定非洲各族人民在人类发展中的"优越性"。1960年起任塞内加尔共和国第一任总统，1963年和1968年连任。1980年底辞去总统职务，专心创作。这时期的作品有《埃塞俄比亚诗集》（1956年）、《夜歌集》（1961年）、《诗篇》（1964年）和《热带雨季的信札》（1972年）。在文艺理论方面则有《自由一集：黑人性和人道主义》（1964年）和《自由二集：民族和社会主义的非洲道路》（1971年），系统地阐述"黑人性"学说。

桑戈尔是公认的诗歌大师，善于把非洲民间口头创作与20世纪法国的诗歌成就结合在一起。他的创作在非洲文学发展中起着重要作用。

第十九章　凤凰涅槃

——中国现代文学的穿透力

这是一个呐喊与彷徨、吐露与抒怀的时期。

　　20 世纪的中国，是一个充满呐喊与追求的时代，因为经过"五四"新文化运动的洗礼，中国现代文学更加关注国民性和人性，在探索的过程中既充满激情，也充满彷徨。鲁迅这位"文学巨匠"发挥他旗手般的作用，他的《狂人日记》、《野草》等都是他战斗精神的闪烁；茅盾的《子夜》、巴金的《家》中，可以看到对社会重大问题的关注；另外朱自清的优美散文、冰心的《繁星》、《春水》、徐志摩的《再别康桥》、戴望舒的《雨巷》、艾青的《大堰河》以及曹禺的《雷雨》、沈从文的《边城》、钱钟书的《围城》等都在中国现代文学史上留下了自己的足迹。进入当代文学后，中国文坛呈现出多变的特色，除了与时代同调的作品外，金庸的"武侠小说"，则是很引人入胜的。

中国现代文学的奠基人：鲁迅

　　鲁迅（1881—1936），文学家、思想家、革命家。原名周樟寿，后改名树人，字豫才。1881 年 9 月 25 日出生于一个没落的封建家庭。父亲是个秀才，母亲知书达理。鲁迅从小受过传统的封建教育，阅读过许多野史笔记。1893 年家庭的变故，使鲁迅幼小的心灵受到打击，使他"看见世人的真面目"。鲁迅的母亲是乡下人，他因此有机会接触到农村生活。这些经历对鲁迅后来的思想发展和小说创作，都产生了深刻的影响。1898 年鲁迅考入江南水师学堂，次年考入江南陆师学堂附设的矿务铁路学堂。鲁迅在这期间阅读了大量西方的近代科学、文学和社会学著作，还接受了达尔文的进化论思想。1902 年赴日本留学，入东京弘文学院，1904 年入仙台医学专门学校，在这里结识藤野严九郎先生，受到他的教诲与关怀。在仙台医学专科学校期间发生的一个事件使鲁迅的思想发生了改变。他深刻地感受到中国人的麻木，先前准备学好医学报效国家的念头改变了。他认识到头等重要的是改变人的精神，于是决定

鲁迅

弃医从文。1908 年鲁迅发表了《文化偏至论》、《摩罗诗力说》并和周作人共同翻译出版《域外小说集》。1909 年鲁迅离开日本回到祖国，在浙江两级师范学堂任教，后在绍兴府中学任教，1912 年应蔡元培邀请到南京任教育部部员。辛亥革命失败后，鲁迅思想一度低沉，对国事深感失望。在业余时间看佛经、抄古碑、搜集金石拓本。1918 年鲁迅参加了陈独秀主编的《新青年》的编辑工作。同年 5 月在这个刊物上发表了第一篇白话小说《狂人日记》。小说通过一个被迫害致死的狂人的自述，描写了他的精神状态和心理活动。狂人身受封建传统思想和伦理道德的束缚、压迫和残害，他认为周围的人都想加害于自己，对周围的世界极端恐惧。作家借这狂人的"疯话"，揭露封建社会存在精神上的"人吃人"的现象，意在"暴露家族制度和礼教的弊害"，并相信将来的社会"容不得吃人的人"，喊出了"救救孩子"的呼声。小说受到俄国作家果戈理《狂人日记》的影响，但比果戈理的作品忧愤深广，是中国现代文学史上第一篇白话小说。

《狂人日记》发表以后，鲁迅先生一发而不可收，接着发表十几篇小说，后编成小说集《呐喊》，收小说十五篇，1930 年作者抽出其中的《不周山》（后改名为《补天》，收入《故事新编》），所以这本小说集收小说十四篇：《狂人日记》、《孔乙己》、《药》、《明天》、《一件小事》、《头发的故事》、《风波》、《故乡》、《阿 Q 正传》、《端午节》、《白光》、《兔和猫》、《鸭的喜剧》、《社戏》，另有一篇《自序》。《呐喊》生动地描绘了辛亥革命前后广阔的社会图画，成功地塑造了狂人、孔乙己、闰土、阿 Q 等艺术典型，着重揭露了封

建社会的"吃人"本质和封建势力的凶残、狡猾,控诉了封建礼教、科举制度和封建思想摧残和毒害人民的罪行,批判了资产阶级革命的妥协性和不彻底性,总结了它的经验教训。《呐喊》以"表现的深切和格式的特别"而著称于世,显示了五四文学革命的实绩,为中国新文学铺下了基石。

《药》描写华老栓以人血馒头为儿子治病的悲剧故事,革命者夏瑜的鲜血被愚昧的华老栓误认为可以治儿子的病,革命者被杀头的"盛举"却成为闲人无聊的谈资。作品通过双重悲剧启示人们:只有发动群众,医治其愚昧、麻木,才能救中国。作品明线暗线相连、纵横交织、构思精巧。

《故乡》以"我"回乡的见闻为线索,通过幼年时期和中年时期的闰土,以及"我"回忆中的过去和现在的故乡两种明显的对比,深刻反映了辛亥革命前后近三十年来农民生活日趋贫困、农村社会日益破败的真实景象,小说采用对照和白描的手法塑造人物形象、借景物描写烘托人物感情、结尾抒情富有诗意和哲理。

《阿Q正传》是鲁迅小说的代表作,最初发表于1921年12月至1922年2月《晨报》副刊。全篇共九章。小说以辛亥革命前后未庄社会生活为背景,通过阿Q悲剧性一生的描写,真实反映了辛亥革命前后中国农村的面貌,深刻揭示了封建势力凶残、狡猾的反动本质,批判了资产阶级旧民主主义革命的妥协性和不彻底性。阿Q盲目的自尊自大交织着自轻自贱而形成的"阿Q精神",一方面固然是阿Q所在农民阶级落后性的典型表现,另一方面也反映了半封建半殖民地的中国社会封建统治阶级无奈现实环境的一种病态心理即"精神胜利法"。正是凭着如此深邃的内涵,鲁迅塑造的阿Q不仅是中国文学史上而且也是世界文学史上不朽的典型形象。小说以喜剧形式蕴含悲剧主题,借典型环境塑造各类典型人物,语言生动简练,有幽默感和讽刺色彩。

在五四时期鲁迅也写了许多杂感和论文,大都发表在《新青年》上,后来收入《热风》和《坟》。这些作品带有广泛的社会批评和文明批评特点,以不拘一格的形式,将诗与政论结合在一起,后来被人们称之为"鲁迅风"。

从20年代初鲁迅先后在北京大学、女子师范大学任教,致力于研究和讲授中国小说史,后整理成《中国小说史略》出版。1924—1925年间创作短篇小说十一篇,编成第二个小说集《彷徨》,由北新书局1926年8月出版,包括《祝福》、《在酒楼上》、《肥皂》、《长明灯》、《高老夫子》、《孤独者》、

《伤逝》、《离婚》等。书中揭示了农村复杂的
阶级关系，反映出农民深受政治压迫、经济剥
削、精神奴役，书中还着重对接受民主主义思
想的知识分子进行了描写，批判他们的软弱
性，同时还讽刺和鞭挞了封建余孽。《彷徨》
在艺术上比《呐喊》更臻成熟，尤其是擅长用
"画眼睛"的白描手法来塑造人物，寥寥几笔，
神形毕现，显示了作者的艺术功力。《在酒楼
上》描写了五四运动落潮后小资产阶级知识分
子吕纬甫的一段经历。吕纬甫在辛亥革命时期
曾是一个有理想、有作为的热血青年，辛亥革

阿 Q

命后十年，青春凋逝，变得颓唐消沉，甘愿奉老母之命回乡为三岁时死掉的
小兄弟迁葬和为船家女儿送剪绒花。作者写他黯淡的前程和屈从于无聊的生
活。小说文笔隽永，诗意浓郁，具有较高的欣赏价值。《孤独者》中的魏连
殳，这个曾经挂着新党头衔的人物，在五四落潮后孤身挣扎，最终妥协，躬
行"先前所憎恶、所反对的一切"，对周围的一切采用玩世不恭、自暴自弃的
态度。他表面上似乎胜利，实际上是一个失败者、孤独者。他在"胜利"的
笑声中咀嚼着"失败"的悲哀，最终寂寞地死去。这两篇小说反映了革新势
力与传统势力之间的矛盾，弥漫着革命退潮时期沉重的历史气氛。《伤逝》写
青年知识分子涓生和子君的爱情悲剧。他们勇敢地反抗旧礼教和家庭的压迫，
建立起自己的家庭。但不久便沉溺在"安宁和幸福"里不再进取。他们的爱
情失掉共同奋斗的基础而变得空虚和庸俗。一旦遭到失业的打击，他们的爱
情之塔也顷刻倒掉。最后子君不得不回到家中抑郁死去，涓生在忏悔中探索
自己的出路。小说通过这对青年的爱情悲剧，赞颂青年一代追求个性解放的
勇敢行为，又指出离开整个社会革命，单纯追求个人幸福只是褊狭的幻想。
小说采用"手记"的形式，通过细腻心理独白刻画人物性格，抒发主人公心
灵深处的悔恨与悲哀，情意深切，诗意浓郁。

在鲁迅写作《彷徨》的同时，他还写了几十篇散文诗。这些作品编成集
子《野草》，1927 年由北新书局出版。作品明显带着自我解剖的痕迹，真实
再现了鲁迅这一时期思想上的矛盾和苦闷，也反映了他不断探寻真理和坚持

韧性战斗的精神。散文诗多采用象征手法，构思巧妙奇特，在短小的篇幅里蕴含哲理和浓烈的感情，语言凝练机警又绚丽多彩，是中国散文诗创作的奠基之作。鲁迅1926年离京去厦门大学任教，其间编定论文集《坟》，编写《汉文学史纲要》，并辑成散文《朝花夕拾》。《朝花夕拾》原名《旧事重提》，作品以亲切的笔调、深郁的感情，记叙了作者从童年到青年时期的片断经历，侧面刻画了古老中国的面貌，在回忆往事和追怀父亲、保姆、师友的同时，渗透着鲜明的爱憎。

1927年1月鲁迅应邀至广州，任中山大学教授。1927年10月到上海。1930年3月发起成立中国左翼作家联盟。在这一段时期陆续出版了九本杂文集和历史小说集《故事新编》，先后编辑《语丝》、《奔流》、《朝花》、《萌芽》、《前哨》、《十字街头》、《译文》等文学刊物，翻译许多外国文学作品，同时积极扶持文学青年。1936年10月19日病逝。

鲁迅曾把《野草》比喻为"废弛的地狱边沿的惨白色小花"（《二心集·〈野草〉英文译本序》），应该讲，这是鲁迅从1924—1926写作《野草》的心态的真实反映，表现了他在彷徨路途中积极解剖自我的精神要求和努力。《野草》出版于1927年7月，是作者所编"乌合丛书"之一，共有散文诗23篇。鲁迅当时正处于北洋军阀统治的中心北京。由于《新青年》的团体解散，"有的高升，有的退隐，有的前进，我又经验了一回同一阵线中的伙伴还是会这么变化"。（《南腔北调集·自选集自序》）路向何处走？这是鲁迅思考的一个人生难题，因此他面临的是一种苦闷的选择。这种"苦闷"成为《野草》的基本格调。《野草》有不少篇幅贯穿着理想与现实的冲突，也体现了存在于作者自己思想里的同样的冲突。他感到黑暗势力的浓重，着力描绘了它；同时又觉得战斗不能松懈，坚持顽强不屈的精神。《这样的战士》和《过客》是代表作，表示了永不妥协的战士不断进取、坚持前行的态度；《秋夜》以浓郁的抒情笔调，叙写洒着繁霜的园里，小粉红花瑟缩地做着春的梦，枣树则以落尽了叶子的枝干，"默默地铁似的直刺着奇怪而高的天空"，小青虫为了追求灯光，千方百计地撞进室内，勇敢地以身扑火。经过作家思想感情的灌注，人们可以从草木虫鸟的身上，得到富有社会意义的启示；《淡淡的血痕》歌颂"叛逆的猛士出于人间"；《影的告别》意味着影的命运就是十分寂寞的，"黑暗"会将它"吞并"，"光明"又使它"消失"，它只能"彷徨于明暗之间"。

从这些篇章里，我们可以发现任何"苦闷"都是暂时的，都会过去，关键在于那种不屈不挠的探索精神，这是生命存在的一种要求。鲁迅为《野草》写的著名《题辞》中说："地火在地下运行、奔突；熔岩一旦喷出，将烧尽一切野草以及乔木，于是并且无可朽腐。"这句话深刻地说明只要生命的"地火"在运行，那种精神的"熔岩"就会适时喷射而出，而这正是鲁迅生命境界的升华。《野草》的艺术手法主要是象征、隐喻，这些艺术手法深刻地传达了鲁迅处于"苦闷时期"的真实心态和思想。《野草》开中国现代散文诗的先河，是一部"含不尽之意于言外"的经典之作。

园地·雨天·书：周作人与文学

　　周作人（1885—1967）现代散文家，号知堂。1901 年入南京水师学堂，始用周作人。1906 年赴日本留学，与鲁迅一起编《域外小说集》。1911 年回国，曾任浙江省教育司视学、浙江第五中学教员。1917 年任北京大学文科教授。五四运动时期，发表《人的文学》与《平民的文学》等文章，积极提倡人道主义文学，反对儒家思想。1920 年参与筹组文学研究会，倡导"为人生而艺术"的现实主义文学。1921 年最早在理论上从西方引入"美文"概念，提倡文艺性的叙事抒情散文。1921 年以后，出版了自己的散文集《自己的园地》、

周作人

《雨天的书》、《谈龙集》、《谈虎集》，文笔朴素流畅，舒缓自如，略带幽默和轻松，对五四以来散文有很大影响。1927 年后，提倡写作表现性灵、情趣的闲适小品文。1937 年抗战爆发后，留居北平，出任伪职。抗战胜利后，以汉奸罪被国民党政府逮捕。1949 年被保释出狱，新中国成立后居家从事一些翻译与写作。

　　《人的文学》最初发表于 1918 年 12 月 15 日，是五四时期一篇具有资产阶级民主主义思想的文学论文。文章说："我们现在应该提倡的新文学，简单

地说一句，是'人的文学'，应该排斥的，便是反对的非人的文学。"周作人的这一主张包含了两个方面的内容：第一，提倡新文学应以人道主义思想为核心；第二，反对束缚人性的封建文学。同时周作人提出："人的文学，当以人的道德为本"，并以欧洲先进的新思想道德来武装中国新文学，希望从人生观、道德观上彻底改变中国文学的面貌。《平民文学》发表于1919年1月19日《每周评论》第5号，是继《人的文学》之后，提出的一个建设新文学的口号。它的内容是指与文言的贵族文学相对立，表现普通人普通与真挚感情的文学。认为文学不能只看形式，更重要的是有表现的内容。认为平民文学与贵族文学最主要的区别是："第一，平民文学应以普通的文体，记普通的思想与事实；第二，平民文学应以真挚的文体，记真挚的思想与事实。"作者并认为"自然应有艺术的美。只须以真为主，美即在其中。"并强调平民文学决不是通俗文学、慈善文学，而是研究平民生活——人的生活——的文学。这些认识虽还不甚明确，却代表了时代精神和新文学发展的方向，在当时产生了很大的影响。

　　周作人是现代文学史上有巨大影响的散文家。1921年发表题为《美文》的文章，最早从西方引入"美文"的概念，提倡"记述的"、"艺术的"叙事抒情散文，给新文学开辟了一块新的土地。以后，他又形成了一整套的散文理论，强调以自我为中心，提倡"言志"的小品文。周作人有"叛徒"和"隐士"的双重性格。作为新文化运动的参与者，他关注现实，反抗黑暗，与思想革命取同一步调；但在人生观与艺术观方面，又尽可能远离偏激、保持平和。他的散文也有"浮躁凌厉"与"冲淡平和"两体。前者多收入《谈龙集》、《谈虎集》，有积极的思想意义和社会作用。但真正显示周作人创作个性，并成为他对现代文学艺术有独特贡献的，却是后者。他更倾向于把文学当作是"自己的园地"，言述心志。他写于20年代的《北京的茶食》、《故乡的野菜》、《苦雨》、《喝茶》、《乌篷船》都是现代散文的名篇，代表周作人"言志"小品的风格。周作人的选材极平凡琐碎，一经他的笔墨点染，就透露出某种人生滋味，有特别的情趣。尽管那种情趣可能未免落寞、颓废。周作人的小品常将口语、文言和欧化语杂糅调和，耐人咀嚼。他的闲话体散文有些类似明人小品，又有外国随笔那种坦诚自然的笔调，还有日本俳句的笔墨情味，形成平和冲淡、舒缓自如的叙述风格。

中国现代文学史上最早的诗集：
胡适的《尝试集》

胡适（1891—1962）现代诗人、学者，字适之，安徽绩溪人。1891 年生于上海一个官僚地主兼商人的家庭。1904 年先后就学于梅溪学堂、澄衷学堂、中国公学，开始接受资产阶级民主思想。1910 年留学美国，入康奈尔大学，后转入哥伦比亚大学，从学于杜威，深受其实验主义哲学影响。1917 年 2 月，尚在美国时，胡适就在陈独秀主编的《新青年》上发表《文学改良刍议》，在美国获得博士学位后，回国任北京大学教授，在这期间，积极参加新文化运动和文学革命。1917 年 2 月在《新青年》上发表了他的几首白话诗，

胡适

成为现代文学史上的第一批新诗，后来结集为《尝试集》。1918 年发表自称为 "游戏的喜剧"《终身大事》，带有易卜生的影响，触及觉醒中的青年普遍关心的婚姻恋爱的自主、妇女解放等社会问题，引起强烈反响。1919 年发表《多研究些问题，少谈些主义》，1920 年创办《努力周报》，1923 年与徐志摩等组织新月社，1924 年与陈西滢等创办《现代评论》周刊。1930 年任北京大学文学院院长，1932 年与蒋廷黻等创办《独立评论》。1938 年出任国民党驻美国大使。1946 年任北京大学校长。中华人民共和国成立前夕，离开大陆去美国。1958 年返台任 "中央研究院" 院长。1962 年 3 月 24 日病逝于台湾。

胡适著作很多，主要是一些理论著作和文学研究作品。《尝试集》是他为新诗创作进行的积极有益的 "尝试"。1920 年 3 月由上海亚东图书馆初版。1922 年 10 月刊行了经作者增删的增订 4 版。初版收诗 69 首，分 2 编。第一编作于 1916 年至 1917 年，多为五七言，为 "刷洗过的旧诗"。第二编作于 1918 年以后，形式上以白话入诗，句不限长短，声不拘平仄，采用自然音节和自由句式，开始打破传统诗歌格律，内容也表达了民主主义、人道主义的思想情绪。《尝试集》中的《一念》、《鸽子》、《老鸦》、《小诗》等都具有比

较新鲜的气息，在中国新诗运动中有独特的地位。《尝试集》是中国现代文学史上最早出版的诗集。

中国现代自由诗的奠基之作：郭沫若与《女神》

国民必知

文学历程

读本

　　郭沫若（1892—1978）诗人、剧作家、历史学家、古文字学家、社会活动家。原名郭开贞，号尚武，四川乐山人。1913 年留日，先后在日本东京第一高等学校、冈山第六高等学校、九州帝国大学学习，阅读了泰戈尔、歌德、席勒等人的著作，并且受到斯宾诺莎泛神论思想的影响。1918 年开始新诗创作。五四运动的爆发使身居异邦的郭沫若深受鼓舞。1919 年—1921 年是他新诗创作的爆发期。1921 年出版诗集《女神》。1923 年回国，参加《创造周报》、《创造日》的编辑工作，并出版诗集《星空》。1926 年任广东中山大学文

郭沫若

学院院长。这一时期，提出过无产阶级革命文学的主张。不久参加北伐。1928 年旅居日本，从事中国古代史研究工作和古文字学研究工作，抗战爆发后回国，和夏衍等人主编《救亡日报》，并出任军事委员会政治部第三厅厅长，开展抗日文化宣传工作。

　　郭沫若的诗集《女神》是现代自由诗的奠基之作。继《女神》之后，1923 年又出版第二本诗集《星空》。1928 年出版诗集《前茅》。1925 年写爱情组诗《瓶》。史剧创作也开始于五四时期，《卓文君》和《王昭君》等剧本，歌颂了具有叛逆精神的女性形象，有强烈的反封建主义意识。皖南事件后，又继续创作《棠棣之花》、《屈原》、《虎符》、《高渐离》、《孔雀胆》、《南冠草》等六部历史剧剧本，以古喻今，富有战斗性。建国后创作《蔡文姬》等剧本。

　　《女神》1921 年 8 月由上海泰东图书局出版，一共收诗 56 首，包括1916—1921 年的诗作，序诗一首。诗集的问世，对中国新文学的发展作出创

造性的重大贡献。《女神》以崭新的思想内容、豪放的自由诗体以及浪漫主义的艺术风格为中国现代诗歌开创了新的诗风，为自由体诗开拓了新的天地。作品中充满了反帝反封建的炽热激情和改造社会的强烈要求，以火山爆发狂飙突进的气势，喊出了个性解放、民族解放的历史要求和呼声，传达出五四时代精神的最强音。闻一多就曾这样评价道："有人讲文艺作品是时代的产儿。《女神》真不愧为时代一个肖子。"《凤凰涅槃》是最具代表性的作品。作者借凤凰"集香木自焚，复从死灰中更生"的

女神

故事，表现了毁灭旧世界、创造新未来的美好理想。作者说："五四以后的中国，在我的心目中就像一位葱俊的有进取气象的姑娘，她简直就和我的爱人一样。我的那篇《凤凰涅槃》便是象征着中国的再生。"在《炉中煤》中诗人以炉中煤自况，年轻的女郎象征着五四后祖国的美好景象，通篇用炉中煤的口吻向女郎倾诉，表达自己对祖国的热爱和为之献身的决心。全诗具有明朗、隽永和回环的音韵美，深切地表现了诗人"眷恋祖国的情绪"。《地球，我的母亲》真切地唱出对地球母亲的热爱，对劳动创造的礼赞。《天狗》诗中的天狗是个性解放的象征，诗的节奏，一气呵成，强劲有力，表达了诗人沸腾的激情。郭沫若重主观抒情的特点，渗透着积极向上的精神和飞扬凌厉的朝气。他怀着深情赞美大自然，表达对社会人生的美好期望。

林语堂的幽默小品文

林语堂（1895—1976），现代散文家，福建龙溪人。林语堂在 20 年代曾是《语丝》周刊主要撰稿人。他在前期发表的杂文大多收在《剪拂集》里，大多是社会批评和文明批评。30 年代初，林语堂积极开展小品文创作，从 1932 年起，他陆续创办《论语》、《人间世》、《宇宙风》等杂志，提倡"幽默""闲适"的"性灵文学"，成为"论语派"的主要代表人物。林语堂在

30 年代主张小品文应"以自我为中心，以闲适为格调"，"宇宙之大，苍蝇之微，皆可取材"。与现实拉开距离，以自由主义立场写"热心人冷眼看人生"的文章。30 年代是林创作的高峰期，他发表了近 300 篇文章。其中一部分收入《大荒集》和《我的话》二集中。林语堂的自评是："两脚踏中西文化，一心评宇宙文章"。他的散文题材非常庞杂，"宇宙之大，苍蝇之微"，无所不谈。林语堂国学和西学底子扎实，熟悉中西文化，惯用中西比较的眼光看问题。他的小品文常常都是从一具体事物谈开去，引出对传统文化与外来文明相互比较的许多联想，追求幽默的趣味是他突出的艺术个性。

轻灵之人：徐志摩

徐志摩（1897—1931）现代诗人、散文家，浙江省海宁县人。青年时期，赴美英留学。1921 年开始新诗创作。1923 年由他提名成立"新月社"，1924 年，与胡适等人创办《现代评论》周刊，曾主编过《晨报副刊》、《诗镌》、《新月》等。1931 年 11 月 19 日因飞机失事遇难。在世时出版过三本诗集：《志摩的诗》（1925 年）、《翡冷翠的一夜》（1927 年）、《猛虎集》（1931 年），第四本诗集《云游集》由陈梦家编辑出版。

徐志摩的诗大都是抒情诗，飘逸潇洒轻灵是其基本风格。他的诗中也有一些反映现实的作品，基本上保持了"三条积极的主线"：爱祖国、反封建、讲人道。但是诗集中最能打动读者的还是一些爱情诗，诗意细腻轻盈，语言清丽流畅，音韵柔美委婉，想象丰富妥帖，有着较强的艺术感染力，最能体现徐诗的独特魅力。如："最是那一低头的温柔/像一朵水莲花不胜凉风的娇羞/道一声珍重/那一声珍重里有蜜甜的忧愁——沙扬娜拉！"（《沙扬娜拉》）把日本女郎温存、妩媚、柔弱、深情的形象刻画得十分传神。《偶然》用云影和海波的相遇来体现爱情的虚幻迷离，以轻盈、柔美而飘逸的笔调感染了许多读者。《再别康桥》一诗，表现了诗人对母校爱恋、陶醉的情致。诗的形式单纯统一，韵律柔美自然，语言流畅与飘逸动人的艺术形象完美地结合在一起，形成一种轻柔、优美、流动的艺术境界，让人神往。

国民必知
文学历程
读本

社会剖析派小说家：茅盾

茅盾（1896—1981），现代作家，社会活动家。原名沈德鸿，字雁冰，浙江桐乡县人。幼年时受过中国传统文学的滋养。1913 年考入北京大学，1916 年毕业到上海商务印书馆工作。1920 年 11 月，茅盾接编并全面革新《小说月报》。1921 年 1 月，与人联系，发起成立文学研究会。从 1921 年到 1927 年，茅盾积极参加革命活动。大革命失败后，他以茅盾为笔名，开始创作和从事其他文学活动。1927 年至 1937 年是茅盾创作的成熟和丰收阶段。这期间完成的有三部曲《蚀》（《幻灭》、《动摇》、《追求》），中篇《路》、《三人行》和长篇《子夜》。同时还完成优秀短篇小说《林家铺子》、《春蚕》、《秋收》、《残冬》的创作。此外还写了大量的杂文、短评和作家作品评论。抗战初期，茅盾任中华全国文艺界抗敌协会理事，并在广州主编《文艺阵地》。1939 年赴新疆讲学。1940 年到延安讲学。从延安回到重庆后，陆续完成了优秀散文《风景谈》、《白杨礼赞》的创作。"皖南事变"后到香港，并在《大众生活》上连载长篇小说《腐蚀》。太平洋战争爆发后，到达桂林，写下了长篇小说《霜叶红似二月花》。1945 年，完成第一个剧本《清明前后》的创作，并于 9 月在重庆上演。1946 年底，应邀访苏，著有《苏联见闻录》、《杂谈苏联》两部书。1948 年主编在香港复刊的《文汇报·文艺周刊》，发表长篇小说《锻炼》。1940 年 2 月到北平，参加中国人民政治协商会议的筹备工作。新中国成立后，担任文化界的领导工作。1981 年 3 月 27 日，病逝于北京。

茅盾是中国现代文学第二个极具代表性的作家。他一改五四时期文学的张扬个性、宣泄主观的文学特质，开创了"社会剖析小说"新的文学范式，试图对社会生活进行分析。茅盾独特的小说艺术探索，首先表现在题材的选择与主题的开掘上。他的小说注重题材与主题的时代性和重大性，自觉追求"巨大的思想深度"与"广阔的历史内容"。如果把茅盾的作品按其反映的历史时代先后排列，"五四"运动前后到 40 年代末近半个世纪内现代中国社会风貌及其变化、各个阶层的生活动向及彼此间的冲突，都能得到充分的艺术反映。可以说茅盾为我们提供了一部 20 世纪上半时期中国社会的编年史。写

于 1927—1928 年的三部曲《蚀》，以广阔的场面、宏大的气势，迅速真实地反映了刚刚过去的大革命的历史，以小资产阶级知识分子的心态来反映大革命，具有独特的角度。《子夜》是"中国第一部写实主义的成功的长篇小说"（瞿秋白《〈子夜〉与国货年》），它以较大的历史容量和思想深度，真切描绘了 30 年代初的社会现象，反映了中国现代错综复杂的社会关系和阶级关系，揭示了当时社会中尖锐的矛盾和斗争，为中国现代社会经济结构变迁和人们精神心态变迁提供了历史画卷。这里有帝国主义侵略下 30 年代经济大崩溃中的买办资产阶级、民族资产阶级之间的生死搏斗，农民的破产与暴动，中心城镇商业的凋残，市民阶层的破产，知识分子的苦闷与毫无出路，以及面临日本帝国主义侵略造成的民族意识的初步觉醒与爱国抗日运动的最初发动。通过民族资本家吴荪甫的悲剧命运，完整地反映出整个大时代的丰富性和复杂性。茅盾的短篇小说《春蚕》（与另两篇短篇小说《秋收》、《残冬》被合称为"农村三部曲"）、《林家铺子》等，同样具有鲜明的 30 年代的时代特征。抗战爆发后，茅盾创作了长篇《第一阶段的故事》、《锻炼》。这些作品以上海"八·一三"事变至上海陷落时期的社会生活为背景，广阔反映了抗日战争初期各阶层人民生活和思想的剧烈变化和复杂动向。1941 年茅盾又以特有的胆识，发表了长篇小说《腐蚀》，以国民党政府发动"皖南事变"为背景，以一个失足女特务的日记的形式，暴露了国民党大后方酷烈的特务统治。写于 1942 年初的《霜叶红似二月花》揭开了 20 世纪初"五四"运动前期中国社会的一角：中国早期民族资产阶级代表惠利轮船公司经理王伯申与封建没落地主代表赵守义之间的勾心斗角，青年地主钱良材改良主义的努力及失败，以及他们家庭生活的变迁和各成员感情世界的微妙变化，都是中国社会巨大变化前的种种征兆。写于 1929 年的《虹》，通过时代女性——梅行素在从"五四"到"五卅"的时代大波澜中的种种挣扎、反抗，写出了中国知识青年从单纯反抗封建婚姻对个人压迫到投身革命斗争行列的曲折历程。从以上分析可以看出茅盾小说以社会斗争为故事的轴心，显示出强烈政治性。茅盾小说艺术的另一成就表现在小说人物形象的塑造上，他进行了"人物形象系列"的自觉创造。在茅盾的主要作品中，创造了民族资本家和时代新女性两个形象系列。其中最能代表其艺术成就的，无疑是《子夜》中塑造的民族资本家吴荪甫形象。吴荪甫是第二次国内革命战争时期民族资本家的典型形象，他性格的基本特征是似强实弱、外强中干。随着小说情节的发展，性格中强的一面不断让位于弱的一面。他是中国现代社会出现的"新人"、"二十世纪机械工业时代的英雄、骑士和王子"，有发展民族工业的雄才大略，有着活跃的生命力和刚毅、顽强、果断的铁腕与魄力。但是他生不逢时，他自身具有封建专断性，这使他经常处于孤立地位，在与买办资产阶级搏斗中，他又有软弱性的一面。性格的复杂性，表现了中国民族资产阶级的两面性。他的自私、贪婪、专断与残酷，会引起读者的反感，然而他那强悍的生命力却是我们柔弱的民族所缺乏的，在他的悲剧性命运中带有某些悲壮色彩。茅盾笔下的时代新女性形象系列比之民族资本家形象系列具有较少理念化的痕迹，取得了更大的成功。他笔下有具有传统东方女性美德的静女士、方太太，也有受欧风美雨新思潮影响的新女性，她们热烈、狂欢、追求刺激、崇尚享乐。如《蚀》里的慧女士、孙舞阳、章秋柳，《虹》里的梅行素，《子夜》里的张素素这一类女性显然为作者所偏爱。但在《子夜》林佩瑶的身上已经透露出这些时代新女性悲剧性的结局，作者的笔调中批判性因素逐渐加浓。茅盾对小说结构的极大注意，也是他小说艺术的显著特点。他追求宏大而严谨的布局，作品总是人物众多、情节复杂，线索纷繁交错而又严密完整。在小说艺术表现上，茅盾特别注重于细腻的心理刻画，他追求着社会历史的剖析与社会人的心理剖析的统一，注意调动一切心理描写的手段，加以综合地运用，以表现人物心理活动的丰富性与复杂性。

美文的模范：朱自清的散文

朱自清（1898—1948）现代散文家、诗人、文学研究家，字佩弦，原籍浙江绍兴，生于江苏东海。幼年深受中国传统文化影响。1920 年北京大学毕业。在大学期间，开始新诗创作，后来参加文学研究会。参与发起新文学史上第一个诗歌团体"中国新诗社"，创办第一个诗歌杂志《诗》月刊。1922 年商务印书馆出版文学研究会 8 位诗人的合集《雪朝》第一集，内收朱自清的诗作 19 首。1923 年发表抒情长诗《毁灭》，影响很大。1924 年诗和散文集《踪迹》出版。1928 年出版散文集《背影》，1936 年出版散文集《你我》，还写过两部游记：《欧游杂记》、《伦敦杂记》。朱自清在国学研究方面也有颇多贡献，曾出版过《经典常谈》、《诗言志辩》、《新诗杂话》、《语文零拾》等学术著作。

朱自清擅长散文，他写作态度严肃，下笔一丝不苟。从他的作品中，我们可以读到他的诚挚和正直。他有许多散文名篇被选入国文教科书。《桨声灯影里的秦淮河》、《温州的踪迹》、《绿》、《荷塘月色》，都是"漂亮和缜密"的名篇，这些散文情致绵密醇厚，格调雅逸婉曲，构思缜密自然，语言清丽俊秀，曾被誉为"美文"的模范。《背影》则以朴实无华的文字，真挚强烈的感情，描写了家庭遭到变

朱自清的荷塘月色

故，父亲到车站送别儿子这一极富人情味的动人场景。作者抓住送别时父亲的背影这一瞬间的强烈感受，几经闪回抒写，再三感叹咏味，充分表述了父亲对儿子无微不至的关怀和儿子对父亲无限感激的深情，有回肠荡气之感。《给亡妇》能于细小处见真情，于平实的叙述中掀起情感的波澜，情真意切、凄婉动人。作者运用纯熟的白话文，或记叙，或描写，或抒情，都能恰如其分，清新自然。李广田认为朱自清建立了"纯正朴实的新鲜作风"，叶圣陶曾指出："讲授中国文学或编写现代文学史，论到文体的完美，文字的全写口

语，朱先生该是首先被提及的"（《朱佩弦先生》）。朱自清以其散文娴熟高超的技巧和缜密细致的风格，显示了新文学的艺术生命力，被公认为新文学运动中成绩卓著的优秀散文家。

中国新诗格律化理论的开创者：闻一多

闻一多（1899—1946），现代诗人、学者、民主斗士，原名闻家骅。湖北省浠水县人，从小受中国传统教育。1912 年考入清华大学，1920 年开始发表新诗，1922 年赴美留学。1923 年 9 月出版第一本新诗集《红烛》，1925 年自美回国，在北京艺术专科学校任教，并致力于研究新诗格律化理论，在论文《诗的格律》中他要求新诗具有"音乐的美

闻一多

（音节），绘画的美（辞藻），并且还有建筑的美（节的匀称和句的均齐）"，从实践到理论为新诗发展探索出一条值得重视的道路。1928 年 1 月第二本诗集《死水》出版，这是他的代表作。1928 年 3 月，《新月》杂志创刊，闻一多列名编辑。此后，先后任国立武汉大学文学院院长、国立青岛大学文学院院长、清华大学文学系教授。30 年代致力于中国古代文学学术研究，40 年代，由于痛恨国民党政府的反动和腐败，思想发生根本转变，积极参加反对独裁、争取民主的斗争。1946 年 7 月 15 日被国民党特务杀害。

强烈的爱国主义精神是闻一多诗歌创作的基调。在他的爱国主义诗篇里，他倾述流落异国时备受凌辱所感到的"失群的孤客"的痛苦（《孤雁》）、对故土焦灼难眠的思念（《太阳吟》）、对"如花的祖国"的由衷赞美、对回到祖国而对"噩梦挂着悬崖"的"恐怖"（《发现》）、对中华古国光荣过去的苦苦追寻（《祈祷》），写尽了这位根植在深厚的传统文化土壤中的现代知识分子的内心矛盾与痛苦。下面，我们来看一下《发现》这首满怀赤子爱国情怀的诗篇："我来了，我喊一声，迸着血泪，／'这不是我的中华，不对，不对！'那不是你，那不是我的心爱！／我追问青天，逼迫八面的风，／我问，拳头擂着大地的赤胸，／总问不出消息，我哭着叫你，／呕出一颗心来，——在

我心里!"诗人把感情的酝酿发展过程全部压缩掉,只从感情的爆发点起笔,连声高呼,把悲愤失望的情绪极其强烈地推到读者面前,仿佛火山爆发,有一种灼人的美。闻一多的诗是他艺术主张的实践。他的大多数诗作,犹如一张张重彩的油画,他不仅喜用浓重的笔触描绘形象,渲染气氛,尤擅长在大胆的想象、新奇的比喻中变幻种种不同的情调色彩,再配上和谐的音节、整饬的诗句,这些优美的艺术形式的框架,使他的诗成为一幅完整的艺术品。闻一多的诗开创了格律体的新诗流派,影响了不少后起的诗人。

写市民人生的大师:老舍

老舍(1899—1966)现代小说家、剧作家,原名舒庆春,字舍予,满族,出生于北京一个贫民家庭。少小时候北平大杂院的日常生活,在他的创作中留有鲜明的印记。1918 年毕业于北京师范学校,1924 年去英国,任伦敦大学东方学院的汉语讲师。1926 年写成长篇小说《老张的哲学》、《赵子曰》,1929 年写成《二马》。三部作品陆续在文学研究会刊物《小说月报》上连载,立刻以文笔轻松酣畅,富有北京的地方色彩,善于刻画市民生活和心理,引起了读者的注意。老舍在英国旅居 5 年,1929 年回国,先后在齐鲁大学、青岛大学、山东大学任教。1932 出版寓言体长篇小说《猫城记》。作者借描写火星上的猫国,来影射中国的现实,针砭保守愚昧的民族习性和畏惧洋人的

老舍在家中

国民必知
文学历程
读本
3

奴才心理，是中国现代文学史上以独特的角度和手法来揭示国民性弱点的重要长篇小说。《离婚》（1933 年）是以旧北平的一个小小的财政所为背景，集中描写了一群小公务员灰色无聊的生活，以此揭露社会的窒息和黑暗，批判了旧思想旧意识的陈腐，作品体现了老舍幽默讽刺艺术风格的成熟。《牛天赐传》（1934 年）和中篇《月牙儿》（1935 年）、《我这一辈子》（1937 年）都是从街头巷尾摄下的市井细民的生活场景。前者是对世俗生活和市民心理的嘲讽，充满笑料；后两者是对人间不平的抨击，饱含着愤懑和哀悼，作品的笔调也随之变得沉重。在 30 年代，老舍也写了一些短篇小说，作品大多收入《赶集》（1934 年）、《樱海集》（1935 年）、《蛤藻集》（1936）中。1936 年在《宇宙风》上连载的长篇小说《骆驼祥子》不仅是中国现代文学史上现实主义小说创作的重要里程碑之一，而且是一部享有世界声誉的杰出作品。作品以 20 年代新旧军阀混战时期的北平为背景，描写了人力车夫祥子为争做一个自食其力的劳动者而终究不得的悲剧。祥子由于生活理想的破灭最终堕落为一具行尸走肉，他的遭遇深刻而集中地反映了城市广大底层贫民的苦难生活，强烈控诉了社会的黑暗和罪恶，同时也彻底否定了个人奋斗的道路。祥子的命运生动揭示了当时黑暗社会是如何毁灭一个人的。作家以现实主义的创作方法，揭示了祥子的悲剧首先是社会所造成的，同时也不回避他自身的思想局限。他的狭隘、自私、过高估计个人力量以及个人奋斗的方式也都决定了他的悲剧结局。作者在这里也有更深一层的用意：那就是对城市文明病和人性关系的探讨。小说还成功地塑造各种不同类型的人物形象，除祥子和虎妞以外，还有小福子、刘四、二强子、老马、曹先生、杨太太等等。凡是小说中露过脸的人物都能给人留下深刻而独特的印象，特别是小说精心刻画了以祥子为代表的社会底层贫苦市民的群像。小说结构严谨，脉络清晰，以祥子的生活道路为主线，穿起一连串的生活组画，情节有趣，有枝有蔓，体现了老舍善于说故事的手法。作品还以独特的景物环境描写，构成了一幅特定的北京风俗民情世态画面。在语言上采用大量北方的方言口语，使作品生动活泼、亲切诙谐，而又极富个性化和表现力。抗日战争把老舍卷进了时代的漩涡。1938 年 3 月，中华全国文艺界抗敌协会在武汉成立，老舍被选为理事兼总务部主任，主管协会的日常事务。抗战期间，老舍写了许多宣传抗战的通俗作品和剧本。从 1944 年初，老舍开始创作长篇小说《四世同堂》，小说至

1948 年完成，分《惶惑》、《偷生》、《饥荒》三部，一百万字。小说描写的是从 1937 年"七七"卢沟桥事变到 1945 年日本无条件投降这八年间，北平城里小羊圈胡同以祁家为中心的十几户人家，一百多人的遭遇及其心理状态，反映了他们在日寇铁蹄之下生活的亡国之痛以及他们的民族气节。"四世同堂"指的是祁家四代人：祁老者——祁天佑——祁瑞宣（其妻韵梅）祁瑞丰（其妻菊子）、祁瑞金——小顺子、妞儿。他们在沦陷之后过着痛苦不堪的生活，然而对时局仍抱有一些不切实际的幻想，但是残酷的现实使他们的一点可怜的幻想逐渐破灭，最后他们意识到只有坚持斗争才有出路。小说构思宏大，主要写了这几方面的内容：多方面揭露了日本侵略者在华罪行，大量暴露汉奸走狗的卑鄙无耻和下层人民因受传统文化影响而背上的沉重包袱，但也真实地表现了他们后来的逐渐觉醒和反抗。小说塑造了老一代市民祁老者守旧、愚昧、自私、怯弱、克己复礼、明哲保身，也塑造了新一代市民祁瑞宣，是个好同事、好教师、好丈夫、好父亲，稳重、端庄、克己。在四世同堂的家庭中，他处在一个承上启下的重要地位，尽忠与尽孝的矛盾，报国与顾家的冲突，再加上他所处的市民阶层和思想的局限，使他只能在矛盾中徘徊苟且偷生，然而他内心是痛苦的。小说对祁老者、祁瑞宣一类市民的刻画，并未停留在惶惑中偷生。当他们在忍无可忍的情况下，终于走出惶惑中偷生的误区，由忍让变成抗争，显示了中华民族巨大的凝聚力和生命力。全书结构宏大而匀称，人物繁多而鲜明，风土人情、生活场景的描写也是栩栩如生，成为古城的一幅风俗画，一部民俗史，具有很高的认识价值和艺术价值，尤其是从中反映出来的强烈的爱国主义思想，表现了作者对中华民族深沉的爱。抗战胜利后，1946 年 3 月，应美国国务院邀请，老舍赴美讲学。中华人民共和国成立不久，老舍即启程回国，到北京定居。老舍在中国现代文学史上的独特地位与价值在于他对文化批判与民族性问题的格外关注，他作品承受着对转型期中国文化尤其是风俗文化的冷静的审视，其中既有批判，又有眷恋，而这一切又都是通过对北京市民日常生活全景式的风俗描写来达到的。他第一个把乡土中国社会现代性变革过程中小市民阶层的命运、思想与心理通过文学表现出来并获得巨大成功。他的作品的"北京味儿"，幽默风，以及以北京话为基础的俗白、凝练、纯净的语言，在现代作家中别具一格。老舍是"京味小说"的源头。他的创作的成功，标志着中国现代小说在民族化与个性化的追求中已经取得重要突破。

爱的哲学："冰心体散文"

　　冰心（1900—1999）现代散文家、小说家、诗人、儿童文学家。原名谢婉莹，原籍福建长乐。冰心属于"五四"新文学运动中涌现出的第一批现代作家，是其中最知名的女作家之一，文学研究会的重要成员。1919 年 9 月，以"冰心"的笔名发表了第一篇小说《两个家庭》。此后又发表了《斯人独憔悴》、《去国》等揭示社会、家庭、妇女等人生问题的"问题小说"。1923 年，结集出版了自由体小诗集《繁星》、《春水》，以自然和谐的音调，抒发作者对自然景物的感受和人生哲理的思索，歌颂母爱、人类之爱和大自然，篇幅短小，文笔清丽，意味隽永。很多

冰心

人认为，冰心的散文比她的问题小说和小诗成就更高。1920 年，《小说月报》发表了她的散文《笑》，是现代文学史上较早出现的美文。她的《往事》（二篇）、《山中杂记》、《寄小读者》，在青年读者之中，产生过极大的影响。这些"冰心体"的散文，以行云流水似的文字，说心中要说的话，倾诉自己的真情，蕴含着温柔，微带着忧愁，显示出清丽的风致。冰心"心中要说的话"，即是"爱的哲学"，宣扬自然之爱、母爱、儿童爱。冰心散文的主题以探索人生的惆怅，对祖国、故乡、亲人、大海的眷恋为主。《往事（一）·七》细腻地描写了两缸荷花在雨中的变化及作者的心情，当看到红莲在大雨中受大荷叶的庇护时，自然升华到母爱的主题。冰心的作品多抒写自己霎时间涌现的感触与自然风景，传达的是一段挚情，或一缕幽思，空灵而缠绵、纤细而澄澈。冰心散文的语言仍浸有旧文学的汁水，经过她的处理，已经完全没有陈腐气息，而别具一种清婉的韵味。既有文言文的典雅、凝练，又适当地欧化，使句子更能灵活、婉转、流动，有自然跳荡的韵律感。郁达夫曾在《（中国新文学大系）散文二集导言》这样评价冰心的散文："意在言外，

文必己出，哀而不伤，是女士的生平，亦即是女士的文章之极致。"

边地湘西的歌者：沈从文

沈从文（1902—1988）现代小说家、散文家、历史文物研究家。原名沈岳焕，湖南凤凰人，苗族。1902 年 12 月 28 日生，1918 年小学毕业后跟从土著部队在沅水流域入伍，担任一些地方军队的文职工作。1923 年到北京，靠自学从事文学创作。1926 年陆续在《晨报副刊》、《现代评论》、《小说月报》上发表作品。1927 年赴上海吴淞中国公学任教。1928 年与胡也频、丁玲先后编辑《红黑》杂志，并参加新月社。1930 年在青岛大学任教。1934 年主编北平《大公报》副刊《文艺》，次年主编天津《大公报·文艺副刊》。抗战爆发后到西南联大任教。抗战胜利后在北京大学任教。曾和朱光潜合作，以《大公报》副刊《文艺》和《文学杂志》为阵地集合当时北平的一些文人从事文学活动，他们有比较接近的艺术倾向，因而有"京派作家"之称。沈从文在新中国成立后主要从事古代文物、服饰研究工作。沈从文创作丰富，在 20 年代出版的有《边城》（1936 年）、《湘行散记》（1936 年）、《湘西》（1939 年）、《长河》（1948 年）等小说、散文集。沈从文的创作成就最高的是小说，他用小说建造起他特异的"湘西世界"。早期的小说基本主题已见端倪，但城乡两条线索不够清晰，30 年代以后，他的表现湘西下层人民特异"生命形式"的小说成熟了。他对故乡的农民、士兵、水手、船工、下等娼妓，以及童养媳、小店伙计等，都一律怀有不可言说的同情和关注。《萧萧》中童养媳萧萧的悲凉命运，正在于人对自身可怜生命的毫无意识。《柏子》以写妓女和水手蛮强的性爱闻名。一个叫做柏子的水手，每月一次花尽用生命换来的金钱去与相好的妓女会面，他倒觉得满足，像一条随时可以掀翻的船在无所顾忌地前行而不知觉。《丈夫》写边地农民忍受屈辱让妻子出外卖身，在一次探望河船上为娼的女人时，引起了人性醒悟。第一次想到业已丧失的做丈夫的权利，具体感受到地位低下的痛楚。《石子船》写那个偶然被河石"啃"住手的年轻人，生死只在一发之间。沈从文的小说专注于历经磨难而又能倔强地生存下去的底层人民的本性。1934 年发表的《边城》是沈从文小说创作中影响较大的主要代表作。《边城》叙述的是一个优美动人的爱情故事：在湘西西水上游的一个小小边城茶峒，有一个老船夫和他的外孙女翠翠在城外的碧溪靠摆渡为生，相依为命。城内船总顺顺的两个儿子天保和傩送同时暗暗爱上翠翠。船总希望天保娶翠翠，傩送去娶能带来"一座崭新碾场"的团总女儿。但翠翠和傩送爱得更深，天保得知此情，带着失望和忧伤，主动退让，借装货出船离家，不幸遇险翻船，死在激流之中。傩送虽深爱翠翠，但在心中无法抹去丧失手足的凄凉。于是他深藏起对翠翠的情意，远行桃源，一去不归。老船夫经历了这场人生的酸楚以后，溘然长逝。翠翠一个人孤苦伶仃地继续摆渡在山水依旧的古渡口。她一面哀悼着外祖父，一面又默默地期盼着自己那个"也许永远也回不来了，也许明天就回来"的心上人傩送。《边城》描写的虽是以翠翠为中心的爱情悲剧，但歌颂的却是一种交织着爱和美的理想的人生形态。在远离文明都市的边地，人们之间充满了一种和谐的美。男女的情爱，家庭的亲爱，都是那样地自然和纯朴；而边地的风俗民情以及大自然的景观更是宁静、幽美、质朴和纯正。作品在这种爱与美的氛围中，尤其突出人性的美好和心灵的纯净。翠翠是纯洁爱情的象征，是渴求理想的体现，翠翠美好的心灵，是整个作品显现理想人生的核心所在。沈从文其他小说中所写的小女子如《三三》里的三三、《长河》里的天天，都是美的理想化身：恬静、温柔、纯净、忠贞，从外表到内心都姣好无比。"浓浓的地方色彩，淡淡的时代投影"是他小说创作的基本风格。在湘西人物序列里，和女性形象柔美如水相辅的是男性的诚实勇武、不驯服、有血性。关于此种湘西精神的表现，早就有人提出作者是"想借文字的力量，把野蛮人的血液注射到老态龙钟，颓废腐败的中华民族身体里去，使他兴奋起来，年轻起来，好在20世纪舞台上与别个民族争生存权利"。（苏雪林《沈从文论》）这是有道理的。沈从文仿佛有两套笔墨，能描绘出两种截然不同的现实。当他们乡下人的眼光，掉转过来观察商业化都市时，便露出讽刺的尖刻。沈从文描写都市人生的小说，总是作为他整个乡村叙述体的一个陪衬物或一个补充而存在的。直接反映都市人的爱情和家庭道德面貌的，如《有学问的人》、《阔人的太太》、《绅士的太太》，描写几个城市上层家庭的日常生活状态，尽意而穷相，夫妻间的互相欺瞒，交际的无聊，乱伦糜烂，处处流露讽刺调侃的调子。1935年发表的《八骏图》是沈从文又一篇力作。作家达士先生在青岛的大学

生活期间，发现周围的七个教授都患了性压抑、性变态的病症，便在给未婚妻写的信中一一刻画了他们的虚假处。但到了结尾，这个第八位教授被一女人的黄色身影和海滩上神秘的字迹迷惑，居然拍封电报给未婚妻，推迟归期。作者在此篇提出的都市"阉寺性"问题，是他对中国文化批判的最有力的一点。作者肯定人的自然、和谐、开朗的生命形式，而对"都市病""知识病""文明病"等违反人性的病症给以批判。作品寄托着作者高远的人性理想。随着城市文明慢慢地浸入湘西，沈从文作品中现实感逐渐增加。他抗战后的主要作品长篇《长河》与《边城》有所不同，显示了较为广阔的历史视角。它再现了湘西社会在现代物质文明、现代政治的入侵下，一些平凡人物生活上的"常"与"变"。这"变"，即"农村社会所保有那点正直朴素人情美，几乎快要消失无余，代替而来的却是近二十年实际社会培养成功的一种唯实唯利庸俗人生观"（《〈长河〉题记》），枫树坳看祠堂的老水手满满，是个饱尝艰辛、洞悉世情，坚韧达观的善良老人，他比《边城》的摆渡老人更富阅历，最早感受到政府的"新生活运动"将会给这里带来骚扰。沈从文湘西系列中，把乡村生命形式的美丽以及与城市生命形式的批判合成，提出了他的人与自然和谐共存哲学。"湘西"所能代表的开朗、完善的人性，一种"优美、健康、自然，而又不悖乎人性的人生形式"，正是他的全部创作要负载的内容。沈从文的文学才能超乎寻常：关怀俗世的情趣，情绪记忆高度发达，把握生活的细节，"时时刻刻为人生现象、自然现象所神往倾倒"（《从文自传》），将生命形式和生活形式高度统一。他成为湘西人民情绪的表达者，他本人即是湘西的精魂所在。

青春的赞歌与深沉的悲剧：巴金的《家》

巴金（1904—2005）现代小说家、散文家。原名李尧棠、字芾甘，四川成都人。童年时期的生活使他对腐朽的封建大家庭产生了强烈的憎恨。五四运动"使他看到了一个崭新的世界"，思想和生活都发生了决定性的转折。1920年考入成都外国语专门学校。1923年来到上海，1927年到法国巴黎留学。在巴黎期间，以巴金为笔名写下他的第一部小说《灭亡》。作品以军阀在上海的黑暗统治为背景，通过描写一个小资产阶级年轻诗人杜大心的悲剧命运，揭露了北洋军阀对群众革命运动的血腥镇压，反映了灾难深重的社会现实，探索了社会革命的前途和出路。小说"真实地暴露了一个想革命而又没有找到正确的道路的小知识分子的灵魂"。（巴金《谈〈灭亡〉》）。1930 至1933 年间，巴金又创作了《死去的太阳》、《新生》、《爱情三部曲》（《雾》、《雨》、《电》）等中篇小说。这些小说在主题、题材和人物形象等方面，都与《灭亡》相似，描写了在军阀统治下，"一群青年的性格活动与死亡"（巴金《〈爱情三部曲〉总序》）。其中《爱情三部曲》是作家最喜欢的作品，它的主题并非只是爱情，它主要是通过当时一群社会青年的爱情生活剖析了他们内心深处的苦闷和矛盾，并写出他们如何从个人的爱情生活圈子走向社会的广阔天地。小说塑造了一系列小资产阶级知识分子形象，彷徨犹豫、孤寂悲哀的周如水，性格激烈鲁莽、内心寂寞感伤的吴仁民，沉着稳健、理智清醒、闪现着青春活力的寄寓着理想的李佩珠。三部曲被人们誉为"知识青年的一面镜子"。同时三部曲也真实细腻地展示了作者本人的理想和情思，显示了作者对青春热力的憧憬和期待。巴金的《家》写成于 1931 年，最初题名为《激流》，后来以单行本发行时才改名为《家》。1938 年和 1940 年，巴金又顺着《家》的情节发展线索，陆续写成了《春》和《秋》，并将这三部长篇合称《激流三部曲》，其中《家》的成就最高，影响最大。《家》是以爱情故事为情节发展主干的，描绘了封建家庭的腐败与衰落和新生一代革命力量的成长。《家》中写到的人物有六七十个，最主要的是高老太爷、觉慧和觉新三个典型人物。高老太爷是这个封建大家族的最高统治者。他的专横、衰老和腐朽，象征着旧家庭和专制制度必然走向崩溃的历史命运。他掌握着全家人的命运，是全公馆上下人人敬畏的"神"。他像幽灵似的，无处不在，给高公馆笼罩上一层森严恐怖的气氛。《家》里发生的一系列悲剧事件，直接间接都与高老太爷有关。高公馆为人们认识封建家长制提供了完整而形象的模型。作为封建专制的叛逆者，觉慧是一个充满朝气的典型。他对旧家庭的反抗，以至最终出走，表现了"五四"新思潮的威力和新一代民主青年的成长。作家在觉慧身上寄托着对青春的赞美和生活的信念。他是《家》的主角，是最能打动青年的心的形象。这部小说中最见艺术功力的人物形象是觉新，他是一个能清醒认识到自己悲剧命运却又懒于行动的"多余人"，是封建家庭和旧礼教毒害

《家》

下人格分裂的悲剧典型。作者对觉新充满同情，同情之中有批判。《家》很能代表巴金前期创作的风格：只求与青年读者情绪沟通，不求深刻隽永，倾向单纯、热情、坦率、以情动人，情感汪洋恣肆，语言流水行云。这种"青春型"的创作，特别能唤起青年人的共鸣。

"雨巷诗人"：戴望舒

戴望舒（1905—1950）现代诗人，浙江杭县人。他是中国现代派诗坛的首领。一生创作诗集有四部：《我的记忆》（1929年）、《望舒草》（1933年）、《望舒诗稿》（1937年）、《灾难的岁月》（1948年）。在他的第一部诗集《我的记忆》里，因代表作《雨巷》而获得"雨巷诗人"之称。

诗中充满了淡淡的哀愁和无名的惆怅，表现了诗人在苦难动荡的岁月，看不到光明前途而流露的感伤的情绪。雨巷里的一次邂逅相遇，以丁香为中心意象、反复铺陈渲染、突出结着愁怨丁香一般的姑娘形象，此形象是美好事物和作者心绪的象征，给诗人的希望和理想蒙上一层浓重的感伤色彩。意境深远幽丽，形象鲜明完整，韵律反复重叠，句式长短不一，7小节诗，每节6行，大体在一定间隔后重复一个韵。从主题和意象的特点到抒发感情的细腻，都达到了比较精美的表现。由于化用南唐中主李璟的著名词句："青鸟不传云外信，丁香空结雨中愁"（《摊破浣溪沙》），诗歌精神上，还是中国传统诗词的感伤情调。

现代话剧成熟的标志：曹禺的《雷雨》

　　曹禺（1910—1996）剧作家，原名万家宝，天津人。出生在一个官僚家庭里，仿佛是天生的戏剧家，他从小就有机会欣赏中国的传统戏曲，在南开中学又获得了丰富的舞台实践经验，在清华大学西洋文学系就读时，更是广泛接触了从莎士比亚、易卜生到契诃夫、奥尼尔的西方戏剧。他在三四十年代创作的《雷雨》、《日出》、《原野》、《北京人》、《家》等经典剧作，使中国话剧剧场艺术得以确立，并在中国观众中扎根，中国的现代话剧由此走向成熟。

曹禺

　　《雷雨》是现代话剧成熟的标志，和一切经典作品一样，《雷雨》是说不尽的。剧作以20年代前后的中国社会为背景，通过封建式的资产阶级家庭周家及被损害的

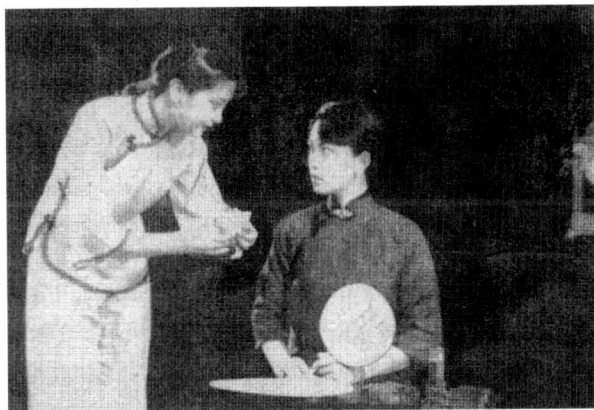

雷雨

平民家庭鲁家的悲剧，揭露了社会的黑暗及人性的扭曲。剧情在充满巧合和传奇色彩的气氛中展开。三十年前周朴园屈从一位富贵人家的小姐而抛弃了为他生了两个孩子的侍女侍萍。三十年后周朴园已是一位资本家，但以前埋下的悲剧种子终于萌生出许多危机。他和侍萍的儿子周萍因为生活寂寞无聊，很早便和同样感到无聊和压抑的后母繁漪发生了乱伦关系，而现在周萍又和实际上是自己妹妹的侍女四凤发生了性关系。侍萍来周公馆寻找女儿使真相大白，繁漪挽留周萍不成而采取的报复行动加速了悲剧的来临。最后在令人难以置信的事实面前，周鲁两家人死的死、疯的疯，一场悲剧也由此酿成。剧作正是在伦理冲突中表现复杂的社会关系，通过家庭悲剧反映社会悲剧，所有的悲剧都最后归结于"罪恶的渊薮"——具有浓厚封建色彩的资产阶级家庭的家长周朴园。剧作中最能表现出个性解放异彩的是繁漪。她的特异之处不在争取的壮丽，而在捍卫的决绝。如果说周朴园早年对侍萍还有青春的爱恋的话，那么，对繁漪则是攫取与占有。繁漪是个受过新式教育的新女性，当她落入虎口之后遭受熬煎并萎靡于家长专制的淫威与冷酷之中，直到带有野性的周萍闯入她的视野，她那几近冻灭的死火才又燃烧起来。而一旦重新燃烧，就义无反顾，殊死捍卫自己的个性自由、尊严和作为女性的生命权利。为这失而复得的自由、尊严与权利，她不惜撕破一切伪装的面纱，甚至不惜毁坏自己在亲生儿子心目中的美丽圣洁的形象，调动内心的全部能量，殊死一搏。她像一道闪电，将夜幕包藏的一切暴露无遗，繁漪寄

巴金与曹禺在家中散步

托了作者个性解放的金色思想，以奇特的惊世骇俗的追求，反抗和捍卫，将"五四"以来的个性主义艺术推向了当时所能企及的极致。《雷雨》，以它巨大的精神容量，宏伟的戏剧结构，由饱满的张力与强烈的动作所形成的可演性，生动、切近、富于潜台词的语言所产生的艺术魅力及其引起的热烈而深远的审美效应，在中国现代艺术史的里程碑上刻上了这样一行大字：中国现代话剧成熟的标志——《雷雨》。

新《儒林外史》：钱钟书的《围城》

钱钟书（1910—1998）文学研究家、作家，江苏无锡人。字默存，号槐聚，曾用笔名中书君。自幼受到传统经史方面的教育。1933 年清华大学外文系毕业，1935 年赴英国牛津大学留学，后又到法国巴黎大学进修。回国后，曾在西南联大、清华大学外文系任教授。钱钟书深入研究中国的史学、哲学、文学经典，同时也对西方新旧文学、哲学心理学进行研究。1948 年出版《谈艺录》在沟通中西、广征博引的基础上，包含着对中西诗论中貌异实同的诗心的精微辨析、比较和阐发。钱钟书同时还著有散文集《写在人生边上》（1944 年），作者读人生这部大书，能高于世态

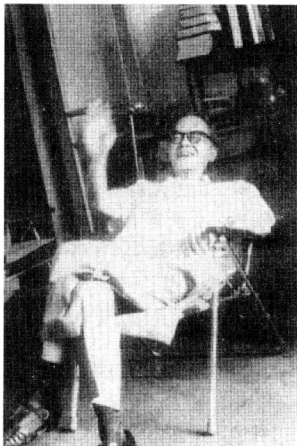

钱钟书

之上，渊博睿智，幽默风趣，放谈之中给人以启迪，《人、兽、鬼》（1946年）是钱钟书先生的短篇小说集。收小说 4 篇：《上帝的梦》、《灵感》，另有一篇《序》。这部小说想象奇特，但又与现实有着或近或远的联系，对话机智，妙语迭出。当然他的讽刺长篇小说《围城》，更能显示出他的独特的风格。该书于 1946 年 2 月至 1947 年 1 月连载于上海《文艺复兴》杂志，旋即由晨光出版公司于 1947 年 5 月梓行。《围城》是中国现代小说中知识密度最大的一部小说。以《儒林外史》的描写气魄，揭露抗战期间中上层知识界的众生相，是钱钟书小说的主旨之一。他撩开爱情、亲情及家庭关系的帷幕，来洞穿受到封建传统文明与现代西方文明夹击的中国知识分子的精神状态，从而进行道德的探索和批判。《围城》是一部分层意蕴的小说，其最显然的一个层面，就是在抗战背景下，对知识分子群进行刻意的描绘。书中的男主人公方鸿渐，和他发生瓜葛的四个女性鲍小姐、苏文纨、唐晓芙、孙柔嘉，以及战时大学界的知识投机家李梅亭、顾尔谦等组成一个人物系列。方鸿渐在爱情面前几乎总是节节败退，最后乖乖落入孙柔嘉织就的网内。方的性格和顺，

有天赋的想象力，能看穿恶劣环境而不能自拔，嘴上机敏而内心怯懦无能。这又是一个弱质的知识分子形象。其他人物如孙柔嘉于柔顺之下深藏心机，苏文纨的矜持与女才子的矫情，李梅亭的庸俗中见贪财，都写得可见其人。方鸿渐等由上海赴内地三闾大学的一路遭遇，构成了一个个令人笑绝的讽刺片断。三闾大学内部人事上的明争暗斗，道出了中国知识社会某种官场化的内幕。《围城》表现抗战环境下中国一部分知识分子的彷徨无主、空虚和爱情

围城

发酵，这从一个侧面表现了乱世中一代清醒的文人的宿命感。《围城》深层的意蕴在于这里没有一个英雄，所有的人物均是盲目的寻梦者，是为命运所弄的失败者。主人公方鸿渐的基本经历是不断渴求冲出"围城"，而每一次的走出"围城"又等于是落入另一座人生的"围城"。这个笼罩全书的象征性结构所要道出的，正是现代人对自己生命处境的哲理思考，小说除了用书题点明以外，还用各种意象点明，如"结婚仿佛金漆的鸟笼，笼子外面的鸟想住进去，笼内的鸟想飞出来，所以结而离，离而结，没有了局"。结婚如同"被围困的城堡城外的人想冲进去，城里的人想逃出来。"其实，何止结婚如此。《围城》的这个层面，是与西方现代主义文学中普遍存在的人类困境的感受与精神的孤独感相联系的。作者的反讽技巧高超，大到主题意蕴的暗示，小到人物隐秘心理和心理转折的发掘，对人情世态精致入微的观察和表现，都堪称独步。旁逸斜出的叙述风格，尖刻诡奇、富有知识容量的书面讽刺语言，新奇、犀利的妙语、警句，熔道德、风俗、人情的批判于一炉。在鲁迅、老舍、张天翼、沙汀之后，钱钟书成为现代文学又一位优秀的讽刺家。

《燕山夜话》与《三家村札记》

　　《燕山夜话》的作者马南邨（邓拓）（1912—1966）福建闽侯人。1961年，正当中国处在暂时经济困难时期，邓拓应《北京晚报》的要求，贯彻"百花齐放、百家争鸣"的方针，以提倡读书、丰富知识、开阔眼界、振奋精神为宗旨，开设了《燕山夜话》专栏。这些杂文旗帜鲜明、爱憎分明、切中时弊而又短小精炼、妙趣横生、富有寓意，博得了广大读者的欢迎和支持。知识性强是《燕山夜话》又一特色。翻开《燕山夜话》，光那五彩缤纷的题目就令人目不暇接。这些题目涉及的知识领域十分广泛，从人类历史谈到现代工农业和科学技术知识；从立身处世、读书做学问到社会时事、兴利除弊；从诗文创作和鉴赏谈到继承和发扬优秀的民族文化传统，古今中外，牢笼百态，均纳入作者知识视野之内。《燕山夜话》在写作手法上，有的直截了当，有的比较含蓄曲折，也有不少是以古喻今，对社会现象有所批评或讽刺，有所建议或倡导。但总的特点是"开门见山"。

　　《三家村札记》1961年10月，邓拓、吴晗、廖沫沙三人联合在中共北京市委机关刊物"前线"上开辟了一个杂文专栏，取名为"三家村札记"，发表的笔名"吴南星"，是取吴晗本名中的"吴"字，邓拓笔名"马南春"中的"南"字，廖沫沙笔名"繁星"中的"星"字相合而成的。《三家村札记》是60年代初，继《北京晚报》的《燕山夜话》杂文专栏首倡之后的又一颇具影响的杂文专栏。

　　《三家村札记》用杂文的形式，介绍古人读书、治学、做事做人、从政打仗等方面的经验；赞扬现实生活中涌现出来的新人新事；批评现实生活中存在的不良作风和倾向；与此同时还介绍一些可供借鉴的各种知识。"这样的书，虽然不是巨火熊焰，却有着智慧的闪光，能帮助读者开阔眼界，增长知识，提高识别事物的能力。一句话，使人变得聪明一些而已。"（林默涵《三家村札记》序）"文化大革命"一开始，林彪、"四人帮"诬陷邓拓、吴晗、廖沫沙组成"三家村"反党集团。1979年2月，"三家村"冤案彻底平反，《燕山夜话》和《三家村札记》得以重新编印成册出版。

新武侠小说家：金庸

金庸（1925— ）原名查良镛，曾用笔名林欢，祖籍浙江海宁，出身世代书香门第，从小酷爱文艺，就读杭州高中学校时，便开始向报刊投稿。抗战末在重庆，进国立政治大学外文系，专攻国际法律，未毕业，一度在中央图书馆工作。抗战胜利后，回到浙江老家，任东南日报采访记者兼电讯翻译。不久，经考试入上海大公报。1948 年大公报香港版复刊，就南来香港，继任国际电讯翻译。1950 新晚报创刊，编副刊，写专栏，搞翻译。1952 年，写作第一部武侠小说《书剑恩仇录》，大获成功，以后一发不可收，遂成武侠小说一代宗师。后来他将已发表的书稿全部重新修订。从 60 年代初起，皆在明报晚报上重新连载，1959 年，曾一度转入电影界，在长城电影制片公司任编剧。60 年代初，脱离电影圈，与人合创《明报》系列，成为香港知识分子喜读的第一大报。金庸和梁羽生一样，开始写武侠小说时并无把握，初战告捷后便欲罢不能了，一直到 1981 年才封笔。他的武侠小说从情节到场面，都突破了过去个人、家庭乃至宫廷的窄小范围，把故事在广阔的历史背景下来展开。大部分作品以宋元明清为时代背景，通过历史上重大事件来展开波澜壮阔的斗争，他的小说构思巧妙，情节离奇曲折，但又合情合理，突破旧武侠小说有"武"无"侠"的局限，做到有"武"又有"情"。小说手法灵活多样，有对传统手法的汲取，但更多的是反传统、反常规的现代写法，如运用电影手法，意识流手法、象征手法、超现实主义等等。语言精美，深入浅出，通俗易懂，雅俗共赏。

"流浪作家" 三毛

三毛（1943—1991），女，散文家、小说家，原名陈平，浙江定海人。出生于律师家庭，自幼生活于四川重庆。肄业于台北一女中后停学七年。在台湾文化大学哲学系结业后又到西班牙马德里大学哲学院、德国歌德大学进修。后在芝加哥伊利诺大学主修陶瓷。曾当过导游、商店模特儿、领事馆秘书、图书馆管理员，并游历过撒哈拉大沙漠和东欧、北欧诸国。主要文集《撒哈拉的故事》、《雨季不再来》、《稻草人手记》、《万水千山走遍》等十余种；另有电影剧本《滚滚红尘》，译作长篇小说《娃娃看天下》等多种。她的作品被译成十余种文字，畅销世界各地。有《三毛作品选》。三毛的作品不仅充满着色彩斑斓的异域风光描写，而且也表现作者对生命和自然的真情，同时也流露出厌世主义情绪，试图在自然中寻找生命的归宿。